KB265988

을유세계문학전집 · 149

잉글리시 페이션트

THE ENGLISH PATIENT by Michael Ondaatje

을유세계문학전집 · 149

을유문화사

잉글리시 페이션트

THE ENGLISH PATIENT

마이클 온다치 지음 · 김영주 옮김

을유문화사

옮긴이 김영주

연세대학교 영어영문학과를 졸업하고 동 대학교 대학원에서 석사 학위를, 미국 텍사스 A&M 대학에서 박사 학위를 받았다. 현재 서강대학교 영어영문학과에서 20세기 영국 소설과 여성 문학을 가르치고 있다. 모더니즘, 성과 젠더, 여성 글쓰기 등을 주제로 20세기 영국 소설을 읽고 분석하는 논문을 써 왔다. 역서로 버지니아 울프의 『세월』 등이 있다.

을유세계문학전집 149

잉글리시 페이션트

발행일·2026년 4월 30일 초판 1쇄
지은이·마이클 온다치 | 옮긴이·김영주
펴낸이·정상준 | 펴낸곳·(주)을유문화사
창립일·1945년 12월 1일 | 주소·서울시 마포구 서교동 469-48
전화·02-733-8153 | FAX·02-732-9154 | 홈페이지·www.eulyoo.co.kr
ISBN 978-89-324-7613-1 04840　978-89-324-0330-4(세트)

차례

스킵과 메리 디킨슨을 기리며
퀸틴과 그리핀에게
그리고 루이스 데니스에게
감사의 마음을 담아 바친다.

"여러분 중 대부분은 길프 케비르에서 제프리 클리프턴이 죽은 비극적인 상황을 기억하고 있겠지요. 제르주라를 찾아 나섰던 1939년 사막 탐사 동안 일어난 일이었습니다. 이어서 그의 아내였던 캐서린 클리프턴도 실종되었지요.

오늘 밤 이 모임을 시작하면서 애도의 마음을 담아 그 비극적인 사건들을 언급하지 않을 수 없습니다.

오늘 밤의 강의는……."

194-년 11월, 런던 지리학회 모임의 회의록에서

1

빌라

그녀는 정원에서 일을 하다가 몸을 일으켜 먼 곳을 바라본다. 날씨의 변화가 느껴졌다. 대기가 소란스러워지며 또 한 차례 돌풍이 일자 키 큰 사이프러스 나무들이 몸을 흔든다. 그녀는 돌아서서 언덕 위에 있는 집을 향해 걷는다. 낮은 담을 타고 넘어설 때 그녀의 맨팔 위에 빗방울이 떨어지기 시작한다. 그녀는 로지아를 건너 서둘러 집 안으로 들어선다.

부엌에서 그녀는 멈추지 않고 그대로 통과해 곧장 어둠 속에 있는 계단을 오른다. 그리고 긴 복도를 따라간다. 복도 끝의 열린 문에서 불빛이 쐐기 모양으로 새어 나오고 있다.

그녀는 방으로 들어선다. 그 방은 벽과 천장에 그려진 나무들과 정자들로 이루어진 또 다른 정원이다. 바람에 몸을 드러낸 채 그 남자가 침대에 누워 있다. 그녀가 들어서자 그는 천천히 그녀를 향해 고개를 돌린다.

나흘마다 그녀는 그의 검은 몸을 씻겨 준다. 망가진 발부터 시작한다. 그녀는 수건을 적셔 그의 발목 위에 들고 물을 짜내 그에게 뿌린다. 그가 나지막이 신음하자 그를 올려다보며 그의 미소를 본다. 정강이 위쪽의 화상이 가장 심하다. 자줏빛보다 진한, 뼈.

그녀는 몇 달 동안 그를 간호해 온 터라 그의 몸을 잘 알고 있다. 해마처럼 잠든 성기, 마르고 좁은 엉덩이. 예수의 쇄골이라고 그녀는 생각한다. 그는 그녀의 절망에 빠진 성자다. 그는 베개도 없이 반듯하게 누워 천장에 칠해진 나뭇잎들과 침대 지붕처럼 우거진 나뭇가지, 그리고 그 위에 펼쳐진 파란 하늘을 올려다본다.

그녀는 줄무늬를 그리듯 칼라민 로션을 그의 가슴 위에 붓는다. 화상을 덜 입어 그녀가 만질 수 있는 곳이다. 그녀는 갈비뼈 맨 아래에 움푹 들어간 곳, 살결 속의 벼랑을 좋아한다. 그의 어깨로 옮겨 가며 그녀가 목에 대고 시원한 바람을 불어 주자 그가 중얼거린다.

뭐라고요? 그녀가 열중하던 일에서 깨어나며 묻는다.

그가 거무스름한 얼굴을 돌려 회색 눈동자를 그녀에게 향한다. 그녀는 주머니에 손을 넣는다. 그녀는 이빨로 자두 껍질을 벗기고 씨를 빼낸 후 과육을 그의 입에 넣어 준다.

그가 다시 속삭이며 옆에서 듣고 있는 젊은 간호사의 마음을 그의 마음이 머무는 곳으로 끌어당긴다. 그가 죽기 전 몇 달 동안 줄곧 빠져들곤 하던 기억의 우물 속으로.

남자가 방 안에서 조용히 읊조리는 이야기들이 매처럼 오르락내리락 미끄러진다. 그는 흩날리는 꽃들과 거대한 나뭇가지들이 자신을 둘러싸고 있는 그림 정자에서 깨어난다. 그는 피크닉을, 이제는 검붉은색으로 타 버린 그의 몸에 키스했던 여자를 기억한다.

나는 몇 주 동안 사막에서 지냈소. 달을 쳐다보는 것도 잊은 채. 그가 말한다. 마치 결혼한 남자가 아내의 얼굴을 쳐다보지 않고 며칠씩 지내는 것처럼 말이오. 그건 무심해서가 아니라 뭔가에 몰두해 있다는 표시요.

그의 눈길이 젊은 여자의 얼굴에 고정된다. 그녀가 고개를 움직이면 그의 시선은 그녀를 따라 벽으로 향하리라. 그녀가 몸을 앞으로 기울인다. 어쩌다 화상을 입으셨어요?

늦은 오후다. 그의 두 손이 시트 자락을 만지작거리며 손가락 등으로 시트를 어루만진다.

불이 붙은 채 사막으로 추락했소.

그들이 내 몸을 발견하고 나뭇가지로 엮은 배에 실어 끌며 사막을 건넜지. 우리는 모래 바다에 있었소. 때론 마른 강바닥을 건너기도 했지. 유목민들이었소. 베두인족. 나는 아래로 곤두박질쳤고 모래에 불이 붙었지. 내가 알몸으로 빠져나와 일어서는 걸 그들이 본 거요. 머리에 쓰고 있던 가죽 헬멧이 불길에 휩싸인 채로. 그들은 나를 요람에, 사체를 끌고 가는 배에 묶고

쿵쾅거리며 뛰었지. 내가 사막의 적막함을 깨뜨렸던 거요.

　베두인들은 불을 알았지. 1939년부터 하늘에서 떨어지는 비행기들에 대해서도 알았고. 그들은 추락한 비행기와 부서진 탱크의 쇳조각으로 연장이나 부엌 용기들을 만들었소. 하늘이 전쟁터였던 때였지. 그들은 부상당한 비행기의 엔진 소리를 식별할 수 있었고, 그런 난파선들을 뒤지는 법을 알고 있었소. 조종석에서 나온 작은 나사는 장신구가 되었지. 아마도 내가 불길에 싸인 기계에서 살아 나온 최초의 사람이었을 거요. 머리에 불이 붙은 남자. 그들은 내 이름을 몰랐지. 나도 그들 부족을 몰랐고.

　당신은 누구죠?

　모르겠소. 당신은 자꾸 묻는군.

　당신은 영국인이라고 했어요.

　밤이면 잠이 들 만큼 그는 지치지 않는다. 그녀는 아래층 도서실에서 아무 책이나 집어 와 그에게 읽어 준다. 촛불이 책장 위와 소리 내어 읽는 젊은 간호사의 얼굴 위로 펄럭인다. 이때 촛불은 벽에 그려진 나무들과 풍경을 거의 드러내지 않는다. 그는 그녀에게 귀 기울이며 물을 마시듯 그녀의 말을 한 모금씩 삼킨다.

　추우면 그녀는 조심스레 침대로 들어가 그의 옆에 눕는다. 그에게 고통을 주지 않으려면 조금이라도 그의 몸에 무게를 실어서는 안 된다. 그녀의 가느다란 손목조차도.

때로 새벽 두 시에도 그는 잠들지 않고 어둠 속에서 눈을 뜨고 있다.

그는 오아시스를 보기도 전에 냄새로 알 수 있었다. 공기 중에 느껴지는 물기, 사각거리는 소리, 야자수와 마구(馬具), 깡통끼리 부딪치며 물이 가득 차 있음을 알려 주는 낮고 묵직한 소리.

그들은 커다란 부드러운 천 조각에 기름을 부어 그에게 얹었다. 그는 기름 부은 자가 되었다.

그는 항상 말없이 자신의 곁에 머물렀던 어느 사내를 느낄 수 있었다. 스물네 시간마다 해 질 녘이면 몸을 굽혀 그의 몸을 쌌던 천을 풀고 어둠 속에서 그의 살갗을 살피던 그 사내의 숨결을.

천을 풀면 그는 다시 한번 불길에 휩싸인 비행기 옆에 있던 벌거벗은 남자가 되었다. 그들은 부드러운 회색 펠트 천으로 그의 몸을 겹겹이 감쌌다. 어떤 위대한 나라가 나를 발견한 것일까, 그는 궁금했다. 어떤 나라가 그토록 감미로운 대추야자를 곁에 있는 사내가 씹어서 입에서 입으로 자신에게 넘겨주게 하는 것일까. 이 사람들과 함께 있는 동안 그는 자신이 어디에서 왔는지 기억할 수 없었다. 그들은 어쩌면 자신과 공중에서 싸우던 적인지도 몰랐다.

훗날 피사의 병원에서, 그는 매일 밤 찾아와 대추야자를 씹어 부드럽게 만든 뒤 그의 입안에 넣어 주던 그 얼굴을 바로 옆에서 보았다고 생각했다.

그 무렵의 밤은 아무 색깔도 없었다. 말이나 노래도 없었다. 그가 깨어 있을 때면 베두인들은 침묵했다. 그는 자신이 그물 침대 제단 위에 있고 수백 명의 베두인에게 둘러싸여 있다고 괜히 상상하기도 했다. 실제로는 그를 발견하고 불길이 뿔처럼 솟구쳐 오른 모자를 머리에서 벗겨 낸 건 단 두 사람뿐이었을 지도 몰랐다. 그 두 사내에 대해 그가 아는 것은 대추야자 속에 섞인 침의 맛과 뛰어다니는 발소리뿐이었다.

그녀는 흔들리는 불빛 아래 앉아 책을 읽곤 한다. 가끔씩 그녀는 빌라의 복도 끝을 바라본다. 이곳은 그녀가 다른 간호사들과 함께 지냈던 야전 병원이었다. 전선이 북쪽으로 옮겨 가고 전쟁이 거의 끝나 가면서 다들 점차 다른 곳으로 전출되어 모두 떠났다.

이제 그녀의 삶에서 책은 그녀의 감옥에서 벗어나는 유일한 출구였다. 그녀는 책에 빠져들었고 책은 그녀의 세계의 절반이 되었다. 그녀는 침대 옆 작은 탁자 앞에 앉아 몸을 웅크린 채, 한 스승에게서 다른 스승으로 넘겨지며 쟁반 위에 놓인 다양한 보석과 물건들을 외우는 법을 배운 인도의 어린 소년에 관한 책을 읽었다. 어떤 이들은 소년에게 사투리를 가르쳤고 어떤 이들은 암기력을 가르쳤고 어떤 이들은 최면술을 피하는 법을 가르쳤다.

책은 그녀의 무릎 위에 놓여 있었다. 그녀는 자신이 종이의 숨구멍을, 누군가 표시로 접어 놓은 17쪽 모서리의 주름을 5분도 넘게 들여다보고 있었음을 깨달았다. 그녀는 종이 표면을 손으로 문질렀다. 그녀의 마음속에 부산스러움이 인다. 천장을 돌아다니는 쥐나 밤 유리창에 내려앉은 나방처럼. 이제 빌라 산 지롤라모에는 영국인 환자와 그녀밖에 없는데도 그녀는 복도를 바라보았다. 그녀는 집 위쪽에 폭격으로 폐허가 된 과수원에 그들이 먹고 지내기에 충분할 만큼 채소들을 심어 놓았다. 마을에서 가끔씩 찾아오는 남자에게 그녀는 비누와 침대보, 그리고 이 야전 병원에 남겨진 물건들을 되는대로 넘겨주고 다른 필수품들을 얻었다. 얼마간의 콩, 얼마간의 고기. 그 남자가 주고 간 와인 두 병이 있어서, 매일 밤 그녀는 영국인과 함께 누웠다가 그가 잠든 후에 의례를 치르듯 작은 비커에 와인을 따른 다음 4분의 3 정도 닫아 놓은 문 바로 밖에 있는 탁자로 들고 나가 와인을 홀짝이며 읽고 있던 책에 더 깊이 빠져들곤 했다.

그래서 영국인은 그가 열심히 듣건 말건, 폭풍에 떠내려간 도로의 구간처럼 줄거리가 뚝뚝 끊긴 이야기들을 들어야 했다. 메뚜기가 태피스트리의 일부를 먹어 치운 것처럼, 폭격으로 들떠 버린 석고가 밤사이 벽화에서 떨어져 나가듯이 사건들이 누락되었다.

그녀와 영국인이 지금 살고 있는 빌라도 이와 비슷했다. 깨진 벽돌 때문에 발을 들여놓을 수 없는 방들도 있었다. 아래층 도서실에는 폭탄 분화구가 생겨 달빛과 비가 들이쳤고, 한쪽 구석에 있는 안락의자는 늘 물에 젖어 있었다.

줄거리의 공백에 관한 한 그녀는 영국인을 신경 쓰지 않았다. 그녀는 누락된 내용을 요약해서 들려주지도 않았다. 그녀는 그저 책을 꺼내 들고 "96쪽" 또는 "111쪽"이라고 말할 뿐이었다. 그게 유일한 설명이었다. 그녀는 그의 두 손을 끌어 올려 자신의 얼굴에 대고 냄새를 맡았다. 화상 냄새가 아직 배어 있는 손.

손이 점점 거칠어지고 있군요, 그가 말했다.

잡초와 엉겅퀴, 그리고 땅을 파느라고요.

조심해요. 내가 위험하다고 경고했잖소.

알아요.

그리고 그녀는 읽기 시작했다.

그녀는 아버지에게서 손에 대해 배웠다. 개의 발에 대해서도. 그녀의 아버지는 개와 단둘이 집 안에 있을 때마다 몸을 숙여 개 발바닥에서 나는 냄새를 맡곤 했다. 마치 브랜디 술잔에서 풍기는 냄새를 맡기라도 하는 것처럼, 이건 세상에서 가장 좋은 냄새야! 그렇게 말하곤 했다. 꽃다발이지! 멋진 여행 이야기들! 그녀는 짐짓 비위가 상한 척했지만, 개의 발바닥은 실로 경이로웠다. 그 냄새는 결코 더러움을 풍기지 않았다. 대성당이야! 그녀의 아버지는 말했더랬다. 누구누구네 정원, 저쪽 풀밭, 앵초꽃이 핀 산책로 — 그 동물이 낮 동안 지나다녔던 모든 길들에 대한 단서가 집약되어 있다고.

천장에 쥐가 돌아다니는 듯한 부산함. 그녀는 다시 책에서 눈을 떼고 고개를 들었다.

　그들은 그의 얼굴에서 약초 마스크를 풀었다. 일식이 있던 날. 그들은 그날을 기다리고 있었다. 그가 있는 곳은 어디였을까? 날씨와 빛을 예측할 수 있는 이들은 어떤 문명이었을까? 북서쪽 사막 부족 중 하나였을 테니 엘 아흐마르 혹은 엘 아비아드. 하늘에서 떨어진 남자를 받아 낼 수 있는 사람들. 오아시스 갈대를 엮어 만든 가면을 그의 얼굴에 씌워 준 사람들. 이제 그에게는 풀 내음이 배어 있었다. 그가 세상에서 가장 좋아했던 정원은 큐에 있는 잔디 정원이었다. 언덕 위 층층이 쌓인 재처럼, 섬세하고 다양한 빛깔들.

　그는 일식이 든 풍경을 바라보았다. 그동안 그들은 그에게 팔을 들어 올려, 사막이 비행기를 끌어당기는 방식으로, 우주의 힘을 몸 안으로 끌어당기는 법을 가르쳐 주었다. 그는 펠트와 나뭇가지로 만든 들것에 실려 옮겨졌다. 가려진 태양의 어둠함 속에서 그는 시야를 가로지르는 홍학 떼의 핏줄들이 불뚝거리는 것을 보았다.

　그의 피부에는 언제나 연고가 발라져 있거나 어둠이 드리워져 있었다. 어느 날 밤, 그는 허공 높이 풍경이 울리는 듯한 소리를 들었다. 한참 만에 소리가 멎자 그는 그 소리를 갈망하며 잠들었다. 어느 새의 목에서 나는 듯한 점점 느려지는 소리. 홍학이 내는 소리일지도. 아니면 그 남자들 중 하나가 망토의 반쯤 트인 주머니 속에 넣고 다니던 사막여우의 울음소리 같기도 한 소리.

다음 날, 그가 다시 한번 천으로 덮인 채 누워 있을 때 그 투명한 소리가 한 차례 들려왔다. 어둠 속에서 들려오는 소리. 해질 무렵 그를 싸고 있던 천이 풀리자 그는 탁자 위에서 한 남자의 머리가 자신을 향해 다가오는 것을 보았다. 그러나 이내 그 남자가 거대한 멜대를 메고 있다는 것을 깨달았다. 멜대에는 길이가 제각각인 끈과 철사에 수백 개의 작은 병이 매달려 있었다. 마치 유리 커튼의 일부처럼 움직이며 그의 몸은 그 안에 둘러싸여 있었다.

그 모습은 그가 소년 시절에 따라 그리려고 애썼던 그림 속 대천사들과 가장 비슷했다. 어떻게 한 몸에 그런 날개에 달린 근육이 자리할 공간이 있을 수 있는지 그는 결국 알아내지 못했다. 남자는 보폭이 넓고 느린 걸음으로, 아주 매끄럽게 움직여서 병들은 거의 기울어지지 않았다. 유리의 물결, 대천사, 병에 든 연고는 모두 햇볕을 받아 따뜻해져서 피부에 문지르면 상처에 맞게 특별히 데워진 것 같았다. 그 남자의 등 뒤로 빛이 바뀌었다. 아지랑이와 모래 속에서 떨리던 푸른 빛깔과 다른 색깔들. 희미한 유리병 소리와 갖가지 빛깔과 당당한 걸음걸이와 가늘고 검은 총 같은 그의 얼굴.

가까이에서 보면 유리는 거칠고 모래에 여기저기 긁혀 있었다. 자기 문명을 잃은 유리. 병마다 작은 코르크 마개가 꽂혀 있었다. 남자는 이빨로 마개를 뽑아 입술에 문 채 한 병의 내용물을 다른 병의 것과 섞었다. 두 번째 병마개도 여전히 이빨에 문채였다. 그는 반듯이 누워 있는 불에 탄 몸 위에 날개를 펴고 서서 막대기 두 개를 모래 깊숙이 박아 넣은 후 180센티미터쯤 되는 멜대에서 벗어났다. 멜대는 이제 두 개의 막대기 버팀대에 얹혀 균형을 유지하고 있었다. 그는 자신의 가게 아래에서 벗어났다. 그는 무릎걸음으로 화상을 입은 조종사에게 다가와 차가운 손으로 그의 목을 감싼 채 그대로 있었다.

40일의 길, 수단 북쪽에서 기자에 이르는 낙타 경로를 따라 그를 모르는 사람은 없었다. 그는 사막의 대상들을 만나 향신료와 물약을 교환하고 오아시스와 수상 캠프 사이를 이동했다. 그는 병들이 주렁주렁 달린 외투를 입고 귀에는 작은 코르크 마개 두 개를 꽂은 채 모래 폭풍을 헤치고 걸었다. 그 자신이 상선이나 마찬가지였다. 상단 의사, 유약과 향수와 만병통치약의 왕, 세례자. 그는 아픈 사람이 있으면 어느 야영지에나 들어가 병으로 된 커튼을 그 앞에 세웠다.

그가 화상 입은 사내 곁에 웅크리고 앉았다. 발바닥을 오므려 컵처럼 만들고 몸을 뒤로 기울여 뒤돌아보지도 않고 몇 개의 병을 낚아챘다. 작은 병의 코르크 마개를 하나씩 뽑을 때마다 향료가 흘러나왔다. 바다 냄새가 났다. 녹 냄새. 인디고. 잉크. 강바닥의 진흙 가막살나무 포름알데히드 파라핀 에테르. 어지러운 공기의 흐름. 멀리서 낙타들이 냄새를 맡고 비명을 질렀다. 그는 검푸른 반죽을 흉곽에 바르기 시작했다. 그것은 서쪽 혹은 남쪽에 있는 메디나에서 물건과 맞바꾼 곱게 갈린 공작새의 뼈로 가장 효험 있는 피부 치료약이었다.

*

부엌과 파괴된 예배당 사이에 타원형 도서실로 통하는 문이 있다. 맨 안쪽 벽에 두 달 전 빌라에 퍼부어진 박격포 공격으로 초상화 높이에 커다란 구멍이 생긴 것을 제외하면 내부 공간은 안전해 보였다. 방의 나머지 부분은 그 부상에 적응하여 날씨의 습성, 저녁 별들, 새소리를 받아들였다. 소파와 회색 천으로 덮인 피아노, 박제된 곰 머리와 천장 높이까지 오는 책장들이 있었다. 찢겨 나간 벽에 가장 가까운 선반들은 비를 맞아 휘어졌고 비에 젖은 책들은 무게가 배로 불었다. 번개도 여러 차례 방에 들이쳐 덮개를 씌운 피아노와 카펫 위에 내리쳤다.

맨 끝에는 널빤지로 봉해 버린 프랑스식 유리문들이 있었다. 그 문이 열려 있다면 그녀는 도서실에서 로지아*까지 걸어간 후 예배당을 지나 참회의 서른여섯 계단을 내려가 오래된 초지였던 곳으로 갈 수 있었을 것이다. 지금 그곳은 수많은 인(燐) 폭탄과 폭발로 상처투성이가 되어 버렸다. 독일군이 퇴각하면서 많은 집들에 지뢰를 설치했기 때문에 이 방처럼 필요 없는 방들은 대부분 안전을 위해 봉인되었고, 아예 문마다 문틀에 못질이 되어 있었다.

그 방으로 미끄러지듯 들어가 오후의 어둠 속으로 걸어 들어갈 때 그녀는 이러한 위험을 알고 있었다. 불현듯 그녀는 자신의 체중이 나무 바닥에 실린 것을 의식했고, 그 정도면 거기에 있을 어떤 장치든 작동시키기에 충분할 거라고 생각했다. 먼지 속에 묻힌 그녀의 발. 하늘로 뚫린 울퉁불퉁한 박격포 구멍 사이로 유일한 빛이 쏟아져 들어왔다.

마치 한 뭉치에서 떼어 내는 것처럼 쩌억 하고 갈라지는 소리와 함께 그녀는 『최후의 모히칸』을 빼 들었다. 새파란 하늘과 호수, 그리고 그 앞에 인디언이 그려진 책 표지를 보자 어스름한 빛 속에서도 기운이 솟았다. 그러고는 마치 그 방에 방해해서는 안 될 사람이 있기라도 한 듯, 그녀는 자신의 발자국을 되밟으며 뒷걸음을 쳤다. 안전을 위해서이기도 하지만 혼자만의 놀이이기도 했다. 발자국으로 보면 그녀가 방에 들어간 후에 온데간데없이 몸이 사라진 것처럼 보일 것이다. 그녀는 문을 닫고 봉인 경고판을 제자리에 두었다.

그녀는 영국인 환자 방의 창가 안쪽 우묵한 곳에 앉았다. 한쪽으로는 그림이 그려진 벽을, 다른 쪽으로는 계곡을 둔 곳이었다. 그녀는 책을 펼쳤다. 책장들이 달라붙어서 뻣뻣한 물결을 이루고 있었다. 그녀는 마치 바닷가에 떠밀려 와 해변에서 저절로 말라 버린 책을 발견한 크루소가 된 기분이었다. 『1757년의 이야기』. N. C. 와이어스 삽화. 모든 최고의 책들이 그렇듯이 이 책에도 삽화 목록과 각 삽화마다 한 줄의 설명이 있는 중요한 페이지가 있었다.

그녀는 이야기 속으로 들어갔다. 읽고 나면 20여 년에 거친 이야기 속 타인들의 삶에 빠져들었다가 나오듯이 느끼게 될 것이다. 마치 기억나지 않는 꿈으로 몸이 무거워진 채 잠에서 깨어날 때처럼 문장들과 순간들로 가득 찬 몸으로.

그들이 살고 있는 이탈리아의 언덕 마을은 북서쪽 경로 초소 쪽으로 한 달이 넘도록 포위되어 있었다. 사과와 자두 과수원으로 둘러싸인 두 채의 빌라와 수도원에 집중 포격이 퍼부어졌다. 장군들이 살던 곳은 빌라 메디치였다. 그 바로 위가 예전에 수녀원이던 빌라 산 지롤라모였다. 이곳에는 성곽 같은 흙벽이 있어 독일군이 끝까지 버티던 거점이 되었다. 백 명의 병력이 이곳에 주둔했었다. 언덕 마을이 포화 속에 바다 위 전함처럼 산산조각 나자 과수원의 천막 막사에서 지내던 군인들이 낡은 수녀원의 침실로 이동했다. 예배당 여기저기가 폭격에 날아갔다. 빌라의 꼭대기 층도 폭발로 군데군데 무너졌다. 마침내 연합군이 건물을 점령하여 병원으로 만들었을 때, 굴뚝과 지붕의 일부가 무사하긴 했지만 3층으로 이어지는 계단은 봉쇄되었다.

그녀와 영국인은 다른 간호사들과 환자들이 남쪽의 더 안전한 장소로 이동할 때 남아 있겠다고 고집했다. 이 기간 동안 전기가 들어오지 않아 몹시 추웠다. 어떤 방들은 벽이 남아 있지 않아 계곡을 바로 마주하고 있었다. 방문을 열면 한쪽 구석에 흠뻑 젖은 침대에 수북이 쌓여 있는 나뭇잎이 그대로 보였다. 방문마다 곧바로 바깥 풍경과 이어졌다. 야외 새장이 되어 버린 방들도 있었다.

계단 아래쪽은 군인들이 철수할 때 불을 지르고 가는 바람에 없어졌다. 그녀는 도서실에서 책 스무 권을 옮겨 와 바닥에 박으며 쌓아 올려 맨 아래 계단 두 층을 만들었다. 의자들은 대부분 땔감으로 쓰였다. 도서실에 있는 안락의자는 박격포 구멍으로 쏟아져 들어오는 저녁 폭풍우에 늘 젖어 있는 탓에 그대로 남겨졌다. 1945년 그 4월 동안 무엇이든 젖어 있지 않은 것은 장작 신세를 모면하지 못했다.

침대도 거의 남아 있지 않았다. 그녀는 기온이나 바람, 빛에 따라 때로는 영국인 환자의 방에서 자기도 하고, 때로는 복도에서 자기도 하며, 자리나 해먹을 들고 집 안에서 유목민처럼 지내길 좋아했다. 아침이면 그녀는 매트리스를 말아 끈으로 묶었다. 날씨가 따뜻해지자 그녀는 여러 방의 방문을 열어 어두운 구석까지 바람을 쐬게 하고 햇볕을 들여 습기를 모두 말렸다. 어떤 날 밤에는 벽이 떨어져 나간 방에서 방문을 열어 놓은 채 자기도 했다. 그녀는 방 가장자리에 잠자리를 펴고 누워 으르렁거리는 천둥 번개에 잠에서 깨어 별들이 떠내려가고 구름이 흘러가는 풍경을 마주했다. 이때 그녀는 스무 살이었고 미쳐 있었으며 안전 따위는 신경도 쓰지 않았다. 지뢰가 매설되어 있을지도 모르는 도서실을 위험하다고 염려하지도 않았고 한밤중에 깜짝 놀라게 하는 천둥소리를 개의치도 않았다. 어둡고 닫힌 공간에만 머물러야 했던 추운 계절이 지나자 그녀는 분주해졌다. 그녀는 군인들이 더럽힌 방, 불에 탄 가구들이 들어차 있는 방들에 들어갔다. 그리고 낙엽과 똥, 오줌, 그을린 테이블들을 치웠다. 영국인 환자가 다른 곳에서 왕처럼 침대에 누워 있는 동안 그녀는 부랑자처럼 살고 있었다.

밖에서 보면 그곳은 황폐해 보였다. 바깥 계단은 중간쯤에서 잘려 나갔고, 난간은 떨어져 나간 채 매달려 있었다. 그들은 근근히 식량을 구하고 잠시 동안의 안전 속에 살았다. 밤에는 닥치는 대로 약탈하는 산적들 때문에 꼭 필요한 촛불만 켰다. 그들이 무사한 것은 빌라가 폐허처럼 보인다는 단순한 이유 때문이었다. 그러나 반은 어른이고 반은 아이인 그녀는 이곳에서 안전하다고 느꼈다. 전쟁 중에 겪은 일들에서 벗어나며 그녀는 자신만의 몇 가지 규칙을 세웠다. 다시는 명령을 따르거나 대의를 위한 의무를 수행하지 않을 것이다. 그녀는 오직 그 화상 환자만 돌볼 것이다. 그에게 책을 읽어 주고 몸을 닦아 주고 시간 맞춰 모르핀을 주사해 줄 것이다. 그녀는 오직 그와만 소통했다.

그녀는 정원과 과수원에서 일했다. 폭격 맞은 예배당에서 180센티미터쯤 되는 십자가를 끌고 나와 모판 위에 허수아비로 세워 두고 빈 정어리 깡통들을 매달아 바람이 불 때마다 시끄럽게 흔들리게 했다. 빌라 안에서 그녀는 깨진 벽돌 더미를 지나 촛불을 켜 놓은 골방으로 발걸음을 옮기곤 했다. 그곳에는 그녀가 단정하게 꾸려 놓은 여행 가방이 있었다. 편지 몇 통과 돌돌 말아 놓은 옷 몇 가지, 의료용품이 들어 있는 금속 상자 외엔 별로 든 것도 없었다. 그녀는 빌라의 아주 일부만 치웠을 뿐이고 그녀가 원하면 모두 불태워 버릴 수도 있었다.

그녀는 어두운 홀에서 성냥을 그어 초 심지에 갖다 댄다. 불빛이 그녀의 어깨 위로 일렁인다. 그녀는 무릎을 꿇고 있다. 그녀는 허벅지에 두 손을 얹고 유황 냄새를 들이마신다. 그녀는 불빛도 들이마신다고 상상한다.

그녀는 몇 센티미터 뒤로 물러나 흰색 분필로 나무 바닥에 직사각형을 그린다. 그런 다음 뒤로 더 물러나 직사각형을 더 많이 그린다. 하나, 둘, 하나, 직사각형이 피라미드를 이룬다. 왼손으로 바닥을 짚고 고개를 숙인 채 진지하다. 그녀는 점점 더 불빛에서 멀어진다. 마침내 그녀는 발뒤꿈치를 대고 몸을 뒤로 젖히더니 웅크리고 앉는다.

분필을 치마 주머니 속에 떨어뜨린 그녀는 일어서서 늘어진 치맛자락을 잡아 올려 허리춤에 졸라맨다. 그러고는 다른 주머니에서 작은 쇠붙이를 꺼내 가볍게 앞으로 던진다. 가장 멀리 있는 사각형 너머로 쇠붙이가 떨어진다.

그녀는 앞으로 껑충 뛰어오르더니 두 다리를 힘차게 바닥에 내딛는다. 그녀의 그림자가 뒤에서 복도 깊숙이 소용돌이친다. 그녀는 매우 재빠르다. 사각형마다 그녀가 그려 넣은 숫자 위로 그녀의 테니스화가 미끄러지듯 지나간다. 한 발로 내려서고, 다음에는 두 발, 그다음에는 다시 한 발, 그녀는 마지막 사각형에 다다른다.

그녀는 몸을 숙여 쇠붙이를 집어 들고는 그 자세에서 멈춘 채 움직이지 않는다. 여전히 치마를 허벅지 위로 말아 올린 채

두 손을 느슨하게 늘어뜨리고 가쁜 숨을 몰아쉰다. 그녀는 공기를 크게 들이마시고 촛불에 대고 훅 분다.

이제 그녀는 어둠 속에 있다. 연기 냄새뿐.

그녀는 갑자기 뛰어올라 허공에서 몸을 돌려 반대 방향으로 착지한다. 이제 컴컴해진 복도를 따라 더 거칠게 앞으로 건너뛰며, 짐작만으로도 사각형 위에 제대로 내려선다. 그녀의 테니스화가 컴컴한 바닥에 세게 부딪히며 쿵 소리를 낸다. 그 소리가 메아리쳐 황량한 이탈리아 빌라의 먼 구석진 곳까지, 그 너머 달과 그 건물을 절반쯤 둘러싼 협곡의 낭떠러지를 향해 울려 퍼진다.

가끔 한밤중에 화상 입은 남자는 건물의 희미한 떨림을 듣는다. 그는 무엇인지도, 어디에서 나는지도 알 수 없는 쿵쿵 소리를 들으려고 보청기 소리를 높인다.

그녀는 그의 침대 옆 작은 탁자 위에 놓인 공책을 집어 든다. 그가 불길 속에서 들고 나온 책, 헤로도토스의 『역사』다. 그가 다른 책에서 페이지를 오려 붙이거나 자신이 관찰한 내용을 적어 넣은 모든 것이 헤로도토스의 본문 안에 담겨 있다.

그녀는 작고 비뚤거리는 그의 글씨를 읽기 시작한다.

모로코 남부 지방에는 아제지라는 회오리바람이 있는데 펠

라힌족은 칼을 휘두르며 이에 맞선다. 때로 로마까지 진입하는 아프리코가 있고, 알름은 유고슬라비아에서 불어오는 가을 바람이다. 아레프 또는 리피라고도 불리는 아리피는 수많은 혀로 핥듯 누렇게 시들게 한다. 이들은 언제나 부는 항구적인 바람들이다.

늘 불지는 않지만 방향을 바꾸는 바람들, 말과 그 위에 올라탄 사람을 넘어뜨리고 시계 반대 방향으로 방향을 트는 바람도 있다. **비스트 로즈**는 170일 동안 아프가니스탄을 덮쳐 여러 마을 전체를 묻어 버리기도 한다. 튀니스에서 불어오는 뜨겁고 건조한 **지블리**는 쉬지 않고 구르며 사람들을 불안하게 한다. 수단의 먼지 폭풍인 **하부브**는 천 미터 높이의 밝은 노란색 벽을 이루어 비를 몰고 온다. 대서양을 향해 불다가 결국 바다로 가라앉는 **하르마탄**, 북아프리카의 바닷바람인 **임바트**. 하늘을 향해 그저 한숨을 내쉬는 바람. 추위를 몰고 오는 밤의 모래 폭풍. 3월부터 5월까지 50일 동안 이집트를 먼지로 뒤덮어 이집트의 아홉 번째 재앙으로 알려진, 아랍어 '50'에서 이름을 딴 **캄신**. 지브롤터에서 향기를 실어 나르는 **다투**.

또 다른 바람 ______, 그 바람 속에서 아들을 잃은 후 왕이 이름을 지워 버렸다는 사막의 비밀스러운 바람. 그리고 아라비아에서 터져 나오는 **나파트**. 베르베르족 사이에서 '닭털 뽑는 바람'으로 알려진 차갑고 거센 남서풍인 **메자르-이풀루센**. 캅카스에서 불어오는 북동풍인 베샤바르는 검고 건조한 '흑풍.' 튀르키예에서 불어오는 사미엘은 '독과 바람'이라 하여 종종 전

투에 이용된다. 북아프리카에서 일어나는 또다른 '독바람' 시
뭄과 먼지를 일으켜 희귀한 꽃잎들을 떨어뜨리며 어지럼증을
일으키는 솔라노도 마찬가지다.

그 밖의 내밀한 바람들.

홍수처럼 대지를 따라 여행하는, 페인트칠을 벗겨 내고, 전
신주를 넘어뜨리고, 돌덩이와 조각상의 두상을 운반하는, **하르
마탄**은 사하라 사막을 가로질러 불며 시뻘건 먼지, 불길 같은,
밀가루 같은 먼지를 잔뜩 일으키고 소총의 노리쇠에 들어가 굳
어 버린다. 뱃사람들은 이 붉은 바람을 '어둠의 바다'라고 불렀
다. 사하라 사막에서 생긴 붉은 모래 안개는 북쪽 멀리 콘월과
데번까지 가서 쌓였다. 하늘에서 피가 쏟아진다고 오해를 불러
일으킬 만큼 엄청난 진흙 소나기가 쏟아져 내렸다. "1901년 포
르투갈과 스페인에서는 널리 피의 비가 내렸다고 보고되었다."

땅에도 공기의 입방체가 수백만 개가 있고, 흙 속에는 흙 위
에서 풀을 뜯어 먹고 사는 생물보다 더 많은 생명체(지렁이, 딱
정벌레, 지하 생물들)가 살고 있듯이, 공기 중에는 늘 수백만 톤
의 먼지가 있다. 헤로도토스는 **시뭄**이 삼켜 버린 뒤 종적을 감
춘 온갖 군대의 죽음을 기록하고 있다. 어떤 나라는 "이 사악한
바람에 격분하여 전쟁을 선포하고 전열을 정비하여 진군했지
만, 순식간에 완전히 매몰되었다".

먼지 폭풍의 세 가지 형태. 소용돌이. 기둥. 시트. 첫 번째 경
우에는 지평선이 사라진다. 두 번째는 "왈츠를 추는 정령들"로
둘러싸인다. 세 번째인 시트는 "구리를 한 겹 씌운 듯하다. 자연

이 온통 불타고 있는 것처럼 보인다".

　그녀는 책에서 눈을 떼고 자신을 바라보는 그의 눈을 본다. 그가 어둠을 가르며 말하기 시작한다.

　베두인들이 나를 살려 둔 데엔 이유가 있었어요. 내가 쓸모 있었던 거죠. 내 비행기가 사막에서 추락했을 때 그곳에 있던 누군가가 내게 기술이 있으리라고 추측했겠지요. 나는 지도 위의 형상만 보고도 이름도 없는 마을을 알아보는 사람이오. 바다와 같은 정보를 늘 내 안에 지니고 있소. 누군가의 집에 혼자 남겨지면 나는 책장으로 걸어가 책 한 권을 꺼내 들고 통째로 빨아들이는 사람이라오. 그렇게 역사가 우리에게 들어오지. 나는 해저 지도들, 땅을 보호하는 방어물의 취약점을 묘사한 지도들, 가죽 위에 십자군의 다양한 경로들을 그린 차트들도 다 알고 있소.
　그래서 나는 그들 사이에 추락하기 전에 그 지역을 알고 있었소. 더 일찍이 알렉산드로스가 이런 대의명분이나 저런 욕심 때문에 언제 그곳을 횡단했는지도 알고 있었지. 비단이나 샘이라면 얼이 빠지는 유목민들의 풍습도 알고 있었소. 어느 부족은 계곡 바닥 전체를 검게 물들였소. 대류를 촉진시켜서 비 올 확률을 높이려고 말이오. 그리고 구름의 배 속을 뚫을 만큼 높은 구조물을 짓기도 했소. 바람이 불기 시작하면 손바닥을 펴서 들어 올려 바람을 막는 부족도 있었지. 적시에 이렇게 하면 폭풍의 방향을 돌려 사막의 인접한 영역으로, 덜 사랑받는 다른 부족으로 향하게 할 수 있다고 믿는 거요. 모래에 파묻혀 죽는 경우가 끊임없이 일어납니다. 부족들은 손아귀에 모래를 움켜쥔 채 순식간에 역사 속 존재가 되었소.

사막에서는 경계 감각을 잃기 쉽소. 내가 공중에서 떨어져 사막으로, 그 노란 골짜기로 추락할 때 줄곧 생각했던 것은, 뗏목을 만들어야 해……. 뗏목을 만들어야 한다는 것이었소.

여기서 나는 건조한 모래 속에 있지만 물의 민족 사이에 있다는 걸 알았소.

타실리에서 나는 사하라 사람들이 갈대배를 타고 해마를 사냥하던 때의 그림이 새겨진 바위를 본 적이 있었소. 와디 수라에서는 벽에 온통 헤엄치는 사람들이 그려진 동굴을 여럿 보았지요. 그곳은 호수가 있었던 곳이오. 나는 그들을 위해 벽에 그 호수의 모양을 그려 줄 수도 있었소. 6천 년 전의 호숫가로 그들을 안내할 수도 있었지.

뱃사람에게 세상에서 가장 오래된 돛이 무엇인지 물어보면 누비아의 암벽화에서 볼 수 있는 갈대배 돛대에 매달린 사다리꼴 돛을 말할 거요. 왕조 시대 이전이지. 아직도 사막에서 작살이 발견되오. 이들은 물의 민족이었소. 오늘날에도 카라반들은 강처럼 보이지. 하지만 오늘날 이곳에서 물은 이방인이오. 물은 깡통이나 휴대 용기에 담겨 되실려 오는 유배자이자, 당신의 손과 당신의 입 사이에 있는 유령이지.

그들 사이에서 길을 잃고 내가 어디에 있는지 모를 때 내게 필요한 것은 단지 작은 산등성이의 이름, 지역의 풍습, 이 역사적인 동물의 세포 하나뿐이었소. 그러면 세계 지도가 제자리를 찾았으니까.

우리 대부분이 아프리카의 이런 지역에 대해 무엇을 알았겠소? 나일강의 군대는 사막 깊숙이 1,300킬로미터나 되는 전장을 오가며 움직였지. 휘핏 탱크, 블레넘 중거리 폭격기. 글래디에이터 복엽 전투기. 8천 명의 병력. 하지만 적이 누구였지? 이곳, 시레나이카의 비옥한 땅, 엘 아게일라의 소금 늪지의 동맹군은 누구였지? 유럽 전체가 북아프리카에서, 시디 레제흐에서, 바구오에서 자신들의 전쟁을 벌였던 거요.

그는 온몸이 두건으로 덮인 채 베두인이 끌고 가는 들것 위에 누워 닷새 동안 어둠 속에서 여행했다. 그는 기름 젖은 천에 싸여 있었다. 그러다가 갑자기 기온이 떨어졌다. 그들은 붉고 높은 협곡이 벽처럼 둘러싼 골짜기에 다다라 사막의 물 부족의 나머지 사람들과 합류했다. 그들은 모래와 바위 위로 흘러내리고 미끄러졌고, 그들이 입은 푸른색 망토는 우유의 물보라나 날개처럼 재빠르게 움직였다. 그들은 그의 몸에 달라붙은 부드러운 천을 떼어 내 걷어 올렸다. 그는 협곡의 커다란 자궁 안에 있었다. 높이 날던 말똥가리들이 그들이 야영하고 있는 바위 틈새로 천 년을 미끄러지듯 내려왔다.

아침이 되자 그들은 그를 **시크**의 가장 먼 곳으로 데려갔다. 그들은 이제 그의 주위에서 큰 소리로 이야기했다. 갑자기 사투리가 분명해졌다. 그를 이곳에 데려온 것은 땅에 묻혀 있는 총 때문이었다.

눈을 가린 얼굴이 정면을 향하고 손을 앞으로 1미터가량 내뻗게 한 채로 그는 무언가를 향해 실려 갔다. 이렇게 1미터를 움직이기 위해 며칠간 여행을 했던 것이다. 어떤 목적을 가지고 몸을 앞으로 기울여 무엇인가를 만지기 위해. 그의 두 팔은 여전히 부축을 받으며 손바닥을 펼쳐 아래로 향했다. 손이 스텐 경기관총 총신에 닿자 그를 잡고 있던 손길이 그를 놓아주었다. 말소리들이 멈췄다. 그는 무기를 식별하기 위해 그곳에 오게 된 것이다.

"12밀리미터 브레다 기관총. 이탈리아제."

그는 노리쇠를 뒤로 잡아당기고 손가락을 넣어 총알이 없는지 확인한 다음, 노리쇠를 제자리로 밀어 넣고 방아쇠를 당겼다. 찰칵. "유명한 총이지." 그가 중얼거렸다. 그는 다시 앞으로 옮겨졌다.

"프랑스제 7.5밀리미터 샤텔레로. 경기관총. 1924년식."

"독일제 7.9밀리미터 MG-15 공군용."

그들은 그를 각기 다른 총기 앞으로 데려 갔다. 무기들은 각기 다른 시대에 만들어졌고 여러 나라에서 온 것 같았다. 사막에 있는 박물관. 그는 총신과 탄창의 윤곽을 쓰다듬고 가늠쇠를 손가락으로 더듬었다. 그가 총 이름을 소리 내어 말하고 나면, 다른 총으로 옮겨졌다. 공식적으로 여덟 정의 총기가 그의 손에 들려졌다. 그는 프랑스어로 먼저 크게 말하고 그다음에 그 부족의 고유 언어로 총 이름을 반복했다. 하지만 그것이 그들에게 무슨 상관이었을까? 아마도 그들은 총 이름을 알려고 했던 것이 아니라 그가 그 총이 무엇인지 알고 있다는 사실을 확인하고자 했는지도 모른다.

그는 다시 손목을 잡혔다. 탄약 상자 속으로 손이 이끌려 들어갔다. 오른쪽에 있는 다른 상자 안에 실탄이 더 있었다. 이번에는 7밀리미터 실탄이었다. 그리고 다른 실탄들.

어린 시절 그는 숙모 밑에서 자랐다. 숙모는 잔디밭에 카드한 벌을 엎어 흩어 놓고 그에게 펠머니즘 게임을 가르쳐 주었다. 두 장의 카드를 뒤집어 보고 잘 기억했다가 각 카드의 짝을 맞추는 게임이었다. 또 다른 풍경 속이었다. 송어 개울이 있고, 간간이 끊어지는 소리만으로도 알아차릴 수 있는 새소리가 들리는 풍경. 완전히 이름 지어진 세계. 이제 그는 식물 섬유질로 된 복면으로 눈과 얼굴을 가린 채 실탄을 집어 들고 자신을 데리고 온 이들과 함께 움직였다. 총을 찾아 장전하고, 노리쇠를 당긴 다음 허공에 대고 쏘았다. 총소리가 협곡 벽을 타고 요란하게 울렸다. "메아리는 텅 빈 곳에서 스스로를 흥분케 하는 목소리의 영혼이기 때문이다." 음울하고 실성했다고 여겨진 어느 남자가 영국의 한 병원에 이런 문장을 적어 놓았다. 그리고 지금, 이 사막에서, 그는 제정신으로, 온전한 정신으로 카드를 뒤집고, 쉽사리 짝을 맞추고, 숙모에게 웃어 보이고, 조합에 성공할 때마다 허공에 총을 쏘았고, 그를 둘러싼 보이지 않는 남자들은 그가 총을 쏠 때마다 점차 환호로 화답했다. 한 방향을 향하도록 몸이 돌려지고 그는 낯선 인간 가마에 실려 이번에는 브레다 총으로 돌아간다. 실탄 상자와 개머리판에 평행 부호를 새긴 남자가 칼을 들고 그 뒤를 따른다. 고독 뒤에 오는 그 움직임과 환호를 그는 즐겼다. 그럴 작정으로 자신을 구해 준 사람들에게 자신의 기술로 이렇게 보답하는 것이었다.

그가 그들과 함께 여행할 마을에는 여자가 없는 곳들이 있다. 그의 지식은 부족에서 부족으로 유용한 계측기처럼 전해진다. 8천 명의 개개인을 대표하는 부족들. 그는 독특한 관습과 독특한 음악을 접한다. 대개 눈을 가린 채로 그는 음지나 부족이 환희에 차서 부르는 물 끌어 올리기 노래, 다히야 춤, 비상시 소식을 전하는 파이프 피리, 마크루나 이중 파이프(파이프 하나는 줄곧 웅웅거리는 단조로운 저음을 낸다)를 듣는다. 그런 다음 오현금의 지역으로 들어간다. 서곡과 간주곡의 마을 또는 오아시스. 손뼉 치기. 주고받는 춤.

땅거미가 진 후에야 그의 눈가리개가 풀린다. 비로소 그는 자신을 포로로 잡은 자이자 자신을 구해 준 자들을 목격할 수 있다. 이제 그는 자신이 어디에 있는지 안다. 그는 어떤 부족에게는 그들의 영역 경계를 넘어서는 지도를 그려 주기도 하고, 다른 부족에게는 총기 사용법을 설명하기도 한다. 악사들은 모닥불을 사이에 두고 그와 마주 보고 앉는다. 심시미야 음률이 돌풍에 울렸다 잦아든다. 혹은 선율이 불길 너머 그에게로 향한다. 소년이 춤을 추고 있다. 불빛에 비친 소년의 모습은 그가 이제까지 본 것들 중 가장 매혹적이다. 가냘픈 어깨는 파피루스처럼 희고, 모닥불 빛이 배에 맺힌 땀방울에 반사되고, 목부터 발목까지 미끼처럼 걸치고 있는 푸른 마 옷자락 사이로 언뜻언뜻 드러나는 소년의 알몸이 마치 한 줄기 갈색 번개처럼 보인다.

밤의 사막이 그들을 둘러싸고 있다. 태풍과 카라반이 느슨한 대형으로 사막을 가로지른다. 그의 주변에는 언제나 비밀과 위험이 도사리고 있다. 눈이 가려졌을 때 그는 손을 움직이다가 모래에 묻혀 있던 양날 면도칼에 손을 벤 적도 있다. 때때로 그는 이 모든 것이 꿈인지 아닌지도 모른다. 통증도 주지 않을 만큼 깔끔하게 벤 상처라 그는 피를 머리에 묻혀 (얼굴은 아직 만질 수 없었다) 그를 잡아 온 자들에게 상처를 알려 주어야 했다. 여자가 하나도 없는 이 마을로 그는 완전한 침묵 속에서 이끌려 왔고 한 달 내내 달을 보지 못했다. 이 모든 것이 꾸며 낸 것인가? 연고와 펠트와 어둠에 휩싸여 있는 동안 꿈을 꾼 것이었을까?

그들은 저주받은 우물들을 지나쳤다. 어떤 빈터에는 숨겨진 마을이 있었다. 그는 그들이 모래를 파내어 그곳에 묻혀 있는 방들에 다다를 때까지 기다리거나, 물의 은닉 장소를 파내는 동안 기다렸다. 그리고 천진난만하게 춤추는 소년에게는 그가 가장 순수한 소리라고 기억했던 소년 성가대원의 목소리처럼 순수한 아름다움이 깃들어 있다. 가장 맑은 강물, 가장 투명하게 깊은 바다. 오래전에 그 어떤 것도 매여 있지 않고 영원하지도 않은 바다였던 여기 이 사막에서 모든 것이 출렁거렸다. 마치 소년이 바다 또는 자기 자신의 푸른 태반에서 풀려나거나 감싸 안기듯 그를 휘감은 마 천이 일렁이는 것처럼. 스스로 발기된 소년, 모닥불 빛에 드러나는 소년의 성기.

이윽고 모닥불은 모래에 덮이고, 주위의 연기가 사그라든다. 맥박 또는 빗소리처럼 잦아드는 악기의 선율. 소년은 사라진 불 너머로 한 팔을 뻗어 파이프 피리를 잠재운다. 소년이 없다. 소년이 떠날 때 아무런 발자국조차 없다. 빌려 온 누더기뿐. 사내들 중 하나가 앞으로 기어가 모래 위에 떨어진 정액을 모은다. 그리고 그것을 백인 총기 전문가에게 가져와 그의 손에 건네준다. 사막에서는 오직 물만 찬미받는다.

그녀는 싱크대 앞에 서서 두 손으로 싱크대를 꽉 쥐고 장식용 벽토를 바른 벽을 바라본다. 그녀는 거울을 모두 치워 빈방에 쌓아 두었다. 그녀는 싱크대를 잡고 머리를 좌우로 흔들며 그림자의 움직임을 만든다. 두 손을 물에 적셔 머리카락이 완전히 젖을 때까지 머리카락을 빗어 내린다. 더위가 식는다. 밖으로 나가면 산들바람이 몸을 스치며 천둥을 잠재우는 것이 그녀는 좋다.

2

거의 폐허 속에서

양손에 붕대를 감은 그 남자가 우연히 화상 환자와 간호사에 대해 듣고, 그녀의 이름을 들은 것은 로마의 육군 병원에 네 달 넘게 입원해 있을 때였다. 그녀가 어디에 있는지 알아내기 위해 그는 출입구에서 돌아서서 방금 지나쳤던 의사들 사이로 되돌아갔다. 그는 그곳에서 오랫동안 회복 중이었지만, 사람들에게 알 수 없는 남자로 알려져 있었다. 이제 그가 그들에게 말을 걸고 그 이름에 대해 물어 그들을 놀라게 했다. 그동안 그는 한 번도 입을 열지 않았고, 이런저런 동작과 찡그린 얼굴, 가끔씩 웃음만으로 의사소통을 해 왔다. 그는 아무것도 밝히지 않았다. 이름조차도. 단지 자신이 연합군 소속임을 나타내는 군번만 적었을 뿐이었다.

그의 신원은 재차 조사되었고, 런던에서 보내온 전달로 확인되었다. 그에게는 쉽게 알아볼 수 있는 흉터들이 여럿 있었다. 그제야 의사들은 그에게 돌아와 그의 붕대를 보며 고개를 끄덕였다. 결국, 침묵을 원한 유명 인사였군, 전쟁 영웅.

그것이 그가 가장 안전하다고 느낀 방식이었다. 아무것도 밝히지 않는 것. 그들이 그에게 다가와 친절하게 대하거나, 속임수를 쓰거나, 칼을 들이댄다고 하더라도. 네 달이 넘도록 그는 한마디도 하지 않았다. 그들 앞에서, 이곳에 실려 와 손의 통증 때문에 정기적으로 모르핀을 맞던 때 거의 폐허와 다름없는 이곳에서 그는 덩치 큰 동물이었다. 그는 어둠 속에서 안락의자에 앉아 병동과 비품실을 오가는 환자들과 간호사들의 움직임의 흐름을 지켜보곤 했다.

그러나 지금, 복도에 모여 선 의사들을 지나쳐 가다가 여자의 이름을 듣는 순간, 그는 발걸음을 늦추고 몸을 돌려 그들에게 다가가서는 그녀가 어느 병원에서 근무하는지 물었다. 병원은 오래된 수녀원에 있다고 했다. 독일군에게 점령당했던 곳을 연합군이 포위망을 구축한 후 다시 병원으로 개조한 곳. 피렌체 북쪽 언덕 지방에 있다고. 건물 대부분이 폭격으로 무너져 안전하지 않은 곳. 임시 야전 병원이었다고 했다. 그러나 그 간호사와 그 환자는 떠나기를 거부했다고 했다.

왜 두 사람을 강제로 끌어내지 않았나요?

환자의 상태가 너무 심각해서 옮길 수 없다고 그 간호사가 주장했어요. 물론 그를 안전하게 데리고 나올 수도 있었지만, 요즘 같은 땐 다툴 시간이 없습니다. 그 여자도 상태가 말이 아니었지요.

부상을 입었나요?

아뇨, 부분적인 포탄 충격일 겁니다. 집으로 돌려보내야 했어요. 문제는 이곳에서 전쟁이 끝났다는 거예요. 더 이상 누구한테도 강요할 수 없어요. 환자들이 병원에서 걸어 나갑니다. 군인들도 귀국 명령을 받기 전에 무단 탈영하고 있습니다.

어느 빌라요? 그가 물었다.

정원에 유령이 있다고 하는 곳입니다. 산 지롤라모. 뭐, 그 여자는 자기만의 유령을 데리고 있는 셈이에요. 화상 환자지요. 얼굴은 있지만 알아볼 수가 없어요. 신경이 모두 상했어요. 얼굴에 대고 성냥을 그어도 표정이 변하지 않을걸요. 얼굴이 잠든 상태죠.

그 남자가 누굽니까? 그가 물었다.

이름을 모릅니다.

말을 하지 않나요?

의사들 무리가 웃었다. 아뇨, 말하죠. 항상 말을 해요. 다만 자기가 누구인지 모르는 겁니다.

그자는 어디서 왔소?

베두인족이 그를 시와 오아시스로 데려왔어요. 그랬다가 한동안 피사에 있었고…… 아마도 아랍인 누군가가 그의 이름표를 달고 있을 겁니다. 팔아 버릴 수도 있으니 언젠가 우리 손에 들어오겠지요. 어쩌면 팔지 않을 수도 있어요. 멋진 부적이거든요. 사막에 추락한 조종사들은 하나같이 신원을 밝혀 줄 것이 전혀 없이 돌아오지요. 이제 그는 토스카나에 있는 별장에 몸을 맡겼고, 여자는 그를 떠나지 않겠답니다. 무조건 거부하는 거죠. 연합군은 그곳에 백 명의 환자를 수용했어요. 그전에는 독일군이 그곳을 소규모 부대로 점령하고 최후의 거점으로 삼았었죠. 일부 방은 벽에 그림이 그려져 있고 방마다 계절이 다릅니다. 빌라 바깥에는 협곡이 있어요. 피렌체에서 약 32킬로미터 떨어진 언덕에 있죠. 물론 통행증이 필요할 겁니다. 누군가가 당신을 모셔다 드릴 수 있을 겁니다. 그쪽은 아직도 끔찍합니다. 죽은 소 떼. 총 맞아 죽고 절반쯤 먹혀 버린 말들. 다리에 거꾸로 매달린 사람들. 전쟁이 저지른 최후의 만행이죠. 아주 위험합니다. 아직 공병들이 치우러 들어가지 않았거든요. 독일군은 퇴각하면서 가는 곳마다 지뢰를 묻었어요. 병원 위치로는 끔찍한 곳이죠. 시체 냄새가 가장 심합니다. 이 나라를 씻어 내려면 폭설이 내려야 해요. 까마귀들도 있어야 하고.

고맙소.

그는 병원에서 걸어 나와 햇볕 아래로 나섰다. 몇 개월 만에 처음으로 그의 마음속에 유리처럼 자리 잡은, 녹색 불빛이 비치는 병실을 벗어나 트인 공간으로 나선 것이다. 그는 그 자리에 서서 모든 것을, 모든 사람들의 부산함을 들이마셨다. 우선 고무 밑창 신발을 구해야겠군. 그는 생각했다. **젤라토**가 있어야겠군.

그는 흔들리는 기차 안에서 잠들기가 어렵다는 것을 깨달았다. 같은 칸에 있는 다른 사람들이 담배를 피운다. 관자놀이가 창틀에 부딪힌다. 다들 어두운 옷을 입었고 객차 안은 타들어

가는 담배 연기로 불이라도 난 듯했다. 기차가 묘지를 지날 때마다 주위에 있는 여행객들이 성호를 그었다. 그 여자도 상태가 말이 아니었지요.

편도샘에는 젤라토지. 기억이 났다. 편도샘 수술을 받으러 가는 소녀와 그 소녀의 아버지와 동행했을 때. 소녀는 병동이 다른 아이들로 가득 찬 것을 보더니 무조건 싫다고 했다. 더없이 싹싹하고 말 잘 듣는 아이가 갑자기 돌덩이처럼 요지부동으로 싫다고만 하는 고집쟁이가 된 것이다. 당시의 지혜에 따르면 수술해야 했지만, 아무도 그녀의 목구멍에서 아무것도 떼어 내지 못했다. 그녀는 '그것'이 어떻게 생겼든 달고 살게 되었다. 그는 아직도 편도샘이 무엇인지 알지 못했다.

그들은 한 번도 내 머리는 건드리지 않았어, 그는 생각했다. 이상한 일이지. 가장 고통스러운 시간은 그들이 다음에 무엇을 할지, 다음에는 무엇을 잘라 낼지 그가 상상하기 시작했을 때였다. 그때마다 그는 늘 자신의 머리를 떠올렸다.

천장에 쥐가 있는 듯한 소란스러움.

그는 배낭을 들고 복도 끝에 섰다. 그는 가방을 내려놓고 어둠과 띄엄띄엄 고인 촛불들 너머로 손을 흔들었다. 그녀를 향해 걸어가는 그의 발소리가 전혀 나지 않았고, 바닥에 울리는 소리도 전혀 없었다. 그 때문에 그녀는 놀랐지만, 그가 소란을 피우지 않고 그녀와 영국인 환자의 내밀한 공간에 다가올 수 있다는 것이 그녀에게는 어딘지 익숙하고 안심도 되었다.

그가 긴 복도의 등불 앞을 지날 때 불빛이 그의 그림자를 앞으로 길게 내던졌다. 그녀가 기름 등불의 심지를 높여 그녀 주위에 불빛을 돋았다. 그가 다가와 마치 삼촌인 양 그녀 곁에 웅크리고 앉는 동안 그녀는 책을 무릎 위에 얹은 채 가만히 앉아 있었다.

"편도샘이 뭔지 말해 주렴."

그를 응시하는 그녀의 눈.

"네가 병원을 뛰쳐나갔던 일이 자꾸 떠오르는구나. 남자 어른 둘이 뒤에서 따라가고."

그녀가 고개를 끄덕였다.

"네 환자가 저 안에 있니? 들어가도 될까?"

그녀는 고개를 저었다. 그가 다시 말할 때까지 줄곧 고개를 저었다.

"그럼, 내일 보지. 내가 있을 곳을 말해 주렴. 침대보는 필요 없다. 부엌이 있니? 널 찾느라 아주 이상한 여행을 했지."

그가 복도를 따라 멀어지자 그녀는 탁자로 돌아와 몸을 떨면서 자리에 앉았다. 스스로를 추스르기 위해서는 이 탁자와 반쯤 읽다 만 이 책이 필요했다. 그녀가 알던 남자가 단지 그녀를 만나기 위해 기차를 타고 그 먼 길을 와서 마을에서 6킬로미터나 되는 오르막길을 걸어와 복도를 따라 이 탁자까지 왔다. 몇 분 후, 그녀는 영국인의 방으로 들어가 그를 내려다보고 섰다.

벽의 나뭇잎들에 흐르는 달빛. 정밀하게 그려진 그림을 진짜처럼 보이게 하는 유일한 빛이었다. 그녀는 그 꽃을 꺾어 자기 옷에 꽂을 수 있을 것 같았다.

카라바조라는 이름의 그 남자는 밤의 소음을 들을 수 있게 방에 있는 모든 창문을 열어젖힌다. 그는 옷을 벗고 손바닥으로 목을 부드럽게 문지른 다음, 정돈되지 않은 침대에 잠시 눕는다. 나무들이 내는 소음, 부서지는 달빛이 은빛 물고기가 되어 밖에 핀 과꽃 이파리마다 너울거린다.

달은 살갗처럼, 한 움큼의 물처럼 그에게 닿는다. 한 시간 후, 그는 빌라의 지붕 위에 있다. 꼭대기에 올라선 그는 지붕 경사면을 따라 포탄을 맞은 부분이 있고, 빌라 주변으로 1,500평의 정원과 과수원이 파괴되어 있음을 알아차린다. 그는 그들이 이탈리아 어디쯤 있는지 둘러본다.

*

아침에 분수 옆에서 그들은 머뭇거리며 대화한다.

"이제 이탈리아에 있으니, 베르디에 대해 좀 더 알아봐야겠구나."

"네?" 그녀는 분수 안에서 침대보를 빨다가 고개를 든다.

그가 그녀의 기억을 되살려 준다. "언젠가 넌 내게 베르디를 사랑한다고 말했지."

해나는 당황하여 고개를 숙인다.

카라바조는 주위를 걸어 다니며 처음으로 건물을 쳐다보고, 로지아에서 정원을 유심히 내려다보기도 한다.

"그래, 예전에 넌 그를 사랑했었지. 늘 주세페에 대한 새로운 정보를 들고 와서 우리 모두를 괴롭히곤 했어. 정말 대단한 사람이에요! 모든 면에서 최고예요. 그렇게 말하곤 했지. 우쭐대는 열여섯 살짜리에게 우린 동의할 수밖에 없었어."

"그 소녀가 어떻게 됐는지 궁금하네요." 그녀가 세탁한 침대보를 분수대 난간에 펼쳐 넌다.

"넌 무모한 의지를 가진 아이였지."

그녀는 돌을 깔아 놓은 길을 걸어간다. 군데군데 깨진 돌 틈새로 풀이 자라 있다. 그는 검은 스타킹을 신은 그녀의 발과 얇은 갈색 드레스를 쳐다본다. 그녀가 난간에 기댄다.

"내가 여기 온 건, 맞아요, 인정해요, 마음 한구석에 있는 무언가가 나를 이곳으로 이끌었어요, 베르디를 찾아서요. 그리고 물론 아저씨도, 아버지도 전쟁에 나가셨죠……. 저기 매들 좀 보세요. 매일 아침 여기에 와요. 다른 모든 것은 전부 망가지고 산산조각 났어요. 이 빌라 전체에서 물이 나오는 곳은 이 분수대뿐이에요. 연합군이 떠날 때 수도관을 분해했어요. 그렇게 하면 내가 떠날 거라고 생각한 거죠."

"그랬어야 해. 아직 이 지역을 군대가 치워야 해. 불발탄이 사방에 널려 있어."

그녀가 그에게 다가와 자기 손가락을 그의 입에 댄다.

"카라바조 아저씨를 다시 만나서 참 기뻐요. 다른 사람들은 이리에요. 하지만 나를 설득해 떠나게 하려고 오신 거라고는 말하지 마세요."

"난 윌리처 오르간이 있는 작은 술집을 찾아가 빌어먹을 폭탄이 터지지 않는 곳에서 술을 마시고 싶어. 프랭크 시내트라 노래도 듣고. 우리에겐 음악이 필요해." 그가 말한다. "네 환자에게도 좋을 거야."

"그는 아직도 아프리카에 있어요."

그는 그녀를 바라보며 그다음 말을 기다린다. 그러나 영국인 환자에 대해 그녀는 더 이상 말이 없다. 그가 나직이 말한다. "영국인들 중에는 아프리카를 사랑하는 사람들이 있지. 그 사람들 뇌의 일부는 사막을 고스란히 담고 있어. 그래서 그 사람들은 거기서 외국인이 아닌 거야."

그는 그녀의 고개가 살짝 끄덕이는 것을 본다. 신비롭게 얼굴을 가리는 긴 머리카락 없이 짧게 자른 머리에 여윈 얼굴. 오히려 그녀는 자신만의 세계에서 평온해 보인다. 뒤편에 물이 콸콸 흐르는 분수, 매, 폐허가 된 빌라의 정원.

어쩌면 이것이 전쟁에서 벗어나는 방법일지도 모른다고 그는 생각한다. 돌봐야 할 화상 입은 사내, 분수대에서 세탁해야 할 침대보 몇 장, 벽에 정원이 그려져 있는 방. 마치 남아 있는 것이라곤 과거를 담은 캡슐인 듯이. 베르디보다도 훨씬 오래전의 과거, 난간이나 창문을 고려 중인 메디치 가문 사람들, 15세기 최고의 건축가를 초대해 한밤중에 촛불을 밝혀 들고 그 풍경을 담아낼 더 훌륭한 무언가를 요청했던 과거.

"계속 머무르실 거라면……." 그녀가 말한다. "식량이 더 필요해요. 제가 채소를 심어 두었고 콩 한 자루도 있지만 닭이 몇 마리 있어야 해요." 그녀는 카라바조를 바라본다. 그의 예전 기술을 알고 있지만 겉으로 말하지는 않는다.

"배짱을 잃었어." 그가 말한다.

"그럼, 제가 같이 갈게요." 해나가 제안한다. "같이 해요. 제게 도둑질하는 법을 가르쳐 주세요. 어떻게 하는지 보여 주시면 되죠."

"내 말을 못 알아듣는군. 배짱이 없어졌단 말이야."

"왜요?"

"붙잡혔지. 망할 놈의 손을 잘릴 뻔했어."

가끔씩 밤에 영국인 환자가 잠들거나, 또는 그의 방문 밖에서 한동안 혼자 책을 읽고 난 뒤 그녀는 카라바조를 찾아 나선다. 그는 정원 분수대 석조 난간에 누워 별을 바라보고 있거나 아래층 테라스에서 그녀와 마주친다. 이런 초여름 날씨에 그는 밤에 실내에 머물러 있기 힘들어한다. 대체로 그는 지붕 위 부서진 굴뚝 옆에 있다가 그를 찾아 테라스를 가로지르는 그녀의 모습이 보이면 조용히 내려온다. 그녀는 어느 백작의 머리 없는 동상 근처에서 그를 찾아낸다. 근처에 있던 고양이 중 한 마리가 동상의 잘린 목 위에 즐겨 앉았다가 사람들이 나타나면 근엄하게 반색한다. 어둠을 아는 이 남자, 술 취하면 올빼미 가족 손에 자랐다고 우기던 남자.

피렌체와 그 도시의 불빛이 멀리 보이는 곳에 있는 두 사람. 그녀가 보기에 그는 이따금 미친 사람 같다. 아니면 지나치게 평온하다. 낮에는 그가 어떻게 움직이는지 그녀는 더 잘 알아차린다. 붕대를 감은 손 위로 뻣뻣하게 굳은 팔도, 그녀가 언덕 위 어딘가를 가리키면 목만 움직이는 것이 아니라 몸 전체를 돌리는 것도. 그러나 그녀는 이런 것들에 대해 그에게 아무 말도 하지 않는다.

"내 환자는 공작 뼛가루가 훌륭한 치료제라고 생각해요."

그가 밤하늘을 올려다본다. "그렇군."

"그때 아저씨는 첩자였나요?"

"꼭 그렇지는 않아."

환자 방에 있는 등불이 어른어른 내리비치는 어두운 정원에서 그는 자신의 모습을 그녀에게서 더 잘 숨길 수 있어 더 편안하게 느낀다. "우리는 가끔 무언가를 훔치기 위해 파견됐어. 내가 이탈리아인인 데다 도둑 아닌가. 그들에게는 믿을 수 없을 정도의 행운이었지. 서로 나를 이용하려고 아우성이었어. 나 같은 놈이 네다섯 있었지. 난 한동안 잘 해냈어. 그러다 우연히 사진에 찍혔어. 상상이 되나?

난 연미복을 입고 있었어. 원숭이 정장 말이야. 파티를 여는 어느 모임에 들어가 서류를 훔치려고. 정말로 난 그저 도둑이었어. 무슨 엄청난 애국자도 아니고, 대단한 영웅도 아니라고. 그들이 내 기술을 그저 공식적으로 만들어 준 것뿐이었지. 그런데 어떤 여자가 사진기를 들고 와서 독일군 장교들 사진을 찍고 있었어. 그러다 무도회장을 가로질러 걸어가는 내가 찍힌 거야. 걸음을 내딛는 도중에 셔터 소리가 들려 내가 저절로 고개를 돌리게 되었던 거지. 그래서 갑자기 앞으로의 모든 일이 위험해졌지. 어떤 장군의 정부였어.

전쟁 중에 찍힌 사진은 모두 정부 사진 부서에서 공식적으로 인화하게 되어 있어. 게슈타포의 검사를 받게 되고. 그러니 그 필름이 밀라노의 사진소로 넘어가면, 아무 명단에도 없던 내가 공식적으로 기록에 남겨지겠지. 그 말은 어떻게든 내가 그 필름을 훔쳐 내야 한다는 거였어.”

그녀는 영국인 환자를 들여다본다. 그의 잠든 몸은 아마도 멀리 떨어진 사막 어딘가에 있을 것이다. 발바닥을 오므려 만든 컵에 손가락을 연이어 담그는 사내에게 치료를 받으며. 그 사내는 몸을 앞으로 기울여 거무스름한 반죽을 화상 입은 얼굴에 대고 누를 것이다. 그녀는 자신의 뺨에 얹히는 그 손의 무게를 상상해 본다.

그녀는 복도를 걸어 내려와 그물 침대에 오른다. 바닥에서 두 발을 모두 올리며 그물 침대를 흔든다.

잠들기 직전에 그녀는 가장 생기 넘친다고 느낀다. 어린아이가 교과서와 연필을 챙겨 들듯이 그날의 순간순간을 침대로 가지고 들어가 그날 하루의 조각들 사이를 뛰어다닌다. 그때가 되기까지 하루는 뒤죽박죽인 듯하다. 이 시간들은 그녀에게 거래 명세 장부와도 같고, 그녀의 몸은 이야기들과 사건들로 가득 찬다. 예를 들어 카라바조는 그녀에게 무언가를 주었다. 그의 동기, 한 편의 연극, 그리고 도둑맞은 이미지.

　그는 차를 타고 파티장을 떠난다. 자동차는 여름밤의 잉크처럼 고요하게, 조용히 웅웅거리며 구부러진 자갈길을 따라 천천히 경내를 빠져나간다. 빌라 코시마의 파티에서 남은 저녁 시간 동안 그는 사진을 찍은 사람을 쳐다보며 여자가 자기 방향을 찍으려고 사진기를 들 때마다 재빨리 몸을 돌렸다. 사진기가 있다는 것을 알았으니 피할 수 있다. 그는 그녀가 나누는 대화가 들리는 곳으로 움직인다. 그녀의 이름은 안나, 어느 장군의 정부로 빌라에서 밤을 보내고 아침에 토스카나를 지나 북쪽으로 갈 예정이다. 여자가 죽거나 갑자기 사라진다면 의심을 살 수 있다. 조금이라도 눈에 띄는 것은 수사를 받는 때다.
　네 시간 후, 그는 양말 바람으로 잔디밭을 달린다. 달빛에 비친 그의 그림자가 발밑에 드리워진다. 그는 자갈길 앞에서 멈춰 서서 천천히 자갈을 밟으며 움직인다. 그는 빌라 코시마를, 네모난 달 같은 창문을 올려다본다. 전쟁 여인들의 궁전.
　호스에서 뿜어지는 듯한 자동차 불빛이 그가 있는 방을 비추자, 그는 다시 한번 발을 옮기다 말고 멈춰 선다. 여자의 눈이 자신을 향하고 있다. 그녀의 금발 머리에 손가락을 묻고 한 남자가 그녀의 몸 위에서 움직이고 있다. 그리고 그는 그녀가 자신을 알아보았다는 것을 눈치챈다. 아까 붐비는 파티에서 그녀가 사진을 찍었던 바로 그 남자가 지금은 알몸이긴 하지만, 어둠 속에서 불빛에 몸이 드러나자 깜짝 놀라 반쯤 돌아선 채 우연히 아까와 똑같은 자세로 서 있다. 자동차 불빛이 구석까지 비추고 사라진다.

그러고는 칠흑 같은 어둠. 그는 움직여야 할지, 그 여자가 지금 자신과 섹스하고 있는 남자에게 방 안에 다른 사람이 있다고 속삭일지 알 수 없다. 벌거벗은 도둑. 벌거벗은 암살자. 침대 위의 커플을 향해, 목을 부러뜨리려고 두 손을 뻗은 채, 움직여야 할까?

그는 남자의 몸놀림이 계속되는 소리를 듣고 여자의 침묵도 듣는다. 아무런 속삭임이 없다. 그는 그녀의 생각을, 어둠 속에서 그를 향하고 있는 그녀의 눈을 듣는다. 어렴풋이 생각하려 한다는 표현이 옳으리라. 카라바조의 마음은 여기에 빠져든다. 솜씨 없는 직공이 반쯤 조립된 자전거를 만지작거리듯 생각을 모으고 있음을 암시하는 추가 음절. 말이란 까다로워. 바이올린보다 훨씬 더 다루기 어렵지. 그의 친구가 이렇게 말한 적이 있었다. 그의 머릿속에 여자의 금발 머리와 머리에 꽂힌 검은 리본이 떠오른다.

그는 차가 방향을 트는 소리를 듣고 불빛이 또 한 차례 지나가는 순간을 기다린다. 어둠 속에서 드러난 그 얼굴은 여전히 화살처럼 그에게 꽂혀 있다. 불빛이 그녀의 얼굴에서 장군의 몸 위로, 카펫 위로 옮겨 간 다음 다시 한번 카라바조를 스치고 미끄러진다. 더 이상 그녀가 보이지 않는다. 그는 고개를 저으며 손짓으로 자신의 목을 자르는 시늉을 한다. 그녀가 이해할 수 있도록 사진기가 그의 손에 들려 있다. 그리고 그는 다시 어둠 속에 잠긴다. 그제야 그녀가 연인을 향해 내는 쾌감의 신음이 들린다. 그는 그것이 수락의 표시임을 알아차린다. 아무 말도 없고, 빈정대는 기색도 없다. 단지 그와의 계약, 이해했다는 모스 신호. 그는 이제 안전하게 베란다로 나가 밤 속으로 뛰어내리면 된다는 것을 안다.

그녀의 방을 찾는 일이 더 어려웠다. 그는 빌라에 진입한 후 반쯤 불이 켜진 복도를 따라 17세기 벽화들을 조용히 지나쳤다. 건물 어딘가에 황금 정장에 달린 어두운 주머니 같은 침실들이 있었다. 경비병들을 통과할 수 있는 유일한 방법은 아예 얼간이로 자신을 드러내는 것뿐이었다. 그는 옷을 모조리 벗어 화단에 숨겨 두고 왔다.

그는 벌거벗은 채로 천천히 계단을 올라 경비병들이 있는 2층으로 간다. 웃으며 몸을 가리려는 듯 고개가 거의 엉덩이에 닿을 정도로 몸을 구부린 채, 경비병을 팔꿈치로 살짝 찌르면서, 그날 저녁의 초대에 대해 넌지시 알린다. **알 프레스코**였던가? 아니면 **아카펠라**의 유혹?

3층에는 긴 복도가 있다. 계단 옆에 경비병 한 명과 저쪽 끝에 대략 18미터 거리에 또 한 명. 너무 멀리 떨어져 있다. 그러니 긴 연극 무대. 이제 카라바조는 양쪽 끝에 버팀목처럼 선 경비병들이 묵묵히 보내는 의심과 조소의 시선을 받으면서 연기를 해야 한다. 카라바조는 우쭐대듯 걷다가 숲속 당나귀가 그려진 벽화 일부를 들여다보려는 듯 멈춰 선다. 그는 거의 잠이 드는 것처럼 머리를 벽에 기댄다. 다시 걷다가 비틀거리다가 이내 몸을 추스르고 군대식 걸음걸이로 돌아온다. 자신처럼 알몸인 아기 천사들이 그려진 천장을 향해 흐트러진 왼손을 흔든다. 도둑의 경례, 자신의 신분을 숨기고 목숨을 구하기 위해 추는 왈츠. 성곽, 흑백의 성당들, 전쟁 중의 이 화요일에 승천하는 성인들, 벽화의 장면이 맥락 없이 그를 스치는 동안의 짧은 왈츠. 카라바조는 자신이 찍힌 사진을 찾아 어슬렁거리고 있다.

그는 신분증을 찾는 듯 맨가슴을 더듬다가 자기 성기를 움켜쥐고 열쇠로 사용하는 척한다. 경비병이 지키고 있는 방으로 들어가는 열쇠. 웃음을 터뜨리고 그는 뒤로 휘청거리며 물러선다. 자신의 비참한 실패를 안타까워하다가 콧노래를 흥얼거리며 옆방으로 들어간다.

그는 창문을 열고 베란다로 나간다. 어둡고 아름다운 밤. 그러고는 베란다를 타고 한 층 아래 베란다로 뛰어내린다. 비로소 안나와 그녀의 장군이 있는 방에 들어갈 수 있다. 그들 사이에는 향수 냄새만이 떠돈다. 발자국이 없는 발. 그림자도 없다. 오래전에 그는 누군가의 아이에게 자기 그림자를 찾는 사람 이야기를 해 준 적이 있다. 지금 그는 필름 한 조각에 담긴 자기 모습을 찾고 있다.

방에 들어서자마자 그는 성교의 움직임이 시작되었음을 바로 알아차린다. 의자 등받이에 널리고 바닥에 떨어진 여자의 옷을 더듬는 그의 손. 그는 바닥에 누워 카펫 위를 구른다. 그 방의 피부에 닿아 사진기처럼 단단한 물건을 느낄 수 있도록. 그는 소리 없이 선풍기 팬이 돌듯 구르지만 아무것도 찾아내지 못한다. 한 조각의 빛도 없다.

그는 일어서서 천천히 팔을 내민다. 대리석의 가슴이 만져진다. 그의 손은 대리석상의 손을 따라간다. 이제 그는 그 여자가 생각하는 방식을 이해한다. 석상의 손끝에 카메라 끈이 걸려 있다. 그 순간 자동차 소리가 들린다. 그가 몸을 돌리는 동시에 갑자기 쏟아진 자동차 불빛에 드러난 그의 모습이 여자의 눈에 띈다.

카라바조는 해나를 바라본다. 그녀는 그를 마주하고 앉아 그의 눈을 들여다보며 그를 읽어 내려고, 그의 아내가 전에 그랬던 것처럼 생각의 흐름을 이해하려고 한다. 그는 자신을 살피면서 흔적을 찾으려는 그녀를 지켜본다. 그는 생각을 접고 그녀와 시선을 마주친다. 그는 자신의 눈이 흠결 없다는 것을, 강물처럼 맑고, 풍경처럼 나무랄 데 없다는 것을 안다. 사람들이 그 속에서 넋을 잃는다는 것도 안다. 그는 얼마든지 숨길 수 있다. 그러나 소녀는 의아한 표정으로 그를 바라본다. 마치 사람의 음성이 아닌 어조나 음조를 들은 개가 그러듯이 고개를 갸우뚱한 채. 그녀는 그가 싫어하는 색깔인, 피처럼 검붉은 벽 앞에 그를 마주하고 앉아 있다. 검은 머리와 그 표정, 호리호리하고, 시골의 모든 햇볕에 그을린 올리브색 피부, 그녀에게서 그는 아내를 떠올린다.

돌아서면 아내의 모든 몸짓을 떠올릴 수 있고 아내의 모든 면을, 밤에 그의 심장 위에 놓인 그녀의 손목 무게감도 묘사할 수 있지만, 요즈음 그는 아내에 대해 생각하지 않는다.

그는 탁자 아래로 손을 내리고 앉아 여자가 먹는 것을 지켜본다. 식사 시간에는 늘 해나와 함께 앉지만, 아직도 그는 혼자 먹는 것을 선호한다. 허영심, 그는 생각한다. 부질없는 인간의 허영심. 그녀는 창문 너머로 예배당 옆 서른여섯 개의 계단 중 하나에 앉아 포크나 칼도 없이, 마치 동양에서 온 사람처럼 식사하는 법을 배우고 있는 양, 두 손으로 음식을 먹는 그의 모습을 본 적이 있다. 잿빛으로 세어 가는 짧게 깎은 턱수염에서, 짙은 색 재킷을 입은 그의 모습에서 이제야 그의 이탈리아인다움이 보인다. 그 점이 점점 더 뚜렷해진다.

그는 적갈색 벽을 등지고 있는 그녀의 어둠, 그녀의 피부, 짧게 자른 검은 머리카락을 바라본다. 그는 전쟁 전 토론토에서 그녀와 그녀의 아버지를 알고 지냈다. 그때 그는 도둑이었고, 유부남이었으며, 스스로 선택한 세계를 느긋한 자신감으로 헤쳐 나갔다. 부자들을 상대로 한 사기에 능숙했고 아내 지아네타를 향해서나 친구의 이 어린 딸에게는 매혹적이었다.

그러나 이제 그들을 둘러싼 세계는 거의 사라졌고, 그들은 억지로 그들 자신에게 돌아갈 수밖에 없다. 그즈음 피렌체 근처의 언덕 마을에 비가 오는 날이면 그는 실내에 머물며 부엌에 있는 부드러운 의자나 침대 속에서, 또는 지붕 위에서 공상을 펼칠 뿐, 행동으로 옮길 아무런 계획도 없이, 오로지 해나에게만 관심을 둔다. 그리고 그녀는 위층에서 죽어 가는 남자에게 자신을 스스로 묶어 둔 듯하다.

식사하는 동안 그는 소녀를 마주 보고 앉아 그녀가 먹는 모습을 지켜본다.

반년 전, 해나는 피사의 산타 키아라 병원의 긴 복도 끝에 있는 창문으로 흰 사자를 볼 수 있었다. 흉벽 꼭대기에 홀로 선 사자는 두오모 성당과 캄포산토 성당의 흰 대리석과 그 색깔로 이어져 있지만, 투박하고 소박한 형태로 미루어 보아 다른 시대의 일부인 듯했다. 받아들여야만 하는 과거로부터의 선물처럼. 하지만 그녀는 이 병원을 둘러싼 모든 사물 중에서 유독 이 사자를 기꺼이 받아들였다. 자정이 되면 그녀는 창밖을 내다보며 통금 등화관제로 깜깜한 암흑 속에 흰 사자가 서 있다는 것과 새벽 근무에 그녀가 나서는 것처럼 사자도 그때 모습을 나타내리라는 것을 알았다. 그녀는 다섯 시나 다섯 시 삼십 분에, 그리고 여섯 시에 한 번 더 사자의 윤곽과 점점 더 분명해지는 세부적인 모습들을 내다보곤 했다. 매일 밤 그녀가 환자들 사이를 돌아다니는 동안 사자는 그녀의 파수꾼이었다. 포격 속에서도 군대는 흰 사자를 그곳에 남겨 두었다. 탑이 마치 포탄 충격에 빠진 사람처럼 비스듬히 서 있다는 얼빠진 논리로, 웅장한 그 건물의 나머지 부분에 대해 훨씬 더 걱정했기 때문이다.

병원 건물은 오래된 수도원 부지에 자리 잡고 있었다. 수천 년 동안 수도사들이 지나치리만큼 정성 들여 다듬었던 정원수들은 더 이상 어떤 동물 형상이었는지 알아볼 수 없었고, 낮이면 그 잃어버린 형상들 사이로 간호사들이 환자들을 밀고 다녔다. 하얀 돌만 영원히 남아 있는 듯했다.

간호사들 역시 주변에서 죽어 가는 환자들로 충격에 휩싸였다. 혹은 편지 한 통처럼 사소한 것에서도. 그들은 잘린 팔을 들고 복도를 걸어가거나, 마치 우물인 듯 피가 멈추지 않는 부상 부위를 연신 닦아 냈다. 그러면서 그들은 아무것도 믿지 않고 아무것도 신뢰하지 않기 시작했다. 지뢰를 해체하던 사람이 지뢰가 폭발하는 순간 무너지는 것처럼 그들은 무너졌다. 산타키아라 병원에서 한 관리가 백여 개의 병상 사이로 걸어 들어와 아버지의 죽음을 알리는 편지를 그녀에게 건넸을 때 해나가 무너진 것처럼.

하얀 사자.

영국인 환자를 만난 것은 그 후 얼마 지나지 않아서였다. 화상을 입은 동물처럼 긴장되고 어두워 보이는 그는 그녀에게 깊은 늪이었다. 그리고 몇 달이 지난 지금, 그는 빌라 산 지롤라모에서 그녀의 마지막 환자가 된다. 그들에게는 전쟁이 끝났기에, 그 둘은 다른 사람들과 함께 안전한 피사의 병원으로 돌아가는 것을 거부한다. 소렌토와 마리나 디 피사 등 모든 항구는 집으로 돌아갈 날만 손꼽아 기다리는 북미 군인과 영국 군인들로 가득 차 있다. 그러나 그녀는 자신의 제복을 빨아서 갠 다음 떠나는 간호사들 편에 보냈다. 모든 지역에서 전쟁이 끝난 게 아니라고 사람들은 말했다. 전쟁은 끝났어요. 이 전쟁은 끝났어요. 이곳에서의 전쟁은요. 그들은 그녀가 탈영하는 것과 다름없다고 했다. 이건 탈영이 아니에요. 난 여기 남을 겁니다. 그녀는 제거되지 않은 지뢰와 식수와 식량 부족에 대해 경고를 받았다. 그녀는 2층의 화상 입은 남자, 영국인 환자에게 올라가 자신도 남겠다고 말했다.

그는 아무 말도 하지 않고 그녀를 향해 고개조차 돌리지 못했지만, 그의 손가락이 그녀의 하얀 손안으로 미끄러져 들어갔다. 그리고 그녀가 몸을 숙이자 그는 검은 손가락을 그녀의 머리카락 안에 넣고 손가락 사이의 골짜기로 상쾌한 머리카락을 느꼈다.

몇 살이오?

스무 살이에요.

어떤 공작이 있었지. 그가 말했다. 그 사람은 죽어 갈 때 피사의 탑 허리까지 실려 가 중간 높이에서 밖을 내다보며 죽고 싶어 했지.

제 아버지의 친구는 상하이 춤을 추다가 죽기를 원했죠. 그게 뭔지는 저도 몰라요. 아버지의 친구분도 들어 보기만 했을 뿐이었어요.

부친께선 무얼 하시지?

아버지는…… 아버지는 전쟁에 계세요.

당신도 전쟁에 있잖소.

그녀는 그에 대해 아무것도 모른다. 한 달이 넘도록 그를 돌보고 모르핀 주사를 놓아 주면서도. 처음에는 두 사람 모두 서로에게 낯을 가렸다. 둘만 남았다는 사실이 더욱 그렇게 만들었다. 그러다가 갑자기 그런 느낌을 넘어섰다. 환자들과 의사들과 간호사들과 장비와 시트와 수건, 모두 언덕을 내려가 피렌체로, 그리고 피사로 돌아갔다. 그녀는 코데인 알약과 모르핀을 쟁여 놓았다. 그녀는 그들이 떠나는 것을, 줄지어 선 트럭의 행렬을 지켜보았다. 그럼, 안녕히 가세요. 그의 창가에서 손을 흔들고 그녀는 덧문을 닫았다.

빌라 뒤에는 암벽이 집보다 높게 솟아 있었다. 건물 서쪽으로는 울타리로 둘러싸인 긴 정원이, 32킬로미터쯤 멀리에는 융단처럼 펼쳐진 피렌체가 있었다. 종종 계곡의 안개 밑으로 사라지는 도시. 이웃의 오래된 메디치 빌라에 거주하는 장군 중 하나가 나이팅게일을 잡아먹었다는 소문이 돌았다.

악마에게서 주민들을 보호하기 위해 지어진 빌라 산 지롤라모는 포위된 요새 같은 모습이었다. 포격이 시작된 처음 며칠 동안 대부분의 조각상 팔다리가 날아가 버렸다. 집과 풍경 사이의 경계, 파손된 건물과 불타고 포격당한 땅의 잔해 사이에 경계가 거의 없어 보였다. 해나에게 야생의 정원은 멀리 있는 방과 같았다. 늘 불발 지뢰들을 의식하며 그녀는 정원 가장자리를 따라 일했다. 그녀는 도시에서 자란 사람만이 가질 수 있는 격렬한 열정으로 집 옆의 흙이 많은 곳에 정원을 가꾸기 시작했다. 비록 불에 탄 땅이라 해도, 물이 부족하다 해도. 언젠가는 라임 나무 정자와 초록빛의 방들이 생길 것이다.

*

카라바조가 부엌에 들어섰을 때 식탁 위에 엎드려 있는 해나가 보였다. 그녀의 얼굴이나 팔은 몸에 가려 보이지 않았다. 단지 벗은 등과 맨어깨만 보였다.

그녀는 잠잠히 있지도, 자고 있지도 않았다. 몸이 떨릴 때마다 탁자 위에서 머리가 흔들렸다.

카라바조는 가만히 서 있었다. 울 때는 다른 어떤 행동을 할 때보다 기운을 더 많이 잃는다. 아직 동이 트지 않았다. 탁자 목재의 어둠에 맞닿은 그녀의 얼굴.

"해나." 그가 부르자, 그녀는 정적으로 자신을 가릴 수 있는 것처럼 가만히 멈추었다.

"해나."

그녀는 흐느끼기 시작했다. 그 소리가 그들 사이에 장벽이 되도록, 저 너머 그녀에게 닿을 수 없는 강이 되도록.

그는 처음엔 그녀의 벗은 몸을 만져도 괜찮은지 주춤했다.

‘해나’라고 부른 뒤, 붕대가 감긴 손을 그녀의 어깨에 얹었다. 그녀는 계속 떨고 있었다. 가장 깊은 슬픔이라고 그는 생각했다. 살아남을 유일한 방법은 모든 것을 파헤쳐야 하는 곳.

그녀는 몸을 일으켰지만 여전히 고개를 숙이고 있었다. 마치 탁자의 자장에서 자신을 끌어내듯이 일어서서 그를 마주 보고 섰다.

“날 범할 생각이라면 내 몸에 손대지 말아요.”

치마 위로 드러난 창백한 피부. 마치 잠자리에서 일어나 옷을 일부만 걸치고 나온 듯, 부엌에서 그녀는 치마만 입고 있었다. 언덕에서 불어오는 시원한 공기가 부엌문을 타고 들어와 그녀를 감싸듯 가린다.

그녀의 얼굴은 상기되고 젖어 있다.

“해나.”

“이해하시겠어요?”

“왜 그를 그토록 흠모하지?”

“전 그를 사랑해요.”

“사랑하는 게 아니라 그를 흠모하고 있어.”

“가세요, 카라바조. 제발.”

“넌 무슨 까닭인지 송장에다 자신을 묶어 두고 있어.”

“그는 성자예요. 내 생각에는요. 절망하는 성자. 그런 게 있을까요? 우리의 소망은 그들을 보호하는 거예요.”

“그는 신경 쓰지도 않아!”

“그를 사랑할 수 있어요.”

"스무 살짜리가 유령을 사랑하겠다고 세상에서 떨어져 나오다니!"

카라바조는 잠시 말을 멈추었다. "슬픔에서 너 자신을 지켜야 해. 슬픔은 증오에 아주 가까워. 내 말해 주지. 내가 배운 건 이거야. 함께 나눔으로써 도울 수 있다는 생각에 다른 사람의 독을 마시면 그 독을 네 안에 대신 담아 두게 되는 거야. 사막인들은 너보다 현명했어. 그를 이용할 수 있다고 생각했지. 그래서 그를 구했던 거야. 하지만 더 이상 쓸모가 없어지자 그를 버리고 떠났어."

"날 내버려둬요."

혼자 있을 때면 그녀는 과수원의 긴 풀에 축축하게 젖은 발목께의 신경을 의식하며 앉아 있을 것이다. 그녀는 과수원에서 주워 그녀의 짙은 색 면 드레스 주머니에 넣어 가지고 왔던 자두 껍질을 벗긴다. 혼자 있을 때면 그녀는 열여덟 그루의 사이프러스가 만든 녹음 아래 오래된 길을 따라 누가 올지 상상해 본다.

영국인이 깨어나자 그녀는 그의 몸 위로 몸을 숙여 자두의 3분의 1 쪽을 그의 입에 넣어 준다. 그는 입을 열고 턱을 움직이지 않은 채 자두를 물인 양 머금는다. 그는 이 쾌감에 울 것 같은 표정이다. 그녀는 자두가 삼켜지는 것을 느낄 수 있다.

그가 손을 들어 혀가 닿지 않는 입가에 묻은 마지막 자두 즙을 닦고는 손가락을 입에 넣고 빤다. 자두에 관해 이야기해 주지. 그가 말한다. 내가 어렸을 때…….

*

처음 며칠 밤이 지난 후, 추위에 대부분의 침대를 땔감으로 때고 난 뒤, 그녀는 어느 죽은 남자의 그물 침대를 가져다가 사용하기 시작했다. 아무 데고 자기가 깨어나고 싶은 방에 들어가 내키는 대로 아무 벽에나 못을 박았다. 그러곤 온갖 오물과 무연 화약, 바닥에 고인 물과 3층에서 내려온 듯 보이기 시작한 쥐들 위에 떠 있었다. 매일 밤 그녀는 죽은 군인에게서 가져온 그물 침대, 그 카키색 유령선에 올랐다. 그는 그녀가 돌보던 중에 죽었다.

테니스화 한 켤레와 그물 침대 하나. 이 전쟁에서 그녀가 남에게서 가져온 것들이었다. 그녀는 방문 옆벽 못에 드레스를 걸어 놓고 항상 입고 자던 낡은 셔츠로 몸을 감싼 채, 천장으로 미끄러지는 달빛 아래서 깨어난다. 이제 날씨가 조금 더 따뜻해져서 이렇게 잠을 잘 수 있다. 전에 날씨가 추웠을 때는 무엇이든 태워야 했다.

자기 그물 침대와 자기 신발, 자기 드레스. 그녀는 스스로 만든 작은 세계에서 안전했다. 두 남자는 멀리 있는 또 다른 행성들 같았다. 각자 자신만의 기억과 고독의 궤도 안에 있는. 캐나다에서 아버지의 사교적인 친구였던 카라바조는 그 당시에 가만히 서 있기만 해도 그가 푹 빠져 있던 듯한 여자들의 행렬에 대단한 혼란을 빚을 수 있었다. 그는 이제 자신의 어둠 속에 누워 있었다. 그는 남자를 믿지 않아서 남자들과 일하기를 거부하던 도둑이었다. 남자들과 대화는 나누지만 여자들과 이야기하는 것을 더 좋아했고, 여자에게 말을 걸기 시작하면 그는 이내 이성 관계의 덫에 걸려들었다. 그녀가 이른 새벽에 몰래 집으로 돌아올 때면 아버지의 안락의자에서 잠든 그를 보곤 했다. 직업적인 또는 개인적인 도둑질로 지친 모습으로.

그녀는 카라바조에 대해 생각했다. 함께 있을 때 제정신을 유지하려면, 무조건 얼싸안아야 하는 사람들이 있다. 어떤 방법으로든, 이를 악물고 애써야 한다. 물에 빠진 사람처럼 머리칼을 움켜잡고 매달려 그들을 끌어당겨야 하는 것이다. 그렇지 않으면 그들은 길에서 아무렇지도 않게 다가오다가 당신이 막 손을 흔들려는 찰나, 담을 뛰어넘어 몇 달씩이나 사라져 버릴 것이다. 아저씨로서 그는 늘 사라지는 사람이었다.

카라바조는 상대를 자기 품이나 날개로 감싸는 것만으로도 혼란스럽게 할 것이다. 함께 있으면 그는 성격으로 사람을 얼싸안는다. 그러나 이제 그는 그녀처럼, 거대한 저택 한구석의 어둠 속에 누워 있었다. 그렇게 카라바조가 있었다. 그리고 사막의 영국인도 있었다.

전쟁 내내, 가장 부상이 심한 환자들과 같이 있으면서도 그녀는 간호사의 역할에 냉정함을 숨기고 버텼다. 버텨 낼 거야. 이대로 무너지지 않겠어. 전쟁 내내 그녀가 마음속에 묻어 둔 말들이었다. 여러 마을로 옮겨 가고 뚫고 가는 내내, 우르비노,

앙기아리, 몬테르키를 지나 피렌체에 들어서고 다시 더 멀리까지 가서 마지막으로 피사 근처의 다른 해안에 도달할 때까지.

피사의 병원에서 그녀는 영국인 환자를 처음 보았다. 얼굴이 없는 남자. 칠흑 같은 수렁. 신분을 알려 줄 모든 특징이 불에 타 없어진. 불에 탄 몸과 얼굴 일부에 타닌산이 뿌려졌고, 타닌산이 굳어 아물지 않은 생살 위에 보호막을 만들었다. 그의 눈 주변에는 겐티아나 바이올렛이 두껍게 발라져 있었다. 그가 누구인지 알아볼 수 있는 것은 아무것도 없었다.

그녀는 가끔 담요를 여러 장 겹쳐 덮고 온기보다는 그 무게를 더 즐긴다. 그리고 달빛이 천장으로 미끄러져 들어와 그녀를 깨우면 그물 침대에 누워 있는 그녀의 마음은 스케이트를 탄다. 잠잘 때와는 달리 쉴 때야말로 진정 쾌적하다고 느낀다. 만약 그녀가 작가였다면 연필과 공책과 좋아하는 고양이를 챙긴 뒤 침대에서 글을 썼을 것이다. 낯선 사람들이건 연인들이건 걸어 잠근 저 문을 넘어올 수는 없을 것이다.

휴식이란 세상의 모든 것을 아무 판단 없이 받아들이는 것이었다. 바다에서 목욕하는 것, 내 이름도 모르는 군인과 섹스하는 것. 미지의 것과 익명인 것에 대한 다정함, 그것은 곧 자신에 대한 다정함이었다.

군용 담요의 무게 아래에서 그녀의 다리가 움직인다. 영국인 환자가 천으로 된 태반 속에서 움직이는 것처럼 그녀는 모직 담요 속에서 헤엄친다.

이곳에서 그녀가 그리워하는 것은 천천히 내려앉는 어스름과 친근한 나무들이 내는 소리이다. 토론토에서 보낸 어린 시절 내내 그녀는 여름밤을 읽는 법을 터득했다. 토론토는 그녀가 자기 자신이 될 수 있는 곳이었다. 침대에 누워서, 반쯤 잠든 채로 고양이를 품에 안고 비상구에 발을 내디디며.

어린 시절 그녀의 교실은 카라바조였다. 그는 그녀에게 공중 제비를 가르쳐 주었다. 이제는 두 손을 늘 주머니에 넣은 채, 그는 어깻짓만 한다. 전쟁이 그를 어느 나라에 살게 할지 누가 알았겠는가. 그녀도 여자 대학 병원에서 수련을 받은 후, 시칠리아 침공 당시 해외로 파견되었다. 그때가 1943년이었다. 캐나다 제1 보병 사단이 이탈리아로 진격하면서 부상자들은 어둠 속에서 터널을 뚫는 노무자들이 뒤로 던지는 진흙처럼 야전 병원으로 다시 보내졌다. 아레초 전투 이후, 첫 공세를 펼쳤던 병력이 퇴각했을 때, 그녀는 밤낮으로 상처 입은 부상자들에게 둘러싸였다. 꼬박 사흘 동안 쉬지 못했던 그녀는 어느 병사가 죽은 채 누워 있는 매트리스 옆 바닥에 몸을 눕히고, 자신을 둘러싼 세계를 등진 채 눈을 감고 열두 시간 동안 잤다.

잠에서 깨어나자 그녀는 도자기 그릇에서 가위를 집어 들고 몸을 숙여 머리를 자르기 시작했다. 모양이나 길이 따위는 아랑곳하지 않고 잘라 나갔다. 지난 며칠 동안 몸을 앞으로 숙일 때마다 머리카락이 상처 부위의 피에 닿았었다. 그 성가심이 아직도 그녀의 머릿속에 남아 있었다. 죽음과 연결될 만한, 죽음에 갇히게 될 만한 어떤 것도 갖고 싶지 않았다. 그녀는 남은 머리카락을 움켜쥐고 흘러내리는 가닥이 없는지 확인한 뒤에 부상자들로 가득 찬 방을 향해 돌아섰다.

그 이후로 그녀는 두 번 다시 거울을 보지 않았다. 전쟁이 점점 더 암울해지면서 그녀는 전에 알던 사람들이 어떻게 죽었는지 소식을 듣게 되었다. 어느 날 환자의 얼굴에 묻은 피를 닦아내다가 아버지나 댄포스 거리의 가게에서 그녀에게 음식을 건넸던 사람의 얼굴을 보게 될까 봐 두려웠다. 그녀는 자신과 환자들에게 가혹해졌다. 환자들을 살릴 수 있는 유일한 것은 이성이었지만, 그곳에 이성은 없었다. 그 나라 곳곳이 유혈로 낭자했다. 토론토는 그녀의 마음속 어디에 있는가, 토론토는 이제 대체 무엇인가? 그것은 처절한 오페라였다. 사람들은 군인, 의사, 간호사, 민간인 할 것 없이 주변 사람들에게 냉담해졌다. 해나는 몸을 굽혀 부상 부위에 몸을 바싹 붙인 채 치료하며 병사들에게 속삭였다.

그녀는 누구나 '친구'라 불렀고, 이런 가사가 있는 노래에 웃었다.

　　　프랭클린 D를 만날 때마다
　　　그는 항상 내게 "안녕, 친구"라고 했지.

그녀는 줄곧 피가 솟아나는 팔을 솜으로 닦아 주었다. 그녀는 너무 많은 파편 조각을 제거했기에, 군대가 북쪽으로 이동하는 동안 돌보고 있던 사람의 거대한 몸에서 1톤은 되는 금속을 수송한 듯한 기분이 들었다. 어느 날 밤 환자 중 하나가 죽었을 때, 그녀는 모든 규칙을 무시하고 그의 짐에서 테니스화 한 켤레를 꺼내 신었다. 그녀에게는 조금 컸지만 편안했다.

그녀의 얼굴은 날로 여위고 각이 져 나중에 카라바조가 만난 그 얼굴이 되었다. 그녀는 말랐다. 무엇보다도 피곤해서였다. 그녀 자신이 늘 허기진 채로, 먹지 못하거나 먹고 싶어 하지 않는 환자에게 음식을 먹이는 일은 그녀에게 극심한 피로감을 안겨 주었다. 빵 조각이 부스러지고 수프가 식는 것을 지켜보면서 그녀는 재빨리 먹어 버리고 싶은 충동을 느꼈다. 그녀가 원하는 것은 대단한 게 아니었다. 그저 빵과 고기면 족했다. 여러 마을 중 한 곳에서는 빵 만드는 부서가 병원에 부속되어 있었다. 그녀는 자유 시간이면 제빵사들 사이를 돌아다니며 먼지와 음식 냄새를 들이마셨다. 나중에, 그들이 로마 동쪽에 있을 때 누군가 그녀에게 예루살렘 아티초크를 선물로 주었다.

북쪽으로 계속 이동하며 바실리카, 수도원 또는 부상자들을 묵게 한 곳 어디에서도 잠자리는 편치 않았다. 그녀는 누군가 죽으면 당번병들이 멀리서도 한눈에 알아볼 수 있도록 그의 침대 발치에 붙어 있는 작은 골판지 깃발을 떼어 냈다. 그런 다음 벽이 두꺼운 석조 건물을 벗어나 바깥의 봄, 겨울 또는 여름 속으로 걸어 나갔다. 전쟁 중에도 계절은 고풍스러운 듯했다. 나이 든 신사처럼 앉아 있는 계절들. 그녀는 어떤 날씨라도 아랑곳하지 않고 밖으로 나가곤 했다. 그녀는 사람 냄새가 묻어 있지 않은 공기를 원했고, 비바람을 맞아도 달빛을 원했다.

　안녕 친구, 잘 가요 친구. 보살핌은 짧았다. 죽을 때까지만 유효한 계약이었다. 그녀의 영혼이나 과거의 어떤 것도 간호사가 되는 법을 가르쳐 주지 않았다. 그러나 머리를 자른 것이 곧 계약이었고, 피렌체 북쪽 빌라 산 지롤라모에서 야영하게 될 때까지 지속되었다. 이곳에는 다른 간호사 네 명과 의사 두 명, 그리고 환자 백 명이 있었다. 이탈리아에서의 전투는 더 멀리 북상했고 그들은 뒤에 남겨졌다.

　그 후, 이 언덕 마을에서 아주 소박하게 열린 지역 승리 축하 행사에서, 그녀는 피렌체나 로마나 다른 어떤 병원으로도 가지 않겠다고, 그녀의 전쟁은 끝났다고 말했다. 그녀는 '영국인 환자'라고 불리는 화상 입은 남자와 함께 남겠다고. 그는 팔다리가 연약해서 옮길 수 없을 게 뻔했다. 그녀는 그의 눈에 벨라돈나 연고를 발라 주고, 전신 화상을 입고 켈로이드화된 피부를 위해 식염수 목욕을 시켜 줄 것이다. 사람들은 병원이 안전하지 않다고들 말했다. 몇 개월 동안 독일군의 방어선이어서 연합군의 포탄과 조명탄 포격을 맞았던 수녀원이 바로 병원이었다. 그녀에게 남겨 줄 것은 아무것도 없을 것이고 도적들로부터도 안전하지 않을 터였다. 그래도 그녀는 여전히 떠나기를 거부했다. 그녀는 간호복을 벗고 몇 달 동안 지니고 다녔던 갈색 무늬의 드레스를 꺼내 입고 테니스화를 신었다. 그녀는 전쟁에서 물러나 비켜섰다. 그녀는 지금껏 그들의 요구에 따라 이리저리 움직였다. 수녀들이 다시 돌아올 때까지 그녀는 영국인과 함께 이 빌라에 머물 것이다. 그에게는 그녀가 배우고 싶고, 해내고 싶고, 숨어들고 싶은 무언가가 있었다, 어른이 되는 일에서 벗어날 수 있을 것 같은 곳. 그가 말하는 방식과 그가 생각하는 방식에는 왈츠다운 것이 실려 있었다. 그녀는 그를 구하고 싶었다. 북쪽 침공 당시 그녀가 담당했던 2백여 명의 환자 중 하나였던, 이름도 없고 얼굴도 거의 없는 이 남자를.

무늬 있는 드레스 차림으로 그녀는 행사장을 빠져나왔다. 그녀는 다른 간호사들과 함께 쓰는 방으로 들어가 앉았다. 앉을 때 무언가 그녀의 눈앞에 반짝였다. 작고 둥근 거울이 눈에 들어왔다. 그녀는 천천히 일어나 거울 쪽으로 다가갔다. 아주 작은 거울이었지만 그마저도 사치스러워 보였다. 그녀는 1년이 넘도록 자기 모습을 보지 않았다. 가끔 벽에 비친 자신의 그림자 말고는. 거울은 그녀의 뺨 이상은 비추지 않았다. 그녀는 팔길이만큼 거울을 멀리 밀어내야 했다. 손이 흔들렸다. 걸쇠 달린 브로치 안을 들여다보듯 그녀는 자신의 작은 초상을 바라보았다. 그녀. 창문 너머로 환자들이 사람들과 함께 웃고 환호하며 의자에 실려 햇빛 아래로 나오는 소리가 들렸다. 중환자들만 여전히 실내에 있었다. 그녀는 그 소리에 미소를 지었다. 안녕 친구, 그녀가 말했다. 그녀는 자기 모습을 들여다보며 자신을 알아보려고 애썼다.

*

정원에서 걷고 있는 해나와 카라바조 사이의 어둠. 이제 그는 특유의 느릿느릿한 말투로 말하기 시작한다.

"댄포스 거리에서 밤 느지막이 누군가의 생일 파티를 하고 있었어. 나이트 크롤러 식당이었지. 기억나니, 해나? 누구든 모두 일어서서 노래를 불러야 했지. 네 아빠, 나, 지아네타, 친구들 그리고 처음으로 너도 하고 싶다고 했어. 그때 넌 아직 학교에 다니고 있었고 프랑스어 수업에서 그 노래를 배웠지.

넌 정식으로 했어. 의자에 올라서더니 나무 탁자 위로 한 걸음 더 올라 접시와 촛불들 사이에 섰어

'알롱송 퐁!'

넌 왼손을 가슴에 얹고 노래를 불렀지. **알롱송 퐁!** 그곳에 있던 사람들의 절반 정도는 네가 도대체 무슨 노래를 부르는지 몰랐어. 어쩌면 너도 정확한 가사가 무슨 뜻인지 몰랐겠지만, 그 노래가 무엇에 관한 것인지는 알고 있었지.

창밖에서 불어오는 산들바람에 네 치마가 나부껴 촛불에 닿을 듯했고, 네 발목은 불꽃의 심지처럼 새하얬지. 네 아버지의 눈이 널 올려다보고 있었어. 이 새로운 언어에, 아주 또렷하게 한 치의 주저함이나 흠잡을 데 없이 쏟아져 나오는 대의에 놀라워하면서. 그리고 네 치마를 건드릴 듯 말 듯하면서 흔들리던 촛불. 우리는 마지막에 일어섰고 넌 탁자에서 걸어 내려와 네 아버지 품에 안겼지."

"손에 감은 붕대를 풀어 드릴게요. 제가 간호사잖아요."
"붕대가 편해, 장갑처럼."

"어쩌다 이렇게 됐어요?"

"어떤 여자 집 창문에서 뛰어내리다가 잡혔어. 내가 말했던 그 여자, 사진을 찍었던 여자 말이야. 그 여자 잘못은 아냐."

그녀는 그의 팔을 잡고 근육을 주무른다. "제가 해 드릴게요." 그녀는 그의 코트 주머니에서 붕대에 감긴 손을 꺼낸다. 낮에 보았을 때는 회색으로 보였던 손이 이 빛 아래에서는 거의 야광처럼 빛난다.

그녀가 붕대를 풀기 시작하자 그는 붕대가 완전히 풀릴 때까지 뒷걸음친다. 마치 마술사인 양 그의 팔에서 하얀 붕대가 풀려 나온다. 그녀는 어린 시절의 아저씨를 향해 걸어간다. 그녀는 이 일을 미루려는 듯, 그녀와 눈을 마주치고 싶어 하는 그의 눈빛을 본다. 그래서 그녀는 오직 그의 눈만을 바라본다.

그가 양손을 그릇처럼 모았다. 그녀는 손을 뻗어 그 손을 잡으며 얼굴을 그의 뺨까지 들어 올려 그의 목덜미에 파묻는다. 그녀의 손에 느껴지는 부위가 단단하게 다 아문 듯하다.

"그나마 그자들이 내게 남겨 준 것도 협상해서 겨우 얻어 낸 거야."

"어떻게요?"

"내가 전에 가졌던 재주들."

"아, 기억나요. 아니, 움직이지 마세요. 나한테서 멀어지지 말아요."

"이상한 때야, 전쟁의 끝은."

"그래요, 적응하는 시기죠."

"그래."

그는 초승달을 담으려는 듯 두 손을 들어 올린다.

"놈들이 양쪽 엄지손가락을 모두 잘라 냈어, 해나. 봐."

그가 그녀 앞에 두 손을 내민다. 그녀가 언뜻 본 것을 똑바로 보여 주면서. 그는 마치 속임수가 아니라는 것을 보여 주려는 듯, 아가미처럼 보이는 것이 엄지손가락이 잘려 나간 자리라는 것을 보여 주려는 듯 한 손을 뒤집는다. 그가 그녀의 블라우스를 향해 그 손을 옮긴다.

그녀의 어깨 아랫부분 쪽 옷감이 들리는 것이 느껴진다. 그가 두 손가락으로 블라우스를 잡고 부드럽게 잡아당기고 있다.

"난 솜을 이렇게 만지지."

"어릴 때 난 아저씨를 늘 스칼렛 핌퍼넬*로 생각했어요. 꿈속에서 나는 밤에 아저씨와 함께 지붕으로 올라갔지요. 아저씨는 호주머니에 차가운 음식을 담아 집으로 오셨어요. 필통, 포레스트 힐 피아노 악보 같은 것을 제게 주셨죠."

그녀는 그의 얼굴이 있는 어둠에 대고 말한다. 나뭇잎 그림자가 부유한 여인의 레이스처럼 그의 입가에 일렁인다. "여자를 좋아하시죠, 그렇지 않나요? 여자를 좋아하셨죠."

"여자를 좋아하지. 그런데 왜 과거형으로 말하지?"

"지금은 중요하지 않은 것 같아요. 전쟁과 그런 것들로."

그가 고개를 끄덕이자 나뭇잎 무늬가 얼굴에서 굴러떨어진다.

"아저씨는 밤에만 그림을 그리는 화가들 같았어요. 외등만 켜진 거리에서요. 낡은 커피 깡통을 발목에 묶고 헬멧에 달린 불빛을 풀밭에 쏴 대며 벌레 줍는 사람들 같기도 했어요. 도시 공원 곳곳에서요. 저를 그 카페로 데려가셨죠. 그 사람들이 벌레를 팔던 카페요. 증권 거래소 같은 거라고 하셨죠. 지렁이 가격이 5센트, 10센트씩 계속 오르락내리락한다고요. 사람들은 망하기도 하고 횡재하기도 했죠. 기억나세요?"

"그래."

"같이 돌아가요. 추워지네요."

"위대한 소매치기는 둘째와 셋째 손가락이 거의 같은 길이로 태어나지. 주머니 깊숙이 들어갈 필요가 없어. 2센티면 충분해!"

그들은 나무 아래를 지나 집으로 향한다.

"아저씨에게 누가 그랬어요?"

"놈들은 여자를 하나 찾아서 시켰어. 그편이 더 참혹하다고 생각한 거지. 자기네 간호사 중 하나를 데려왔지. 내 손목은 수갑으로 책상다리에 채워져 있었어. 엄지손가락이 잘리니 아무 힘도 쓰지 않고 손이 빠져나오더군. 꿈속에서 소원이 이루어지는 것처럼. 아무튼 그 여자를 불러온 남자, 그자가 진짜 책임자였어. 라누치오 톰마소니. 그 여잔 무고해. 나에 대해 아무것도 몰랐지. 내 이름도, 국적도, 내가 무슨 일을 했는지도."

그들이 집에 들어왔을 때 영국인 환자가 고함을 지르고 있었다. 해나는 카라바조를 잡았던 손을 풀었고, 그는 그녀가 계단을 뛰어 올라가는 모습을 지켜보았다. 계단을 올라가 난간을 따라 몸을 돌리는 그녀의 테니스화가 반짝거렸다.

영국인 환자의 목소리가 복도를 가득 채웠다. 카라바조는 부엌으로 들어가 빵 한 움큼을 뜯어낸 후 해나를 따라 계단을 올라갔다. 그가 방에 들어서자 고함은 더욱 거세졌다. 그가 침실에 들어섰을 때 영국인은 개를 노려보고 있었다. 비명에 놀란 듯 개의 고개가 뒤로 젖혀져 있었다. 해나가 카라바조를 보고 싱긋 웃었다.

"몇 년 동안이나 개를 보지 못했어요. 전쟁 내내 한 마리도 못 봤어요."

그녀는 쭈그리고 앉아 그 동물을 껴안고 개의 털과 거기서 나는 언덕의 풀 냄새를 맡았다. 그녀는 빵 조각을 내미는 카라바조에게 개를 보냈다. 영국인은 그제야 카라바조를 보고 깜짝 놀랐다. 그에게는 해나의 등에 가려져 있던 개가 사람으로 변한 것처럼 보였을 것이다. 카라바조가 개를 부둥켜안고 방을 나갔다.

여기가 폴리치아노의 방이 틀림없다고 생각하고 있었소. 영국인 환자가 말했다. 우리가 있는 이곳은 틀림없이 그의 빌라였을 게요. 저 벽에서 나오는 물 말이오, 저 고대의 분수. 이곳은 유명한 방이오. 그들 모두 여기서 만났지.

여긴 병원이었어요. 그녀가 조용히 말했다. 그전에, 아주 오래전에는 수녀원이었어요. 그러다가 군대가 점령했어요.

내 생각엔 여긴 빌라 브루스콜리였소. 폴리치아노 ― 로렌초의 위대한 충복. 1483년경에 대해 말하는 거요. 피렌체의 산타 트리니타 교회에 가면 전경에 폴리치아노가 빨간 망토를 두르고 메디치 가문 사람들과 함께 있는 그림을 볼 수 있소. 재기발랄하고 대단한 사람이었지. 출세한 천재랄까.

자정을 훨씬 넘긴 시간에 그는 또다시 또렷하게 깨어 있었다.

좋아요, 말씀하세요. 날 어디로든 데려가세요. 그녀는 생각했다. 그녀의 마음은 여전히 카라바조의 손에 가 있었다. 그 이름이 맞는지는 모르지만, 아마 지금쯤 빌라 브루스콜리의 부엌에서 떠돌이 개에게 무언가를 먹이고 있을 카라바조.

피비린내 나는 삶이었어요. 단검과 정치와 삼단 모자와 식민 지식으로 덧댄 스타킹과 가발. 비단으로 만든 가발들이었지! 물론 사보나롤라가 나중에, 아주 나중은 아니지만, 등장했고, 그의 허영의 화형식*이 있었지요. 폴리치아노는 호메로스를 번역했죠. 시모네타 베스푸치에 대한 훌륭한 시도 썼고. 그녀를 알아요?

아니요, 해나가 웃으며 대답했다.

피렌체 곳곳에 그녀를 그린 그림들이 있어요. 스물세 살에 폐결핵으로 죽었죠. 그가 「조스트라의 여인(Le Stanze per la Giostra)」이라는 시를 써서 그 덕에 그녀가 유명해졌고, 보티첼리가 그 시에 나오는 몇 장면을 그렸죠. 레오나르도도 거기

나오는 몇 장면을 그렸소. 폴리치아노는 매일 오전에 라틴어로 두 시간, 오후에 그리스어로 두 시간씩 강의했어요. 그에게 피코 델라미란돌라라는 친구가 있었는데, 방탕한 사교계의 명사였다가 갑자기 개종하고 사보나롤라를 추종했죠.

어렸을 때 내 별명이 그거였소, 피코.

그래요, 여기서 많은 일이 있어났을 겁니다. 벽에 있는 이 분수대. 피코와 로렌초와 폴리치아노와 젊은 미켈란젤로. 그들은 한 손에 새로운 세상을, 다른 한 손에는 낡은 세상을 잡고 있었어요. 도서관에서는 키케로의 책 마지막 네 권을 찾아냈소. 그들은 기린, 코뿔소, 도도새를 들여왔어요. 토스카넬리는 상인들과 주고받은 서신을 기초로 세계 지도를 그렸죠. 그들은 플라톤의 흉상이 있는 이 방에 앉아 밤새도록 논쟁을 벌였지요.

그때 거리에서 사보나롤라의 외침이 들려오는 거죠. **"회개하라! 대홍수가 오고 있다!"** 그리고 자유 의지, 고상해지고자 하는 욕망, 명예욕, 그리스도와 플라톤을 숭배할 권리, 그 모든 것이 휩쓸려 사라졌소. 그리고 소각 사건이 일어났어요. 가발, 책, 동물 가죽, 지도를 다 태워 버렸죠. 4백여 년도 더 넘은 후 사람들이 무덤을 열어 보았어요. 피코의 뼈는 보존되어 있었고, 폴리치아노의 뼈는 부서져 먼지로 바스러졌죠.

해나는 영국인이 자기 비망록의 페이지를 넘기며 다른 책에서 오려 붙인 자료를 읽는 동안 귀를 기울였다. 화염 속에 사라진 훌륭한 지도들, 불길에 녹아내리는 플라톤의 대리석 흉상, 폴리치아노가 풀밭 언덕에 서서 미래의 냄새를 맡고 있을 때 골짜기 저편까지 번지는 또렷한 신호처럼 지혜를 가로지르는 균열들에 대해서. 저 아래 어디에선가 회색 철창 안에서 구원의 셋째 눈으로 모든 것을 지켜보고 있는 피코에 대해서도.

그는 개에게 주려고 그릇에 물을 부었다. 늙은, 이 전쟁보다 더 나이 든, 잡종개.

그는 수도원에서 온 수도사들이 해나에게 준 와인을 유리병에 담아 들고 앉았다. 이곳은 해나의 집이었다. 그는 아무것도 자리를 바꾸지 않았고 조심스럽게 움직였다. 그는 작은 들꽃 속에서도 그녀의 문명을, 그녀 스스로에게 주는 작은 선물들을 알아차렸다. 심지어 무성하게 웃자란 정원에서도 그는 간호사의 가위로 다듬어진 풀밭 한 조각을 발견했다. 그가 좀 더 젊었다면 이 모습에 반했을 것이다.

그는 더 이상 젊지 않았다. 그녀는 그를 어떻게 보고 있을까? 그의 상처와 불균형, 목덜미의 잿빛 곱슬머리. 그는 자신을 연륜과 지혜를 가진 남자라고 상상해 본 적이 없었다. 누구나 나이를 먹게 마련이지만 그는 여전히 자신에겐 나이에 걸맞는 지혜가 있다고 느끼지 않았다.

그는 개가 물을 마시는 모습을 보려고 웅크리고 앉았다가 균형을 잃는 바람에 탁자를 붙잡다가 포도주가 담긴 병을 쓰러뜨렸다.

당신 이름이 데이비드 카라바조, 맞지?

그들은 참나무 책상의 두꺼운 다리에 그의 손을 수갑으로 채웠다. 한번은 그가 왼손에 피를 철철 흘리면서 책상을 안고 일어나 두께가 얇은 문을 향해 뛰어가려다가 넘어지고 말았다. 그 여자는 더 이상 손 자르기를 거부하며 칼을 떨어뜨렸다. 책상 서랍이 미끄러져 열리면서 그 안에 들었던 것들도 그의 가슴 위로 떨어졌다. 그는 그 속에 쓸 만한 총이 있을지도 모른다고 생각했다. 그때 라누치오 톰마소니가 면도칼을 집어 들고 다가왔다. **카라바조, 맞지?** 그는 아직도 확실히 몰랐다.

책상 밑에 누워 있는 동안 손에서 흐르는 피가 그의 얼굴에 쏟아져 내렸다. 갑자기 머리가 맑아졌다. 그는 책상다리에서 수갑을 빼냈다. 통증을 잠재우려고 의자를 내던진 후 다른 쪽 수갑에서 빠져나오려 왼쪽으로 몸을 기울였다. 피가 사방으로 흩뿌려졌다. 그의 두 손은 이미 쓸모가 없었다. 그 후 몇 달 동안 그는 자신이 사람들의 엄지손가락만 바라보고 있다는 것을 알게 되었다. 마치 그 사건이 단지 질투를 일으켜 그를 변모시키기라도 한 것처럼. 그러나 그 사건은 그를 늙어 버리게 했다. 마치 그가 책상에 묶여서 보낸 그 하룻밤 동안 그들이 그에게 느려지게 하는 약물을 붓기라도 한 것처럼.

그는 현기증을 느끼며 개와 붉은 포도주가 흥건한 식탁 위로 일어섰다. 보초 두 명, 그 여자, 톰마소니, 벨이 울리는 전화. 전화벨이 연이어 울리며 톰마소니를 방해했다. 톰마소니는 면도칼을 내려놓고 빈정대듯 **실례합니다,** 라고 속삭이곤 피투성이가 된 손으로 수화기를 집어 들 것이다. 그는 자신이 그들에게 중요한 정보를 조금도 주지 않았다고 생각했다. 하지만 그들이 놓아주었으니, 그가 잘못 짚었는지도 몰랐다.

그 후에 그는 비아 디 산토 스피리토를 따라 걸으며 기억 속에 숨겨 둔 장소로 향했다. 브루넬레스키의 교회를 지나 그를 돌보아 줄 사람이 있는 독일 연구소의 도서관으로 향했다. 불현듯 그는 이것이 그들이 자신을 풀어 준 이유라는 것을 깨달았다. 그를 자유롭게 내버려두면 그가 이 접선 상대를 노출하는 어리석음을 범할 것이기에. 그는 뒤를 돌아보지 않고, 옆길로 돌아 들어갔다. 절대로 뒤돌아보지 않았다. 그는 길거리에 불이 있었으면 하고 생각했다. 상처를 지혈하고 타르 솥에서 나오는 연기에 손을 대고 시커먼 연기가 양손을 감싸게 하고 싶었다. 산타 트리니타 다리 위였다. 주위에 아무것도 없었다. 차도 다니지 않아 그는 놀랐다. 그는 다리의 매끄러운 난간 위에 앉았다가 아예 등을 대고 누웠다. 아무 소리도 들리지 않았다. 아까 그가 젖은 주머니에 손을 넣은 채 걷던 때에는 탱크와 지프들이 미친 듯이 오갔었다.

그가 거기 눕자 다리에 설치된 폭탄이 터지면서 그는 공중으로 튕겨 올랐다가 세상 종말의 일부처럼 아래로 떨어졌다. 그가 눈을 떠 보니 옆에 거대한 머리가 있었다. 숨을 들이마시자 가슴에 물이 가득 들어찼다. 그는 물속에 있었다. 아르노강의 얕은 물속, 누운 그의 곁에는 턱수염 난 머리가 있었다. 그가 손을 뻗었지만 그 머리는 꼼짝도 하지 않았다. 빛이 강으로 쏟아져 들어오고 있었다. 그는 아직도 곳곳에 불이 붙어 있는 수면으로 헤엄쳐 올라왔다.

그날 저녁 느지막이 그가 해나에게 그 이야기를 들려주었을 때 그녀는 말했다. "연합군이 오고 있었기 때문에 그들이 고문을 멈췄던 거예요. 독일군은 도시를 빠져나가고 있었어요. 떠나면서 다리들을 폭파했지요."

"모르지. 어쩌면 내가 그들에게 다 말했을지도. 그게 누구의 머리였을까? 그 방으로 계속 전화가 걸려 왔어. 침묵이 흐르고 놈이 내게서 물러나면 다들 일제히 전화를 받는 그를 쳐다보면서 상대방 목소리의 침묵에 귀를 기울였지. 들을 수도 없는 목소리를. 누구의 목소리였을까? 누구의 머리였을까?"

"그들은 떠나고 있었어요, 데이비드."

*

그녀는 『최후의 모히칸』을 펼쳐 뒷장에 있는 여백에 쓰기 시작한다.

카라바조라는 사람이 있다. 아버지의 친구. 나는 언제나 그를 사랑했다. 나보다 나이가 많은 그는 마흔다섯 살쯤 된 것 같다. 그는 아무 확신도 없이 암흑의 시간 속에 있다. 어떤 이유에서인지 나는 아버지의 친구인 이 사람에게 보살핌을 받는다.

그녀는 책을 덮고 도서관으로 내려가 높은 서가 어딘가에 책을 숨겨 놓는다.

*

영국인은 언제나처럼 입으로 숨을 쉬며 잠들어 있었다. 깨어 있건 잠들어 있건 항상 그랬다. 그녀는 의자에서 일어나 그의 손에 들려 있던 촛불을 부드럽게 잡아 뺐다. 그런 다음 창가로 걸어가서 연기가 바깥으로 나가도록 촛불을 불어 껐다. 그녀는 그가 손에 촛불을 들고 누워 손목으로 떨어지는 촛농을 느끼지도 못하며 죽은 시늉 하는 것이 싫었다. 마치 자신을 준비시키는 듯이, 죽음의 분위기와 빛을 흉내 내어 자기 죽음으로 슬쩍 미끄러져 들어가려는 듯이.

그녀는 창가에 서서 손가락으로 자신의 머리카락을 꽉 움켜쥐고 잡아당겼다. 어둠 속에서는, 땅거미가 진 다음 어떤 불빛 속에서도, 혈관을 끊으면 피는 검다.

그녀는 방에서 나가야만 했다. 갑자기 폐소 공포증이 몰려오며 피곤이 가셨다. 그녀는 급한 걸음으로 복도를 걸어가 계단을 뛰어 내려갔다. 빌라의 테라스로 나간 다음, 마치 자신이 두고 온 소녀의 모습을 알아보려 애쓰듯이 위를 쳐다보았다. 그녀는 다시 건물 안으로 걸어 들어갔다. 그녀는 뻣뻣하게 부풀어 오른 문을 밀고 도서실로 들어가 멀리 방 끝에 있는 프랑스식 유리문을 막은 널빤지를 떼어 내고 문을 열어 밤공기가 들어오게 했다. 카라바조가 어디 있는지 그녀는 알지 못했다. 이제 그는 저녁이면 외출했다가 새벽이 되기 몇 시간쯤 전에 돌아왔다. 어쨌든 그의 흔적은 없었다.

그녀는 피아노를 덮고 있던 회색 천을 잡아끌며 방 한구석으로 걸어갔다. 그녀를 따라 펄럭이는 천. 물고기 그물.

아무 빛도 없었다. 멀리서 우르릉거리는 천둥소리가 들렸다.

그녀는 피아노 앞에 서 있었다. 아래를 내려다보지 않고 그녀는 손을 내려 건반을 누르기 시작했다. 멜로디의 골조만 남게 하며 화음만 연주했다. 물에서 손을 꺼내 무엇을 건졌는지 보려는 것처럼 그녀는 한 소절마다 잠시 멈췄다가 다시 곡의 기본 뼈대를 누르며 이어 나갔다. 그녀는 손가락을 더욱 천천히 움직였다. 두 남자가 프랑스식 유리문으로 들어와 피아노 끝에 총을 내려놓고 그녀 앞에 섰을 때 그녀는 건반을 내려다보고 있었다. 달라진 방의 공기 속에 화음의 여운이 감돌았다.

두 팔을 옆으로 내리고 베이스 페달에 맨발을 얹은 채 그녀는 어머니가 가르쳐 주었던 노래를 이어 갔다. 부엌 탁자든, 위층으로 올라가는 계단 벽이든 잠들기 전에 침대든, 평평한 곳이면 어디에서나 연습했던 곡이었다. 집에는 피아노가 없었다. 그녀는 토요일 아침이면 시민 문화 회관에 가서 피아노를 쳤지만, 주중에는 어머니가 부엌 탁자에 분필로 그렸다가 나중에 지우는 악보를 익히며 어디에서든 연습했다. 이곳에 온 첫날 프랑스식 유리문 너머로 피아노의 모양이 눈에 들어왔고 석

달이나 이곳에 있었지만, 그녀가 빌라의 피아노를 친 것은 처음이었다. 캐나다에서는 피아노에 물이 필요했다. 뒤쪽을 열고 물 한 컵을 넣어 두었다가 한 달 후에 보면 컵이 비어 있곤 했다. 그녀의 아버지는 그녀에게 술집 대신 피아노 속에서만 음료수를 마시는 난쟁이들에 대해 이야기해 주었다. 그녀는 그 말을 믿지 않았지만, 처음에는 아마도 생쥐일 것이라고 생각했다.

번갯불이 계곡을 가르면서 밤새 폭풍우가 몰아쳤다. 그녀는 남자들 중 한 명이 시크교도임을 알아보았다. 그들 뒤로 지나가는 번갯불의 원형 파노라마가 너무 짧아 순간적으로 그의 터번과 물에 젖어 번뜩이는 총들이 언뜻 보였다. 다소 놀라긴 했지만 안심하면서 그녀는 손을 멈추고 미소를 지었다. 피아노 상단 뚜껑은 이미 몇 달 전에 병원 탁자로 사용하느라 떼어 냈기 때문에 그들의 총은 건반 너머 먼 쪽에 놓였다. 영국인 환자라면 그 무기들을 식별할 수 있었을 것이다. 지옥. 그녀는 외국 남자들에 둘러싸여 있었다. 순수한 이탈리아인은 한 명도 없었다. 빌라에서의 로맨스. 폴리치아노라면 1945년의 이 장면을 어떻게 생각했을까. 피아노를 사이에 둔 두 남자와 한 여자, 거의 끝나 가는 전쟁, 번개가 모든 것을 색과 그림자로 채우며 방 안으로 미끄러져 들어올 때마다 물기에 젖은 채 번쩍이는 총, 30초마다 계곡 전체에 울리는 천둥과 번개의 교창(交唱), 화음의 눌림, **내 애인을 찻집에 데리고 가면**…….

가사를 아시나요?

그들은 미동도 없었다. 그녀는 화음에서 벗어나 섬세한 연주로 손가락을 풀어 놓으며 억누르고 있던 재즈의 음률 속으로 빠져들었다. 익숙한 멜로디에서 벗어나 자유롭고 즉흥적인 음률 속으로.

> 내 애인을 찻집에 데리고 가면
> 모든 사내들이 날 부러워하지
> 녀석들이 가는 곳에는 그녀를 데려가지 않네
> 내 애인을 찻집에 데리고 가면.

그들의 옷이 젖고 있었다. 번개가 방에 있는 그들 사이로 들이칠 때마다 그들은 그녀를 바라보았다. 천둥과 번개에 맞서고 맞추며 받아치면서 연주하는 그녀의 두 손을. 그녀의 연주가 섬광 사이로 흐르는 어둠을 가득 채웠다. 몰두해 있는 그녀의 표정으로 보아 그녀에게 그들은 보이지 않는다는 것을 알 수 있었다. 그녀는 머릿속으로 신문지를 찢어 부엌 수돗물에 적신 뒤 탁자 위에 그려 놓은 악보와 건반 자국들을 닦아 내던 어머니의 손을 기억해 내는 데 온통 쏠려 있었다. 나중에는 매주 마을 회관에서 교습을 받으러 다녔다. 의자에 앉으면 발이 페달에 닿지 않아 일어선 채로 연주하길 선호했다. 그녀는 여름 샌들을 신은 발을 왼쪽 페달에 올려놓았고, 메트로놈은 똑딱똑딱 움직였다.

그녀는 이 노래를 끝내고 싶지 않았다. 오래된 노래에서 흘러나오는 이 가사들을 포기하고 싶지 않았다. 그녀는 그들이 갔던 곳들을, 다른 사내들이 한 번도 가 보지 못한, 엽란으로 가득 찬 그곳을 보았다. 그녀는 고개를 들어 그들을 향해 고개를 끄덕였다. 이제 그만하겠다는 뜻이었다.

카라바조는 이 모든 것을 보지 못했다. 그가 돌아왔을 때 해나와 공병 부대의 군인 두 명이 주방에서 샌드위치를 만들고 있었다.

3

때로는 불

최후의 중세적 전쟁이 1943년과 1944년에 이탈리아에서 벌어졌다. 8세기부터 전쟁에 휘말려 왔던 거대한 곳 위의 요새 마을에는 새로운 왕들의 군대가 무모하게 투입되었다. 암반의 노두(露頭) 주변으로 들것들이 오갔고 포도밭들은 폐허가 되었다. 포도밭에 난 탱크 바퀴 자국 아래를 깊이 파면 피 묻은 도끼와 창이 나왔다. 몬테르키, 코르토나, 우르비노, 아레초, 산세폴크로, 앙기아리. 그리고 해안.

남쪽을 바라보는 포탑 안에서 고양이들이 잤다. 영국인과 미국인, 인도인, 오스트레일리아인과 캐나다인들이 북쪽으로 진격했고 포탄 흔적이 공중에서 폭발하고 사라졌다. 산세폴크로에 군대가 집결했을 때, 일부 병사들은 그곳의 상징인 석궁을 구해 점령되지 않은 도시의 성곽 너머로 밤마다 소리 없이 쏘아 댔다. 후퇴 중인 독일군의 원수 케셀링은 흥벽에서 뜨거운 기름을 쏟아부을지를 심각하게 고려했다.

중세를 연구하는 학자들이 옥스퍼드대학에서 차출되어 움브리아로 날아왔다. 평균 연령이 60세였다. 그들은 병력과 함께 숙영했으며, 전략 사령부와 회의를 할 때면 비행기가 발명되었다는 사실을 곧잘 잊었다. 그들은 마을에 관해 이야기할 때 예술의 관점에서 마을을 이야기했다. 몬테르키에는 마을 묘지 옆에 자리 잡은 예배당에 피에로 델라 프란체스카의 「출산의 성모(Madonna del Parto)」가 있다는 식이었다. 마침내 봄비 속에 13세기의 성이 점령되었을 때 군대는 성당의 높다란 돔 아래 숙소를 정하고 헤라클레스가 히드라를 죽이고 있는, 돌로 된 설교단 옆에서 잤다. 물은 죄다 오염되었다. 많은 사람들이 장티푸스와 다른 열병에 걸려 죽었다. 아레초에 있는 고딕 양식 교회에서 쌍안경으로 위를 올려다보면 군인들은 피에로 델라 프란체스카의 프레스코 벽화에서 자신들과 동시대인들의 얼굴들을 마주쳤다. 솔로몬왕과 대화를 나누는 시바의 여왕. 그 옆으로 죽은 아담의 입에 선악과나무의 잔가지가 물려 있는 모습. 몇 년 후 이 여왕은 실로암* 못 위의 다리가 이 신성한 나무로 만들어졌음을 깨닫게 된다.

항상 비가 내리고 추웠으며, 심판, 신앙과 희생을 보여 주는 예술이라는 위대한 지도 외에는 질서라곤 없었다. 제8군은 가는 곳마다 다리가 부서진 강을 만났고, 공병대는 적의 포격 속에 밧줄 사다리를 타고 강둑을 기어 내려가 헤엄치거나 물속을 걸어서 강을 건넜다. 식량과 텐트가 물에 쓸려 내려갔다. 장비에 매달려 있던 사람들이 사라졌다. 일단 강을 건너면 공병들은 물 밖으로 빠져나오려고 애썼다. 그들은 벼랑 표면의 진흙 벽에 손과 손목을 파묻고 매달려 진흙이 굳어져서 지탱해 주기를 바랐다.

시크교도 청년은 뺨을 진흙에 대고 시바의 여왕의 얼굴과 살결을 생각했다. 그녀를 향한 욕망 외에 그 강에는 안식이란 없었다. 그 욕망이 왠지 모르게 그를 따뜻하게 해 주었다. 그녀의 머리에서 베일을 벗기리라. 오른손을 그녀의 목과 올리브색 블라우스 사이에 얹으리라. 2주 전 아레초에서 보았던 현명한 왕과 죄지은 왕비처럼, 그도 피곤하고 슬펐다.

그는 진흙 둑에 양손을 박은 채 물 위에 매달려 있었다. 개성, 그 미묘한 예술은 그간의 낮과 밤 동안 그들 사이에서 사라져 버렸고 책에서나 벽화 속에만 존재했다. 그 둥근 천장의 벽화에서 누가 더 슬펐던가? 그녀의 연약한 목덜미에 기대려고 그는 몸을 앞으로 기울였다. 그는 아래를 향한 그녀의 눈과 사랑에 빠졌다. 언젠가 교량의 신성함을 알게 될 여자.

밤에 야전 침대에서 그의 두 팔은 양쪽 군대처럼 쭉 펼쳐졌다. 그와 프레스코 벽화 속 왕족 사이에 맺은 임시 협정 외에 그곳에는 어떤 해결책이나 승리의 약속도 없었다. 그림 속의 왕족들은 빗속에서 공병용 사다리 중간쯤에 올라선 채 뒤에 올 군대를 위해 베일리 교량을 놓는 시크교도인 그를 기억하지도, 알아주지도 않을 것이고, 그의 존재도 절대 인정하지 않을 것이다. 하지만 그는 그들의 이야기를 담은 그림을 기억했다. 그리고 한 달 후 대대들이 바다에 이르렀을 때, 병사들이 모든 것을 겪고 살아남아 카톨리나라는 해안 마을에 입성하고 벌거벗은 채로 바다에 뛰어들어도 괜찮도록 공병들이 18미터에 이르는 해변에 깔린 지뢰를 제거한 후, 그는 언젠가 한번 이야기를 나누며 스팸을 나눠 먹다 친해진 한 중세학자에게 다가가 그의 친절에 보답하고자 무언가를 보여 주겠다고 약속했다.

공병은 트라이엄프 모터사이클을 빌리고 진홍색 비상등을 팔에 묶었다. 등 뒤에서 그를 껴안고 몸을 웅크린 노인을 태운 채 그들은 왔던 길을 되돌아가 우르비노와 앙기아리 같은, 지금은 한적해진 마을을 지나 이탈리아의 등뼈인 산맥의 구불구불한 산마루를 타고 아레초를 향해 서쪽 비탈길을 내려갔다. 밤에는 광장에 군인들이 없었다. 공병은 성당 앞에 모터사이클를 세웠다. 그는 중세학자를 부축해서 내려 주고 장비를 챙겨 성당으로 들어갔다. 더 차가운 어둠. 더 커진 텅 빔, 주변을 가득 채우는 그의 군화 소리. 그는 다시 한번 오래된 돌과 나무 냄새를 맡았다. 그는 조명탄 세 개에 불을 붙였다. 그는 본당 중앙 회랑 위로 기둥을 가로지르는 도르래 장치를 걸고 이미 밧줄에 꿰어져 있는 대갈못을 나무 대들보에 높이 쏘아 올렸다. 교수는 어리둥절한 얼굴로 그를 지켜보다 가끔씩 높은 어둠 속을 올려다보았다. 젊은 공병은 노인 주위를 돌며 허리와 어깨에 밧줄을 둘러매어 주고 작은 조명탄을 노인의 가슴에 테이프로 붙여 주었다.

그는 교수를 영성체 난간 옆에 남겨 두고 밧줄의 다른 쪽 끝이 있는 위층으로 소란스럽게 올라갔다. 그가 밧줄에 매달려

발코니에서 어둠 속으로 발을 내디뎠다. 그와 동시에 노인이 밧줄에 매달린 채 빠르게 끌어 올려졌다. 공병이 바닥에 닿자, 교수는 프레스코 벽화에서 90센티미터 정도 떨어진 공중에서 한가로이 흔들리게 되었다. 조명탄이 그의 주위를 후광처럼 밝게 비췄다. 공병은 밧줄을 잡고 앞으로 걸어갔다. 노인의 몸이 오른쪽으로 움직여「막센티우스 황제의 비행」앞에 흔들리며 멈췄다.

5분 후 그는 노인을 내려 주었다. 그는 자신을 위해 조명탄을 켜고 인조 하늘의 짙푸름 속에 있는 둥근 천장을 향해 몸을 끌어 올렸다. 쌍안경으로 천장을 바라볼 때 보았던 황금빛 별들을 기억하고 있었다. 아래를 내려다보니 피로에 지쳐 의자에 앉아 있는 중세학자가 보였다. 그는 이제 이 성당의 높이가 아니라 깊이를 깨달았다. 깊이에 대한 액체와도 같은 느낌. 우물의 공허감과 어둠. 조명탄 불빛이 그의 손에서 마법 지팡이처럼 퍼져 나갔다. 그의 슬픔의 여왕, 그녀의 얼굴을 향해 그는 도르래를 당겼다. 그리고 목덜미를 향해 그의 갈색 손이 뻗어 나갔다. 거대한 목에 비해 작은 손.

시크교도는 정원의 제일 가장자리에 텐트를 설치한다. 한때 라벤더가 자랐을 거라고 해나가 생각하는 곳이다. 그녀는 그곳에서 마른 잎사귀를 발견하고 손가락에 감아 보며 알아챘다. 비가 온 뒤면 가끔 그 향기가 맡아진다.

처음에 그는 집 안으로 전혀 들어오지 않으려 한다. 지뢰 해체 작업이나 다른 일로 지나칠 뿐이다. 그는 항상 예의 바르다. 가벼운 목례. 해나는 그가 빗물을 모은 물동이를 해시계 위에 단정하게 올려놓고 씻는 모습을 본다. 예전에 모판에 사용되었던 정원 수도는 이제 말라 버렸다. 그녀는 웃통을 벗은 채 새가 날갯짓을 하듯 몸에 물을 끼얹는 그의 갈색 몸을 본다. 낮에는 반팔 군용 셔츠를 입은 그의 팔뚝과 이제 그들에게는 전투가 끝난 듯한데도 늘 소지하고 있는 소총이 그녀의 눈에 주로 띈다.

그는 총을 들고 다양한 자세를 취한다. 총을 지팡이처럼 반쯤 들어 올린 모습, 총을 어깨 너머로 얹고 양 팔꿈치를 반쯤 구부린 모습. 그는 불현듯 그녀가 지켜보고 있음을 알아차리고 돌아선다. 그는 두려움에서 살아남은 생존자다. 마치 모든 것을 감당할 수 있다고 주장하듯이 이 파노라마 속 그녀의 시선을 받아들이며 그는 수상쩍은 것은 무엇이든 주변을 돌며 살핀다.

카라바조는 공병이 지난 3년 동안 전쟁에서 혼자 익힌 서양 노래를 줄곧 흥얼거리는 것을 못마땅해하지만, 그의 자급자족 능력은 그녀를 비롯한 집 안에 있는 모든 이들에게 안도감을 준다. 하디라고 불리는, 폭풍우 속에서 그와 함께 왔던 다른 공병은 마을에 더 가까운 다른 곳에 묵고 있다. 지뢰를 치우기 위한 기계 장치를 들고 정원으로 들어와 함께 일하는 모습을 그녀가 본 적이 있다.

개는 카라바조를 떠나지 않는다. 젊은 군인은 개와 함께 길을 따라 달리며 놀아 주기는 하지만, 개가 스스로 살아남아야 한다고 느끼기에 먹을 것은 아무것도 주지 않는다. 음식을 찾으면 자기가 먹어 버린다. 그의 친절은 거기까지다. 밤에 그는 이따금 계곡이 내려다보이는 난간에서 잠을 잔다. 텐트 안으로 들어가는 것은 비가 올 때뿐이다.

그는 카라바조가 밤에 방황하는 것을 목격한다. 두 차례에 걸쳐 공병은 카라바조를 먼발치에서 따라간다. 그러나 이틀 후 카라바조가 그를 막아서고 말한다. 다시 내 뒤를 밟지 마. 그는 부인하려 하지만, 더 나이 든 사내는 거짓말을 하는 그의 얼굴에 손을 대고 입을 다물게 한다. 그래서 군인은 카라바조가 이틀 전 밤에 자신의 미행을 눈치챘음을 알게 된다. 어쨌든 그 미행은 그가 전쟁 중에 배웠던 습관의 잔재일 뿐이었다. 지금도 그는 소총을 조준하고 발사하여 목표물을 명중시키고 싶다. 그는 자꾸만 동상의 코나, 계곡의 하늘을 가로질러 선회하는 갈색 매 중 한 마리를 겨냥한다.

그는 아직 꽤 젊다. 그는 점심 식사에서 30분을 할애해 음식을 먹어 치우고 접시를 닦으러 벌떡 일어난다.

그녀는 과수원이나 집 뒤편에 잡풀이 무성하게 자란 정원에서 고양이처럼 조심스럽게, 시간을 잊고 일하는 그를 지켜보았다. 그녀 앞에서 차를 마실 때면 짤랑거리는 팔찌 안에서 자유롭게 미끄러지는 그의 손목 피부색이 더 짙은 갈색인 것을 그녀는 알아차린다.

　그는 자신의 수색 작업에 따르는 위험에 대해 절대로 말하지 않는다. 간혹 폭발음이 들리면 그녀와 카라바조는 재빨리 집 밖으로 뛰쳐나온다. 소리 죽인 그 폭발음에 그녀의 심장이 바짝 조여든다. 그녀는 밖으로 뛰어나가거나 창문으로 뛰어가다 곁눈으로 카라바조도 본다. 그러면 허브 테라스에서 몸을 돌리지도 않은 채 집 쪽으로 천천히 손을 흔드는 공병이 보인다.

　한번은 카라바조가 도서실에 들어가다가 천장 가까이 올라가 있는 공병을 보았다. 트롱프 뢰유* 앞이었다. 오직 카라바조만 방에 들어서며 아무도 없는지를 확인하기 위해 천장의 높은 모서리를 쳐다볼 것이다. 젊은 군인은 눈길을 떼지 않은 채 손바닥을 내밀어 손가락을 튕기는 소리로 카라바조를 입구에 멈춰 세웠다. 장식 커튼 위의 모서리까지 이어진 신관 선을 풀어 잘라 낼 동안 안전을 위해 방에서 나가라는 경고였다.

　그는 늘 콧노래를 흥얼거리거나 휘파람을 분다. "누가 휘파람을 부는 거지?" 새로 온 이를 아직 보지도, 만나지도 못한 영국인 환자가 어느 날 밤 묻는다. 난간 위에 누워 구름의 변화를 올려다보며 항상 혼자 노래하는 그.

　그는 텅 비어 보이는 빌라에 들어설 땐 소란스럽다. 그들 중 지금까지 군복을 입고 있는 이는 그뿐이다. 말쑥한 차림으로 버클을 반짝이며 공병은 텐트에서 나온다. 터번은 층층이 대칭을 이루고 군화는 깨끗하다. 군홧발 소리가 집의 나무 바닥이나 돌바닥 위에 울려 퍼진다. 그는 문젯거리와 씨름하며 작엄하다가도 갑자기 웃음을 터뜨린다. 빵 조각을 집으려고 몸을 숙이거나, 손가락 마디로 풀을 쓰다듬거나, 마을에 있는 다른 공병들을 만나러 사이프러스 나무 길을 지나며 무심결에 소총을 거대한 철퇴처럼 빙글빙글 돌릴 때면 그는 자신의 몸이나 체력을 무의식중에 사랑하는 것처럼 보인다.

그는 태양계 끝에 떨어져 있는 별과 같은 이 빌라에 모인 작은 무리에 별생각 없이 만족하는 듯하다. 이 생활은 진흙과 강과 다리와의 전쟁을 겪은 후인 그에게는 휴가와도 같다. 그는 오라고 했을 때만 집 안에 들어선다. 해나의 머뭇거리는 피아노 소리를 따라 사이프러스가 늘어선 길을 지나 도서실로 들어왔던 첫날 밤 그랬던 것처럼, 조심스레 찾아온 방문객.

폭풍이 몰아치던 그날 밤, 그가 빌라를 찾은 건 피아노 소리에 대한 호기심 때문이 아니라 피아노 연주자에게 있을 위험 때문이었다. 후퇴하는 군대는 종종 악기 안에 연필처럼 생긴 소형 지뢰를 심어 두었다. 돌아온 주인들은 피아노를 열다가 손을 잃었다. 사람들이 괘종시계의 추를 다시 흔드는 순간 유리 폭탄이 터져 벽의 절반과 함께 가까이 있던 사람들을 날려 버리기도 했다.

그는 피아노 소리를 따라 하디와 함께 서둘러 언덕을 뛰어올라 돌담을 기어 넘어 빌라에 들어섰다. 소리가 멈추지 않는다는 것은 연주자가 앞으로 몸을 숙여 메트로놈을 틀려는 생각으로 얇은 금속 띠를 잡아당기지 않았다는 뜻이었다. 연필 폭탄은 대개 얇은 겹의 철사를 세로로 용접하기 가장 쉬운 이런 곳

안에 숨겨졌다. 폭탄은 수도꼭지에, 책등에 장착되었고, 과일 나무에 박혀 있기도 했다. 누군가 손으로 그 가지를 잡기만 해도 폭탄이 터지는 것처럼, 사과 한 알이 아래쪽 가지에 떨어져도 나무가 폭발하게 되어 있었다. 그는 방이건 들판이건 그곳 어딘가에 무기가 있을 가능성을 살피며 보았다.

그는 프랑스식 유리문 옆에 잠시 멈춰 서서 문틀에 머리를 기대고 있다가 방 안으로 들어섰다. 번개가 치는 순간 말고는 어둠 속에 남아 있었다. 마치 그를 기다리고 있었다는 듯, 연주하던 건반을 내려다보며 여자가 서 있었다. 그의 눈은 그녀의 모습을 받아들이기 전에 먼저 레이더의 파동처럼 쓸고 지나가며 방 안을 훑었다. 메트로놈은 이미 똑딱거리며 무심하게 앞뒤로 흔들리고 있었다. 위험은 없었다. 작은 철사는 없었다. 그는 젖은 군복을 입고 서 있었고, 젊은 여자는 한동안 그가 들어온 것을 알지 못했다.

그의 텐트 옆에는 크리스털 수신기 안테나가 나무 사이에 매달려 있다. 밤에 그녀가 카라바조의 야전 망원경으로 보면 라디오 다이얼의 야광 초록색 불빛이 보이다가, 공병이 움직여 시야를 가로지르면 갑자기 그의 몸에 가려진다. 그는 낮에 그 휴대용 장치를 착용할 때 이어폰을 한쪽만 귀에 꽂고 다른 쪽은 턱 밑에 느슨하게 늘어뜨려 자신에게 중요할지도 모르는 나머지 세상의 소리를 들을 수 있게 한다. 그들이 관심을 가질 만한 정보를 들으면 그는 소식을 전하려고 집 안으로 들어온다.

어느 날 오후 그는 밴드 리더인 글렌 밀러가 영국과 프랑스 사이 어딘가에서 비행기 추락 사고로 죽었다고 알려 준다.

그렇게 그는 그들 사이에서 움직인다. 그녀는 황폐해진 정원 멀리에서 탐지기를 들고 있는 그의 모습이나, 무언가를 찾아냈다면 마치 끔찍한 편지처럼 누군가가 그에게 남겨 놓은 얽힌 전선과 신관들을 푸느라 씨름하고 있는 그를 본다.

그는 항상 손을 씻는다. 카라바조는 처음에 그가 너무 유난스럽다고 생각한다. "어떻게 전쟁을 견뎌 냈나?" 카라바조가 놀린다.

"아저씨, 전 인도에서 자랐습니다. 항상 손을 씻죠. 식사하기 전에요. 습관입니다. 저는 펀자브에서 태어났어요."

"저는 북미 출신이에요." 그녀가 말한다.

그는 텐트에 반쯤 들어가서 잠을 잔다. 그녀는 그의 손이 이어폰을 빼서 무릎 위에 내려놓는 것을 본다.

그리고 해나는 망원경을 내려놓고 돌아선다.

*

그들은 거대한 둥근 천장 아래 있었다. 하사관이 조명탄을 쏘자 공병은 바닥에 누워 소총의 조준 망원경을 통해 위를 올려다보았다. 마치 군중 속에서 형제를 찾듯 황토색 얼굴들을 바라보았다. 망원경의 초점 십자선이 성서의 인물들을 따라 흔들렸다. 수백 년에 걸쳐 기름과 촛불 연기로 거뭇거뭇해진 색 칠된 의복과 살갗이 불빛에 젖어 든다. 그리고 이제 이 노란 가스 연기. 이 성소 안에서 조명탄을 켜는 일이 터무니없다는 것을 그들도 알았다. 그 때문에 군인들이 쫓겨날 수도 있고, 대전당을 보도록 허용한 일을 남용한 것으로 기억될 수도 있었다. 시칠리아에 상륙하여 이 나라의 발목 부근에서부터 전투를 치르며 이곳까지 온 열일곱 명의 남자. 그들은 해안교두보를 힘겹게 헤쳐 오르고 소규모 접전 천 번을 치르고 몬테카시노 폭격을 겪은 후, 정중하게 숨죽이며 바티칸의 라파엘로 방들*을 지나 마침내 이곳에 이르렀다. 그런 그들에게 제공될 것이라곤 대체로 어두운 전당뿐이었다. 마치 이 장소에 있는 것만으로도 충분하다는 듯.

그리고 그들 중 한 명이 말했다. "젠장. 샌드 하사관님, 조명탄을 더 켜 볼까요?" 그리고 하사관이 조명탄의 고리를 잡아 빼고 팔을 앞으로 뻗어 높이 치켜들자 불빛이 폭포처럼 그의 주먹에서 쏟아졌다. 조명탄이 다 탈 때까지 그는 그렇게 서 있었다. 다른 사람들은 천장에 가득 찬 형상들과 얼굴들이 불빛에 드러나는 것을 바라보며 서 있었다. 그러나 젊은 공병은 이미 등을 바닥에 대고 누워 소총을 조준하여 눈에 닿을 듯이 노아와 아브라함의 수염과 다양한 악마들의 형상을 훑고 있었다. 그러다 그 위대한 얼굴에 이르자 그의 움직임이 멎었다. 창과 같은, 현명하고 용서가 없는 얼굴.

경비병들이 입구에서 고함을 지르고 있었다. 뛰어오는 발소리가 들렸다. 조명탄은 30초 정도면 꺼질 것이다. 그는 몸을 굴려 신부에게 소총을 건넸다. "저 사람. 누굽니까? 북서쪽 세 시 방향, 누구지요? 어서요, 조명탄이 거의 꺼져 갑니다."

신부가 소총을 받아 들고 구석 쪽으로 재빨리 돌렸을 때 불이 꺼졌다.

그는 젊은 시크교도에게 소총을 돌려주었다.

"시스티나 성당에서 무기를 점화한 일로 우리 모두 곤란해질 거란 걸 알고 있겠지요. 저는 여기 오지 말았어야 했어요. 하지만 샌드 하사관님께 고마움을 표해야겠군요. 영웅적인 일을 해냈으니까요. 실제 손상을 입힌 건 아닐 겁니다."

"보셨습니까? 그 얼굴이오. 누굽니까?"

"아, 네, 위대한 얼굴이죠."

"보셨군요."

"네, 선지자 이사야입니다."

제8군이 동부 해안의 가비체에 도착했을 때, 공병은 야간 정찰대장을 맡게 되었다. 이틀째 되는 날 밤, 그는 무전을 통해 물 속에 적군의 움직임이 있다는 보고를 받았다. 정찰대는 포탄을 발사했고 물이 용솟음쳤다. 엉성한 경고탄이었다. 아무것도 명중시키지 못했지만, 폭발로 인한 하얀 물보라 속에서 그는 어두운 움직임의 윤곽을 포착했다. 그는 소총을 들고 떠다니는 그림자를 조준했다. 근처에 다른 움직임이 있는지 확인하기 위해 사격을 보류한 채 1분 동안 지켜보았다. 적군은 여전히 도시의 경계선인 북쪽 리미니에 주둔하고 있었다. 그가 그림자를 지켜보고 있을 때 갑자기 후광이 성모 마리아의 두상 주위에 번뜩였다. 바다에서 성모 마리아가 나오고 있었다.

성모는 배에 서 있었다. 두 남자가 노를 저었다. 다른 두 남자가 성모를 똑바로 지탱했다. 배가 해변에 닿자 마을 사람들이 열려 있는 캄캄한 창문에서 박수를 치기 시작했다.

공병은 크림색 얼굴과 작은 건전지 전구들로 된 후광을 볼 수 있었다. 그는 마을과 바다 사이의 콘크리트 탄약 상자에 누워 네 남자가 배에서 내려 1.5미터 높이의 석고상을 안아 내리는 모습을 지켜보았다. 그들은 지뢰 때문에 주저하거나 망설이는 기색도 없이 해변으로 걸어 올라갔다. 아마도 그들은 독일군이 그곳에 주둔해 있는 동안 지뢰가 매설되는 것을 지켜보고 지도를 그려 두었을 것이다. 그들의 발이 모래 속에 푹푹 빠졌다. 1944년 5월 29일의 가비체 마레였다. 바다에서 열리는 성모 마리아 축제.

어른과 아이들이 거리로 쏟아져 나왔다. 악대 복장을 한 남자들도 나타났다. 악대는 연주를 하지도 않고 통행금지 규칙을 깨지도 않았지만, 말쑥하게 닦인 악기들은 여전히 축제의 일부였다.

그는 박격포를 등에 둘러메고 소총을 손에 든 채 어둠 속에서 빠져나왔다. 터번을 두르고 무기를 든 그의 모습은 그들에게 충격이었다. 그들은 인적이 드문 해변에서 그가 나타날 것이라곤 예상하지 못했다.

그는 소총을 들어 조준경에 나이를 가늠할 수 없고 성별도 없는 성모의 얼굴을 잡았다. 앞쪽에는 그녀의 불빛을 향해 뻗은 남자들의 검은 손들, 스무 개의 작은 전구의 인자한 끄덕임. 그 형상은 옅은 푸른색 망토를 걸치고 있었고 주름을 나타내기 위해 왼쪽 무릎이 살짝 들려 있었다.

그들은 낭만적인 사람들이 아니었다. 그들은 파시스트, 영국군, 갈리아족, 고트족 그리고 독일인들로부터 살아남았다. 너무 자주 종속되었기 때문에 더 이상 의미도 없었다. 그러나 이 푸른색과 크림색 석고상은 바다에서 나와 꽃으로 가득한 포도 트럭에 실렸다. 그동안 악대가 침묵 속에 앞서서 행진했다. 그가 이 마을에 제공해야 할 어떤 보호도 의미가 없었다. 흰옷을 입은 아이들 사이를 총을 들고 걸을 수는 없었다.

그는 남쪽으로 바로 아래 길로 가서 석고상이 움직이는 속도에 맞추어 걸었다. 그들은 길이 만나는 곳에 동시에 도착했다. 그는 소총을 들어 다시 한번 조준경에 그녀의 얼굴을 잡았다. 바다가 내려다보이는 곳에서 모든 것이 끝났고, 그들은 그녀를 그곳에 둔 채 모두 집으로 돌아갔다. 주변에서 줄곧 서성이던 그의 존재를 눈치챈 사람은 아무도 없었다.

그녀의 얼굴은 여전히 불이 밝혀져 있었다. 그녀를 배에 싣고 온 네 남자는 보초처럼 그녀를 둘러싸고 광장에 앉아 있었다. 그녀의 등에 부착된 건전지가 점점 닳기 시작했고, 새벽 네 시 반쯤에 완전히 죽었다. 그때 그는 시계를 힐끗 보았다. 그는 소총의 조준 망원경에 남자들을 잡았다. 두 명은 잠들어 있었다. 그는 조준기를 그녀의 얼굴로 옮겨 그녀를 다시 관찰했다. 꺼져 가는 주위 불빛 속에서 다르게 보이는 표정. 어둠 속에서 더 그가 아는 사람처럼 보이는 얼굴. 누이. 언젠가는 딸. 만약 그가 이별을 고할 수 있었다면, 공병은 그의 의사 표시로 무언가를 그곳에 남겨 두었을 것이다. 하지만 그에게는 그 자신의 신앙이 있었다.

*

카라바조는 도서실에 들어선다. 그는 오후 시간 대부분을 그곳에서 보낸다. 언제나 그렇듯, 책은 그에게 신비로운 존재다. 그는 한 권을 빼 들고 표지를 젖힌다. 방에 들어온 지 5분쯤 지나 가벼운 신음을 듣는다.

그는 고개를 돌려 소파에서 잠든 해나를 본다. 그는 책을 덮고 책장 아래 허벅지 높이의 선반에 등을 기댄다. 그녀는 왼쪽 뺨을 먼지 쌓인 브로케이드*에 대고 오른팔을 얼굴 쪽으로 올린 채 턱에 주먹을 대고 몸을 웅크린 모습이다. 눈썹이 씰룩이고 얼굴은 잠에 깊이 빠져 있다.

그가 오랜만에 그녀를 처음 봤을 때, 그녀는 긴장된 모습이었다. 이 상황을 효율적으로 헤쳐 나갈 수 있을 만큼의 몸만 남아 있었다. 그녀의 몸은 전쟁을 겪었고, 사랑할 때와 마찬가지로 몸의 모든 부분을 소진했다.

그가 큰 소리로 재채기하고는 숙였던 고개를 들었을 때 그녀는 잠에서 깨어나 눈을 뜨고 그를 바라보고 있었다.

"지금 몇 시인지 맞혀 봐."

"4시 5분쯤. 아니, 4시 7분." 그녀가 말했다.

그것은 남자와 아이 사이의 오래된 게임이었다. 그는 시계를 보기 위해 방 밖으로 나갔고, 그녀는 그의 움직임과 자신만만함을 보고 그가 얼마 전에 모르핀을 맞아 생기를 되찾았고 명료한 상태라는 것을 알았다. 몸에 밴 그의 자신감. 그녀의 정확성에 그가 놀라워하며 고개를 절레절레 저으며 돌아왔을 때 그녀는 일어나 앉아 미소를 지었다.

"저는 머릿속에 해시계를 갖고 태어났어요. 맞죠?"

"그럼 밤에는?"

"달 시계도 있나요? 누군가 발명했을까요? 빌라를 짓는 모든 건축가는 도둑을 위해 달 시계를 하나씩 숨겨 두는지도 몰라요. 반드시 지켜야 하는 십일조처럼요."

"부자들에게는 대단한 걱정거리겠군."

"달 시계에서 만나요, 데이비드. 약자가 강자를 파고들 수 있는 곳."

"영국인 환자와 너처럼?"

"1년 전에 아기를 가질 뻔했어요."

약기운 덕에 그의 정신이 맑고 또렷한 지금 그녀는 갑자기 화제를 바꿀 수 있다. 그래도 그는 그녀의 말을 이해하고 그녀 곁에서 함께 생각해 줄 것이다. 그녀는 지금 잠에서 깨어나 대화하고 있다는 사실을 정확히 깨닫지 못한 상태에서 마음을 연다. 마치 아직도 꿈속에서 이야기하듯, 마치 그의 재채기가 꿈속에서 일어난 재채기인 듯.

카라바조는 이런 상황에 익숙하다. 그는 종종 달 시계에서 사람들을 만났다. 새벽 두 시에 실수로 침실 선반을 쓰러뜨려 그들을 깨우면서. 그런 충격이 사람들을 두려움과 폭력에서 멀어지게 한다는 사실을 그는 깨닫게 되었다. 도둑질하러 간 집에서 집주인에게 들키면, 그는 손뼉을 치면서 미친 듯이 소란스럽게 떠벌리며 값비싼 시계를 공중으로 내던졌다가 두 손으로 받아 내면서 그들에게 재빨리 질문을 던져 물건들이 어디 있는지 물었다.

"아이를 잃었어요. 그럴 수밖에 없었어요. 아기 아빠가 이미 죽은 후였죠. 전쟁 중이었어요."

"이탈리아에 있을 때였나?"

"그 일이 있을 당시엔 시칠리아에 있었어요. 군대를 따라 아드리아해를 올라오면서 줄곧 아기를 생각했어요. 아이와 계속 대화를 나눴어요. 저는 병원에서 아주 열심히 일하고 주변에 있는 모든 사람을 피했지요. 아이만 빼고요, 아이하고는 모든 것을 나누었어요. 머릿속으로요. 환자들을 씻기고 돌보면서 아이에게 이야기했어요. 난 약간 미쳐 있었지요."

"그리고 네 아버지가 죽었지."

"네. 그리고 패트릭이 죽었어요. 그 소식을 들었을 때 피사에 있었어요."

깨어난 그녀는 일어나 앉아 있었다.

"알고 있었군, 음?"

"집에서 편지가 왔어요."

"그래서 이리로 왔나? 알았기 때문에?"

"아니요."

"좋아. 난 그 친구가 추모 철야제 같은 것을 믿었다곤 생각하지 않아. 패트릭은 죽을 때 여성 듀오의 연주를 듣고 싶다고 말하곤 했지. 아코디언과 바이올린. 그게 다야. 그 친구는 정말 빌어먹게 감상적이었지."

"네, 아빠는 시키면 정말 뭐든지 할 사람이었죠. 아빠에게 고통에 빠진 여자만 찾아 주면 정신없이 빠져들었지요."

계곡에서 인 바람이 언덕으로 올라오자 예배당 밖 서른여섯 계단을 따라 늘어선 사이프러스 나무들이 바람과 씨름을 벌였다. 조금 전에 내렸던 빗방울이 계단 옆 난간에 앉아 있는 두 사람 위로 똑똑 소리를 내며 떨어졌다. 자정이 넘은 지 오래였다. 그녀는 콘크리트 난간 위에 누워 있었고, 그는 왔다 갔다 하거나 몸을 기울여 계곡을 내려다보았다. 빗방울 떨어지는 소리만 들렸다.

"아기에게 말 거는 건 언제 그만뒀지?"

"갑자기 너무 바빠졌어요. 군인들이 모로 다리에서 전투에 들어갔고, 그 뒤엔 우르비노로 갔어요. 아마 우르비노에서 그만뒀나 봐요. 거기선 언제든 총에 맞을 수 있을 것 같았어요. 군인뿐만 아니라 사제나 간호사도요. 그건 토끼 굴이었어요. 좁고 경사진 길들. 몸이 너덜너덜해진 군인들이 와서는 한 시간 동안 저와 사랑에 빠졌다가 죽었죠. 그들의 이름을 기억하는 것이 중요했어요. 하지만 그들이 죽을 때마다 난 그 아이를 보았어요. 쓸려 내려가는 것을요. 어떤 사람들은 일어나 앉아서 드레싱을 모두 찢어 버렸어요. 숨을 좀 더 잘 쉬기 위해서요. 어떤 사람들은 죽어 가면서도 팔에 난 작은 상처를 걱정했어요. 그리다가 입에 거품을 물고. 그 작은 펑 소리. 어느 죽은 병사의 눈을 감기려고 몸을 앞으로 숙인 순간, 그가 눈을 부릅뜨고 내뱉었어요. '내가 죽을 때까지 못 기다리겠단 말이지? 나쁜 년!' 그가 벌떡 일어나 앉더니 제 약품 쟁반에 있던 것을 모두 바닥에 엎었어요. 불같이 화를 내면서. 누가 그렇게 죽고 싶겠어요? 그런 분노를 안고 죽다니요. 이 **나쁜 년!** 그 후로 나는 늘 그들의 입에서 거품이 터지기를 기다렸어요. 난 이제 죽음을 알아요, 데이비드. 어떤 냄새가 나는지도 알고, 어떻게 하면 고통에서 벗어나게 하는지도 알아요. 언제 주요 정맥에 모르핀을 재빨리 넣어 줘야 하는지. 식염수. 죽기 전에 창자를 비우는 것. 빌어먹을 장군들이 내가 하는 일을 직접 해 봐야 해요. 빌어먹을 장군들 모두가. 강을 건너는 임무를 맡기 전에 반드시 해 봐야 되는 일이에요. 대체 우리가 뭐기에 이런 책임을 떠맡아야 하는 거죠? 우리에게 늙은 사제처럼 현명하기를 바라고, 아무도 원하지 않는 쪽으로 사람들을 유도한 뒤 어떻게든 편안하게 느끼게 해 줄지를 알길 바라다니요. 난 저들이 죽은 자들을 위해 치르는 모든 의식들을 믿을 수 없어요. 그들의 저속한 수사. 어떻게 감히! 죽어 가는 사람에 대해 감히 그렇게 말할 수 있다니요."

빛이 없었다. 전등은 모두 꺼졌고, 하늘은 대부분 구름에 가려져 있었다. 남아 있는 집들의 문명으로 이목을 끌지 않는 것이 더 안전했다. 그들은 어둠 속에서 집 마당을 걷는 데 익숙했다.

"네가 여기에, 영국인 환자와 함께 남는 것을 군대가 왜 원하지 않았는지 알고 있니? 알아?"

"창피한 결혼? 내게 있을 아빠 콤플렉스?" 그녀는 그를 향해 미소 짓고 있었다.

"저 친구는 어때?"

"아직도 그 개에 대해 진정되지 않았어요."

"내가 데려왔다고 말해."

"그는 아저씨가 여기 머물고 있다는 것도 잘 몰라요. 아저씨가 도자기를 들고 떠날지도 모른다고 생각해요."

"그 친구가 와인을 좋아할까? 오늘 한 병 슬쩍했는데."

"어디서요?"

"마실 거야, 말 거야?"

"그냥 지금 마셔요. 그 사람은 잊어버리고요."

"아, 돌파구로군!"

"돌파구가 아니에요. 난 진짜 술이 너무 필요해요."

"스무 살짜리가 말이지. 내가 스무 살이었을 때⋯⋯."

"네, 네, 언제고 축음기나 하나 슬쩍하지 그래요. 아무튼, 이건 약탈이에요."

"내 조국이 이 모든 걸 가르쳐 주었지. 전쟁 동안 그들을 위해서 내가 한 일이야."

그는 폭격당한 예배당을 지나 집 안으로 들어갔다.

해나는 몸을 일으켜 앉았다. 약간 어지러워 균형을 잃었다. "그리고 놈들이 아저씨한테 어떤 짓을 했는지 봐요." 그녀가 혼잣말했다.

전쟁 동안 그녀는 가까운 동료들과도 거의 말을 하지 않았다. 그녀에게는 가족의 일원인 삼촌이 필요했다. 아이의 아버지가 필요했다. 이 언덕 마을에서 몇 년 만에 처음으로 술에 취하길 기다리는 동안, 위층에 있는 화상 입은 남자가 네 시간의 잠 속으로 빠져드는 동안, 그리고 아버지의 오랜 친구가 그녀의 약장을 뒤져 앰풀 꼭지를 깨고 부츠 끈을 팔에 감아 조인 다음 재빨리 스스로 모르핀 주사를 놓는 동안, 그가 몸을 돌리는 데 걸리는 시간 동안에.

밤이 되면 주변 산에는 열 시가 되어도 땅에만 어둠이 깔렸다. 청명한 회색 하늘과 푸른 언덕들.

"난 배고픔에 지쳤어요. 단순히 욕망의 대상이 되는 것에도. 그래서 데이트도, 지프차 드라이브도, 구애도 모두 멀리했어요. 그들이 죽기 전에 마지막으로 췄던 춤들. 난 잘난 체한다고 사람들한테 찍혔죠. 난 남들보다 더 열심히 일했어요. 교대도 없이 두 배 연속으로 일했어요. 포화 속에서요. 그들을 위해 뭐든 했고, 환자 변기도 모두 비웠지요. 데이트를 나가서 그들의 돈을 쓰지 않는다는 이유로 난 잘난 체하는 사람이 되었지요. 집에 가고 싶었지만 집에는 아무도 없었어요. 그리고 유럽도 지긋지긋했어요. 여자라는 이유로 귀하게 대우받는 것도 지겨웠어요. 어떤 남자와 사귀었는데 그 남자는 죽었고 아이도 죽었어요. 제 말은, 아이가 그냥 죽은 게 아니고 내가 죽인 거예요. 그 후 난 아무도 내게 가까이 다가올 수 없을 정도로 멀리 물러났어요. 잘난 체하는 사람들의 수군거림으로도, 그 누구의 죽음으로도요. 그러다 그 사람을 만났죠. 시커멓게 타 버린 남자를요. 가까이서 보니 영국인이었어요.

아주 오랜만이었어요, 데이비드. 내가 남자와 관련된 일을 생각해 본 건.”

*

시크교도 공병이 빌라에 온 지 일주일이 지나자 그들은 그의 식사 습관에 적응했다. 언덕이든 마을이든 어디에 있더라도 그는 12시 30분경에 돌아와 해나와 카라바조와 합류했다. 그리고 숄더백에서 작은 파란색 손수건 뭉치를 꺼내 식탁 위의 다른 음식 옆에 펼쳐 놓았다. 그가 가져온 양파와 허브들. 카라바조는 그가 프란체스코회의 정원에서 지뢰를 찾다가 그곳에서 가져왔을 것으로 추측했다. 그는 신관의 고무를 벗길 때 사용하는 칼로 양파 껍질을 벗겼다. 그다음에는 과일이 이어졌다. 카라바조는 그가 군인 식당을 한 번도 사용하지 않고 전쟁을 치렀을 거로 추측했다.

실제로는 그는 새벽 동이 틀 때면 항상 충실하게 줄을 서서 좋아하는 영국식 차를 받으려고 컵을 내밀고, 거기에 자기가 가지고 있는 연유를 추가했다. 그는 햇빛을 받으며 천천히 차를 마시면서 그날 상비군일 경우 오전 아홉 시쯤이면 이미 카나스타 카드 게임을 하고 있을 사병들의 느린 움직임을 지켜보곤 했다.

이제는 새벽이 되면, 빌라 산 지롤라모의 반쯤 폭격 맞은 정원에 있는 상처투성이 나무 아래서 그는 수통에 담긴 물을 한 모금 마신다. 칫솔에 가루 치약을 뿌리고는 아직 안개에 묻혀 있는 계곡을 내려다보며 어슬렁거리면서 10분 동안의 허술한 양치질을 시작한다. 그의 마음은 지금 자신이 머무르고 있는 곳의 저 아래 풍경에 감탄하기보다는 호기심에 사로잡혀 있다. 어렸을 때부터 양치질은 그에게 항상 야외 활동이었다.

주변의 풍경은 일시적인 것일 뿐 거기에 영구성은 없다. 그는 단순히 비 올 기미나 덤불숲에서 나는 어떤 냄새를 감지한다. 의식하지 않는 순간에도 그의 두뇌는 마치 레이더처럼, 눈으로 주변 4백 미터 이내에 있는 무생물체들의 움직임을 찾아낸다. 소형 무기로 살상할 수 있는 반경이다. 그는 후퇴하는 군대가 정원에도 지뢰를 심어 두었다는 것을 알기에 조심스럽게 땅에서 뽑아낸 양파 두 개를 살펴본다.

점심을 먹을 때면 파란 손수건 위에 놓인 것들을 바라보는 카라바조의 자상한 눈빛이 있다. 카라바조는 아마도 이 젊은 군인이 오른손으로 집어 먹고 있는 것과 같은 것을 먹는 어떤 희귀한 동물이 있을 거로 생각한다. 그는 양파 껍질을 벗기고 과일을 자를 때만 칼을 사용한다.

두 남자가 수레를 타고 밀가루 한 부대를 가지러 계곡으로 내려간다. 또한 그 군인은 산 도메니코에 있는 본부에 폭탄을 제거한 지역의 지도를 전달해야 한다. 피차 서로에 관해 물어보는 일에 곤란하다고 느낀 그들은 해나에 대해 이야기한다. 많은 질문이 오간 후에야 나이가 더 많은 남자가 전쟁 전부터 그녀를 알고 있었다고 털어놓는다.

"캐나다에서요?"

"그래, 거기서 해나를 알았지."

양 길가에 있는 수많은 모닥불을 지나며 카라바조는 젊은 군인의 신경을 그쪽으로 돌린다. 공병의 별명은 킵이다. "킵을 데려와." "킵이 저기 온다." 그에게 그 이름이 붙여진 경로는 기묘하다. 영국에서 그가 처음 작성했던 폭탄 처리 보고서에 버터가 조금 묻어 있었다. 그것을 본 장교가 "이게 뭐야? 키퍼(훈제 연어) 기름인가?"라고 크게 말하자 떠들썩한 웃음소리가 그를 에워쌌다. 그는 키퍼가 무엇인지 전혀 몰랐지만, 젊은 시크 교도는 곧 짭짤한 영국 생선으로 통용되었다. 일주일도 지나지 않아 그의 본명인 키르팔 싱은 잊혔다. 그는 개의치 않았다. 서퍽 경과 그의 폭약반 전체가 그를 그 별명으로 부르기 시작했고, 그는 오히려 성씨로 사람을 부르는 영국식 관습보다 그편을 더 좋아했다.

그해 여름, 영국인 환자는 보청기를 착용하면서 집 안의 모든 소리를 생생하게 들을 수 있었다. 호박색 조개 모양의 보청기는 귀 안에 매달려 일상적인 소음들을 옮겨 주었다. 복도에 있는 의자가 바닥에 끌리는 소리, 그의 방 밖에서 개가 발톱으로 문을 긁는 소리, 볼륨을 높이면 개의 숨소리나 테라스에서 공병이 고함치는 소리까지 들렸다. 젊은 군인이 도착한 지 며칠 지나지 않아 영국인 환자는 그의 존재를 집 안 곳곳에서 알게 되었다. 해나가 그들이 서로를 좋아하지 않으리라는 것을 알고 둘을 떼어 놓았지만.

그러나 어느 날 그녀가 영국인의 방에 들어가자 공병이 거기 있었다. 그는 침대 발치에 서서 어깨에 가로로 걸친 소총 위에 팔을 얹고 있었다. 그녀는 그가 총을 그렇게 무심히 다루는 것이 마음에 들지 않았다. 마치 몸이 바퀴의 축인 듯, 마치 그 총을 그의 어깨와 팔을 따라 작은 갈색 손목에 꿰매기라도 한 듯, 방으로 들어오는 그녀를 향해 더디게 돌아서는 게으른 동작.

영국인이 그녀에게 말했다.

"우리는 아주 멋지게 친해지고 있어!"

그녀는 공병이 아무렇지도 않게 이 영역으로 걸어 들어왔고,

그녀를 둘러싸고 어디에나 있을 수 있는 것처럼 보였기 때문에 당황했다. 카라바조에게서 이 환자가 총에 대해 잘 안다고 들은 킵이 영국인과 폭탄 수색에 대해 논의하기 시작했다. 그 방으로 올라왔다가 그가 연합군과 적군의 무기에 관한 정보의 저장고임을 알게 된 것이다. 영국인은 괴상한 이탈리아식 신관에 대해서뿐만 아니라 이곳 토스카나 지역의 지형에 대해서도 상세히 알고 있었다. 곧 그들은 서로에게 각종 폭탄의 윤곽을 그려 보이고 각 특정 회로의 이론을 파고들기 시작했다.

"이탈리아식 신관은 수직으로 설치되는 것 같습니다. 항상 꼬리 쪽에 삽입되는 건 아니죠."

"글쎄, 경우에 따라 다르지. 나폴리에서 만든 것들은 그런 방식이지만, 로마의 공장에선 독일식을 따르지. 물론 나폴리는 15세기로 거슬러 올라가면……."

이는 그 환자가 특유의 에둘러 말하는 방식으로 이야기하는 것을 듣고 있어야 한다는 것을 의미했고, 젊은 병사는 잠자코 침묵을 지키는 데 익숙하지 않았다. 그는 갑갑해하며 영국인이 늘 그러듯 말을 멈추거나 침묵에 빠질 때마다 생각의 흐름에 활력을 불어넣으려고 애쓰며 끼어들었다. 군인이 고개를 뒤로 젖히고 천장을 쳐다보았다.

"들것을 만들어서……." 골똘히 생각에 잠긴 공병이 방으로 들어서는 해나에게 고개를 돌리며 말했다. "이 양반을 신고 집 주변을 다녀야겠어요." 그녀는 두 사람을 쳐다보며 어깨를 으쓱하고는 방에서 나갔다.

카라바조가 복도에서 그녀를 지나칠 때 그녀는 미소를 짓고 있었다. 그들은 복도에 서서 방 안의 대화에 귀를 기울였다.

베르길리우스풍의 남자에 대한 내 생각을 말했었나, 킵? 설명하자면…….

보청기가 켜져 있습니까?

뭐?

켜세요 ─.

"저 사람에게 친구가 생긴 것 같네요." 그녀는 카라바조에게 말했다.

그녀는 안뜰 햇빛 속으로 걸어 나간다. 정오가 되자 수도관을 통해 빌라의 분수대에 물이 공급되고 20분 동안 분수가 터져 나온다. 그녀는 신발을 벗고 분수대의 마른 바닥 안에 들어가서 기다린다.

이 시간에는 사방에서 건초 냄새가 난다. 금파리가 허공에서 비틀거리며 벽에 부딪히듯 사람에게 달려들었다가 아무렇지도 않게 물러난다. 그녀는 물거미가 분수대 윗단 아래에 둥지를 튼 것을 알아차린다. 그녀의 얼굴에 돌출부의 그늘이 진다. 그녀는 이 석조 요람에 앉아 있기를 좋아한다. 가까이 있는 아직 빈 수도꼭지에서 터져 나오는, 어둠에 갇혀 있던 시원한 공기의 냄새. 마치 늦봄에 처음 연 지하실 공기가 바깥에 감도는 열기와 대조를 이루는 것처럼. 그녀는 팔과 발가락에 묻은 먼지를 털어 내고 신발의 주름을 문지른 뒤 기지개를 켠다.

집 안에 있는 너무 많은 남자들. 그녀는 어깨의 맨팔에 입술을 댄다. 자신의 살결, 그 익숙한 냄새를 맡는다. 자기만의 맛과 향. 그것을 처음 알게 된 때, 아니, 시간이라기보다는 장소로 느껴지는 10대 어디쯤을 기억한다. 키스 연습을 하느라 팔뚝에 입을 맞추고 손목 냄새를 맡거나 허벅지까지 몸을 굽혔던 일. 두 손을 모아 동그랗게 만들고 그 안에 숨을 내쉬어 그 숨결이 다시 코로 돌아가게 하던 일. 그녀는 이제 자신의 하얀 맨발을 분수대의 얼룩 빛깔에 대고 비빈다. 공병은 전투 때 본 조각상들에 대해 그녀에게 이야기해 주었다, 반은 남자이고 반은 여자인 슬픔에 잠긴 천사 옆에서, 아름답게 보였던 조각상 옆에서 잠을 잤다고 했다. 그는 그 몸을 바라보며 등을 대고 누운 채 전쟁 중 처음으로 평화로웠다고 했다.

그녀는 돌에 코를 대고 숨을 들이켰다. 시원한 나방 냄새.

그녀의 아버지는 몸부림치며 죽음을 맞았을까, 아니면 평온하게 죽었을까? 그도 영국인 환자가 침상 위에 당당하게 누워 있는 것처럼 누워 있었을까? 낯선 사람의 간호를 받았을까? 피를 나눈 사람보다 피 한 방울 섞이지 않은 사람이 더 감정을 흐트러뜨릴 수 있다. 마치 낯선 사람의 품에 안기면서 자신의 선택을 비추는 거울을 발견하는 것처럼. 공병과 달리 그녀의 아버지는 결코 세상에 온전히 편안해하지 않았다. 수줍음 때문에 그의 대화에는 일부 음절들이 사라졌다. 패트릭의 문장에는 늘 중요한 단어가 두세 개씩 빠져 있다고 어머니는 불평했었다. 그러나 해나는 아버지의 그런 면을 좋아했다. 그에게는 봉건적인 기질이 전혀 없는 것 같았다. 그에게는 묘한 매력을 부여하는 모호함과 불확실함이 있었다. 그는 대부분의 남자와 달랐다. 부상당한 영국인 환자에게도 봉건적인 익숙한 목적의식이 있었다. 그러나 그녀의 아버지는 허기진 유령이었고, 주변 사람들이 자신감에 차 있고 시끌벅적한 것을 좋아했다.

그는 자기 죽음에 대해서도 우연히 그곳에 있게 되었다는 듯, 태연히 다가갔을까? 아니면 분노에 차서? 그는 그녀가 아는 사람 중에서 가장 화를 잘 내지 않는 사람이었다. 그는 논쟁을 싫어했고, 누군가 루스벨트나 팀 벅에 대해 나쁜 소리를 하거나 토론토 시장 누구누구를 추어올리면 그냥 방에서 나가 버렸다. 그는 자신의 삶 속에 들어와 있는 어느 누구도 바꾸려 들지 않았다. 그저 주변에서 일어난 사건들을 해결해 주거나 축하해 주었다. 그뿐이었다. 소설은 길을 비추는 거울*이라고 그녀는 영국인 환자가 추천해 준 책에서 읽었다. 그녀는 아버지와 함께했던 순간들을 떠올릴 때면 언제나 그렇게 아버지를 기억했다. 자정에 토론토의 포터리 로드 북쪽의 어느 다리 아래에 차를 세우고 저기가 찌르레기와 비둘기들이 서로 불편해하고 너무 행복해하지 않으면서도 밤새 서까래를 공유하는 곳이라고 그녀에게 말해 주던 아버지. 그래서 어느 여름밤 그들은 그곳에 잠시 멈춰 서서 소란스러운 소음과 졸음에 겨운 쩍쩍 소리를 향해 고개를 내밀었더랬다.

패트릭이 비둘기장에서 죽었다고 들었어. 카라바조가 말했다.

그녀의 아버지는 자신이 만들어 낸 도시, 길과 벽과 경계선을 친구들과 함께 그려 낸 그 도시를 사랑했다. 그는 그 세계에서 진정으로 벗어나 본 적이 없었다. 그녀가 알고 있는 현실 세계에 대해 그녀는 혼자서, 혹은 카라바조에게서, 또는 함께 살던 시절에는 새어머니 클라라에게서 배웠음을 깨닫는다. 한때 배우였고 성격이 분명한 클라라는 가족 모두가 전쟁터로 떠나자 자신의 분노를 그대로 표현했다. 이탈리아에서 보낸 지난해 동안 그녀는 줄곧 클라라가 보낸 편지들을 지니고 다녔다. 그 편지들이 조지아만의 어느 섬에 있는 분홍색 바위 위에서 쓰였다는 것을 그녀는 알고 있다. 바닷물 위로 불어오는 바람과 함께 쓰인 편지들. 마침내 클라라가 공책에서 찢어 해나에게 보내는 편지봉투에 넣을 때까지 공책의 종이를 둥글게 말아 버리는 바람과 함께. 그녀는 분홍색 바위 가루와 그 바람이 담겨 있는 편지들을 여행 가방에 넣고 다녔다. 그러나 한 번도 답장하지 않았다. 쓰라릴 만큼 클라라가 그리웠지만, 그 모든 일을 겪고 난 지금 그녀에게 편지를 쓸 수 없었다. 그녀는 도저히 패트릭의 죽음에 관해 이야기하거나 인정할 수 없다.

그리고 이제, 이 대륙에서, 전쟁이 다른 곳으로 옮겨 간 지금, 한동안 병원으로 바뀌었던 수녀원과 성당들은 투스카니와 움브리아의 언덕에 고립된 채 고즈넉하다. 여기엔 전쟁 사회의 잔재들이 남겨져 있다. 거대한 빙하가 남긴 작은 퇴석들. 이제 그 주변을 둘러싼 건 모두 신성한 숲이다.

그녀는 얇은 옷 아래로 발을 오므려 넣고 허벅지 위에 팔을 내려놓는다. 모든 것이 고요하다. 분수대 중앙 기둥에 묻힌 파이프에서 들썩거리며 나는, 귀에 익은 빈 물줄기 소리가 들린다. 그러고는 정적. 그러다 갑자기 그녀 주위로 터져 나오듯 몰려온 물소리가 요란하게 울린다.

*

해나가 영국인 환자에게 『킴』*의 늙은 방랑자나 『파르마의 수도원』*에서 파브리치오와 함께하는 여행을 읽어 주었고, 전쟁에서 도망치거나 전쟁으로 뛰어드는 군대와 말과 마차들이 뒤섞여 소용돌이에 함께 흥분하며 빠져들었다. 그에게 읽어 주며 이미 함께 지나온 세계의 풍경을 담고 있는 다른 책들은 그의 침실 한쪽 구석에 쌓여 있었다.

많은 책이 질서에 대한 저자의 확신으로 시작한다. 독자는 고요히 노를 저으며 책의 파도 속으로 미끄러져 들어간다.

이 책은 세르비우스 갈바가 총독이었을 때 시작된다……. 티베리우스, 칼리굴라, 클라우디우스, 네로의 역사는 그들이 권력을 쥐고 있는 동안 공포를 통해 날조되었고 사후에는 새로운 증오 아래 쓰였다.

타키투스는 『연대기』를 그렇게 시작했다.
그러나 소설들은 망설임과 혼란 속에서 시작되었다. 독자들은 결코 완전히 균형을 잡을 수 없었다. 문이, 자물쇠가, 둑이 열렸다. 그들은 한 손으로 뱃전을 잡고, 다른 한 손에는 모자를 든 채 쓸려 들어갔다.

책을 읽기 시작하면 그녀는 높이 솟은 아치문을 통해 넓은 안뜰로 들어선다. 파르마와 파리와 인도가 제각기 카펫을 펼친다.

그는 시 조례를 무시하고 원주민들이 옛 아자이브-게르-원더 하우스라고 부르는 라호르 박물관 맞은편 벽돌 단상 위에 있는 잠-자마 대포에 걸터앉았다. 잠-자마, 그 '불 뿜는 용'을 차지한 자가 펀자브를 차지한다. 이 거대한 녹색 청동 조각은 언제나 정복자의 전리품 중 첫 번째이니.

"천천히 읽어요, 아가씨, 키플링은 천천히 읽어야 해. 쉼표가 찍힌 곳을 주의 깊게 살펴봐야 자연스럽게 끊어 읽을 수 있어요. 그는 펜과 잉크를 사용했던 작가지. 종이에서 눈을 자주 떼고 창밖을 내다보며 새소리를 들었을 거요. 혼자 있을 때 작가들이 대부분 그러듯이. 어떤 작가들은 새들의 이름을 몰랐겠지만, 그는 알았지. 당신 눈은 너무 빠르고 북미식이야. 그가 펜을 놀렸던 속도를 생각해 봐요. 그렇게 하지 않으면 이 오래된 첫 문단이 얼마나 끔찍하고, 군더더기가 잔뜩 달라붙은 식이겠어."

그것이 낭독에 대한 영국인 환자의 첫 번째 가르침이었다.

그는 다시 가로막지 않았다. 그가 잠이 들어도 그녀는 자신이 지칠 때까지 절대 고개를 들지 않고 계속 이어 갔다. 만약 그가 마지막 30분 동안의 내용을 놓쳤다 해도, 이미 그가 알고 있는 이야기 속의 방 하나만 어둠에 잠겨 있을 것이다. 그는 그 이야기의 지도를 잘 알고 있었다. 동쪽으로 베나레스가 있고 펀자브 북쪽에 칠리안왈라가 있었다. (이 모든 것은 공병이, 마치 이 소설에서 나온 것처럼, 그들의 삶 속으로 들어오기 전에 일어났다. 마치 키플링의 페이지가 밤에 요술 램프처럼 문질러진 듯. 경이로운 마법의 약처럼.)

그녀는 『킴』의 결말 부분에서, 그 섬세하고 거룩한 문장들과 이제는 담백한 어휘에서 나와 환자의 공책, 그가 가까스로 불길 속에서 꺼내 온 책을 집어 들었다. 책이 펼쳐졌다. 원래 두께의 두 배 가까이 된 책이다.

성서에서 찢어 내어 원문에 풀로 붙인 얇은 종이가 있었다.

다윗왕은 늙고 병든 지 오래되었다. 신하들이 옷가지로 덮어 주었지만 그는 온기를 얻지 못했다

이에 그의 신하들이 말하기를, 왕을 위하여 젊은 처녀를 구하도록 하라. 처녀로 하여금 그를 소중히 여기게 하고 이 품에 눕게 하여 우리의 왕이 온기를 갖도록 하라.

그래서 그들은 아름다운 처녀를 찾아 이스라엘의 해안을 샅샅이 뒤졌다. 그리하여 슈남마이트인 아비삭을 찾았다. 그 처녀가 왕을 사모하여 그를 섬겼으나 왕은 그 처녀를 알지

못하였다.

불에 탄 조종사를 구해 준 ＿＿＿ 부족은 1944년에 시와에 있는 영국군 기지로 그를 데려왔다. 그는 야간 응급 열차에 실려 서부 사막에서 튀니스까지 옮겨진 후 배편으로 이탈리아로 이송되었다. 전쟁이 계속되던 그 무렵에는 자기가 누구인지 잊어버린 군인들이 수백 명이나 되었고 속임수를 쓰는 것이라기보다는 무고했다. 자신의 국적을 확실히 모른다고 주장한 사람들은 해군 병원이 있던 티레니아의 수용소에 배정되었다. 불에 탄 조종사는 신분증도 없고 얼굴도 알아볼 수 없는 또 하나의 수수께끼였다. 인근의 범죄자 수용소에는 미국 시인 에즈라 파운드가 감금되어 있었다. 그는 체포될 때 몸을 숙여 밀고자의 정원에서 유칼립투스 씨앗을 하나 땄고 수용소에서는 자신이 안전하다는 것을 스스로 믿기 위해 매일 그 씨앗을 몸과 주머니에 옮겨 가며 숨겼다. **"기억을 위한 유칼립투스."**

"날 속이려고 해 봐요." 불에 탄 조종사는 심문관들에게 말했다. "독일어로 말을 걸어 보시오. 난 독일어를 할 줄 알지. 돈 브래드먼에 대해 물어보시오. 마르미트에 대해, 위대한 게르트루드 예킬에 관해 물어보시오." 그는 조토의 그림 하나하나가 유럽 어디에 있는지, 그리고 실물처럼 보이는 실사화, 트롱프 뢰유를 볼 수 있는 곳 대부분을 알고 있었다.

해변에 있는 군 병원은 19세기 말에 여행객들에게 임대하던 해수욕 오두막을 개조한 것이었다. 날씨가 더울 때에는 낡은 캄파리 우산이 탁자에 다시 올려지고, 붕대에 감긴 환자들과 부상자들과 혼수상태에 빠진 환자들이 그 아래 앉아 바다 공기를 쐬며 천천히 말하거나 멍하니 바라보거나 줄기차게 떠들어대곤 했다. 화상 입은 그 남자는 젊은 간호사가 다른 사람들과 떨어져 있음을 알아차렸다. 그는 그런 무감각한 눈빛에 익숙했고 그녀가 간호사라기보다 오히려 환자에 가깝다는 것을 알았다. 그는 무언가가 필요할 때면 오직 그녀에게만 이야기했다.

그는 다시 심문받았다. 그는 모든 면에서 대단히 영국적이었다. 피부가 타르처럼 검다는 사실만 빼면. 심문을 담당하는 장교들 사이에서 그는 역사라는 토탄 습지에 묻혀 있던 인물이었다.

그들이 이탈리아에 있는 연합군의 위치를 묻자, 그는 연합군이 피렌체를 점령했지만 북쪽 언덕 마을에서 막힌 것 같다고 말했다. 고딕 방어선. "당신들 사단은 피렌체에 갇혀 프라토와 피에솔레 같은 요새를 지나갈 수 없소. 독일군이 빌라와 수녀원들에 막사를 치고 철통같이 방어하고 있기 때문이지. 옛날이야기지요. 십자군도 사라센을 상대로 똑같은 실수를 저질렀지. 이제 여러분도 그들처럼 요새 도시들이 필요하오. 콜레라가 돌았을 때 말고는 단 한 번도 버려진 적이 없는 곳들이지."

그는 장황하게 떠들면서 그들을 미치게 했다. 반역자인지 협력자인지, 그가 누구인지 도저히 확신할 수 없게 만들었다.

이제 몇 개월이 지나 피렌체 북쪽 언덕 마을에 있는 빌라 산

지롤라모에서, 그의 침대가 있는 정자가 그려진 방에서 그는
라벤나의 죽은 기사 조각상처럼 안식을 취하고 있다. 그는 오
아시스 마을들, 후기 메디치 가문, 키플링의 산문 스타일, 그의
살점을 깨문 여자에 대해 단편적으로 이야기한다. 그리고 그의
비망록인 1890년판 헤로도토스의 『역사』에는 지도, 일기, 여
러 언어로 쓴 글, 다른 책에서 오려 낸 단락 등 다른 조각들이
있다. 빠진 것은 그의 이름뿐이다. 여전히 실제로 그가 누구인
지 알 수 있는 실마리가 전혀 없다. 이름도 없고, 계급이나 소속
대대나 비행대도 없다. 그의 책에 언급되어 있는 건 모두 전쟁
이전인 1930년대 이집트와 리비아의 사막에 관한 것이다. 동
굴 예술이나 미술관에 전시된 예술 작품에 대한 언급이나 그가
깨알 같은 글씨로 적어 놓은 일지들이 군데군데 삽입되어 있을
뿐이다. "갈색 머리가 없어요." 그에게로 몸을 숙이는 해나에게
영국인 환자가 말한다. "피렌체 성모상 중에는."

　책이 그의 손에 들려 있다. 그녀는 잠든 그의 몸에서 책을 들
어 침대 탁자 위에 놓는다. 책을 펼쳐 둔 채 거기 서서 그녀는
아래를 내려다보며 책을 읽는다. 그녀는 책장을 넘기지 않겠다
고 스스로에게 다짐한다.

　1936년 5월.

　시를 읽어 줄게요. 클리프턴의 아내가 말했다. 격식을 차
린 목소리로. 아주 가깝게 지내기 전에는 그녀는 늘 그렇게
보인다. 우리는 모두 남쪽 야영지에서 모닥불 주위에 모여

있었다.

나는 사막을 걸었다.
그리고 외쳤다.
"아, 신이시여, 저를 이곳에서 데려가소서!"
어느 목소리가 말했다. "여기는 사막이 아니다."
나는 외쳤다. "하지만……
모래, 열기, 텅 빈 지평선."
목소리가 말했다. "여기는 사막이 아니다."

아무도 말하지 않았다.
그녀가 말했다. 스티븐 크레인의 시입니다. 그는 한번도
사막에 온 적이 없어요.
그는 사막에 왔었소. 매덕스가 말했다.

1936년 7월.
전시의 배신은 평화로운 시절의 인간적 배신에 비해 유아
적이다. 새로운 연인은 상대방의 습관 속으로 스며든다. 모
든 것이 산산조각 나고, 새로운 빛 속에서 모습을 드러낸다.
심장이 불처럼 타오르더라도, 일은 긴장되거나 다정한 문장
들로 벌어진다.
사랑 이야기는 마음을 잃은 이들의 이야기가 아니라, 그
마음속에 음울하게 숨어 있는 존재를 발견한 이들의 이야기

다. 그 존재를 우연히 마주하는 순간, 몸은 더 이상 누구도 속일 수 없고, 아무것도, 잠이 주는 지혜나 사회적 예절의 습관조차 속일 수 없다. 그것은 자신과 과거를 태워 버리는 일이다.

초록색 방이 거의 어둡다. 해나는 고개를 돌리고 꼼짝하지 않고 있었던 탓에 목이 뻣뻣하다는 것을 깨닫는다. 그녀는 지도와 글로 가득한 두꺼운 책의 바다 속에 그가 읽기 힘들게 빽빽하게 써 놓은 글씨에 깊이 몰두해 잠겨 있었다. 거기에는 작은 고사리 잎도 하나 풀로 붙여져 있다. 『역사』. 그녀는 책을 덮지 않는다. 탁자 위에 책을 내려놓은 뒤로 손대지 않았다. 그녀가 책을 두고 떠난다.

킵은 빌라 북쪽의 벌판에서 큰 지뢰를 발견했다. 과수원을 지나며 녹색 전선을 밟을 뻔했는데 재빨리 발을 틀어 피하면서 몸의 균형을 잃고 무릎을 꿇었다. 그는 전선이 팽팽해질 때까지 들어 올린 다음 나무 사이로 지그재그를 그리며 전선을 따라갔다.

그는 지뢰가 묻힌 곳을 찾아 캔버스 가방을 무릎에 놓고 앉았다. 그는 지뢰에 충격을 받았다. 지뢰는 콘크리트로 덮여 있었다. 폭탄을 설치하고 그 위에 젖은 콘크리트를 부어 놓아 지뢰의 구조와 강도를 알 수 없게 되어 있었다. 약 10미터 떨어진 곳에 앙상한 나무 한 그루가 있었다. 약 10미터 떨어져서 또 한 그루. 둥근 콘크리트 위가 두 달 동안 자란 풀로 덮여 있었다.

그는 가방을 열고 가위로 풀을 잘라 냈다. 작은 밧줄 그물을 그 주위에 얽어 놓고 나뭇가지에 밧줄을 달아 도르래를 설치한 후 콘크리트를 천천히 공중으로 들어 올렸다. 전선 두 개가 콘크리트에서 땅으로 이어졌다. 그는 주저앉아 나무에 기대고서 그것을 들여다보았다. 속도는 이제 문제가 아니었다. 그는 크리스털 수신기를 가방에서 꺼내고 귀에 이어폰을 꽂았다. 곧바로 라디오에서 AIF 방송국의 미국 음악이 흘러나왔다. 노래나 춤곡의 평균 연주 시간은 2분 30초. 「진주 목걸이(A String of Pearls)」와 「시 잼 블루스(C-Jam Blues)」와 다른 곡들을 연이어 들으면서 작업할 수 있다. 무의식적으로 배경 음악을 들으며 자신이 얼마나 오래 그곳에 있었는지 가늠할 수 있다.

소음은 상관없었다. 이런 종류의 폭탄에는 위험을 알리는 희미한 똑딱 소리나 딸깍 소리도 없는 법이다. 음악의 산만함이 오히려 명료하게 생각하도록 도와주었다. 지뢰 구조물의 가능한 형태들에 대해, 금속 줄로 엮은 도시를 설계하고 그 위에 젖은 콘크리트를 쏟아부은 인물의 성격에 대해 짚어 낼 수 있도록.

두 번째 밧줄로 고정해 놓은 콘크리트 공이 공중에 팽팽하게 매달려 있다는 것은 그가 아무리 세게 잡아당겨도 두 전선을 떼어 낼 수 없다는 뜻이다. 그는 일어서서 숨겨진 폭탄을 끌로 조심스럽게 파내기 시작했다. 떨어져 나온 가루를 입으로 불거나, 깃털 막대기를 이용하면서 콘크리트를 더 많이 깎아 냈다. 음악이 주파에서 벗어나 채널을 새롭게 맞춰 스윙 춤곡이 다시 명료하게 들리게 해야 할 때 외에는 계속 작업에 집중했다. 그는 아주 천천히 얽힌 배선들을 파냈다. 여섯 개의 전선이 뒤엉켜 묶여 있었고 모두 검은색으로 칠해져 있었다.

그는 전선들이 놓여 있는 받침판의 먼지를 털어 냈다.

여섯 개의 검은 전선. 어릴 때 그의 아버지는 손가락을 한데 모아 끝만 남긴 채 모두 가리고서 그에게 가운뎃손가락을 맞혀 보라고 했다. 그의 작은 손가락이 그중 하나를 골라 건드리면, 아버지는 손을 활짝 펼쳐 보이며 소년의 실수를 보여 주었다. 물론 음극을 붉은 선으로 할 수도 있다. 그러나 상대는 콘크리트를 씌워 놓았을 뿐 아니라 모든 선을 검게 칠해 두었다. 킵은 심리적 소용돌이에 빠져들고 있었다. 그는 칼로 페인트를 긁어 내기 시작했다. 빨간색, 파란색, 녹색이 드러났다. 상대가 색까지 바꿔 놓았을까? 그는 자신이 가지고 다니는 검은색 전선으로 쇠뿔 모양의 강처럼 우회로를 만들어 고리를 따라 흐르는 전류가 양극인지 음극인지 시험할 수밖에 없었다. 그런 다음 점점 희미해지는 전류를 확인하며 어디에 위험이 도사리고 있는지 찾아내야 한다.

해나는 긴 거울을 앞에 들고 복도를 걸어간다. 거울이 무거워 멈춰 섰다가 다시 앞으로 간다. 거울이 낡은 진분홍색 통로를 비춘다.

영국인이 자신의 모습을 보고 싶어 했다. 방으로 들어서기 전에 그녀는 거울을 조심스럽게 자신을 비추도록 돌려세웠다. 창문으로 들어오는 빛이 거울에 반사되어 간접적으로라도 그의 얼굴에 닿지 않게 하려는 것이었다.

그는 검게 그을린 피부 속에 누워 있었다. 귀에 꽂은 보청기와 베개에 반사되는 빛만이 유일하게 창백했다. 그가 손으로 시트를 아래로 밀었다. 여기, 이것 좀. 그가 혼자서 할 수 있는 만큼 밀어내자 해나는 시트를 침대 발치까지 젖혔다.

그녀는 침대 끝에 있는 의자에 올라서서 거울을 그에게로 천천히 기울였다. 팔을 앞으로 뻗은 자세로 있는데 희미한 고함 소리가 들렸다.

그녀는 처음에는 그 소리를 무시했다. 가끔 계곡에서 나는 소리가 집까지 들려오곤 했다. 영국인 환자와 단둘이 살던 시절에는 지뢰를 제거하는 군인들이 사용하는 확성기 소리가 그녀의 신경을 줄곧 곤두서게 했다.

"거울 좀 가만히 들고 있어요, 아가씨." 그가 말했다.

"누군가 고함을 치는 것 같아요. 들리세요?"

그의 왼손이 보청기 소리를 높였다.

"그 젊은이인데 나가서 찾아봐요."

그녀는 거울을 벽에 기대 놓고 서둘러 복도를 뛰어갔다. 그러고는 밖에서 잠시 멈춰 서서 고함이 다시 들리기를 기다렸다. 소리가 들리자, 그녀는 정원을 지나 집 위쪽 들판으로 뛰어 갔다.

그는 마치 거대한 거미줄을 잡고 있는 듯 두 손을 머리 위로 치켜들고 서 있었다. 이어폰을 빼려고 그는 고개를 흔들었다. 그녀가 그를 향해 달려가자 그는 그녀에게 사방에 지뢰 전선이 깔려 있다고, 왼쪽으로 돌아오라고 소리쳤다. 그녀는 멈췄다. 위험하다는 느낌 없이 수도 없이 산책했던 길이었다. 그녀는 치마를 들어 올리고 키 큰 풀 속으로 들어서서 발을 내려다보며 앞으로 나아갔다.

그녀가 곁으로 다가갔을 때 그의 손은 여전히 공중에 들려 있었다. 그는 속임수에 넘어가 버렸고, 결국 전류가 흐르는 두 가닥의 전선을 손에 쥔 채, 완충해 줄 안전 장치 없이는 내려놓을 수도 없었다. 그중 하나를 무력화시키려면 손이 또 하나 필요했고, 기폭 장치로 다시 돌아가야 했다. 그는 조심스레 그녀에게 전선을 건네주고 팔을 내려 피가 통하게 했다.

"내가 금방 다시 잡을게요."

"괜찮아요."

"꼼짝도 하지 말아요."

그가 작은 가방을 열어 가이거 계수기와 자석을 꺼냈다. 그녀가 쥐고 있는 전선을 따라 계기의 다이얼을 위로 돌렸다. 음쪽으로 흔들림은 없었다. 아무 단서가 없다. 아무것도. 그는 어떤 속임수가 있을지 고심하며 뒤로 물러섰다.

"그걸 나무에 테이프로 붙일 거예요. 그러고 나면 가세요."

"아뇨, 제가 들고 있을게요. 나무까지 닿지 않을 거예요."

"안 됩니다."

"킵—내가 들고 있을 수 있어요."

"우린 꼼짝 못 하는 상황입니다. 속임수가 있어요. 이제 어떻게 해야 할지 모르겠습니다. 이 속임수가 얼마나 완벽한지도 모르겠어요."

그녀를 남겨 두고 그는 처음 전선을 발견한 지점으로 도로 뛰어갔다. 이번에는 전선을 들어 올리고 가이거 계수기와 나란히 들고 끝까지 따라 걸었다. 그러고는 그녀에게서 10미터 정도 떨어진 곳에 웅크리고 앉아 생각에 잠긴 채, 가끔 고개를 들어 그녀를 뚫어질 듯 보며 그녀의 손에 들린 두 갈래의 전선만을 주시했다. 모르겠어요, 그가 큰 소리로, 느릿하게 말했다. **모르겠습니다.** 당신이 왼손에 들고 있는 선을 잘라야 할 것 같습니다, 당신은 떠나야 해요. 그가 라디오 이어폰을 다시 머리 위로 당겨 귀에 꽂자 소리가 완벽하게 돌아오고 머리가 맑아졌다. 그는 머릿속으로 전선의 다른 경로들을 따라가면서 복잡하게 얽힌 매듭과 예기치 않은 모서리, 양극을 음극으로 바꾸는 땅속의 스위치로 방향을 틀며 들어갔다. 일촉즉발의 상태. 그는 눈이 찻잔 받침만큼 컸던 개를 떠올렸다. 음악을 들으며 전선을 따라 뛰어오면서도 그는 꼼짝하지 않고 전선을 잡고 있는 여자의 손에서 눈을 떼지 않았다.

"당신은 가는 게 좋겠어요."

"선을 자르려면 손이 하나 더 필요하잖아요."

"나무에 붙이면 됩니다."

"제가 들고 있을게요."

그는 그녀의 왼손에서 전선을 가느다란 살무사인 듯 집어 들었다. 그리고 다른 쪽도. 그녀는 가지 않았다. 그는 더 이상 말하지 않았다. 이제 할 수 있는 데까지 최대한 명확하게 생각해야 했다. 혼자 있을 때처럼. 그녀가 다가와 전선 하나를 도로 가져갔다. 그는 전혀 의식하지 못했다. 그녀의 존재는 지워졌다. 그는 폭탄 신관의 경로를 다시 더듬었다. 이 모든 것을 연출한 마음의 길을 따르듯 모든 주요 지점을 건드리고, 그것을 엑스레이처럼 들여다보았다. 그동안 밴드 음악이 다른 모든 것을 채웠다.

머릿속에서 정리한 것이 희미해지기 전에 그는 그녀에게 다가가 그녀의 왼쪽 주먹 아래 전선을 끊었다. 이빨로 깨무는 듯한 소리. 그는 그녀의 어깨와 목을 따라 드레스의 진한 무늬를 보았다. 폭탄은 죽었다. 그는 커터를 떨어뜨리고 그녀의 어깨에 손을 얹었다. 인간적인 무언가에 절실히 닿고 싶어서였다. 그녀가 무슨 말인가 하고 있었지만 들리지 않았다. 그녀가 앞으로 손을 뻗어 그의 이어폰을 잡아 빼자 정적이 엄습했다. 산들바람과 바스락거리는 소리. 그는 전선이 끊어지는 짤깍 소리가 전혀 들리지 않았음을 깨닫는다. 다만 작은 토끼 뼈가 부러지듯 뚝 부러지는 느낌만 있었다. 그는 그녀를 잡은 채 손을 그녀의 팔 아래로 움직여 그녀가 여전히 꽉 쥐고 있는 18센티 길이의 전선을 잡아당겼다.

그녀가 의아한 표정으로 그를 쳐다보며 자신이 한 말에 대한 대답을 기다렸지만, 그는 그녀의 말을 듣지 못했다. 그녀는 고개를 저으며 주저앉았다. 그는 주위에 있는 물건들을 주워 모아 가방에 넣기 시작했다. 나무를 올려다보던 그녀는 고개를 내리다가 우연히 간질 환자의 손처럼 뻣뻣하게 경직된 채 떨리고 있는 그의 손을 보았다. 그의 숨결은 깊고 가빴다. 그가 몸을 웅크리고 있었다.

"내가 한 말 들었어요?"

"아뇨, 뭐라고 했어요?"

"나는 죽겠구나 싶었어요. 죽고 싶었어요. 그리고 죽게 되면 당신과 함께 죽는 거라고 생각했어요. 당신 같은 사람, 나처럼 젊은, 난 작년에 내 곁에서 죽어 가는 사람들을 많이 봤어요. 무섭지는 않았어요. 조금 전에 나는 분명 용감하진 않았어요. 이런 생각이 들었어요. 우리에겐 이 빌라와 잔디가 있잖아요. 그 위에 우리가 함께 누워 봤어야 해요. 우리가 죽기 전에 당신이 내 품에 안긴 채로. 나는 당신 목에 있는 그 뼈, 쇄골을 만지고 싶었어요. 피부 밑에 있는 작고 단단한 날개 같아요. 내 손가락을 그 위에 얹고 싶었어요. 난 언제나 강과 바위 색깔이나 데이지의 갈색 꽃술 같은 살결을 좋아했어요. 그 꽃을 아세요? 본 적 있나요? 나는 너무 피곤해요, 킵. 나는 자고 싶어요. 이 나무 아래서 다른 사람들 생각을 하지 않고 눈을 감고서 당신의 쇄골에 눈을 댄 채 자고 싶어요. 나무의 굽이진 곳을 찾아 그 안으로 들어가서 잠들고 싶어요. 얼마나 조심스러운 마음인가요! 어떤 전선을 찾아 끊어야 할지 안다는 건요. 어떻게 아는 거죠?

자꾸 모른다고, 모르겠다고 말했지만 당신은 알고 있었어요. 그렇죠? 떨지 말아요. 당신은 나를 위해 고요한 침대가 되어 주어야 해요. 내가 동그랗게 몸을 말 수 있게 해 줘요. 내가 안길 수 있는 자상한 할아버지인 것처럼. 난 '말다'는 말이 좋아요. 아주 느린 말이죠. 빠르게 내뱉을 수 없는 말……."

그녀의 입술이 그의 셔츠에 닿아 있었다. 그는 그녀와 함께 땅에 누워 있었다. 그는 가만히 누워서 맑은 눈으로 나뭇가지를 올려다보았다. 그녀의 깊은 숨소리가 들렸다. 그녀의 어깨를 안았을 때 그녀는 잠결에도 그의 팔을 잡아 자기 몸 쪽으로 붙였다. 시선을 아래로 내리자 아직도 전선을 쥐고 있는 그녀가 보였다. 다시 집어 든 모양이었다.

가장 생생한 것은 그녀의 숨결이었다. 그녀의 몸은 아주 가벼웠다. 그에게 거의 무게를 싣지 않으려고 균형을 잡고 있음이 분명했다. 그가 얼마나 오랫동안 이렇게, 움직이지도, 부스럭대며 몸을 돌릴 수도 없는 상태로 누워 있을 수 있을까? 반드시 가만히 있어야 했다. 해안을 따라 북상하면서 요새 마을마다 진입해 전투를 벌이며 행군했던 지난 수개월 동안 그가 조각상들에 의지했던 때처럼. 모든 요새 마을이 결국 다 똑같아졌다. 똑같이 좁은 거리들은 어딜 가나 피가 흐르는 하수구가 되어 버렸고, 그는 균형을 잃고 그 검붉은 액체로 가득 찬 비탈길에서 미끄러져 낭떠러지에서 골짜기 속으로 떨어질지도 모른다는 꿈을 꾸곤 했다. 밤마다 그는 점령당한 성당의 냉기 속으로 걸어 들어가 그의 파수꾼이 되어 줄 조각상을 찾았다. 그는 오직 이 돌로 만든 종족만을 신뢰하여 어둠 속에서 최대한 가까이 다가가 몸을 기댔다. 여인의 완벽한 허벅지를 지닌 슬픔에 잠긴 천사, 그 선(線)과 그림자는 더없이 부드러워 보였다. 그는 그런 존재들의 무릎에 머리를 기대고 잠 속으로 자신을 풀어 주곤 했다.

그녀가 갑자기 그에게 체중을 더 실었다. 그리고 이제 숨소리가 더욱 깊어졌다. 첼로가 내는 목소리처럼. 그는 그녀의 잠든 얼굴을 바라보았다. 폭탄을 해체할 때 그녀가 곁에 남아 있었다는 사실에 그는 아직도 화가 났다. 마치 그렇게 해서 그녀가 그에게 빚이라도 지운 것처럼. 비록 그때는 생각하지 못했지만, 돌이켜 보니 자신에게 그녀에 대한 책임을 지운 것처럼 느껴졌다. 마치 **그것**이 지뢰를 어떻게 할 것인지 그가 결정하는 데 실질적으로 영향을 미칠 수 있다는 듯.

그러나 그는 이제 어딘가 안에 들어와 있는 느낌이었다. 어쩌면 작년에 어딘가에서 보았던 그림 속에 들어온 듯한 기분. 들판에 안전하게 있는 한 쌍. 일이나 세상의 위험에 대해 아무 생각 없이 느긋하게 잠에 빠진 그들을 얼마나 많이 보았던가. 그의 곁에서 해나의 숨결에 생쥐처럼 미세한 움직임이 일었다. 꿈속에서 작은 분노나 논쟁이 있는지 눈썹이 치켜 올라갔다. 그는 눈길을 돌려 나무 위로 흰 구름이 떠 있는 하늘을 쳐다보았다. 그녀의 손이 그를 붙잡았다. 모로 강둑을 따라 진흙이 들러붙듯, 그가 이미 건너온 급류 속으로 다시 미끄러지지 않으려고 젖은 진흙 속에 주먹을 깊이 처박고 있듯이.

그가 그림 속의 영웅이라면, 그는 정당한 잠을 청할 수 있을 것이다. 하지만 그녀도 말했듯이 그는 바위의 갈빛, 폭풍우에 불어난 진흙물 강의 갈색 피부였다. 그리고 그의 내면에 있는 무언가가 그런 말에 담긴 천진난만한 순진함마저 밀어내게 했다. 폭탄이 무사히 해체되는 순간, 소설은 끝이 났다. 현명한 백인 아버지 같은 사내들은 악수를 나누고 서로 인사한 후, 절뚝이며 자리를 떠났다. 이 특별한 순간을 위해 고독 속에서 끌려나왔던 이들이었다. 그러나 그는 전문가였다. 그리고 그는 여전히 외국인으로, 시크교도로 남았다. 그에게 인간적이고 사적인 유일한 접촉은 폭탄을 설치한 뒤 나뭇가지로 자신의 흔적을 쓸어 없애며 사라진 그 적(敵)뿐이었다.

왜 그는 잠을 이룰 수 없었을까? 왜 모든 것이 아직도 반쯤 타오르고 있는 불길이라는 생각에서 벗어나 그녀를 향해 돌아눕지 못했을까? 그의 상상 속 그림 속에서라면 이 포옹을 둘러싼 들판 전체가 불길에 휩싸여 있을 것이다. 그는 언젠가 쌍안경으로 어느 공병이 폭탄이 설치된 집으로 들어가는 것을 지켜본 적이 있었다. 그는 공병이 성냥갑을 책상 끝으로 쓸어내리는 순간 섬광 속에 휩싸이는 것을 보았다. 폭발음이 그에게 닿기 0.5초 전이었다. 1944년의 번개도 그랬다. 어떻게 여자의 팔을 조이는 드레스 소매의 고무 밴드를 믿을 수 있겠는가? 또는 강바닥의 돌처럼 깊은, 그녀의 친근한 숨결의 떨림을.

나비 애벌레가 그녀의 드레스 깃에서 뺨으로 옮겨 가자 그녀는 잠에서 깼다. 눈을 뜬 그녀는 그가 그녀 위로 몸을 웅크리고 있는 것을 보았다. 그녀의 살갗을 건드리지 않고 그가 애벌레를 얼굴에서 떼어 내 풀밭에 놓아주었다. 그녀는 그가 이미 장비를 가방에 챙겨 넣었음을 알아차렸다. 그가 뒤로 물러나 나무에 기대앉아 그녀가 천천히 몸을 굴려 등을 대고 누워 한껏 여유있게 기지개를 켜는 모습을 보고 있었다. 해가 저만치 있는 것으로 보아 오후였다. 그녀는 고개를 뒤로 젖히고 그를 바라보았다.

"당신은 날 안고 있기로 했잖아요!"

"그렇게 했어요. 당신이 움직여서 빠져나갈 때까지."

"얼마 동안 안고 있었어요?"

"당신이 움직일 때까지요. 당신이 움직여야 했을 때까지."

"날 덮치진 않았겠죠?" 그가 얼굴을 붉히자 그녀는 덧붙였다. "농담이에요."

"집으로 내려갈래요?"

"네, 배고파요."

햇빛에 어지럽고 지친 다리로 그녀는 제대로 일어설 수 없었다. 그와 얼마나 오랫동안 그곳에 있었는지 그녀는 아직 알지 못했다. 그녀는 그 깊은 잠을, 잠에 빠질 때의 그 가벼움을 잊을 수 없었다.

*

　영국인 환자의 방에서 파티가 시작되었다. 카라바조가 어디선가 찾아낸 축음기를 내보였을 때였다.

　"해나, 이걸 너에게 춤을 가르쳐 주는 데 쓰겠어. 저기 있는 네 젊은 친구가 아는 그런 춤이 아니고. 어떤 춤은 보기만 해도 등을 돌리게 되더군. 하지만 이 음악, 「얼마나 오랫동안 그래 왔어요(How Long Has This Been Going On)」는 정말 훌륭한 곡이지. 노래도 노래지만 도입부의 멜로디가 정말 순수하거든. 위대한 재즈 연주자들만 그 점을 인정했지. 자, 이제 테라스에서 파티를 열 수도 있어. 그러면 개를 초대할 수 있지. 아니면 영국인에게 몰려가 2층 침실에서 할 수도 있어. 술을 마시지 않는 네 젊은 친구가 어제 산 도메니코에서 포도주 몇 병을 찾아왔지. 음악만 있는 게 아니야. 팔을 줘 봐. 아니, 먼저 바닥에 분필로 표시부터 하고 연습해야 해. 기본 스텝이 세 개야. 하나-둘-셋 ― 이제 팔을 줘 봐. 오늘 무슨 일 있었어?"

　"그가 큰 폭탄을 해체했어요. 다루기 까다로운 것이었죠. 직접 이야기하라고 하세요."

　공병이 어깨를 으쓱했다. 겸손의 표시가 아니라 설명하기가 너무 복잡하다는 투였다. 밤이 빨리 찾아왔다. 밤이 계곡을 가득 채우고 곧 산에 깃들었다. 그리고 그들은 다시 랜턴 등불과 함께 남겨졌다.

그들은 영국인 환자의 침실을 향해 춤추며 복도를 따라갔다. 카라바조가 축음기를 날랐다. 한 손으로 전축 바늘을 들고서.

"자, 당신이 역사 강의를 풀어놓기 전에……." 그는 침대에 가만히 누워 있는 인물에게 말했다. "「나의 연애(My Romance)」를 들려 드리겠습니다."

"1935년 로렌즈 하트*가 쓴 곡이죠, 내가 알기론." 영국인이 중얼거렸다. 킵은 창가에 앉아 있었고, 그녀는 공병과 춤추고 싶다고 말했다.

"내가 가르쳐 주기 전까진 안 돼, 귀여운 우리 벌레."

그녀가 카라바조를 이상하다는 듯 쳐다보았다. 그것은 그녀의 아버지가 그녀를 부르던 애칭이었다. 그는 자신의 두툼하고 희끗희끗한 품으로 그녀를 끌어당기며 '귀여운 우리 벌레'라고 다시 속삭이고는 춤추는 법을 가르쳐 주기 시작했다.

그녀는 깨끗하지만 다림질하지 않은 드레스를 입고 있었다. 그들이 빙글빙글 돌 때마다 그녀는 공병이 혼자서 노래를 따라 부르는 것을 보았다. 전기가 들어왔다면 그들은 라디오를 들을 수 있었을 것이고, 어디선가 일어나고 있는 전쟁 소식을 들을 수도 있었을 것이다. 그들이 가진 것은 킵의 소유인 크리스털 수신기뿐이지만, 그는 예의 바르게 그것을 자기 텐트에 두고 왔다. 영국인 환자는 로렌즈 하트의 불우한 생애에 관해 늘어놓고 있었다. 「맨해튼」의 최고의 곡 중 일부 가사가 바뀌었다고 주장하며 그 가사를 읊조리기 시작했다.

"우리 브라이턴에서 물놀이해요,
물고기들이 놀라겠지요
우리가 들어가면
그렇게 얇은 그대 수영복에
조개들이 웃음 지어요
지느러미를 맞대고서.

근사한 가사에 선정적이죠. 하지만 리처드 로저스는 좀 더 품위가 있기를 바랐다고 하죠."

"내 움직임을 생각해야지."

"아저씨가 맞추시면 어때요?"

"네가 제대로 춤을 추면 내가 그렇게 하지. 현재로선 내가 유일하게 춤출 줄 아는 사람이야."

"킵도 알 거예요."

"알지도 모르지만 하지 않잖아."

"와인을 마시고 싶군." 영국인 환자가 말하자 공병이 물잔을 들어 창문 너머로 들어 있던 물을 버리고 영국인을 위해 와인을 따랐다.

"1년 만에 처음 마시는군."

그때 웅성거리는 소리가 들려와 공병이 재빨리 몸을 돌려 창 밖의 어둠 속을 내다보았다. 다른 사람들은 얼어붙었다. 폭탄일 수도 있었다. 그가 일행에게 돌아서며 말했다. "괜찮아요. 지뢰가 아닙니다. 지뢰를 모두 제거한 지역에서 났어요."

"레코드를 뒤집어, 킵. 이제「얼마나 오랫동안 그래 왔어요」를 소개하겠소. 작사에……." 그는 영국인 환자에게 소개하라는 투로 말끝을 흐렸다. 영국인은 입에 와인을 머금은 채 웃으며 곤란한 듯 고개를 저었다.

"이 술이 아마 나를 죽일 거요."

"아무것도 당신을 죽이지 못할 거요, 친구. 당신은 순수한 탄소 상태니까."

"카라바조!"

"조지와 아이라 거슈윈이오. 들어 봐요."

그와 해나는 색소폰의 슬픈 선율에 맞춰 미끄러지고 있었다. 그가 옳았다. 악구가 아주 느렸다. 아주 길게 늘어져서 그녀는 연주자가 도입부라는 아늑한 응접실을 떠나 노래로 들어가고 싶어 하지 않는다는 것을, 마치 서막에 등장하는 하녀에게 홀린 듯이 이야기가 아직 시작되지 않은 그곳에 머물러 있고 싶어 한다는 것을 느낄 수 있었다. 그런 노래의 도입부를 '버든(burden)'이라 부른다고 영국인이 중얼거렸다.

그녀의 뺨이 카라바조의 어깨 근육에 기대어 있었다. 그녀는 깨끗한 드레스 너머로 자신의 등에 닿은 그 기이한 손을 느낄 수 있었다. 그들은 침대와 벽 사이, 침대와 문 사이, 침대와 킵이 앉아 있는 창가 벽감 사이의 좁은 공간에서 움직였다. 이따금 회전할 때마다 그녀는 그의 얼굴을 본다. 무릎을 세우고 그 위에 팔을 얹고 앉아 있는 모습. 혹은 그는 창밖 어둠 속을 바라보고 있기도 했다.

"보스포루스 포옹이라는 춤을 아는 사람 있나요?" 영국인이
물었다.

"그런 건 모르겠네요."

킵은 천장에, 그림이 그려진 벽에 커다란 그림자들이 미끄
러지는 것을 바라보았다. 그가 힘겹게 일어나 영국인 환자에게
다가가 빈 잔을 채워 주고 술병으로 유리잔 가장자리를 건배하
듯 가볍게 쳤다. 방으로 들어오는 서풍. 그리고 그는 갑자기 화
가 나서 돌아섰다. 무연 화약 냄새가 희미하게, 공기 중 1퍼센
트 정도로 그에게 풍겨 왔다. 그는 진저리가 난다는 몸짓을 해
보이며 방을 빠져나갔다. 해나를 카라바조의 품에 남겨 둔 채.

어두운 복도를 따라 달릴 때 그에게는 아무 불빛도 없었다.
그는 가방을 집어 들고 집을 나와 서른여섯 개의 예배당 계단
을 내려와 도로로 달려갔다. 무조건 달리면서 자신의 몸에서
피로라는 생각을 지우려 했다.

공병인가, 아니면 민간인인가? 길가 담벼락을 타고 흐르는
꽃과 약초 향기, 그의 옆구리에 시작된 찌르는 듯한 통증. 사고,
아니면 잘못된 선택. 공병들은 대부분 자기만의 세계에 머물
렀다. 성격이라는 면에서 그들은 독특한 집단이었다. 보석이나
돌을 다루는 사람들처럼 그들은 내면에 단단함과 명료함을 지
녔고, 같은 직종에 있는 다른 사람들도 그들의 결정을 두려워
했다. 킵은 그런 면을 보석 세공사들에게서 보았지만, 자신에
게 그런 점이 있다고는 생각지 않았다. 하지만 다른 사람들은

그렇게 생각하리라는 것도 알고 있었다. 공병들은 서로 친해지는 일이 없었다. 대화할 때는 오로지 새로운 장치들과 적군의 습성 같은 정보만 주고받았다. 임시 숙소로 배치된 시청에 들어서면 그는 세 사람의 얼굴을 눈으로 확인하고 네 번째 얼굴이 그곳에 없다는 것을 바로 안다. 또는 네 사람의 얼굴이 모두 그 자리에 있을 때는 들판 어딘가에 노인이나 소녀의 시체가 있으리라는 뜻이다.

그는 군대에 들어가서야 질서의 체계에 대해 배웠다. 엄청난 매듭이나 악보처럼 점점 더 복잡해지는 청사진들이었다. 그는 자신에게 3차원적으로 볼 수 있는 재능이 있음을 깨달았다. 사물이나 정보가 적힌 종이를 보고 재배열하거나, 거짓된 변주를 간파해 내는 반항적인 시선. 그는 보수적인 본성을 지녔지만, 최악의 장치를 상상할 수도 있었다. 방 안에서 사고가 일어날 가능성 — 탁자 위 자두 한 알, 독이 든 씨앗에 다가가 입에 넣는 어린아이, 어두운 방으로 걸어 들어가 침대의 아내 곁에 눕기 전 벽에 걸린 등유 램프를 무심코 건드린 남자. 어떤 방이든 그런 배치와 동선으로 가득했다. 그 반항적인 시선은 표면 아래 묻혀 있는 전선을, 눈에 보이지 않는 곳에서 매듭이 어떻게 얽히는지 볼 수 있었다. 추리 소설을 읽을 때면 그는 악당을 너무 쉽게 찾아낼 수 있어서 짜증을 내며 던져 버렸다. 그는 스승인 서픽 경이나 영국인 환자처럼 독학자 특유의 추상적인 광기를 지닌 사람들과 함께 있을 때 가장 편했다.

그는 아직 책에 대한 믿음이 없었다. 최근 들어 해나는 영국인 환자 옆에 앉아 있는 그를 지켜보았다. 마치 『킴』에 나오는 인물의 역할이 반전된 것처럼 보였다. 어린 제자는 이제 인도인이고 현명한 늙은 스승이 영국인이었다. 그러나 밤에 그 노인과 함께 머문 이는, 산을 넘고 넘어 신성한 강으로 그를 인도한 이는 해나였다. 그들은 그 책을 함께 읽기까지 했다. 바람이 그녀 옆에 있는 촛불을 눌러 납작하게 하면 한순간 책장이 어두워지고 해나의 목소리는 느려졌다.

그는 쨍그랑거리는 소리가 울리는 대합실 한구석에 쪼그리고 앉아 골똘히 생각에 잠겨 있었다. 무릎 위에 손을 포갠 채, 동공은 바늘 끝처럼 수축해 있었다. 잠시 후면, 0.5초 안에, 자신이 엄청난 수수께끼의 해답에 도달할 것처럼 느껴졌다…….

그리고 어쩌면 그 긴 밤들을 읽고 들으면서 보내며 그 젊은 군인을, 어른이 되어 그들과 합류하게 될 그 소년을 맞을 준비를 했던 건지도 모른다고 그녀는 생각했다. 하지만 이야기 속 어린 소년은 해나였다. 그리고 킵이 이야기 속 인물이라면, 그는 장교 크레이턴이었다.

책, 매듭 지도, 기폭 장치 판, 그리고 버려진 빌라에 네 사람이 모여 있는 방. 촛불로만, 때로 폭풍우 속 번개 속에, 때로는 폭발할 때의 섬광으로만 밝혀지는 빌라. 전기 없이 눈먼 듯 어둠에 잠긴 산과 언덕과 피렌체. 촛불은 45미터도 채 미치지 못한다. 더 멀리서 보면 이곳에서 바깥세상에 속하는 것은 아무것도 없었다. 그들은 영국인 환자의 방에서 그날 저녁의 짧은 춤을 추며 자신들만의 소박한 모험을 축하했다. 해나는 그녀의 잠을, 카라바조는 축음기의 '발견'을, 킵은 벌써 거의 잊기는 했지만, 어려웠던 해체 작업을. 그는 축제와 승리에 불편함을 느끼는 사람이었다.

불과 45미터만 벗어나면, 그들이 이 세상에 있음을 보여 주는 것은 아무것도 없었다. 계곡의 눈에는 그들의 소리도, 모습도 없었다. 해나와 카라바조의 그림자가 미끄러지듯 벽을 가로지르고, 킵이 벽감 한구석에 편안히 웅크리고 앉아 있고, 영국인 환자가 와인을 홀짝홀짝 마시며 쓰이지 않고 있던 몸을 타고 술기운이 스며드는 것을 느끼는 순간에도. 순식간에 과일주를 들이켠 후 그의 입에서는 사막여우가 내는 휘파람 소리, 숲개똥지빠귀의 푸드덕거리는 소리가 흘러나왔다. 숲개똥지빠귀는 라벤더와 쑥이 자라는 곳에서만 번식하므로 영국 에식스에서만 발견된다고 그가 말했다. 화상 입은 남자의 욕망은 모두 머릿속에 있다고, 석조 벽감에 앉아 있던 공병은 혼자 생각했다. 그러다 그가 갑자기 고개를 돌렸다. 그 소리가 들리는 순간, 그는 모든 것을 확실히 알 수 있었다. 그들에게 다시 시선을 돌리며 그는 난생처음으로 거짓말을 했다. "괜찮아요. 지뢰가 아닙니다. 지뢰를 모두 제거한 지역에서 났어요." 무연 화약 냄새가 날 때까지 기다릴 준비를 하면서.

몇 시간 후, 킵은 다시 창문 벽감에 앉아 있다. 만일 그가 영국인의 방을 가로질러 6미터를 걸어가 그녀를 만질 수 있다면 그는 제정신으로 있을 수 있을 것 같았다. 방은 몹시 어두웠다. 그녀가 앉아 있는 탁자 위의 촛불뿐. 그녀는 오늘 밤에는 책을 읽지 않는다. 그는 어쩌면 그녀가 약간 취했을지도 모른다고 생각했다.

지뢰가 폭발한 곳에서 그가 돌아왔을 때 카라바조는 도서실 소파에서 개를 품에 안고 잠들어 있었다. 열려 있는 문 앞에서 그가 멈춰 서자 사냥개가 쳐다보며 깨어 있다는 표시로, 그곳을 지키고 있음을 알리려는 듯 몸을 살짝 움직였다. 카라바조의 코 고는 소리 위로 울리는 나지막한 으르렁거림.

그는 군화를 벗고 끈을 묶어 어깨에 걸치고 위층으로 올라갔다. 비가 오기 시작했으므로, 텐트에 씌울 방수포가 필요했다. 복도에서 그는 지금까지 영국인 환자의 방에 불이 켜져 있는 것을 보았다.

그녀는 낮은 촛불이 비추는 탁자에 한쪽 팔꿈치를 대고 고개를 뒤로 기댄 자세로 앉아 있었다. 그는 군화를 바닥에 내려놓고 세 시간 전에 파티가 열렸던 방으로 조용히 들어갔다. 공기 중에서 알코올 냄새가 났다. 그가 들어서는 걸 본 그녀가 손가락을 입술에 대고 환자를 가리켰다. 그는 킵의 조용한 발걸음 소리를 듣지 못할 터였다. 공병은 다시 창문의 우묵한 곳에 앉았다. 방을 가로질러 걸어가 그녀를 만질 수 있다면 그는 제정신으로 있을 수 있을 것 같았다. 그러나 그들 사이에는 위험하고 복잡한 여정이 놓여 있었다. 아주 넓은 세상이었다. 그리고 영국인은 잠을 잘 때면 보청기 소리를 최대한 높여 놓기 때문에 어떤 소리에도 잠에서 깼다. 그래야 그 자신이 정신이 또렷한 상태에서 안전할 수 있을 것이기 때문이다. 여자의 눈은 주위를 두리번거리다가 네모난 유리창 앞에 있는 컵과 마주치자 멈추었다.

그는 죽음의 장소와 거기 남은 잔해를 찾아냈고, 그들은 그의 부관인 하디를 매장했다. 그러고는 그는 줄곧 그날 오후의 그 여자를 계속 떠올렸다. 갑자기 그녀가 걱정되었고 자진해서 그런 일에 개입한 그녀에게 화가 났다. 그녀는 너무나 아무렇지도 않게 자신의 생명을 손상하려 했다. 그녀가 그를 가만히 쳐다보았다. 그녀의 마지막 의사소통은 손가락을 입술에 댄 것이었다. 그는 몸을 기울여 어깨의 멜빵에 뺨을 문질렀다.

그는 마을을 지나 걸어왔다. 전쟁이 시작된 이래 다듬지 않은 마을 광장 가로수 아래로 빗방울이 떨어졌다. 말을 탄 두 남자가 악수하는 이상한 동상도 지나쳤다. 그리고 지금 그는 이곳에 있다. 촛불이 너울거리며 그녀의 표정을 바꾸어 그는 그녀가 무슨 생각을 하는지 알 수 없었다. 현명함 또는 슬픔 또는 호기심.

만약 그녀가 책을 읽고 있거나 영국인에게 몸을 구부리고 있었다면 그는 아마 그녀를 향해 가볍게 고개를 끄덕이고 자리를 떴을 것이다. 그러나 그는 지금 해나를 젊고 외로운 이로 바라본다. 오늘 밤 지뢰 폭발 현장을 보면서 그날 오후에 지뢰 해체 작업 때 있었던 그녀의 존재가 두려워지기 시작했다. 그는 그 모습을 없애야 했다. 그렇지 않으면 그가 신관에 가까이 갈 때마다 그녀가 함께 있을 것이다. 그는 그녀를 태아처럼 품게 될 것이다. 그가 작업을 할 때면, 사람의 세계는 소멸하고 명료함과 음악이 그를 가득 채웠다. 이제 그녀는 그의 내면에, 그의 어깨 위에 있었다. 언젠가 그들이 침수시키려 했던 터널에서 한 장교의 어깨 위에 실려 나오는 살아 있는 염소를 보았던 것처럼.

아니.

그건 사실이 아니었다. 그는 해나의 어깨를 원했다. 그녀가 햇볕 아래 잠들어 있던 그때처럼, 그가 마치 누군가의 소총 조준선 안에 든 것처럼 어색하게 그녀 곁에 누워 있을 때 그랬던 것처럼, 그 어깨에 손바닥을 얹고 싶었다. 상상 속 화가의 풍경 속에서. 그는 위로를 원하지는 않았지만, 위로로 여자를 감싸안으며 그녀를 이 방에서 데리고 나가고 싶었다. 그는 자신의 나약함을 믿으려 하지 않았고, 그녀와 함께라면 더더욱 나약함을 보일 수 없었다. 둘 다 그런 가능성을 상대방에게 드러내고 싶지 않았다. 해나는 아주 고요히 앉아 있었다. 그녀가 그를 바라보았다. 촛불이 일렁이면서 그녀의 모습을 바꾸었다. 그녀에게 그는 단지 하나의 실루엣일 뿐이라는 것을, 그의 여윈 몸과 피부는 어둠의 일부라는 것을 그는 알지 못했다.

아까, 그가 창가 벽감을 떠나고 없는 것을 보았을 때, 그녀는 몹시 화가 났었다. 그가 그들이 마치 어린아이들인 듯 지뢰로부터 보호하고 있다는 것을 알기 때문이다. 그녀는 카라바조에게 더 가까이 달라붙었다. 그것은 모욕이었다. 그리고 오늘 밤 그날 저녁의 흥분이 계속 커져 그녀는 책을 읽을 수 없었다. 카라바조가 그녀의 약상자를 먼저 뒤지고 잠자리에 든 후에도, 그리고 영국인 환자가 앙상한 손가락으로 허공을 더듬다가 그녀가 그에게 몸을 구부리자 그녀의 뺨에 키스한 후에도.

그녀는 다른 촛불들을 모두 끄고 밤에 쓰는 짧은 초 하나만 침대 옆 탁자 위에 켜놓고 거기 앉았다. 영국인은 술에 취해 횡설수설 연설을 늘어 놓은 후 잠잠해져서 그녀를 마주본 채로 누워 있다. **"나는 때로는 말이 되고, 때로는 사냥개가 되리. 돼지, 머리 없는 곰, 때로는 불.***"** 옆에 놓인 쇠 받침대에 촛농 떨어지는 소리가 들렸다. 공병은 폭발이 일어난 언덕 어귀까지 마을을 가로질러 가버렸고 그녀는 그가 굳이 아무 말 하지 않았다는 사실에 아직도 화가 났다.

그녀는 책을 읽을 수 없었다. 그녀는 영원히 죽어 가는 남자와 함께 그 방에 앉아 있었다. 카라바조와 춤추다가 실수로 벽에 세게 부딪힌 등 아래쪽이 멍든 듯 아직도 아팠다.

이제 그가 다가온다면 그녀는 그를 노려보며 비슷한 침묵으로 대하리라. 그가 알아서 짐작하고 움직이게 하리라. 그녀는 그전에도 군인들의 치근덕거림을 받아 본 적이 있다.

그러나 그는 이렇게 행동한다. 그는 어깨에 메고 있는 가방에 손목까지 집어넣은 채 방 한가운데로 걸어간다. 그의 걸음

은 조용하다. 침대 옆에서 그는 몸을 돌려 멈춘다. 영국인 환자
가 긴 숨을 다 내쉬자 그는 절단기로 보청기 선을 자르고 가방
에 도로 넣는다. 그가 돌아서서 그녀를 향해 씩 웃는다.

"아침에 다시 연결하도록 하죠."

그가 왼손을 그녀의 어깨에 얹는다.

*

"데이비드 카라바조, 당신에겐 어울리지 않는 이름이군요,
물론……."

"적어도 난 이름이라도 있잖소."

"하긴."

카라바조는 해나의 의자에 앉아 있다. 오후의 햇살이 방을
가득 채우며 헤엄치는 티끌들을 드러낸다. 영국인의 검고 갸름
한 얼굴과 각진 코는 천에 싸여 가만히 있는 매의 모습을 닮았
다. 매를 넣는 관, 카라바조는 생각한다.

영국인이 그를 향해 돌아눕는다.

"카라바조가 말년에 그린 그림이 있소. 「골리앗의 머리를 든
다윗」. 그 그림에서 젊은 전사는 팔을 길게 뻗고 그 손끝에 늙
고 황폐해진 골리앗의 머리를 들고 있소. 하지만 그 그림에서
진정으로 슬픈 것은 그게 아니오. 다윗의 얼굴은 젊은 카라바
조의 자화상으로, 골리앗의 머리는 더 나이 든 카라바조의 자
화상, 즉 그가 그 그림을 그렸을 때의 모습으로 추정되고 있지

요. 뻗은 손끝에 있는 노년을 심판하는 젊음. 스스로의 필멸성을 심판하는 것이죠. 내 침대 발치에 선 킵을 보면 그가 나의 다윗이라는 생각이 듭니다.”

카라바조는 떠다니는 티끌 사이에서 생각에 잠긴 채 침묵 속에 앉아 있다. 전쟁은 그의 균형을 무너뜨렸고, 그는 그 상태로 모르핀이 가져다주는 가짜 수족을 달고 다른 어떤 세계로도 돌아갈 수 없다. 그는 한 번도 가족이란 것에 익숙해진 적이 없는 중년 남자다. 평생 그는 영구적인 친밀함을 피해 왔다. 전쟁이 일어나기 전까지 그는 늘 남편보다는 더 좋은 연인이었다. 그는 연인이 혼란을 피해 떠나듯, 도둑이 궁색해진 집을 떠나듯 슬그머니 사라지는 남자였다.

그는 침대에 누워 있는 남자를 바라본다. 사막에서 온 이 영국인이 누군지 알아내야 한다. 그리고 해나를 위해 그의 정체를 밝혀야 한다. 아니면 타닌산이 화상을 입은 사람의 생살을 덮어 감추는 것처럼 그를 위해 새로운 피부를 만들어 내야 할지도.

전쟁 초기에 카이로에서 일할 때 그는 이중 첩자들이나 유령 같은 인물들에게 살을 입혀 만들어 내는 훈련을 받았다. 그는 ‘치즈’라는 이름의 가공 첩보원을 맡아 몇 주에 걸쳐 그 존재를 사실들로 덧입히는 데 몰두했다. 탐욕이나 술에 약하다는 등 성격적 특징을 덧붙여 적에게 거짓 소문을 흘렸다. 카이로에서 그에게 일을 시켰던 이들이 사막에 주둔하는 소대들 전체를 꾸며 낸 것처럼. 그 역시 주변 사람들에게 내놓은 모든 것이 거짓이었던 전쟁 시절을 살아 냈다. 그는 마치 자신이 어둠에 잠긴 방에서 새 울음소리를 흉내 내는 사람인 것처럼 느껴졌다.

그러나 여기서 그들은 껍질을 벗고 있었다. 그들은 스스로의 실체 이외에는 아무것도 흉내 낼 수 없었다. 유일한 방어는 타인 안에서 진실을 찾는 것뿐이었다.

*

그녀는 도서실 서가에서 『킴』을 꺼내 들고 피아노에 기대어 책 마지막 장에 있는 빈 종이에 써 내려가기 시작한다.

그는 그 총, 잠-자마 대포가 아직도 라호르 박물관 바깥에 있다고 말한다. 도시 내에 있는 모든 힌두교 가정에서 지즈야, 즉 세금으로 거둬들인 금속 잔과 금속 그릇으로 만든 총 두 자루가 있었다. 그것들을 녹여 총으로 만든 것이다. 이 총은 18세기와 19세기에 시크족을 상대로 한 전투에서 여러 번 쓰였다. 다른 총은 체나브강을 건너는 전투 중에 분실되었다.

그녀는 책을 덮고 의자 위에 올라서서 그녀에게는 보이지도 않는 높은 책장에 꽂는다.

그녀가 새 책을 들고 그림이 그려진 침실로 들어와 제목을 소개한다.

"해나, 책은 이제 그만."

그녀는 그를 바라본다. 그가 아직까지도 아름다운 눈을 지녔다고 그녀는 생각한다. 그의 어둠에서 나오는 그 잿빛 눈빛에서, 모든 것이 거기서 일어난다. 마치 등대의 불빛처럼 잠시 그녀에게 머물다 멀어지는 수많은 시선이 느껴진다.

"책은 이제 그만. 그냥 헤로도토스를 내게 줘."

그녀가 손때 묻은 두꺼운 책을 그의 손에 쥐어 준다.

"표지에 조각된 초상이 있는 『역사』 판본을 본 적이 있소. 프랑스의 어느 박물관에서 발견된 조각상이지. 하지만 난 헤로도토스를 이런 식으로 상상하지 않아요. 나는 그를 오히려 간소하게 사는 사막의 남자들 가운데 하나로 보지. 오아시스에서 오아시스로 여행하면서, 전설을 마치 씨앗 교환하듯 하며, 모든 것을 의심 없이 소진하고 신기루를 서로 이어서 만드는 사람들 말이오. 헤로도토스가 말했지. '나의 이 역사는 처음부터 중요한 논증을 보완하고자 해 왔다.' 우린 그에게서 역사의 흐름 속에 있는 막다른 골목을 보게 되지. 사람들이 국가를 위해 서로 어떻게 배신하는지, 사람들이 어떻게 사랑에 빠지는지를…… 몇 살이라고 했소?"

"스무 살."

"내가 사랑에 빠졌을 때는 훨씬 늦은 나이였지."

해나가 머뭇거린다. "누구였어요?"

그러나 그의 눈은 이제 그녀에게서 멀어져 있다.

*

"새들은 죽은 가지가 있는 나무를 더 좋아하지." 카라바조가 말했다. "앉은 자리에서 사방 경치를 훤히 볼 수 있거든. 또 어느 방향으로든 갈 수 있지."

"내 이야기를 하시는 거라면……." 해나가 말했다. "나는 새가 아니에요. 진짜 새는 위층에 있는 남자죠."

킵은 새가 된 그녀를 상상하려 했다.

"말해 봐, 자신만큼 똑똑하지 않은 사람을 사랑하는 게 가능할까?" 맹렬히 몰려오는 모르핀 기운이 돌자 카라바조는 시비를 걸고 싶어 했다. "이건 내가 내 성생활 역사에서 오랫동안 관심을 가져온 문제야. 여기 이 특정한 청중에게만 하는 얘기지만, 내 성생활은 느지막이 시작됐지. 대화의 성적 쾌감도 결혼한 후에야 알게 된 것과 마찬가지지. 그전에는 말이 에로틱하다고 생각해 본 적이 없었어. 때때로 난 섹스보다 말하는 걸 더 좋아해. 문장들. 이 말, 저 말 그리고 또 이 말로 가득 찬 양동이들. 문제는 말하다 보면 스스로를 궁지에 몰아넣게 된다는 거야. 반면에 섹스로는 궁지에 몰리는 일은 없지."

"그건 남자들이나 하는 말이에요." 해나가 중얼거렸다.

"아무튼, 난 그래 본 적이 없어." 카라바조가 계속 말했다.

"어쩌면 킵, 자네는 그런 경험을 했을지도 모르지. 산골에서 봄 베이로 내려왔을 때나 군사 훈련을 받으려고 영국에 갔을 때. 섹스로 궁지에 몰린 사람이 있는지 궁금하군. 자네 몇 살인가, 킵?"

"스물여섯이요."

"나보다 많네요."

"해나보다 많군. 해나가 자네보다 똑똑하지 않다면, 자네는 과연 사랑에 빠질 수 있겠나? 내 말은, 해나가 자네보다 똑똑하지 않을 수도 있지. 하지만 해나와 사랑에 빠지기 위해서는 그 애가 자네보다 똑똑하다고 자네가 **생각하는** 것이 중요하지 않겠나? 생각해 보게. 영국인이 더 많이 알고 있기 때문에 해나가 그에게 사로잡힐 수도 있어. 그 남자와 얘기할 때 우리는 드넓은 들판에 있는 것 같지. 그가 정말로 영국인인지도 우리는 모르네. 아마 아닐 테지. 보게, **자네보다** 그 **친구**와 사랑에 빠지는 게 더 쉽다고 난 생각하네. 왠지 아나? 왜냐하면 우리는 알고 싶거든, 조각이 어떻게 맞춰지는지. 말쟁이들은 유혹하네. 말은 우릴 궁지로 몰아넣지. 우리는 무엇보다도 성장하고 변화하기를 원해. 멋진 신세계."

"전 그렇게 생각하지 않아요." 해나가 말했다.

"나도 그렇게 생각하지 않아. 내 나이 또래 사람들에 대해 말해 주지. 최악은 그 나이쯤 되면 인격이 성숙했을 거라고 사람들이 생각한다는 거야. 중년의 문제는 내가 완전히 틀이 잡혔다고 남들이 생각하는 거지. 여길 봐."

여기서 카라바조는 두 손을 들어 해나와 킵을 향해 펼쳤다. 그녀가 일어나 그의 뒤로 가더니 팔로 그의 목을 감았다.

"이러지 말아요, 데이비드, 네?"

그녀가 손으로 그의 손을 부드럽게 감쌌다.

"이미 위층에 미친 말쟁이가 한 명 있잖아요."

"우릴 봐. 도시가 너무 더워지면 썩어 빠질 부자들이 썩어 빠질 언덕의 썩어 빠질 빌라에 있는 것처럼 우린 여기 앉아 있지. 지금 아침 아홉 시, 그 친구는 위층에서 잠들어 있어. 해나는 그에게 사로잡혀 있고. 난 해나가 멀쩡한지에 집착하고, 내 '균형'을 지키는 데 집착하고 있지. 킵은 아마 조만간 폭발해 버리고 말 거야. 왜냐고? 누구를 위해서? 그는 스물여섯 살이야. 영국군이 그에게 기술을 가르치고 미군이 그에게 더 많은 기술을 가르치고 공병 팀은 강의를 듣고 훈장을 받은 다음 부자들의 언덕으로 파견되지. 웨일스 사람들의 말대로, 자넨 이용당하고 있어, 이 친구야. 난 여기 오래 머물지 않을 거야. 널 집으로 데려갈 거야. 이 지긋지긋한 곳에서 당장 빠져나가는 거야."

"그만해요, 데이비드. 이 사람은 살아남을 거예요."

"지난밤 폭발 때 죽은 공병, 이름이 뭐였지?"

킵에게선 대답이 없었다.

"그 친구 이름이 뭐였나?"

"샘 하디." 킵은 대화를 피해 창문으로 가서 밖을 내다보았다.

"우리 모두의 문제는 우리가 있어서는 안 될 곳에 있다는 거야. 우리가 아프리카에서, 이탈리아에서 뭘 하고 있는 거지? 킵이 과수원에서 폭탄을 제거하는 건 대체 무슨 빌어먹을 짓이지? 저 친구가 영국인들의 전쟁에서 왜 싸우는 거지? 서부 전선에 있는 농부는 나뭇가지를 쳐낼 때마다 톱을 망가뜨려. 왜? 지난 전쟁 때 나무에 박힌 엄청난 파편 때문이지. 나무들마저 우리가 들여온 질병에 된통 걸린 거야. 군대는 사상을 주입한 후 너흴 여기 남겨 두고 또 다른 데 가서 사고나 치고 있지. 빌어먹을 놈들.* 우린 모두 함께 떠나야 해."

"영국인을 두고 갈 순 없어요."

"해나, 영국인은 몇 달 전에 떠났어. 베두인족이랑 같이 있거나 영국식 정원에서 플록스 같은 화초 따위나 키우고 있을 거야. 아마 자기가 주위를 맴돌면서 말을 걸려던 여자가 누군지도 기억하지 못할걸. 젠장, 그는 자기가 어디 있는지도 몰라.

넌 내가 너한테 화가 났다고 생각하지? 네가 사랑에 빠졌기 때문에. 그렇지? 질투하는 아저씨. 난 너 때문에 두려워. 난 그 영국인을 죽이고 싶어. 그것만이 너를 구하고, 널 여기서 데리고 나갈 수 있는 유일한 길이기 때문이야. 그런데 난 그를 좋아하기 시작했어. 네 자리에서 달아나. 킵이 스스로 목숨을 거는 일을 그만두게 할 만큼 네가 똑똑하지 않은데 그가 어떻게 널 사랑할 수 있겠어?"

"왜냐하면, 왜냐하면 그는 문명화된 세상을 믿으니까요. 그는 문명인이에요."

"첫 번째 실수야. 올바른 행동은 기차에 올라타는 것, 가서 함

께 아기를 갖는 거다. 저 영국인, 그 새에게 가서 어떻게 생각하
는지 물어볼까?

왜 좀 더 영리하게 굴지 않아? 똑똑한 걸 감당할 수 없는 건
오직 부자들뿐이야. 그들은 타협했어. 그들은 이미 오래전에
특권 속에 갇혀 버렸지. 그들이 가진 것들을 지켜야 하니까. 부
자들보다 더 비열한 사람은 없어. 내 말을 믿어. 하지만 그들
은 나름대로 염병할 문명화된 세상의 규칙을 따라야 해. 그들
이 전쟁을 선포하고, 명예를 지키지. 그들은 떠날 수 없어. 하지
만 너희 둘, 우리 셋. 우린 자유로워. 공병이 얼마나 많이 죽지?
왜 자네는 아직 안 죽었나? 무책임하게 굴어. 행운은 오래가지
않아."

해나는 자신의 컵에 우유를 따르고 있었다. 다 따른 다음 그
녀는 우유 단지 주둥이를 킵의 손에 대고 그의 갈색 손 위에, 그
의 팔과 팔꿈치까지 우유를 계속 붓다가 멈췄다. 그는 피하지
않았다.

*

집 서쪽으로 그 단으로 이루어진 길고 좁은 정원이 있다. 정
형식 테라스 정원과 더 놓은 곳에 있는 더 어두운 정원. 그곳에
있는 돌계단과 콘크리트 조각상들은 빗물에 생긴 푸른곰팡이
속으로 거의 사라져 버렸다. 공병은 이곳에 천막을 쳤다. 비가
내리면서 계곡에서 안개가 피어오르고, 사이프러스 나무와 전

나무 가지에서 또 다른 비가 이 언덕 옆 한 귀퉁이에 반쯤 개간된 움푹한 자리에 떨어진다.

모닥불을 피워야만 늘 축축하고 그늘진 위쪽 정원을 말릴 수 있다. 이전 포격으로 부서진 판자와 서까래, 휩쓸려 온 나뭇가지들, 오후마다 해나가 뽑아 놓은 잡초, 낫으로 베어 낸 풀과 쐐기풀 등을 모두 이곳에 모았다가 늦은 오후가 땅거미로 바뀌는 동안 태웠다. 축축한 불이 연기를 일으키며 타오르면, 식물 냄새가 나는 연기가 덤불 속으로, 나무들 사이로 스며들다가 집 앞 테라스에서 사그라든다. 연기는 영국인 환자의 창까지 이른다. 그는 연기가 자욱한 정원에서 떠도는 목소리와 간간이 섞이는 웃음소리를 듣는다. 그는 냄새를 불에 타기 이전 상태로 되돌려서 맡는다. 로즈메리, 밀크위드, 쑥 그리고 뭔가 다른 것이 또 있다고 그는 생각한다. 향기가 없는, 어쩌면 개제비꽃이거나 이 언덕의 약산성 토양을 좋아하는 하늘바라기.

영국인 환자는 해나에게 무엇을 길러야 할지 조언한다. "그 이탈리아 친구에게 씨앗을 구해 달라고 해요. 그 방면에 재주가 있어 보이던데. 자두 잎이 좋지. 또 진홍색과 인디언 핑크색도 — 당신의 라틴계 친구를 위해 라틴어 이름을 원한다면 실레네 버지니카요. 붉은 세이버리도 좋아. 되새가 개암과 산벚나무 열매를 쪼아 먹는 것을 보려면."

그녀는 모든 것을 받아 적는다. 그런 다음 작은 탁자 서랍에 만년필을 넣는다. 그녀가 그에게 읽어 주는 책을 넣어 두는 곳이다. 책과 함께 양초 두 자루와 짤막한 베스타 성냥이 들어 있다. 이 방에는 의료품이 전혀 없다. 그녀가 다른 방에 숨겨 두기 때문이다. 그녀는 카라바조가 약품을 찾아 뒤지고 다니느라 영국인 환자에게 방해되는 것을 원치 않는다. 그녀는 식물 이름이 적힌 종이를 카라바조에게 주려고 치마 주머니에 넣는다. 이제 육체적 끌림이 고개를 든 지금, 그녀는 세 남자 사이에서 거북함을 느끼기 시작했다.

만약 이것이 육체적 끌림이라면. 만일 이 모든 것이 킵에 대한 사랑과 관련된 것이라면. 그녀는 그의 팔 위쪽, 그 짙은 갈색 강에 얼굴을 대고 누워, 그녀 곁에 있는 그의 살 속 보이지 않는 혈관의 맥박을 느끼며 그 강에 잠긴 채 잠에서 깨어나고 싶다. 만일 그가 죽어 간다면 그녀가 찾아내 염수(鹽水) 용액을 주입해야 할 혈관.

새벽 두세 시, 영국인을 두고 나온 그녀가 정원을 지나 크리스토퍼 성인상의 팔에 걸려 있는 공병의 폭풍우용 램프를 향해 걸어간다. 그녀와 그 불빛 사이의 칠흑 같은 어둠. 그러나 그녀는 지나는 길에 있는 모든 관목과 덤불 그리고 분홍빛으로 거의 꺼져 가는 모닥불의 위치도 알고 있다. 때로 그녀는 유리 깔때기를 손으로 덮어 불을 끈다. 때로는 타도록 내버려두고 그 아래로 몸을 수그려 천막의 젖혀진 덮개 사이로 들어가 그의 몸에 닿을 때까지 엎드려 기어간다. 그녀가 원하는 그의 팔을 베고, 소독솜 대신 그녀의 혀, 바늘 대신 그녀의 이, 코데인 약물을 떨어뜨린 마스크 대신 그녀의 입을 대고 그를 잠재우려 한다. 영원히 째각거리는 그의 두뇌를 서서히 졸음으로 몰아넣으려 한다. 그녀는 페이즐리 무늬 드레스를 개서 자신의 테니스화 위에 올려놓는다. 그에게 세상은 단지 몇 가지 중요한 규칙만 가지고 그들 주위에서 불타고 있다는 것을 그녀는 안다. TNT를 증기로 교체하고, 물기를 빼고―. 그녀가 누이처럼 정숙하게 그의 옆에 누워 자는 동안, 이 모든 것이 그의 머릿속에 들어 있음을 그녀는 알고 있다.

천막과 어두운 숲이 그들을 에워싼다.

오르토나나 몬테르키의 야전 병원에서 그녀가 다른 사람들에게 주었던 위안에서 그들은 딱 한 걸음 비껴 나 있다. 마지막 온기를 주는 그녀의 몸, 위안을 주는 그녀의 속삭임, 잠들게 하는 그녀의 바늘. 그러나 공병의 몸은 다른 세계에서 온 어떤 것도 받아들이려 하지 않는다. 사랑에 빠진 소년. 그는 그녀가 가져오는 음식을 먹지 않으려 한다. 그는 카라바조가 원하듯 그녀가 그의 팔에 주삿바늘로 약물을 밀어 넣어 주길 원하지도, 필요로 하지도 않는다. 영국인이 갈망하듯 사막이 만들어 낸 연고들, 한때 베두인이 그를 위해 해 주었던 대로 자신을 다시 추스르게 할 연고와 꽃가루를 원하지도, 필요로 하지도 않는다. 단지 잠의 위안을 찾을 뿐.

그가 자기 주변에 두는 장식품들이 있다. 그녀가 준 나뭇잎들, 양초 한 자루 그리고 천막 안에는 크리스털 수신기와 규율에 따른 물건들로 가득 찬 숄더백. 그는 침착함을 유지하며 싸움에서 벗어났다. 거짓된 것이라 할지라도 그에게는 질서를 의미했다. 그는 자신의 엄격함을 고수하며 계곡을 따라 선회하는 매를 소총 조준경으로 좇고, 폭탄을 연다. 그는 보온병을 끌어당겨 뚜껑을 돌려 열고 마실 때에도 금속 컵을 절대 쳐다보지 않고 추적하고 있는 것에서 잠시도 눈을 떼지 않는다.

그에게 나머지 우리는 단지 주변부에 불과해, 그녀는 생각한다. 그의 눈은 오로지 위험한 것에만 향해 있고, 그의 귀는 단파로 전해지는 헬싱키나 베를린의 사건들만 듣지. 그가 다정한 연인일 때조차, 그녀의 왼손이 긴장된 그의 전완근(前腕筋), 카라* 위를 감싸안을 때조차, 그가 신음을 내며 그녀의 목에 머리를 떨굴 때까지 그녀는 그의 잃어버린 듯한 시선에 자신이 보이지 않는 존재처럼 느껴진다. 위험하지 않은 나머지 모든 것은 부수적인 것에 불과하다. 그녀는 그에게 소리를 내도록 가르쳤고, 그 소리를 그에게서 원했다. 그리고 그 싸움 이후 그가 조금이라도 긴장을 푼다면, 그것은 단지 여기에서뿐이다. 마치 마침내 어둠 속에 있는 자신의 자리를 기꺼이 인정하고, 자신의 희열을 인간의 소리로 기꺼이 알리려는 듯이.

그녀가 얼마나 그를 사랑하고, 그가 얼마나 그녀를 사랑하는지 아무도 모른다. 또는 그것이 얼마나 비밀스러운 게임인지도. 그들이 서로 가까워질수록 낮에 그들 사이에 있는 공간은 점점 더 커진다. 그녀는 그가 그녀와의 사이에 두는 거리를, 그가 그들의 권리라고 가정하는 공간을 좋아한다. 그가 마을에 있는 다른 공병들과 합류하러 8백 미터를 걸어가며 그녀의 창문 아래를 아무 말 없이 지날 때, 그것은 그들 각자에게 비밀스러운 기운을 불어넣고, 둘 사이에 은밀한 기류가 흐른다. 그가 접시나 음식을 그녀의 손안에 건넨다. 그녀가 그의 갈색 손목에 나뭇잎 하나를 올려놓는다. 혹은 카라바조를 사이에 두고 그들은 무너져 내린 벽에 회반죽을 바른다. 공병은 평소처럼 서양 노래를 부르고, 카라바조는 노랫소리가 즐겁지만 아닌 척한다.

"펜실베이니아 식스-파이브-오-오-오." 젊은 병사가 숨을 들이켠다.

그녀는 그의 몸이 지닌 다양한 어두운 색조를 배운다. 그의 팔뚝 색깔과 목 색깔의 차이, 그의 손바닥 색깔, 그의 뺨 색깔, 터번 아래 피부색. 붉은색과 검은색 전선을 구분하는 손가락의 어두운 빛깔, 또는 그가 아직도 식사할 때 사용하는 합금 접시에서 빵을 집어 들 때의 손가락 색깔. 그때 그가 일어선다. 그 자신은 극도로 공손한 태도라고 생각하고 있는 것이 분명하지만 그의 자족적인 태도는 그들에게 무례해 보인다.

그녀는 무엇보다도 그가 목욕할 때 젖은 목의 색깔을 사랑한다. 그리고 그가 그녀 위에 있을 때 그녀의 손가락이 움켜쥐는 땀방울 맺힌 그의 가슴, 그리고 그의 천막 안 어둠 속에 잠긴 검고 힘 있는 팔, 혹은 언젠가 그녀의 방에 있었을 때 마침내 통행금지령에서 풀려난 계곡 아래 도시에 켜진 불이 마치 여명처럼 서서히 그들 사이로 피어오르며 그의 몸 빛깔을 밝혀 주던 일.

나중에 그녀는 그가 결코 그녀에게 신세 지거나 그녀가 그에게 신세 지는 것을 용납하지 않았음을 깨닫게 될 것이다. 그녀는 소설에 나오는 그 단어를 들여다보다가 책에서 떼어내 사전에서 찾아볼 것이다. **신세 지다. 의무를 갖게 되는 것.** 그리고 그가 절대 그것을 용납하지 않았음을 그녀는 안다. 그녀가 180미터의 어두운 정원을 지나 그에게로 간다면 그것은 그녀 자신의 선택이다. 그리고 그는 잠들어 있을지도 모른다. 사랑이 부족해서가 아니라 필요해서. 다음 날 위험한 물체들에 또렷한 정신으로 대처하기 위해서.

그는 그녀를 대단하다고 생각한다. 그는 잠에서 깨어나 물보라처럼 퍼지는 불빛 속에서 그녀를 본다. 그는 무엇보다도 그 얼굴의 영리한 표정을 사랑한다. 또는 저녁에 카라바조가 어리석은 일을 하지 못하게 말싸움 할 때의 그녀 목소리를 사랑한다. 그리고 그녀가 성자처럼 그의 몸에 바짝 기어드는 방식도.

그들은 이야기를 나눈다. 그가 이탈리아 전선에서 줄곧 사용했던 천막의 천 냄새에 흐르는 여리고 단조로운 그의 목소리. 그는 팔을 뻗어 가느다란 손가락으로 마치 천막이 자기 몸의 일부인 양 만진다. 밤이면 자신의 몸 위에 접어 두는 카키색 날개. 그것이 그의 세계다. 그런 밤이면 그녀는 캐나다에서 밀려난 듯이 느낀다. 그가 그녀에게 왜 잠을 이루지 못하는지 묻는다. 그녀는 그의 자족함에, 너무 쉽게 세상을 등지는 그의 능력에 속상해하며 누워 있다. 그녀는 빗소리가 들리는 양철 지붕과 창밖에서 흔들리는 포플러 두 그루, 들으면서 잠들 소음을 원한다. 그녀가 토론토 동쪽 끝에서 살 때, 그리고 그 후 2년간 패트릭과 클라라와 함께 스쿠타마타강(江) 가와 조지안 베이에서 살 때 함께 자랐던 잠자는 나무들과 잠자는 지붕들. 그녀는 이렇게 빽빽한 정원에서도 잠자는 나무를 한 그루도 찾지 못했다.

"키스해 줘요. 내가 가장 순수하게 사랑하는 것은 당신의 입이에요. 당신의 이빨." 그리고 나중에, 그의 머리가 천막 틈 사이로 스며드는 바람 쪽으로 기울었을 때, 그녀는 오직 자신만 들을 수 있는 소리로 속삭였다. "카라바조에게 물어봐야겠어요. 언젠가 아버지가 카라바조는 항상 사랑에 빠진 남자라고 말씀하신 적이 있어요. 단순히 사랑에 빠지는 것이 아니라 항상 사랑 안으로 가라앉는다고요. 항상 혼란스럽고. 항상 행복하고. 킵? 내 말 들어요? 난 당신과 함께 있어서 정말 행복해요. 이렇게 당신과 함께 있어서."

무엇보다도 그녀는 두 사람이 함께 헤엄칠 수 있는 강이 있었으면 했다. 그녀는 수영에도 무도회장에서와 비슷한 격식이 있다고 생각했다. 그러나 그는 강에 대해 다른 감각을 지니고 있었다. 그는 전에 소리 없이 모로강에 들어가 접이식 베일리 교량에 연결된 케이블의 안전장치를 당겼었다. 볼트로 고정된 강철판들이 마치 생명체처럼 그의 등 뒤에서 물속으로 미끄러져 들어갔고, 그 순간 하늘이 포탄 불꽃으로 환해지면서 누군가 강 한가운데 있는 그의 곁에서 가라앉고 있었다. 잃어버린 도르래를 찾기 위해 공병들은 몇 번이고 잠수하여 물속에서 갈고리를 붙잡으려 애썼다. 그들 주변 하늘에서 타오르는 인광탄 불길이 진흙과 수면과 여러 얼굴들을 밝혔다.

밤새도록 울고 외치며 그들은 서로 미쳐 가지 않도록 애썼다. 그들이 입고 있던 옷이 겨울 강물로 가득 찼고, 그들의 머리 위로 교량이 서서히 도로로 이어졌다. 그리고 이틀 후에는 또 다른 강. 그들이 가는 강에는 늘 교량이 없었다. 마치 그 이름이 지워진 것처럼, 하늘에는 별이 없고 집마다 문이 없는 것처럼. 공병대는 밧줄을 들고 강으로 들어가 케이블을 어깨에 짊어지고 옮기면서 볼트를 조이고, 쇳소리를 죽이기 위해 기름칠을 했다. 그러고 나면 그 위로 군대가 진군했다. 공병들이 아직 물속에 있는 동안에도 조립식 교량 위로 차를 몰고 지나갔다.

그들은 강 한복판에서 종종 폭격을 맞았다. 진흙 둑에 불길이 일고 강철과 철이 산산조각으로 쪼개졌다. 그때는 아무것도 그들을 보호하지 못했다. 수면을 찢고 들어오는 금속을 막기에는 갈색 강물은 비단처럼 얇았다.

그는 그 생각에서 돌아섰다. 그는 자신만의 강들을 지녔으면서도 그 강으로부터 멀어진 이 여자를 곁에 두고도, 재빨리 잠드는 요령을 알고 있었다.

그렇다. 카라바조라면 사랑 속으로 잠겨 드는 법을 그녀에게 설명해 줄 것이다. 조심스러운 사랑 속으로 어떻게 잠겨 드는 지까지도. "당신을 스쿠타마타강으로 데려가고 싶어요, 킵." 그녀가 말했다. "스모크 호수를 보여 주고 싶어요. 우리 아버지가 사랑했던 여자가 그 호수에 살아요. 그녀는 자동차보다 카누에 더 쉽게 올라타지요. 난 전류를 번쩍이는 천둥이 그리워요. 당신이 카누에 탄 클라라를 만났으면 좋겠어요. 우리 가족 중에 마지막 남은 사람이에요. 이제 다른 사람은 없어요. 아버지가 전쟁에 나가면서 그녀를 저버렸거든요."

그녀는 헛디디거나 주저하는 기색도 없이 그의 야간 천막을 향해 걷는다. 나무들이 달빛을 촘촘히 걸러 내고, 그녀는 마치 무도회장의 둥근 불빛 속에 갇힌 듯하다. 그녀는 그의 천막에 들어가 잠든 그의 가슴에 귀를 대고 고동치는 그의 심장 소리를 듣는다. 그가 지뢰에 달린 시계 소리를 듣듯이. 새벽 두 시. 그녀를 제외한 모두가 잠들어 있다.

4

남카이로 1930~1938

헤로도토스 이후 수백 년 동안 서양 세계는 사막에 별로 관심을 보이지 않는다. 기원전 425년부터 20세기 초까지는 다른 데 시선이 쏠린다. 정적. 19세기는 강을 찾는 사람들의 시대였다. 그러다가 1920년대 들어 개인 기금으로 지원을 받은 탐사단들이 찾아가고 그 뒤로 켄싱턴 고어에 있는 런던 지리학 협회에서 소박한 강연들이 이어지면서, 지구상의 이 고립 지역에 대한 감미로운 추신(追伸)의 역사가 생겨났다. 강연자들은 햇볕에 그을리고 지친 남자들로, 콘래드의 소설에 나오는 선원들처럼 택시 예절이나 버스 차장들의 재빠르고 무미건조한 농담을 거북해한다.

학회 모임에 참석하기 위해 교외에서 나이츠브리지로 가는 근교 전철을 탈 때면 그들은 종종 길을 잃거나 표를 잘못 두기도 한다. 옛날 지도에만 매달리고 시간을 들여 고생하며 쓴 강연 원고를 신체의 일부가 될 듯 항상 가지고 다니는 배낭에 넣어 온다. 각국에서 온 이 남자들은 고독한 이들의 빛이 어리는 초저녁 여섯 시에 여행을 한다. 대부분의 도시인이 집으로 향하는 시간, 이름 없는 시간이다. 이들 탐험가는 켄싱턴 고어에 너무 일찍 도착해 라이언스 코너 하우스에서 식사한 후 지리학협회로 들어선다. 그들은 2층 홀에 있는 거대한 마오리 카누 옆에 앉아 강연 내용을 검토한다. 여덟 시에 강연이 시작된다.

강연은 격주로 열린다. 누군가 강연을 소개하고 또 다른 누군가가 감사를 표한다. 마무리 발언자는 강연 내용을 마치 실제 가치가 있는 통화처럼 논증하거나 시험한다. 날카롭고 적절한 비판을 가하지만, 결코 도를 넘지는 않는다. 주요 강연자들은 사실을 충실히 따른다고 인정되며, 과하게 몰입된 가설들도 겸손하게 발표된다.

지중해의 소쿰에서부터 수단의 엘 오베이드까지 이르는 리비아사막을 가로지르는 저의 여정은 지표면에 있는 몇 가지 경로 중 하나를 따라 이루어졌으며, 여러 가지 흥미로운 지리학적 문제를 다양하게 제기하고 있습니다…….

수년간의 준비 과정과 연구 조사와 기금 모금에 관해서는 이런 오크 룸에서 절대 거론되지 않는다. 지난주 강연자는 남극의 얼음 속에서 30명의 목숨을 잃었다고 밝혔다. 극심한 더위나 폭풍우로 인해 발생하는 비슷한 인명 손실이 아주 짤막한 추모문과 함께 발표된다. 모든 인간적 또는 재정적 행위들은 그곳에서 거론되고 있는 논의의 핵심에서 벗어나 있다. 당면한 논제는 지표면과 그 '흥미로운 지리학적 문제들'이다.

이제까지 많이 논의되었던 와디 라얀 이외에도 이 지역의 다른 함몰 지형이 나일강 삼각주의 관개 및 배수와 관련하여 활용될 수 있을까요? 오아시스의 자연 용출성 지하수 자원이 점점 감소하는 중인가요? 신비로운 '제르주라'는 어디서 찾아야 할까요? 아직 발견되지 않은 다른 '잃어버린' 오아시스가 남아 있을까요? 프톨레마이오스의 거북이 습지는 어디에 있습니까?

이집트 사막 조사단의 책임자였던 존 벨은 1927년에 이런 질문들을 제기했다. 1930년대에 이르러 발표 논문들은 훨씬 더 신중해졌다. "카르가 오아시스의 선사지리학'에 대한 흥미로운 토론에서 제기된 몇 가지 논점에 대해 간략한 소견을 더하고자 한다." 1930년대 중반에 이르러 제르주라의 사라진 오아시스가 라디슬라우스 드 알마시와 그의 동료들에 의해 발견되었다.

1939년에 10년에 걸친 리비아사막 대탐사가 끝나자, 지구상의 이 광활하고 고요한 고립 지역은 전쟁이 펼쳐지는 또 하나의 극장이 되었다.

정자가 그려진 침실에서 화상 환자는 아득히 먼 곳을 바라본다. 대리석 몸이 살아 있는 듯, 거의 액체처럼 움직이는 것 같고, 머리는 돌베개 위에 올려져 있어 발끝 너머로 펼쳐진 먼 풍경을 응시할 수 있는 라벤나의 죽은 기사처럼. 그토록 바라던 아프리카의 비(雨)보다 더 멀리. 카이로에서의 그들 모두의 삶을 향해. 그들이 일하면서 보냈던 날들.

해나는 그의 침대 옆에 앉아서 그가 이런 여행을 하는 동안 시종처럼 그를 따른다.

1930년에 우리는 길프 케비르 고원의 대부분을 지도로 옮기기 시작했소. 제르주라라는 잃어버린 오아시스를 찾고 있었지. 아카시아의 도시.

우리는 사막의 유럽인들이었어. 존 벨이 1917년에 길프를 발견했지. 그리고 케말 엘 딘이. 그다음에는 배그놀드. 그는 모래의 바다로 이어지는 남쪽 길을 발견했소. 매덕스, 사막 탐사대의 월폴, 와스피 베이 대사, 사진작가 캐스퍼리어스, 지질학자 카다르 박사와 베르만. 그리고 리비아사막에 펼쳐진 그 거대한 고원, 길프 케비르. 스위스 크기만 하다고 매덕스는 즐겨 말했지. 동쪽과 서쪽은 가파르고 북쪽은 완만하게 기울어진 고원, 길프 케비르가 우리의 심장이었어. 나일강 서쪽으로 640킬로미터 떨어진 사막에 우뚝 솟아 있었지.

초기 이집트인들은 오아시스 마을들의 서쪽에는 물이 없다고 여겼어. 거기서 세계가 끝나는 거지. 내륙에는 물이 없었어. 그러나 사막의 공허함 속에서는 늘 잃어버린 역사에 둘러싸이는 법이야. 테부족과 세누시족은 그곳을 방랑하면서 비밀리에 우물을 소유하고 철저히 지켰지. 사막의 내륙 깊숙한 곳에 비옥한 땅이 있다는 소문이 돌았어. 13세기 아랍 작가들은 제르주라를 "작은 새들의 오아시스"라고, "아카시아의 도시"라고 불렀어. '숨겨진 보물의 책', 『키타브 알 카누즈』에서 제르주라는 하얀 도시, "비둘기처럼 하얀" 도시로 묘사되어 있지.

리비아사막의 지도를 보면 이름들이 보일 거야. 1925년 케말 엘 딘, 혼자나 다름없이 최초로 현대적인 대탐사를 단행한 사람이지. 1930~1932년 배그놀드. 1931~1937년 알마시-매덕스. 북회귀선 바로 북쪽.

우리는 전쟁과 전쟁 사이에 지도를 만들고 재탐사를 떠나면서 하나의 나라처럼 뭉친 작은 무리였지. 다클라와 쿠프라가 술집이나 카페인 듯 우리는 그곳에 모였지. 오아시스회, 배그놀드는 그렇게 불렀어. 우리는 서로의 친밀한 언행, 장단점을 잘 알고 있었지. 우리는 배그놀드가 모래 언덕에 관해 쓴 글로 그의 모든 것을 용서했어. **"모래의 고랑과 물결무늬는 개 입천장의 오목한 형상을 떠올리게 한다."** 그게 바로 진짜 배그놀드였어. 궁금한 게 있으면 손을 개의 입속에 집어넣을 수 있는 사람.

1930년. 우리의 첫 여정은 자그붑을 떠나 남쪽으로 이동해

즈와야 부족과 마자브라 부족의 영토 사이에 있는 사막에 들어
서는 것이었지. 엘 타즈까지 7일간의 여행. 매덕스와 베르만,
그리고 다른 네 명. 낙타 몇 마리, 말 한 마리, 개 한 마리. 우리
가 떠날 때 그들은 우리에게 오래된 농담을 했어. "모래 폭풍 속
에서 여행을 떠나는 것은 행운이다."

우리는 첫날 밤 32킬로미터 남쪽 지점에서 야영을 했어. 다
음 날 아침 깨어나 천막 밖으로 나온 게 다섯 시였지. 너무 추워
서 잠을 잘 수가 없었어. 우리는 모닥불 쪽으로 걸어가 더 거대
한 어둠 속에 잠긴 불빛 속에 앉아 있었어. 우리 위에는 마지막
별들이 있었지. 해뜨기까지 두 시간은 더 지나야 했지. 뜨거운
차를 돌려 가며 마셨어. 먹이를 받은 낙타들은 반쯤 졸면서 대
추야자를 야자 씨가 있는 채로 씹고 있었지. 우린 아침을 먹고
나서 차 석 잔을 더 마셨어.

몇 시간 후, 맑은 아침에 어디서인지 갑자기 불어닥친 모래
폭풍이 우리를 덮쳤어. 상쾌했던 바람이 점점 강해졌지. 결국
우리가 아래를 내려다보았을 때 사막의 표면이 바뀌어 있었지.
저 책을 좀 집어 주게……. 여기군. 하사네인 베이가 그런 폭풍
에 대해 멋지게 설명했지.

"마치 지표면 아래에 증기관이 깔려 있어서, 수천 개의 작은 분
출구로 증기가 뿜어져 나오는 것 같다. 모래가 작은 용솟음과 소
용돌이를 일으키며 튀어 오른다. 바람이 드세지면서 소용돌이가
2.5센티미터씩, 2.5센티미터씩 커진다. 마치 사막의 표면 전체가
밑에서 밀어 올리는 어떤 힘에 굴복하여 솟아오르는 것 같다. 큰 자

갈이 정강이, 무릎, 허벅지를 때린다. 모래 알갱이가 몸을 타고 올라가 얼굴을 치고 머리 위로 날아간다. 하늘이 닫히고, 아주 가까이 있는 물체 이외에는 모든 것이 시야에서 흐려지면서 우주가 가득 찬다.”

우리는 계속 움직여야 했지. 잠깐이라도 멈춰 섰다가는, 멈춰 있는 것은 무엇이든 덮어 버리는 모래가 우리도 묻어 버릴 테니까. 영원히 길을 잃게 되는 거지. 모래 폭풍은 다섯 시간 동안이나 지속되기도 하오. 몇 년 후에 우리가 트럭에 타고 있을 때라 해도 앞이 전혀 보이지 않는 상태에서 차를 계속 몰아야 했을 거요. 최악의 공포는 밤에 찾아왔지. 한번은 쿠프라 북쪽에서 캄캄한 어둠 속에서 폭풍우가 우릴 덮쳤소. 새벽 세 시. 거센 돌풍이 계류용 밧줄로 묶어 둔 텐트를 휩쓸어 버렸어. 우리는 텐트와 함께 굴렀고, 배가 가라앉으며 물에 잠기듯 모래 속에 파묻혔어. 가라앉으며 모래를 잔뜩 들이마시고 질식하기 직전 낙타 모는 사람이 꺼내 주었지.

아흐레 동안 우리는 세 차례 폭풍을 겪었소. 생필품을 더 구할 수 있을 것으로 기대했던 작은 사막 마을들을 놓쳤지. 말이 사라지고, 낙타 세 마리가 죽었어. 마지막 이틀 동안에는 식량도 떨어져 차밖에 없었지. 다른 세상과의 마지막 끈은 검붉은 차 항아리와 긴 숟가락, 어두컴컴한 아침의 어둠 속에서 우리 쪽으로 온 유리잔이 쨍그랑거리는 소리뿐이었어. 셋째 날 밤 이후 우리는 말하기를 포기했어. 중요한 것은 불과 아주 적은 양의 갈색 액체뿐이었지.

사막 마을 엘 타즈를 발견한 것은 순전히 운이었소. 나는 저 잣거리인 수크를 거닐었소. 시계 종소리가 울리는 좁은 골목을 지나 소총 탄약 노점들, 이탈리아산 토마토소스와 벵가지에서 온 통조림, 이집트산 캘리코 직물, 타조 꼬리 장식을 파는 행상들, 길거리 치과 의사들과 책 장수들을 지나 기압계 가게 거리로 들어섰지. 우리는 여전히 침묵을 지키며 각자의 길을 따라 흩어졌어. 마치 물에 빠졌다가 깨어나는 것처럼 천천히 새로운 세상을 맞이했지. 엘 타즈의 중앙 광장에 앉아 양고기, 쌀, 베두인족 전통 과자를 먹고 아몬드 과육을 찧어 넣은 우유를 마셨어. 이 모든 일은 오랫동안 기다려서 호박과 박하 향이 나는 차를 세 잔이나 마시는 종교 의식을 거친 후였어.

1931년 언젠가 나는 베두인족 카라반에 합류했는데, 그곳에 우리 같은 사람이 한 명 더 있다고 들었어. 알고 보니 페넬론-반스였지. 나는 그의 천막으로 찾아갔어. 그는 화석화된 나무들의 목록을 작성하러 짧은 탐험을 나가고 없었지. 천막 안을 둘러보았더니, 지도 다발, 그가 늘 가지고 다니던 가족사진 등이 있었어. 떠나려는 순간 가죽 벽에 높이 붙어 있는 거울을 보게 됐지. 거울 속에 침대가 보였어. 이불 밑에 작은 덩어리, 아마도 개가 있는 듯했지. 젤라바를 들춰 보니 작은 아랍 소녀가 묶인 채 잠들어 있었어.

1932년이 되었을 때, 배그놀드의 임무는 끝났고 매덕스와 나머지 우리는 사방으로 흩어져 있었소. 캄비세스*의 사라진 군대를 찾아서. 제르주라를 찾고 있었지. 1932년, 1933년, 1934년 내내. 몇 달씩 서로 만나지도 못하고. 그저 베두인과 우리뿐이었어. '40일의 길'을 횡단했지. 그곳엔 사막 부족들의 강줄기가 있었고, 그들은 내가 평생 만나 본 이들 중 가장 아름다운 사람들이었어. 우린 독일인, 영국인, 헝가리인, 아프리카인이었는데, 우리는 모두 그들에게 별 의미 없는 존재였지. 점차 우리는 국적을 잃어 갔어. 나는 국가라는 개념을 혐오하게 되었지. 우리는 민족 국가에 의해 뒤틀려 버리지. 매덕스는 나라들 때문에 죽었어.

사막을 뺏거나 소유할 수는 없어. 그것은 바람에 날리는 한 장의 천이야. 돌로 눌러 놓을 수도 없지. 캔터베리가 생겨나기 한참 전부터, 전쟁과 조약이 유럽과 동방을 누비기 훨씬 전부터, 그 사막에는 백 가지나 되는 이름이 붙여졌고, 그 이름들은 끊임없이 바뀌었지. 사막의 카라반들, 그들의 기이하고 변화무쌍한 축제와 문화는 흔적을 전혀 남기지 않았어. 불씨 하나도. 우리는 모두, 멀리 유럽에 가정과 자녀를 둔 사람들조차도 모두 고국이라는 옷을 벗어 버리고 싶어 했지. 그곳은 믿음의 장소였어. 우리는 풍경 속으로 스며들었어. 불과 모래. 우리는 오아시스의 항구를 떠났지. 물이 와서 닿은 곳들……. 아인, 비르, 와디, 포가라, 코타라, 샤두프. 그런 아름다운 이름들 속에 내 이름을 넣고 싶지 않았어……. 가문의 이름을 지워 버려! 국가를 지워 버려! 난 사막에서 그런 것들을 배웠지.

하지만 자신의 흔적을 남기고 싶어 하는 사람들도 있었어. 저 마른 물길에, 이 자갈 깔린 언덕에. 시레나이카 남쪽, 수단 북서쪽에 있는 그 땅덩어리에서의 작은 허영심들. 페넬론-반스는 자신이 발견한 화석목에 자기 이름을 붙이길 원했지. 그는 심지어 어느 부족에게 자신의 이름을 붙이려고 1년 동안이나 흥정하기도 했지. 그러다가 바우찬이 그를 앞질러 특정 유형의 모래 언덕에 자신의 이름을 붙였지. 그러나 난 내 이름과 출신지를 지우고 싶었어. 사막에서 10년을 보낸 후 전쟁이 일어났을 때 누구에게도, 아무 나라에도 속하지 않은 채 국경을 넘나드는 것이 내겐 쉬웠어.

1933년인가 1934년. 연도는 잊어버렸군. 매덕스, 캐스퍼리어스, 베르만, 나, 수단인 운전사 둘, 그리고 요리사 한 명. 그즈음 우리는 박스형 차체가 장착된 A형 포드 자동차를 타고 여행했지. 공기 바퀴라고 알려진 대형 풍선 타이어를 처음으로 사용하는 중이었어. 모래 위에선 더 잘 달리지만, 돌밭과 쪼개진 바위들을 견딜 수 있을지가 관건이야.

우리는 3월 22일에 카르가를 떠나. 베르만과 나는 1838년 윌리엄슨이 기록했던 세 곳의 와디*가 제르주라를 이루고 있다는 가설을 세웠지.

길프 케비르의 남서쪽에 고립된 화강암 단층 지괴가 세 군데 있어. 평지에서 숫아오른 거지. 게벨 아르카누, 게벨 우웨이나트 그리고 게벨 키수. 이 세 곳은 서로 24킬로미터씩 떨어져 있어. 게벨 아르카누의 샘물에선 쓴맛이 나고 비상시가 아니면 마시기 어렵지만, 좁은 골짜기 몇 군데에는 좋은 물이 있지. 윌리엄슨은 와디 세 개가 제르주라를 형성했다고 말했지만, 그곳들을 찾지 못했기 때문에 그 주장은 전설로 취급되었지. 하지만 그 분화구처럼 생긴 언덕에서 비의 오아시스를 하나라도 찾으면, 캄비세스 왕과 그의 군대가 어떻게 그런 사막을 건너려고 할 수 있었는지, 1차 세계 대전 중 세누시족의 습격 때 검은 거인 같은 전사들이 물이나 풀이 전혀 없다고 알려진 사막을 건넜던 수수께끼를 풀 수 있어. 이곳은 수 세기 동안 문명화된 세계, 수천 개의 길과 도로가 있는 세계였어.

우린 아부 발라스에서 고대 그리스 항아리 모양의 단지들을 발견하지. 헤로도토스가 언급한 바 있는 그런 항아리들.

베르만과 나는 엘 조프 요새에서 뱀처럼 생긴 신비로운 노인에게 말을 걸지. 한때 대(大)세누시 족장의 서재였던 석조 홀에서. 카라반 안내인인 테부족 노인인데 아랍어 억양으로 말하더군. 나중에 베르만은 헤로도토스의 말을 인용해 "박쥐의 울음소리 같다"고 하지. 우리는 그 노인과 밤낮으로 꼬박 이야기를 나눴지만 그는 아무것도 알려 주지 않아. 세누시족의 강령, 그들의 가장 중요한 교리는 여전히 외부인에게 사막의 비밀을 밝히지 않는 것이야.

와디 엘 멜릭에서 우리는 아직 알려지지 않은 새들을 봐.

5월 5일에 나는 암벽을 기어올라 새로운 방향에서 우웨이나트 고원에 접근해. 아카시아 나무가 빽빽이 들어선 넓은 와디에 이르렀지.

당시엔 지도 제작자들이 자신들이 여행한 곳을 자기 이름 대신 연인의 이름으로 지었던 시절이 있었어. 사막 카라반에서 목욕하다 한 팔로 모슬린 천을 들고 몸의 앞부분을 가린 여자. 어느 나이 든 아랍 시인의 여자. 비둘기처럼 흰 어깨를 보고 시인은 오아시스에 그녀의 이름을 붙였지. 가죽 물통이 그녀의 몸에 물을 뿌리고, 그녀는 천으로 몸을 감싸지. 그리고 나이 든 시인은 그녀에게서 몸을 돌려 제르주라를 묘사하는 거야.

그렇게 사막에서는 마치 찾아낸 우물 안으로 들어가듯 하나의 이름 안으로 스며들 수 있고, 그 그늘진 서늘함 속에서 결코 그 안을 떠나고 싶지 않다는 유혹에 빠질 수 있어. 나의 간절한 바람은 그 아카시아 속에, 거기에 머무는 것이었어. 나는 전에 아무도 발 딛지 않은 곳을 걷고 있는 것이 아니었어. 그곳은 몇 세기에 걸쳐 갑작스레 나타나 잠시 머무르다가 사라져 간 주민들이 살았던 곳이었어. 14세기의 군대, 테부족의 카라반, 1915년의 세누시족 습격자들. 그리고 그 시절 사이엔 거기에 아무것도 없었지. 비가 내리지 않으면 아카시아가 시들고 와디는 말라 버렸어…… 50년 또는 100년 후 갑자기 물이 다시 나타날 때까지 말이야. 역사 속 전설과 소문처럼, 간헐적으로 나타났다가 사라지는 거지.

사막에서 가장 사랑받는 물은, 연인의 이름처럼, 푸른빛을 띠며 손안에 담기고, 목으로 흘러들어. 그렇게 부재(不在)를 삼키지. 카이로의 한 여인이 침대에서 하얗게 뻗은 몸을 부드럽게 들어 올리고 창문 밖 비바람 속으로 몸을 내밀어 벌거벗은 몸으로 빗줄기를 맞이하지.

해나는 그가 떠도는 것을 감지하고 앞으로 몸을 기울여 말없이 그를 바라본다. 그녀는, 이 여자는 누구일까?

세상의 끝은 식민지 개척자들이 세력권을 넓히려고 지도 위에서 밀어붙이는 점들이 아니야. 한쪽에는 하인들과 노예들, 권력의 흐름과 지리학회와의 서신 교류가 있어. 다른 한쪽에는 큰 강을 건너는 백인의 첫 발걸음, 영원히 그곳에 있던 산을 (백인의 눈으로) 처음 본 순간이 있지.

우리는 젊을 때 거울을 들여다보지 않아. 늙어서 우리의 이름, 우리의 전설, 우리의 삶이 미래에 미치는 의미를 고려하게 될 때 우리는 우리가 붙인 이름들로 자만해지고, 최초로 본 탐험자라고, 가장 강한 군대였다고, 제일 영리한 상인이었다고 주장하지. 나르키소스가 조각된 자신의 이미지를 갈망하게 되는 것은 늙었을 때야.

그렇지만 우리는 우리의 삶이 과거에 어떤 의미가 될 수 있는지에 관심이 있었어. 우린 과거로 항해했지. 우리는 젊었어.

우린 권력과 막대한 재력이 일시적인 것임을 알고 있었지. 우리 모두 헤로도토스와 함께 잠들었어. "예전에 위대했던 도시들은 이제 보잘것없을 것이고, 우리 시대에 위대했던 인물들도 그 이전 시대에는 미미한 존재였다. ……인간의 행운은 결코 한곳에 머무르지 않는다."

1936년에 제프리 클리프턴이라는 청년이 옥스퍼드에서 한 친구를 만나 우리가 하는 일을 전해 들었지. 그가 내게 연락했어. 그리고 그다음 날 결혼하고, 2주 후에 아내와 함께 카이로로 날아왔지.

그 부부가 우리 세계에 들어온 거요 ― 우리 넷, 케말 엘 딘 왕자, 벨, 알마시 그리고 매덕스. 그때까지 우리의 화제는 길프 케비르였어. 길프 어딘가에 제르주라가 자리하고 있지. 제르주라라는 이름은 13세기까지 거슬러 올라가는 아랍 문헌에 나와. 그렇게 먼 시간으로 여행하려면 비행기가 필요한데, 젊은 클리프턴은 부자였고 비행기를 조종할 줄 알았고 그에겐 비행기가 있었지.

클리프턴이 우웨이나트 북쪽, 엘 조프에서 우리와 만났어. 그는 자신의 2인승 비행기에 앉아 있었고 우리는 기지 캠프에서 그를 향해 걸어갔지. 그가 조종석에서 일어나 휴대용 술병에서 술을 따랐어. 그의 새 신부가 그 옆에 앉아 있었지.

"이곳을 비르 메사하 컨트리클럽이라고 명명합니다." 그가 선언했지.

나는 그의 아내 얼굴에 퍼져 있는 친근한 불안감, 그녀가 가죽 헬멧을 벗자 드러난 사자 같은 머리카락을 바라보았어.

그들은 청년이었고, 우리의 아이들처럼 느껴졌어. 그들은 비행기에서 내려 우리와 악수했지.

그때가 1936년이었어, 우리 이야기의 시작…….

그들이 모스*의 날개에서 뛰어내렸어. 클리프턴이 술병을 들고 우리 쪽으로 걸어왔지. 우리는 모두 따뜻한 술을 한 모금씩 마셨어. 그는 격식을 차리길 좋아하는 사람이었어. 자기 비행기에 루퍼트 베어라는 이름을 붙였지. 그가 사막을 사랑했던 것 같지는 않아. 하지만 우리의 엄격한 질서에 대한 외경심에서 생겨난 애정을 가지고 있었고 그 질서 속에 자신을 맞추고 싶어 했지. 유쾌한 학부생이 도서관에서의 침묵 어린 행동을 존중하듯. 그가 아내를 데려올 거라곤 예상하지 못했지만, 우리는 비교적 예의 바르게 대했지. 그녀는 모래가 그녀의 갈기 같은 머리카락에 쌓이는 동안 그 자리에 서 있었어.

이 젊은 부부에게 우리는 어떤 존재였을까? 우리 중 몇몇은 모래 언덕의 형성, 오아시스의 소멸과 재출현, 사막의 사라진 문화 등에 관한 책을 썼지. 우리는 사거나 팔 수 없는 것들, 바깥 세계에서는 아무 관심도 두지 않을 것들에만 관심을 가진 것처럼 보였어. 우리는 위도나 7백 년 전에 일어난 사건에 대해 논쟁을 벌였지. 탐험의 정리(定理)들에 대해서. 주크 오아시스에서 낙타를 방목하며 살던 압드 엘 멜릭 이브라힘 엘 즈와야가 사진의 개념을 이해할 수 있는 최초의 부족민이라는 것에 대해서.

클리프턴 부부는 신혼여행 막바지를 맞고 있었어. 나는 그들을 다른 친구들과 함께 남겨 두고 쿠프라에 있는 사람을 찾아가 며칠을 지내며 나머지 탐험대원들에게 비밀로 해 왔던 내 이론들을 시험해 보았지. 엘 조프의 기지 캠프로 돌아온 것은 사흘 뒤였어.

우리는 사막의 모닥불을 사이에 두고 있었어. 클리프턴 부부, 매덕스, 벨 그리고 나까지. 누군가 몇 센티미터만 살짝 몸을 뒤로 젖히면 어둠 속으로 모습이 사라져 버렸어. 캐서린 클리프턴이 뭔가를 낭독하기 시작했고, 내 머리는 더 이상 캠프의 나뭇가지 모닥불의 후광 안에 있지 않았지.

그녀의 얼굴에는 고전적인 피가 흐르고 있었어. 그녀의 부모님은 분명히 법조계에서 유명했어. 한 여자가 우리 앞에서 시를 낭송하는 것을 듣기 전까지는 난 시를 즐기지 않는 사람이었어. 그리고 그 사막에서 그녀는 자신의 대학 시절을 우리 가운데 끌어들여 별을 묘사했어. 마치 아담이 여자에게 은혜로운 비유로 다정하게 가르쳐 준 것처럼.

밤의 깊은 어둠 속에 아무도 보지 않는다 해도
이들은 헛되이 빛나는 것이 아니며, 사람이 없을지라도
하늘에 구경꾼이 없고, 하느님께 찬양이 없으리라고 생각
지 않네
수백만 영혼의 피조물들이 이 땅 위를 거니네,

우리가 깨어 있을 때나 잠들어 있을 때나 보이지 않게
이 모든 피조물이 끊임없는 찬양으로 그의 창조물을 우러
러보네
낮이나 밤이나, 우린 얼마나 자주 들었던가
메아리 울려 퍼지는 가파른 언덕이나 덤불에서부터
한밤중의 허공 속으로 퍼지는 천상의 소리들을,
홀로 또는 제각기 다른 노래에 화답하면서
위대한 창조주를 노래하는…….[*]

그날 밤 나는 어느 목소리를 사랑하게 되었지. 오직 그 한 목소리만. 다른 어떤 것도 더는 듣고 싶지 않았어. 나는 일어나서 자리를 떴어.

그녀는 버드나무였어. 겨울에는 그녀가 어떤 모습일까? 내 나이가 되면? 나는 여전히, 언제나, 아담의 눈으로 그녀를 봐. 비행기에서 나오느라 어색한 팔다리를 하고 있던 모습, 우리들 사이에서 허리를 굽혀 불을 쏘시는 모습, 수통에서 물을 마시면서 팔꿈치를 들어 올려 나를 가리키던 모습들을.

몇 달 후, 그녀는 나와 왈츠를 췄어. 카이로에서 다 함께 춤출 때였지. 술에 약간 취했지만 그녀는 범할 수 없는 표정을 짓고 있었어. 지금도 그녀를 가장 잘 드러낸 얼굴은 그때 우리 둘 다 반쯤 취해 있던 그때 그 얼굴이었던 것 같아. 연인이 아니었던 그때.

그 후 몇 년 동안 나는 그녀가 그런 표정으로 내게 무엇을 건네준 것인지 밝혀내려고 애썼어. 경멸처럼 보였어. 내겐 그렇게 보였지. 지금 생각해 보면 그녀는 나를 연구하고 있었던 거야. 그녀는 순진한 사람이었고, 내 안에 있는 무언가에 놀랐던 거야. 나는 술집에서 늘 하던 대로 행동하고 있었지만, 그날은 함께 있지 말았어야 할 사람과 있었던 거지. 나는 나만의 행동 규범을 유지하던 사람이야. 난 그녀가 나보다 젊다는 사실을 잊고 있었어.

그녀는 나를 연구하고 있었던 거지. 그렇게 단순한 일이었지. 그리고 나도 그녀의 조각상 같은 눈빛에서 단 한 번의 잘못된 움직임을 찾고 있었지. 은연중에 그녀를 드러내 줄 무언가를.

내게 지도를 주면 도시를 만들어 주지. 내게 연필을 주면 카이로 남부에 있는 방, 벽에 사막 차트들이 걸려 있는 방을 그려 주지. 우리 사이에 늘 사막이 있었어. 잠에서 깨어나 눈을 들면 지중해 연안의 오랜 정착지들의 지도를 볼 수 있었지. 가잘라, 토브루크, 메르사 마트루와 그 남쪽에 손으로 그려 놓은 와디들, 그리고 그 주변으로 노란 색조로 칠해 놓은 우리가 침범했던 곳들. 그곳에서 우리 자신을 잃으려고 했던 곳들이지. "내 임무는 길프 케비르를 공략했던 몇몇 탐사에 대해 간략히 설명하는 것입니다. 베르만 박사가 나중에 사막에 관해 수천 년 전 존재했던 대로 말씀해 주실……"

켄싱턴 고어에서 매덕스가 다른 지리학자들에게 이렇게 말했지. 그러나 지리학회 회의록에서는 불륜을 찾아낼 수 없을 거야. 우리의 방은 언덕 하나하나와 역사적 사건을 모두 나열한 상세 보고서에 한 번도 나타나지 않았어.

카이로의 수입 앵무새 거리에 가면 거의 정확하게 말을 할 수 있는 새들 때문에 시달리지. 마치 깃으로 장식된 길처럼 새들이 줄지어 재잘거리고 휘파람을 불거든. 나는 어느 부족이 어떤 실크 로드나 낙타 길을 통해 새들을 작은 가마에 싣고 사막을 지나왔는지 알고 있었어. 40일간의 여정. 새들이 노예에게 잡히거나 적도의 정원에서 꽃처럼 따여 대나무 새장에 갇힌 다음 매매를 위해 강으로 보내진 후의 여정. 새들은 중세기 결혼식장의 신부처럼 보였지.

우리는 새들 사이에 서 있었어. 나는 그녀에게 낯선 도시를 보여 주고 있었어.

그녀의 손이 내 손목에 닿았지.

"내가 당신에게 내 생명을 드리면 당신은 내려놓고 말겠죠. 그렇지 않나요?"

나는 아무 말도 하지 않았어.

5

캐서린

처음 그의 꿈을 꾸었을 때 그녀는 남편 옆에서 비명을 지르며 깨어났다.

침실에서 그녀는 입을 벌린 채 침대보를 내려다보았다. 그녀의 남편이 그녀의 등에 손을 얹었다.

"악몽이야. 걱정하지 마."

"네."

"물 좀 갖다줄까?"

"네."

그녀는 움직이려 하지 않았다. 그들이 함께 있었던 그 자리로 돌아가 다시 눕지 않으려고.

꿈은 이 방에서 일어났다. 그의 손이 그녀의 목에 닿았고(그녀는 지금 목을 만졌다), 그를 처음 만났을 때 몇 번 느껴졌던 그녀에 대한 그의 분노. 아니, 분노가 아니었다. 결혼한 여자가 그들 사이에 있다는 것에 대한 짜증과 무관심. 그들은 동물처럼 몸을 숙이고 있었고, 그가 그녀의 목을 거세게 잡아 젖히자 그녀는 흥분되어 숨을 제대로 쉴 수 없었다.

그녀의 남편이 유리잔에 물을 담아 찻잔에 받쳐 가져왔지만, 그녀는 팔을 들어 올릴 수 없었다. 양팔을 축 늘어뜨린 채 마냥 떨고 있었다. 그가 물잔을 그녀의 입에 어색하게 대 주어 그녀는 염소 처리가 된 물을 들이켤 수 있었다. 물이 턱을 타고 흘러내려 그녀의 배에 떨어졌다. 다시 누웠을 때 그녀는 목격한 것을 생각할 겨를도 없이 곧 깊은 잠에 빠졌다.

그것이 처음 알아차린 때였다. 다음 날 어느 때인가 그 꿈이 기억났지만, 그때 그녀는 바빴고 그 의미를 오래 담아 두고 싶지 않아서 무시해 버렸다. 번잡한 밤중에 일어난 우연한 충돌일 뿐, 그 이상의 아무것도 아니라고

1년 후 또 다른, 더 위험하면서도 더 평화로운 꿈들이 찾아왔다. 그리고 그녀는 이런 꿈들을 처음 꾼 순간부터 그녀의 목에 닿았던 손길을 떠올리며 그들 사이의 평온한 분위기가 격렬함으로 바뀌기를 기다렸다.

유혹하는 음식 부스러기를 누가 흘려 두는 것일까? 당신이 한 번도 생각해 본 적 없는 사람을 향해서. 한 번의 꿈. 그리고 그후에 이어지는 꿈들.

훗날 그는 그것을 근접성이라고 말했다. 사막에서의 근접성. 여기서는 그래, 그가 말했다. 그는 그 말을 사랑했다. 물의 근접성, 여섯 시간 동안 모래 바다를 달리는 차 안에 있는 두세 사람

의 몸의 근접성. 트럭 기어 박스 옆 그녀의 땀에 젖은 무릎, 차가 덜컹댈 때마다 솟아오르며 휘청이는 무릎. 사막에서는 사방을 둘러봐야 하오. 주위에 있는 모든 것의 안무를 이론화하기 위해서.

그가 그런 식으로 말할 때 그녀는 그를 혐오했다. 그녀의 눈빛은 여전히 정중했지만, 마음속으로는 그의 뺨을 때리고 싶었다. 그녀는 늘 그를 때리고 싶은 충동을 느꼈다. 그리고 그런 감정조차도 성적인 것임을 그녀는 알고 있었다. 그에게는 모든 관계가 일정한 패턴에 들었다. 모든 사람은 근접성 아니면 거리감에 들었다. 그에게는 헤로도토스의 역사가 모든 사회를 명확하게 설명해 주는 것처럼. 그는 이미 오래전에 떠나온 세상의 방식에 자신이 익숙하다고 여겼다. 그 이후로는 사막이라는 반쯤 지어낸 세계를 탐험하고자 애써 왔을 뿐.

카이로 비행장에서 일행이 장비를 차량에 실은 후 그녀의 남편은 다음 날 아침 세 남자가 떠나기 전에 모스의 급유관을 점검하기 위해 그곳에 남았다. 매덕스는 전보를 치러 대사관을 찾아갔다. 그리고 그는 술에 취하려고 시내로 갔다. 카이로에서의 마지막 저녁이면 늘 그러듯 처음에는 마담 바딘의 오페라 카지노, 나중에는 파샤 호텔 뒷거리로 사라지는 식이었다. 그는 저녁이 되기 전에 짐을 꾸려 놓는다. 그래야만 다음 날 아침 술이 덜 깬 채로도 바로 트럭에 올라탈 수 있다.

그래서 그가 그녀를 시내까지 차로 데려다주었다. 공기는 습했고 교통이 혼잡한 시간이라 차량의 흐름이 느렸다.

"너무 덥군요. 맥주를 마셔야겠어요. 한잔하시겠어요?"

"아니요, 지금부터 두어 시간 동안 정리해야 할 일이 많습니다. 이해해 주십시오."

"괜찮아요." 그녀가 말했다. "방해하고 싶지 않아요."

"돌아와서 부인과 같이 한잔하지요."

"3주 후, 맞죠?"

"대략."

"저도 가면 좋겠어요."

그 말에 그는 아무 대답도 하지 않았다. 그들이 불라크 다리를 건너자 교통은 더욱 혼잡해졌다. 거리를 메우고 있는 수많은 수레와 행인들. 그는 나일강을 따라 가는 남쪽 지름길로 접어들어 영국군 막사 바로 너머 그녀가 묵고 있는 세미라미스 호텔로 향했다.

"이번엔 제르주라를 찾으시겠지요, 그렇죠?"

"이번엔 찾을 겁니다."

그는 평소와 조금도 다르지 않았다. 차를 모는 동안 한곳에서 5분 넘게 멈춰 서 있을 때조차 그는 그녀를 거의 쳐다보지 않았다.

호텔에서도 그는 지나치리만큼 정중했다. 그가 그렇게 행동할 때 그녀는 그가 더 못마땅했다. 그들 모두 이 꾸민 태도가 정중하고 공손한 것인 양 가장해야 했다. 그녀는 옷 입은 개를 떠올렸다. 그가 정말 싫었다. 만약 남편이 그와 함께 일하지 않아도 된다면 그녀는 그를 다시는 보고 싶지 않았다.

그가 그녀의 짐을 뒤에서 꺼내 로비로 옮기려던 참이었다.

"저어, 제가 가져갈게요." 그녀가 조수석에서 내렸을 때 그녀의 셔츠는 등이 젖어 있었다.

수위가 짐을 들어 주려 하자 그가 말했다. "아니, 이분이 가져가신답니다." 그녀는 그가 나서는 것에 다시 화가 났다. 수위가 물러났다. 그녀가 그를 향해 돌아서자 그가 가방을 넘겨주었다. 두 손으로 무거운 가방을 어색하게 앞으로 받아 든 채 그녀는 그를 마주 보았다.

"그럼, 안녕히 가세요. 행운을 빌어요."

"네. 제가 다들 보살피겠습니다. 모두 안전할 겁니다."

그녀가 고개를 끄덕였다. 그녀는 그늘에 있었고, 그는 따가운 햇볕을 의식하지 못한 듯 볕 속에 서 있었다.

그리고 그가 다가왔다. 더 가까이. 그녀는 순간 그가 자신을 껴안으려 한다고 생각했다. 그 대신 그는 오른팔을 앞으로 내밀어 그녀의 드러난 목선을 따라 천천히 움직였다. 그의 축축한 팔뚝이 그녀의 피부를 길게 스치며 지나갔다.

"잘 있어요."

그가 트럭으로 돌아갔다. 그녀는 그의 땀이 이제 느껴졌다. 마치 칼날에 베인 피처럼. 그의 팔짓이 칼날을 흉내 낸 것처럼.

그녀는 쿠션을 집어 마치 그에게서 자신을 보호하는 방패인 양 무릎 위에 올린다. "당신이 나와 사랑을 나눈다면 난 그 일을 숨기지 않겠어요. 내가 당신과 사랑을 나눈다면 난 그 일을 숨기지 않겠어요.”

그녀는 쿠션을 심장 위에 얹고, 자유롭게 풀려난 자신의 일부를 질식시킬 듯 누른다.

“당신은 무얼 가장 싫어하오?” 그가 묻는다.

“거짓말. 당신은?”

“소유권.” 그가 말한다. “날 떠나면 날 잊어요.”

그녀의 주먹이 그에게로 날아가 그의 눈 바로 아래 뼈를 세게 친다. 그녀는 옷을 입고 떠난다.

날마다 그는 집으로 돌아와 시커먼 멍을 거울에 비춰 본다. 그는 멍보다 오히려 자기 얼굴 모양이 더 궁금해졌다. 전에는 한 번도 의식하지 못한 긴 눈썹, 옅은 갈색 머리카락에 생기기 시작한 회색빛. 그는 몇 년 동안 이렇게 거울 속 자신을 들여다본 적이 없었다. 정말 긴 눈썹이었다.

그 무엇도 그를 그녀에게서 떼어 놓지 못한다.

그는 매덕스와 함께 사막에 있거나, 또는 베르만과 함께 아랍 도서관에 있지 않을 때는 그로피 공원에서 그녀를 만난다. 물을 많이 준 자두나무 정원 옆에서. 그녀는 이곳에서 가장 행복하다. 그녀는 수분을 그리워하는 여자다. 나지막한 푸른 관목 울타리와 양치류를 늘 좋아하는 여자. 그에게는 이 많은 푸르름이 축제처럼 느껴진다.

그들은 그로피 공원에서 나와 구시가지인 남카이로로, 유럽인들이 잘 가지 않는 시장으로 향한다. 그의 집에는 어느 방이든 지도가 벽을 덮고 있다. 가구로 방을 꾸미려고 나름 애써 보았지만, 그의 숙소에는 여전히 기지 야영지 분위기가 가시지 않는다.

그들은 서로의 품에 누워 있다. 천장 선풍기의 맥박과 그림자가 그들 위에 드리워진다. 오전 내내 그와 베르만은 고고학 박물관에서 아랍 서적과 유럽 역사서를 나란히 놓고, 두 세계 간의 메아리, 일치, 이름의 변형 등을 맞추는 일에 열중했다. 헤로도토스를 지나 사막 카라반에서 목욕하는 여인의 이름을 딴 제르주라라는 이름이 생겨난 키타브 알 카누즈로 거슬러 올라가기까지. 그리고 그곳에서도 선풍기 그림자의 느린 깜박임. 그리고 이곳에서도 유년기의 기억, 상처, 키스 방식에 대한 친밀한 교감과 메아리.

"어떻게 해야 할지 모르겠어요. 어떻게 해야 할지 모르겠어요! 내가 어떻게 당신의 연인이 될 수 있죠? 그는 미쳐 버릴 거예요."

상처의 목록.

멍 자국의 갖가지 빛깔들 — 밝은 황갈색에서 갈색으로 이어지는 빛깔들. 그녀가 방으로 가지고 들어온 접시, 옆으로 내팽개쳐진 음식들, 그의 머리 위로 떨어져 깨진 접시, 밀짚 같은 머리칼 사이로 솟구쳐 오르는 피. 그의 어깻죽지에 꽂힌 포크, 의사가 여우에게 물린 자국이라고 추정한 상처 자국.

그는 그녀를 안을 때면 주위에 집어 던질 만한 물체가 있는지 먼저 둘러본다. 타박상을 입거나 머리에 붕대를 감은 채 공공장소에서 그녀와 함께 다른 사람들을 만날 때면 택시가 급정거하면서 열린 창문에 부딪혔다고 설명하곤 한다. 또는 맞은 자국을 감추기 위해 요오드를 바른 채이거나. 매덕스는 그가 갑자기 잦은 사고를 당하게 된 것을 걱정했다. 그녀는 그의 허술한 설명을 조용히 비웃었다. 나이 탓이거나, 안경이 필요한 건지도 모르죠, 그녀의 남편이 매덕스를 팔꿈치로 치면서 말했다. 어쩌면 그가 만난 여자 때문일 수도 있죠, 그녀가 말했다. 봐요, 여자 손톱이나 이빨 자국 아닌가요?

전갈이었습니다. 그가 말했다. 안드록토누스 오스트랄리스.

엽서 한 장. 깔끔한 손 글씨가 사각형을 가득 채우고 있다.

반나절 동안은 당신을 만지지 못하는 걸 견딜 수 없어.
나머지 시간에는 그건 문제가 아니라고 생각해,
당신을 다시 볼 수만 있다면. 중요한 것은 도덕이 아니야.
그건 얼마나 견딜 수 있을지야.

날짜도 없고 이름도 적혀 있지 않다.

때때로 그녀가 그와 함께 밤을 보낼 수 있을 때면 그들은 도시의 사원 첨탑 세 곳에서 들리기 시작하는 새벽 기도 소리에 깨어난다. 그는 그녀와 함께 걸으며 남카이로와 그녀의 집 사이에 있는 인디고 시장을 지나간다. 아름다운 신앙의 노래가 화살처럼 대기에 들어서고, 첨탑 하나가 다른 첨탑에 화답한다. 마치 숯과 대마 냄새로 이미 진해진 대기 속 차가운 아침 공기를 헤치고 걷는 두 사람의 소문을 퍼뜨리듯. 신성한 도시 속 죄인들.

그는 식당 테이블 위의 접시와 유리잔을 팔로 쓸어내린다. 그녀가 이 도시의 어딘가에서 고개를 들고 그가 그녀와 함께 있지 않을 때에 이 소음의 원인을 듣고 있을지도 모르기 때문이다. 그는 사막 마을 사이 수 킬로미터의 장거리에서도 외로움을 느껴 본 적이 없다. 사막에 있는 남자라면 양손을 모아 결핍을 담고, 그것이 물보다 그를 더 많이 채워 준다는 것을 안다. 엘 타즈 근처에 그가 아는 식물이 있다. 심을 잘라 내면 그 자리에 풀의 양분이 담긴 액체가 고인다. 매일 아침 사라진 심의 양만큼 액체를 마실 수 있는 것이다. 그 식물은 1년 동안 무성하게 자라다가 무언가 부족해서 죽게 된다.

그는 창백한 지도들에 둘러싸인 채 자기 방에 누워 있다. 그는 캐서린과 함께 있지 않다. 그의 굶주림은 모든 사회적 규범과 모든 예절을 불태워 버리고 싶게 한다.

다른 사람들과 함께하는 그녀의 생활이 그에게는 더 이상 홍

미롭지 않다. 그는 그녀의 위협적인 아름다움, 그녀의 연극적인 표정만을 원한다. 그는 두 사람 사이의 미세하고도 은밀한 반향, 최소한의 피사계 심도,* 덮인 책의 두 페이지처럼 친밀한 이질감을 원한다.

그는 그녀에 의해 산산이 분해되어 버렸다.
그리고 만일 그녀가 그를 이렇게 만들었다면 그는 그녀를 어떻게 만들었을까?

그녀가 자기 계급의 벽 안에 있고 그가 다른 사람들과 함께 그녀 주변에 있을 때 그는 농담하며 스스로는 웃지 않는다. 그는 평소답지 않게 광적으로 탐험의 역사에 달려든다. 불행할 때면 그는 이렇게 한다. 매덕스만이 그 습관을 알아차린다. 그러나 그녀는 그의 눈조차 마주치지 않는다. 그녀는 모두에게, 방에 있는 사물들에도 미소 지으며, 꽃꽂이에 감탄하고, 아무 가치도 없는 비인격적인 사물을 칭찬한다. 그녀는 그의 행동을 잘못 해석하고 그가 원하는 것이 이런 것이라고 여겨 자신을 보호하는 벽을 배로 늘린다.

그러나 이제 그는 그녀 안에 있는 이 벽을 견딜 수 없다. 당신도 당신의 벽을 세웠어요. 그녀가 말한다. 그래서 나도 내 벽을 가졌지요. 그가 견뎌 낼 수 없는 아름다움 속에서 빛을 발하며 그녀가 말한다. 아름다운 옷차림을 한 그녀, 그녀에게 미소 짓는 모두를 비웃는 그녀의 창백한 얼굴, 그의 화난 농담에 웃는 듯 마는 듯 미소 짓는 그녀. 그는 모두가 익히 알고 있는 탐험에서 있었던 이모저모에 대해 끔찍한 말들을 계속 늘어놓는다.

그로피의 바 로비에서 그녀에게 인사한 후 그녀가 그를 외면하는 순간, 그는 미쳐 버린다. 그녀를 계속 안고 있거나 그녀에게 안겨 있는 것이 아니라면 그는 그녀를 잃는다는 사실을 받아들일 수 없다. 어떻게든 그들이 이 상황을 벗어나 서로 보듬을 수 있다면. 벽을 쌓지 않고.

카이로에 있는 그의 방에 햇살이 쏟아진다. 헤로도토스 일지 위에 축 늘어진 그의 손. 몸의 나머지 부분에 깃든 긴장. 그래서 그는 글자를 잘못 적는다. 등뼈가 없는 듯 흐느적거리며 퍼져 나간 필체. **햇빛**이라는 단어를 제대로 적을 수조차 없다. **사랑에 빠진**이라는 말도.

아파트 안에는 오직 강과 그 너머 사막에서 오는 빛뿐이다. 빛이 그녀의 목, 그녀의 발, 그녀의 오른팔 위 그가 사랑하는 우두 자국 위에 떨어진다. 그녀는 알몸을 껴안고 침대에 앉아 있다. 그는 그녀의 어깨에 솟은 땀을 따라 미끄러지듯 손바닥을 펼친다. 이건 내 어깨야, 그가 생각한다. 그녀 남편의 것이 아니라, 내 어깨야. 연인으로서 그들은 몸의 구석구석을 서로 나눴다. 이렇게, 강변에 있는 이 방에서.

그들이 함께 보낸 몇 시간 사이에 방은 점점 어두워져 이 정도의 빛만 남았다. 강과 사막의 빛뿐. 드물게 비가 내릴 때만 그들은 창문으로 가서 팔을 뻗어 내밀고 최대한 비를 맞는다. 잠깐 내리는 소나기를 향해 외치는 소리가 거리를 가득 채운다.

"우린 다시는 서로 사랑하지 않을 거예요. 우린 다시는 만날 수 없어요."

"알고 있소." 그가 말한다.

그녀가 이별을 고집하던 날 밤.

그녀는 자기 안에 갇힌 채, 끔찍한 양심의 갑옷을 입고 앉아 있다. 그는 그것을 뚫고 닿을 수 없다. 다만 그의 몸이 그녀 가까이에 있을 뿐이다.

"절대로 다시는. 무슨 일이 있어도."

"그래요."

"그가 미쳐 버릴 거예요. 이해하나요?"

그는 아무 말도 하지 않는다. 그녀를 끌어당겨 품에 안기를 포기한다.

한 시간 후 그들은 건조한 밤 속으로 걸어 들어간다. 멀리 더위 때문에 창문을 열어 놓은 '모두를 위한 음악' 극장에서 축음기 노랫소리가 들려온다. 극장이 문을 닫고 그녀가 알 수도 있는 사람들이 나오기 전에 그들은 헤어져야 한다.

그들은 올 세인츠 대성당 근처의 식물원에 있다. 그녀는 그의 눈물 한 방울을 보고 몸을 앞으로 기울여 핥아서 입안에 담는다. 그가 그녀를 위해 요리를 하다가 손을 베었을 때 그의 손에서 피를 빨았던 것처럼. 피. 눈물. 그는 자신의 몸에서 모든 것이 사라진 듯 느낀다. 연기만 담고 있는 느낌이다. 미래의 욕망과 갈망에 대한 예견만이 생생하다. 그녀의 솔직함이 상처와도 같고 젊음이 아직 시들지 않은 이 여자에게 그는 자기가 하고자 하는 말을 할 수 없다. 그는 그녀에게서 그가 가장 사랑하는 것을 바꿀 수 없다. 그녀의 타협하지 않는 성격, 그녀가 사랑하는 시 속의 낭만이 현실 세계 속에서 여전히 편안하게 자리하는 곳. 이런 자질들을 제외하면 세상에 질서가 없음을 그는 알고 있다.

그녀가 고집을 부리는 이 밤. 9월 28일. 나무에 내린 비는 더운 달빛에 이미 말라 버렸다. 그에게 한 방울 눈물처럼 떨어져 줄 시원한 빗방울도 없다. 그로피 공원에서의 이별. 그는 길 건너 저 높은 사각형 불빛 속에 있는 집에 남편이 있는지 묻지 않았다.

그는 그들 위로 키 큰 종려나무들이 손목을 길게 뻗으며 줄지어 있는 것을 바라본다. 그녀가 그의 연인이었을 때 그녀의 머리와 머리카락이 그의 위에 있었던 것처럼.

이제 키스는 없다. 한 번의 포옹뿐. 그는 그녀에게서 떨어져 돌아서 걷다가 뒤돌아본다. 그녀가 아직 거기 있다. 그는 그녀를 향해 몇 발짝 되돌아온다. 다짐하듯 손가락 하나를 들어 올린 채.

"당신이 알아줬으면 해. 아직은 당신이 그립지 않아."

웃어 보이려는 그의 얼굴이 그녀에게 비참해 보인다. 그녀의 머리가 그에게서 멀어지다가 입구 기둥 측면에 부딪힌다. 그는 인상을 찌푸리는 그녀의 얼굴을 보고 아팠으리라는 것을 알아차린다. 그러나 그들은 이미 각자 자기 자신에게로 갈라섰고, 그녀의 고집으로 벽이 세워졌다. 그녀의 부딪힘, 그녀의 고통은 우발적이고 의도적이다. 그녀의 손이 관자놀이 가까이에 있다.

"그럴 거예요." 그녀가 말한다.

예전에 그녀는 그에게 이렇게 속삭였다. 우리 삶의 이 순간부터, 우리는 영혼을 찾거나 잃어버릴 거예요.

어떻게 이런 일이 일어날까? 사랑에 빠지고 산산이 부서져버리는 일이.

난 그녀의 품에 안겨 있었지. 그녀의 우두 자국을 보려고 난 그녀의 셔츠 소매를 어깨까지 걷어 올렸어. 이 자국이 좋아. 내가 말했지. 그녀의 팔에 새겨진 희미한 후광. 주삿바늘이 피부를 찌르고 그녀 안으로 혈청을 밀어 넣고 나서 그녀의 피부에서 떨어져 빠져나오는 것이 보여. 오래전에, 그녀가 아홉 살이었을 때 학교 체육관에서.

6

묻혀 있는 비행기

그가 눈을 부릅뜬다. 두 눈은 각각 다른 쪽을 향하며 긴 침대 아래를 응시한다. 그 끝에 해나가 있다. 그녀는 그를 씻겨 준 후 앰풀 끝을 딴 뒤 모르핀을 들고 그에게로 돌아선다. 허수아비. 침대. 그는 모르핀의 배를 타고 떠난다. 모르핀이 그의 몸속을 질주하며 마치 지도가 세계를 2차원의 종이에 눌러 넣듯이 시간과 지형을 파열시킨다.

카이로의 긴 저녁들. 밤하늘의 바다, 줄지어 늘어선 매들은 해 질 녘 풀려나 마지막 낙조가 남은 사막으로 긴 호를 그리며 날아가지. 한 줌의 씨앗이 뿌려질 때처럼 조화로운 곡예.

1936년 그 도시에서는 무엇이든 살 수 있었소. 휘파람 한 번에 오는 개나 새부터 혼잡한 시장에서 잃어버리지 않도록 여자의 새끼손가락에 매는 끔찍한 가죽끈까지.

카이로의 북동부에는 종교 연구생들이 모이는 큰 안뜰이 있었고, 그 너머에는 칸 엘 칼릴리 시장이 있어. 좁은 거리 위에서 내려다보면 골진 양철 지붕 위의 고양이들이 3미터 아래 거리와 노점을 내려다보는 모습이 보였지. 그 모든 것 위가 우리 방이었어. 창문은 사원의 첨탑들과 펠루카 범선들, 고양이와 엄청난 소음 쪽으로 열려 있었지. 그녀는 내게 어린 시절의 정원에 관해 이야기했지. 그녀는 잠 못 이룰 때면 내게 어머니의 정원을 그려 주었어. 한마디 한마디씩, 화단 하나하나, 물고기 연못 위에 얼어붙은 12월의 얼음, 장미 울타리의 삐걱거리는 소리. 그녀는 내 손목에서 정맥이 합류하는 지점을 쥐고 자기 목의 오목한 곳으로 끌어가곤 했어.

1937년 3월, 우웨이나트. 매덕스는 산소 부족으로 짜증이 나 있어. 해발 457미터. 그는 이 최소한의 높이에도 불편해하지. 그는 결국 사막 사람인 거야. 가족이 사는 서머싯의 마스턴 마그나 마을을 떠나, 보통 수준의 건조함뿐 아니라 해수면 높이에 근접하려고 모든 관습과 습관을 바꿨지.

"매덕스, 여자의 목 밑에 있는 움푹 들어간 곳의 이름이 뭐지? 앞쪽에. **여기**. 이게 뭐지? 공식적인 명칭이 있나? 엄지손가락 자국만 한 크기의 움푹 들어간 곳?"

매덕스는 정오의 눈부심 사이로 잠시 나를 바라보고 있어.

"정신 차려." 그가 중얼거리지.

*

"내가 이야기 하나 해 주지." 카라바조가 해나에게 말한다. "알마시라는 헝가리인이 있었어. 전쟁 중에 독일군 편에서 일했지. 그는 독일의 아프리카 군단과 함께 비행기를 몰기도 했지만 그보다 훨씬 더 중요한 인물이었어. 1930년대에 대사막 탐험대의 일원이었지. 그는 모든 물웅덩이를 알고 있었고 모래 바다의 지도 제작을 도왔어. 그는 사막에 대해 모르는 것이 없었다지. 사막의 방언도 모두 알고. 들어 본 소리 같지 않나? 두 전쟁 사이에 그는 줄곧 카이로에서 출발하는 탐험대에 끼었지. 그중 하나가 잃어버린 오아시스인 제르주라를 찾는 것이었어. 전쟁이 터지자 그는 독일군에 합류했지. 1941년에는 첩자들의 길잡이가 되어 사막을 가로질러 카이로까지 그들을 데려다주기도 했어. 내가 네게 하고 싶은 말은, 저 영국인 환자가 영국인이 아닌 것 같다는 거야."

"그는 당연히 영국인이죠, 아니라면 글로스터셔에 있는 꽃밭 이야기들은 다 뭐겠어요?"

"바로 그거야. 아주 완벽한 배경이지. 이틀 전에 우리가 개 이름을 지으려고 했을 때 말야. 기억나니?"

"네."

"그가 어떤 이름들을 제안했지?"

"그날 밤 그는 조금 이상했어요."

"몹시 이상했지. 내가 모르핀을 추가로 투여했기 때문이야.

그가 말한 이름들을 기억하니? 여덟 개 정도를 말했지. 그중 다섯 개는 뻔한 농담이었어. 하지만 세 개의 이름. 키케로. 제르주라. 델릴라."

"그래서요?"

"'키케로'는 첩자의 암호명이었어. 영국군이 그를 찾아냈지. 이중 첩자였다가 나중에는 삼중 첩자가 되었지. 그는 빠져나갔어. '제르주라'는 더 복잡해."

"제르주라는 나도 알아요. 그가 이야기해 주었어요. 그는 정원에 관해서도 이야기해요."

"하지만 지금은 대부분 사막 이야기지. 영국 정원에 관한 이야기는 뜸해지고 있어. 그는 죽어 가고 있어. 내 생각에 넌 2층에 첩자를 도와주던 알마시를 둔 거야."

그들은 세탁실의 낡은 대나무 바구니 위에 앉아 서로 마주 보고 있다. 카라바조가 어깨를 으쓱한다.

"가능한 일이야."

"난 그가 영국인이라고 생각해요." 그녀는 자신에 대해 생각하거나 숙고할 때면 늘 그러듯이 뺨을 안으로 빨아들이면서 말한다.

"네가 저 남자를 사랑하는 건 알지만, 그는 영국인이 아니야. 전쟁 초기에 난 카이로에서 일했어. 북아프리카 전선의 트리폴리 축. 로멜의 레베카 첩자 —."

"'레베카 첩자'라뇨?"

"1942년에 독일군은 엘 알라메인 전투를 앞두고 에플러라는 첩자를 카이로에 보냈지. 그는 대프니 듀 모리에의 소설 『레베카』를 암호 책으로 사용해 로멜에게 병력 이동에 관한 메시지를 보냈어. 이 책은 영국 정보국에서 누구나 읽는 책이 되었지. 나도 읽었으니까."

"아저씨가 책을 읽었다고요?"

"고맙군. 로멜의 특명을 받고 에플러를 안내해 사막을 건너 카이로까지, 트리폴리에서 장장 카이로까지 안내한 사람이, 바로 라디슬라우스 드 알마시 백작이었어. 아무도 건널 수 없다고 알려진 사막이었지.

1차 대전과 2차 대전 사이에 알마시에게는 영국인 친구들이 있었지. 위대한 탐험가들이었어. 하지만 전쟁이 일어나자 그는 독일 편으로 갔어. 로멜이 그에게 사막을 통해 에플러를 카이로로 데려가라고 시킨 이유는 비행기나 낙하산으로 가는 것은 너무 뻔했기 때문이야. 그는 그자와 함께 사막을 건넜고 나일 강 삼각주까지 데려다주었지."

"자세히 알고 계시네요."

"난 카이로에서 활동하고 있었어. 우리는 그들을 쫓고 있었지. 그는 지알로에서부터 여덟 명으로 구성된 일행을 이끌고 사막으로 들어갔어. 그들은 줄곧 모래 언덕에 빠진 트럭을 파내야 했어. 그의 임무는 그들을 우웨이나트로 데려가는 것이었지. 그곳의 화강암 고원에서 물을 얻고 동굴에서 잠을 잘 수 있도록. 그곳이 중간 지점이었어. 그는 1930년대에 그곳에서 암벽화가 그려진 동굴을 발견했었지. 하지만 그 고원에는 연합군이 깔려 있었고 그는 거기 있는 우물을 이용할 수 없었어. 그는 다시 모래사막으로 뛰어들었어. 그들은 연료통을 채우려고 영국군의 휘발유 폐기장을 뒤졌지. 카르가 오아시스에서 그들은 영국군 군복으로 갈아입고 차량도 영국군 번호판들로 바꿔 달았어. 공중에서 발각되면 그들은 와디에 숨어 사흘 동안 꼼짝 않고 있기도 했지. 모래 속에서 죽을 듯이 타들어 가면서.

그들은 3주 만에 카이로에 도착했지. 알마시는 에플러와 악수하고 떠났어. 우리가 그를 놓친 곳이 그곳이야. 그가 혼자서 사막으로 돌아갔거든. 다시 사막을 건너 트리폴리로 돌아간 것 같아. 하지만 그때가 마지막으로 그가 목격된 것이었어. 영국군은 결국 에플러를 붙잡았고 레베카 암호를 이용해 엘 알라메인에 대한 가짜 정보를 로멜에게 보냈지."

"난 아직도 못 믿겠어요, 데이비드."

"카이로에서 에플러를 잡는 걸 도와준 자의 이름이 삼손이었어."

"델릴라."

"바로 그거야."

"어쩌면 그이가 삼손일 수도 있죠."

"나도 처음엔 그렇게 생각했어. 그도 알마시와 매우 비슷했거든. 마찬가지로 사막에 푹 빠진 사람. 레반트에서 어린 시절을 보냈고 베두인족을 잘 알았지. 하지만 알마시의 특징은 비행기를 몰 수 있다는 거야. 우리는 비행기에서 추락한 사람에 대해 이야기하고 있잖아. 알아볼 수 없을 정도로 화상을 입고 어쩌다 피사에서 영국군 손에 들어온 남자. 또한 그는 영국인 처럼 말하기에 걸리지 않고 빠져나갈 수 있지. 알마시는 영국에서 학교를 다녔어. 카이로에서 그는 영국인 첩자로 통했지.”

그녀는 바구니 위에 앉아 카라바조를 바라보았다. 그녀가 말했다. “그를 그냥 놔둬야 한다고 생각해요. 그가 어느 편이었는지는 중요하지 않잖아요, 그렇죠?”

카라바조가 말했다. “그 친구와 좀 더 얘기하고 싶어. 모르핀을 더 놓아 주고서. 허심탄회하게. 우리 둘 다. 이해하니? 일이 전부 어떻게 되는지 보게. 델릴라. 제르주라. 네가 그에게 양을 늘려서 주사를 놓아.”

“아뇨, 데이비드. 너무 집착하고 계세요. 그가 누구인지는 중요하지 않아요. 전쟁은 끝났어요.”

“그럼 내가 하지. 내가 브롬턴 칵테일을 만들게. 모르핀과 알코올. 런던의 브롬턴 병원에서 암 환자들을 위해 발명했지. 걱정하지 마, 죽게 만들지는 않을 거야. 몸속으로 빨리 흡수되지. 우리가 가진 걸로 만들 수 있어. 그에게 그걸 한 잔 마시게 해. 그리고 희석하지 않은 모르핀을 이전처럼 놓아 줘.”

그녀는 그가 바구니 위에 앉아 맑은 눈으로 미소 짓는 것을 지켜보았다. 전쟁이 막바지에 이르렀을 때, 카라바조는 수많은 모르핀 도둑 중 한 명이 되어 있었다. 그는 도착한 지 몇 시간 만에 그녀의 의료품을 전부 뒤졌다. 이제 그에게는 작은 모르핀 튜브가 공급원이었다. 모르핀 튜브를 처음 봤을 때 그녀는 인형용 치약 튜브 같다고, 아주 이상해 보인다고 생각했었다. 카라바조는 종일 주머니에 두세 개씩 넣고 다니며 혈관에 액체를 밀어 넣었다. 언젠가 그녀는 그가 빌라의 어두운 구석에서 몸을 웅크린 채 벌벌 떨면서 구토하는 모습을 목격했다. 약물 과용이었다. 그는 고개를 들어 올려다보면서도 그녀를 거의 알아보지 못했다. 그녀가 말을 걸려 했지만 그는 빤히 쳐다보기만 했다. 그가 금속 약품 상자를 찾아내고 알 수 없는 힘으로 열어 뜯었던 것이다. 언젠가 한 번 공병이 철문에 손바닥을 찢겼을 때 카라바조는 이빨로 유리 앰풀 끝을 뜯어내고 모르핀을 빨아들인 후 킵이 무엇인지 알기도 전에 그의 갈색 손에 내뱉었다. 킵은 분노에 찬 눈빛으로 그를 밀어냈었다.

"내버려둬요. 그는 내 환자예요."

"그를 다치게 하지는 않을 거야. 모르핀과 알코올이 고통을 덜어 줄 거야."

(브롬턴 칵테일. 3cc. 오후 3시)

*

카라바조는 남자의 손에서 가만히 책을 뺀다.

"사막에 추락했을 때 당신은 어디서 오는 길이었소?"

"길프 케비르에서 오는 길이었지요. 그곳에 누군가를 데리러

갔었소. 8월 하순에요. 1942년."

"전쟁 중에? 그때쯤이면 모두 떠났을 텐데요."

"그렇소, 군대만 있었지."

"길프 케비르라."

"그렇소."

"그게 어디요?"

"키플링의 책을 주시오…… 여기."

『킴』의 속표지에는 소년과 성자가 걸었던 길을 점선으로 표시한 지도가 있었다. 인도의 일부, 진한 그물눈이 쳐진 아프가니스탄과 산악 지역의 카슈미르가 표시된 지도였다.

그는 검은 손으로 누미강(江)을 따라가며 위도 23도 30분에서 바다에 이른다. 손가락으로 서쪽 18센티미터 지점까지 더 훑다가 지도에서 손을 떼고 자신의 가슴 위로 나아간다. 그는 자기 갈비뼈를 만진다.

"여기. 길프 케비르, 북회귀선 바로 북쪽 위. 이집트-리비아 국경에."

1942년에 무슨 일이 있었지요?

나는 카이로까지 갔다가 돌아오는 길이었소. 예전 지도의 기억을 더듬어 전쟁 전 휘발유와 물 저장고를 들르며 적진을 빠져나와 우웨이나트를 향해 차를 몰았소. 혼자였으니 더 수월했지. 길프 케비르에서 몇 킬로미터 떨어진 곳에서 트럭이 폭발했고 난 자동적으로 몸을 굴려 불꽃이 내게 닿지 않게 모래 속으로 떨어졌소. 사막에서는 항상 불이 무섭지요.

트럭은 폭발했는데, 아마도 누군가 일부러 손을 썼던 것 같소. 베두인족 중에 첩자들이 있었소. 베두인족 카라반들은 마치 도시처럼 움직이면서 어딜 가든 향료와 객실, 정부 고문관들을 싣고 계속 떠돌아다녔지. 전쟁 당시 베두인족 속에는 언제나 독일인들뿐 아니라 영국인들도 끼여 있었소.

난 트럭을 버리고 우웨이나트를 향해 걷기 시작했소. 그곳에 비행기 한 대가 묻혀 있다는 것을 알고 있었던 거요.

잠깐. 무슨 뜻이지요? 묻어 둔 비행기라니?

탐사 초기에 매덕스에게 낡은 비행기 한 대가 있었는데, 꼭 필요한 것들만 남겨 둔 것이었소. 유일하게 ‘추가’한 것이라곤 조종석 바람막이뿐이었지. 사막 비행에 아주 중요한 것이오. 사막에 있는 동안 그 친구가 내게 비행기 조종법을 가르쳐 주었소. 둘이 가이 로프에 묶인 그 물건 주위를 돌면서 바람 속에 어떻게 떠 있고 어떻게 방향을 바꾸는지 이론을 세우곤 했소.

클리프턴의 비행기 — 루퍼트 베어 — 가 우리 가운데로 날아왔을 때, 매덕스의 낡은 비행기는 타폴린 방수포로 덮여 우웨이나트의 북동쪽 외진 곳에 고정된 채 그대로 방치되었소. 그 후 몇 년 동안 서서히 모래가 그 위에 쌓였지. 우리 중 누구도 그걸 다시 보리라고는 생각하지 않았소. 사막의 또 다른 희생물이었지. 몇 달 뒤에 우리가 북동쪽 협곡을 지나가면서도 그 윤곽조차 알아볼 수 없었소. 그때쯤 그보다 10년은 새것인 클리프턴의 비행기가 우리 이야기 속으로 날아 들어온 거요.

그래서 그걸 향해 걸어가고 있었다고요?

그렇소. 나흘 밤을 걸었지. 난 카이로에 그 남자를 남겨 두고 사막으로 돌아갔던 거요. 사방이 전쟁터였소. 갑자기 '팀들'이 생겨났소. 베르만 팀, 배그놀드 팀, 슬라틴 파샤 팀 ― 여러 차례 서로의 목숨을 구해 줬던 사이였는데, 이제 각기 다른 진영으로 나뉘었소.

난 우웨이나트를 향해 걸어갔지. 정오쯤 도착해서 고원의 동굴 안으로 기어 올라갔어. 아인 두아라는 이름의 우물 위로.

"카라바조는 당신이 누군지 안다고 생각하고 있어요." 해나가 말했다.

침대에 누워 있는 남자는 아무 말도 하지 않았다.

"당신은 영국인이 아니래요. 그는 카이로와 이탈리아에서 한동안 정보기관과 손잡고 일했죠. 체포될 때까지. 우리 가족은 전쟁 전에 카라바조와 알고 지냈어요. 그는 도둑이었죠. 그는 '사물의 움직임'을 믿었어요. 어떤 도둑들은 당신이 경멸하는 어떤 탐험가들처럼 수집가들이죠, 여자들을 대상으로 하는 어떤 남자들이나, 남자들을 대상으로 하는 어떤 여자들처럼요. 하지만 카라바조는 그렇지 않았어요. 성공한 도둑이 되기에는 호기심이 너무 많고 인심도 후했어요. 훔친 물건의 절반은 집에 들여놓지도 않았어요. 그는 당신이 영국인이 아니라고 생각해요."

그녀는 말하면서 그의 침묵을 지켜보았다. 그는 그녀가 하는 말을 주의 깊게 듣고 있지 않는 것처럼 보였다. 그저 자신만의 먼 생각에 빠져 있을 뿐. 듀크 엘링턴이 「고독」을 연주할 때 생각에 빠져 있는 모습처럼.

그녀는 말을 멈추었다.

그는 아인 두아라는 얕은 우물에 도착했다. 옷을 모두 벗어 우물에 담그고 머리를 집어넣은 다음 여윈 몸을 푸른 물속에 넣었다. 나흘 밤을 걷느라 팔다리는 지칠 대로 지쳐 있었다. 그는 바위 위에 옷을 널어놓고 더 높이 있는 큰 바위로 기어 올라가, 1942년 현재에는 광활한 전쟁터가 된 사막을 벗어났다. 그리고 알몸으로 동굴의 어둠 속으로 들어갔다.

그는 몇 해 전 자신이 발견했던 낯익은 벽화들 속에 있었다. 기린들. 소 떼. 깃털 달린 관을 쓰고 팔을 들어 올린 남자. 분명히 헤엄치는 자세를 취하고 있는 여러 인물들. 고대에 호수가 존재했다던 베르만의 주장은 옳았다. 그는 냉기 속으로, 헤엄치는 이들의 동굴 속으로 더 깊이 걸어 들어갔다. 그녀를 두고 떠났던 곳으로. 그녀는 여전히 그곳에 있었다. 혼자 구석으로 몸을 끌고 가서 낙하산 천으로 자기 몸을 꽁꽁 감싼 모습. 그는 그녀에게 돌아오겠다고 약속했었다.

그 자신은 동굴 안에서 죽는 것이 더 행복했을 것이다. 동굴 속의 은밀함과 더불어, 그녀와 함께 바위에 포착된 헤엄치는 사람들에게 둘러싸여. 베르만이 아시아식 정원에서는 바위를 보면서 물을 상상할 수 있고, 잔잔한 물을 바라보고 있으면 바위의 단단함을 느낄 수 있다고 그에게 말했었다. 하지만 그녀는 **격자 울타리**나 **고슴도치** 같은 단어와 함께, 물기로 촉촉한 정원 속에서 자란 여자였다. 사막에 대한 그녀의 열정은 일시적인 것이었다. 그녀는 사막의 고독 속에서 위안을 찾는 그를 이해하고 싶었기에, 그로 인해 사막의 엄격함을 사랑하게 되었을 뿐이다. 그녀는 언제나 빗속에서, 김이 모락모락 나는 욕실에서, 비 내리던 카이로의 그날 밤 그의 창문에서 실내로 다시 들어와 빗물을 고스란히 간직하려고 젖은 몸에 그대로 옷을 걸쳐 입은 후 졸음에 겨운 축축함 속에서 더 행복해했다. 그녀가 가문의 전통과 예의 바른 의식과 암기해 둔 오래된 시들을 사랑하는 것처럼. 그녀는 이름 없이 죽는 것을 원치 않았을 것이다. 그가 자신의 출신을 지워 버린 반면, 그녀에게는 선조들로 거슬러 올라가는 선이 만져질 듯 분명했기 때문이었다. 그는 자신이 지닌 무명의 특성들에도 불구하고 그녀가 자신을 사랑했다는 사실에 놀라워했다.

그녀는 중세의 죽은 자들이 누워 있는 자세로 등을 대고 누워 있었소.

나는 남카이로의 우리 방에서 그랬듯이 알몸으로 그녀에게 다가갔소. 그녀의 옷을 벗기고 싶어 하면서, 여전히 그녀를 사랑하고 싶어 하면서.

내가 뭘 잘못했지? 우리는 사랑에 빠진 이의 모든 것을 용서하지 않소? 우린 이기심, 욕망, 교활함을 용서하지. 그 모든 것의 이유가 우리이기만 하다면. 팔이 부러진 여자나 열이 있는 여자와 사랑을 나눌 수도 있죠. 그녀는 내 손의 상처에서 피를 빨아들인 적이 있어요. 내가 그녀의 생리혈을 맛보고 삼켰던 것처럼. 유럽에서 쓰는 단어 중에 어떤 것들은 결코 다른 언어로 번역할 수 없는 것이 있소. **펠호말리(Félhomály)**. 묘지의 황혼. 죽은 자와 산 자 사이의 친밀함을 함축하고 있소.

나는 그녀를 잠의 선반에서 내 품으로 들어 올렸소. 거미줄처럼 감싸인 천. 나는 그 모든 것을 뜯어냈지.

나는 그녀를 안고 햇볕으로 나갔죠. 나는 옷을 입었어요. 바위의 열기로 옷이 바삭하게 말라 있더군.

나는 두 손을 모아 그녀가 쉴 수 있는 안장을 만들었소. 모래에 도착하자마자 나는 그녀의 몸을 돌려 내 어깨 너머를 향하도록 했지. 그녀의 몸이 공기처럼 가볍게 느껴지더군. 난 그녀를 그렇게 안는 게 익숙했지. 내 방에서 그녀는 마치 자신이 선풍기 날개인 양 두 팔을 펼치고 불가사리처럼 손가락을 뻗은 채 내 주위를 빙글빙글 돌았소.

우리는 그런 상태로 비행기가 묻혀 있는 북동쪽 골짜기로 갔소. 지도는 필요 없었지. 전복된 트럭에서 가져온 휘발유 탱크를 내내 들고 있었소. 3년 전에 연료가 없어서 아무것도 할 수 없었던 적이 있었으니까.

"3년 전에 무슨 일이 있었던 거요?"

"그녀가 부상을 입었소. 1939년이었지. 그녀의 남편이 비행기를 추락시켰어. 그녀의 남편이 우리 셋이 모두 연루되는 자살-살인을 계획했던 거요. 그때 우리는 이미 연인도 아니었소.
우리 관계에 관한 얘기가 어떤 식으로든 남편에게 흘러 들어갔
던 모양이오.”
“그래서 당신이 그녀를 데려가기엔 너무 심하게 다쳤던 것이
군요.”
“그렇소. 그녀를 구할 유일한 기회는 내가 혼자 가서 도움을
청하는 것뿐이었소.”

몇 개월 동안 떨어져서 보낸 이별과 분노의 시간 후에, 그 동
굴 속에서 그들은 가까워졌고 다시 한번 연인 사이로 이야기를
나눴다. 둘 다 믿지 않았던 사회적 규범 때문에 그들 사이에 쌓
아 두었던 장벽을 걷어 내 버렸다.
식물원에서 그녀는 결단과 치미는 분노로 문기둥에 머리를
부딪혔다. 연인이 되기에는, 비밀이 되기에는 자존심이 너무
강했던 여자. 그녀의 세계에는 칸막이가 있을 수 없었다. 그는
그녀에게 돌아서서 손가락을 치켜들며 말했었다. 아직은 당신
이 그립지 않아.
당신은 그리워할 거예요.
헤어진 후 몇 달 동안 그는 점점 더 비참해지고 오만해졌다.
그는 그녀와 함께 있는 것을 피했다. 자신을 보는 그녀의 침착
함을 그는 견디지 못했다. 그는 그녀의 집에 전화를 걸어 그녀
의 남편에게 이야기하면서, 수화기 너머로 들려오는 그녀의 웃
음소리를 들었다. 그녀에겐 모두를 사로잡는 매력이 있었다.

그는 그녀의 그런 면을 사랑했다. 이제 그는 아무것도 믿지 않았다.

그는 그녀가 자신을 버리고 다른 애인을 두었는지 의심했다. 그는 그녀가 다른 사람에게 하는 모든 몸짓을 은밀한 약속으로 해석했다. 언젠가 그녀가 로비에서 라운델의 재킷 앞자락을 잡고 흔들며 그가 중얼거리는 말에 웃은 후로, 그는 둘 사이에 뭔가 더 있는지 알아내려고 이틀 동안 그 무고한 정부 보좌관을 따라다녔다. 그는 그에게 보인 그녀의 마지막 다정함을 더 이상 믿지 않았다. 그녀는 그와 함께 있거나 아니면 반대쪽에 있는 것이었다. 그녀는 그의 반대쪽에 있었다. 그는 자신을 향한 그녀의 머뭇거리는 미소조차 견딜 수 없었다. 그녀가 술을 건네면 그는 마시지 않았다. 저녁 식사 자리에서 그녀가 나일강 백합이 떠 있는 그릇을 가리키면 그는 쳐다보려 하지 않았다. 그저 또 다른 빌어먹을 꽃. 그녀에게는 친한 사람들이 새로 생겼다. 그와 그녀의 남편을 제외한 무리였다. 누구도 남편에게 돌아가지는 않는다. 그는 사랑과 인간의 본성에 대해 그 정도는 알고 있었다.

그는 엷은 갈색의 담배 종이를 사서 자신에게 별로 흥미롭지 않은 전쟁들을 기록한 『역사』 책 부분에 풀로 붙였다. 자신을 반박하는 그녀의 모든 주장을 적어 넣었다. 단지 지켜보는 사람, 듣고 있는 사람, 바로 '그'의 목소리만 그 자신에게 줄 뿐이지만, 그 책 속에 붙여 넣어졌다.

전쟁이 터지기 전 마지막 며칠 동안 그는 기지 야영지를 정리하러 마지막으로 길프 케비르에 갔다. 그녀의 남편이 그를 데리러 오기로 되어 있었다. 서로 사랑하기 전까지 그들 모두가 사랑했던 남편.

클리프턴은 예정된 날 그를 태우러 우웨이나트로 비행기를 몰고 왔다. 사라진 오아시스 위로 너무 낮게 날아온 탓에 비행기가 지나간 길을 따라 아카시아 나뭇잎들이 마구 흩뿌려졌다. 그가 높은 등성이에 올라서서 푸른 방수포로 신호를 보내는 동안 모스는 골짜기 틈바구니로 미끄러져 들어왔다. 그러고는 비행기가 아래로 방향을 꺾어 그를 향해 곧장 다가오다가 45미터 떨어진 지면에 내리꽂혔다. 착륙 장치에서 푸른 연기가 가늘게 피어올랐다. 불은 붙지 않았다.

미쳐 버린 남편, 그들 모두를 죽이려던, 자기 아내와 자신을 죽이고, 그리고 이제 사막에서 빠져나갈 방법이 전혀 없다는 사실로 그도 죽인.

하지만 그녀는 죽지 않았다. 그는 구겨진 비행기의 손아귀, 그녀 남편의 손아귀에서 그녀의 몸을 끌어내 풀어 주었다.

당신은 어떻게 날 미워할 수 있었어요? 그녀는 헤엄치는 사람들의 동굴 안에서 부상의 고통을 뚫고 속삭인다. 부러진 손목. 조각난 갈비뼈들. 당신은 내게 가혹했어요. 바로 그때 남편이 당신을 의심했어요. 난 아직도 당신의 그런 면을, 사막이나 술집으로 사라지는 걸 증오해요.

그로피 공원에서 당신이 날 떠났잖아.

당신이 나를 다른 어떤 식으로도 원하지 않았기 때문이에요.

남편이 미쳐 가고 있다고 당신이 말했으니까. 글쎄, 그는 미쳤지.

한동안은 그렇지 않았어요. 그보다 내가 먼저 미쳐 버렸어요. 당신이 내 안에 있는 모든 것을 죽였어요. 키스해 주세요. 자신을 방어하지 말아요. 내게 키스하고 내 이름으로 날 불러 줘요.

그들의 몸은 향수 속에서, 땀 속에서 만났었다. 혀나 이빨로 그 얇은 막 아래로 들어가기 위해 미친 듯이, 마치 거기서 서로가 상대방의 존재를 붙잡을 수 있고 사랑하는 동안 상대의 몸에서 그것을 바로 떼어 낼 수 있는 것처럼.

이제 그녀의 팔에는 분이 뿌려져 있지 않고, 그녀의 허벅지에는 장미수도 없다.

당신은 자신을 인습 타파 주의자라고 생각하지만 그렇지 않아요. 당신은 다만 가질 수 없는 것을 움직여 놓거나 바꿔 놓을 뿐이에요. 어떤 것에 실패하면 당신은 다른 것으로 후퇴하죠. 당신을 바꾸는 것은 아무것도 없어요. 당신에게 얼마나 많은 여자가 있었지요? 난 내가 당신을 절대 바꿀 수 없다는 걸 알았기 때문에 떠났어요. 당신은 때때로 너무 가만히, 때때로 너무 말없이 방에 서 있곤 했어요. 마치 당신의 성격을 한 치라도 더 드러내는 것이 당신 자신에 대한 가장 큰 배신인 것처럼.

헤엄치는 사람들의 동굴에서 우리는 이야기를 나눴소. 우리는 안전한 쿠프라에서 불과 위도로 2도 남짓밖에 떨어져 있지 않았지요.

그가 잠시 멈추고 손을 내민다. 카라바조가 모르핀 알약을 검은 손바닥 위에 놓자 알약이 남자의 검은 입속으로 사라진다.

나는 쿠프라 오아시스를 향해 호수의 마른 바닥을 건넜소. 더위와 밤의 추위에 대비해 겉옷 하나만 든 채, 내 헤로도토스는 그녀와 함께 남겨 두고. 그리고 3년 후인 1942년, 나는 그녀의 몸을 기사의 갑옷인 양 안고서 묻어 둔 비행기로 함께 걸어 갔소.

사막에서 생존 도구는 땅 밑에 있소. 혈거인의 동굴, 모래 속에 묻힌 식물 안에 잠들어 있는 물, 무기, 비행기. 경도 25도, 위도 23도에서 난 방수포를 찾아 땅을 파내려 갔고, 매덕스의 낡은 비행기가 차츰 모습을 드러냈지요. 밤이었고 공기가 차가웠는데도 땀이 나더군요. 나는 나프타 랜턴을 들고 그녀에게 다가가 한참을 앉아 있었어요. 고개를 끄덕이는 듯한 그녀의 실루엣 옆에. 두 연인과 사막 — 별빛이었는지 달빛이었는지는 기억 나지 않아요. 바깥의 다른 모든 곳에서는 전쟁이 벌어지고 있었죠.
비행기가 모래 밖으로 나왔소. 식량도 없었고 난 기운도 없

었어. 방수포가 너무 무거워 파낼 수 없어서 그냥 잘라 버렸
어요.

아침에 두 시간 정도 자고 난 후, 난 그녀를 조종석으로 안아
올렸어. 시동을 걸자 비행기가 굴러가며 살아 움직였소. 몇 년
이나 늦었지만 우리는 하늘로 미끄러져 들어갔지.

목소리가 멈춘다. 화상을 입은 남자는 모르핀 기운이 도는
눈의 초점으로 정면을 바라본다.

비행기는 이제 그의 눈 속에 있다. 느린 목소리가 힘겹게 그
것을 땅 위로 들어 올리고, 엔진은 마치 한 땀 한 땀 실밥을 잃
은 듯 멈추었다가 돌아간다. 조종석의 소란스러운 바람 속에
그녀의 수의가 펄럭인다. 침묵 속에서 며칠을 걸어온 그에게는
지독한 소음이다. 그는 아래를 내려다보고 자기 무릎 위로 기
름이 쏟아지는 것을 본다. 나뭇가지가 그녀의 셔츠에서 빠져
떨어져 나간다. 아카시아와 뼈. 그는 땅 위로 얼마나 높이 떠 있
는가? 하늘 아래로 얼마나 낮은가?

착륙 장치가 종려나무 꼭대기를 스치고 지나가자 그는 기체
를 위로 꺾는다. 기름이 좌석 위로 흘러내리고 그녀의 몸이 그
안으로 미끄러져 쓰러진다. 불꽃이 튀고 그녀의 무릎께에 있
던 나뭇가지들에 불이 붙는다. 그가 그녀를 다시 그의 옆 좌석
으로 끌어당긴다. 두 손으로 조종석 유리를 밀어 올리지만, 유
리는 움직이지 않는다. 유리를 마구 때리기 시작한다. 유리에
금이 가고 마침내 유리가 깨지자, 기름과 불길이 사방으로 튀

220

며 회오리친다. 그는 하늘에서 얼마나 낮게 떠 있는 것일까? 그
녀가 쓰러진다. 아카시아 나뭇가지와 나뭇잎들, 팔 모양이었던
가지들이 그를 감싸듯 풀어지면서. 공기 속에 사지가 빨려 들
어가 사라지기 시작한다. 그의 혀에서 나는 모르핀 냄새. 그의
눈 속 검은 호수에 비친 카라바조의 모습. 그는 이제 우물의 두
레박처럼 오르내린다. 어찌 된 영문인지 그의 얼굴이 온통 피
투성이다. 그는 썩은 비행기를 몰고 있고, 캔버스 천을 댄 날개
가 속력에 찢겨 나간다. 그들은 썩은 사체다. 종려나무가 뒤로
얼마나 멀리 있었지? 얼마나 오래되었지? 그는 기름 속에서 다
리를 들어 올리지만 너무 무겁다. 도저히 다시 들 수가 없다. 그
는 늙었다, 갑작스레. 그녀 없이 사는 데 지쳤다. 그는 그녀의
품에 누워 자신이 잠든 동안 낮과 밤이 새도록 그녀가 보초를
서 줄 것이라고 믿을 수 없다. 그에게는 아무도 없다. 그는 사막
이 아니라 고독에 지쳤다. 매덕스도 없다. 나뭇잎들과 잔가지
들로 변한 여자. 하늘로 치솟는 깨진 유리, 마치 위에서 그를 집
어삼킬 턱처럼.

　그는 기름에 젖은 낙하산 장비에 미끄러져 들어가 거꾸로 회
전한다. 유리 조각에서 벗어나자 바람이 몸을 뒤로 내던진다.
그러고는 다리가 완전히 풀려나고 그는 공중에 떠 있다. 환하
다. 그는 자신이 왜 환한지 영문을 모르다가 마침내 몸에 불이
붙었음을 깨닫는다.

*

해나는 영국인 환자의 방에서 흘러나오는 목소리들을 들을 수 있다. 그녀는 복도에 서서 그들이 무슨 얘기를 하는지 들으려 한다.

어때요?

훌륭하군!

이제 제 차례입니다.

아! 훌륭해, 훌륭해.

이건 최고의 발명품이죠.

대단한 발견이군, 젊은 친구.

그녀는 방으로 들어서며 연유 캔을 주고받는 킵과 영국인 환자를 본다. 영국인은 캔을 입에 대고 빨아들인 뒤 얼굴에서 깡통을 치우고 걸쭉한 액체를 씹는다. 그러고는 자기 차례가 돌아오지 않는 것에 짜증 난 듯해 보이는 킵을 향해 빙긋 웃는다. 공병은 해나를 힐끗 쳐다보고 침대 옆을 어슬렁거리며, 두어 번 손가락을 튕겨 소리를 내고는 마침내 검은 얼굴에서 깡통을 간신히 떼어 낸다.

"우린 공통의 즐거움을 찾아냈지. 이 친구와 나. 나에겐 이집트 여행이고, 이 친구에겐 인도 여행이야."

"연유 샌드위치를 먹어 보신 적이 있나요?" 공병이 묻는다.

해나는 두 사람을 번갈아 쳐다본다.

킵이 캔을 들여다본다. "하나 더 가져올게요." 그가 말하며 방을 나간다.

해나는 침대에 누워 있는 남자를 바라본다.

"킵과 난 둘 다 국제 사생아야 — 한 곳에서 태어나 다른 곳에서 사는 걸 선택했어. 평생 고국으로 돌아가거나 고국에서 벗어나기 위해 싸우는 거지. 킵은 아직 그걸 깨닫지 못하고 있지만. 그래서 우리가 잘 맞는 거야."

킵은 부엌에서 총검으로 새 연유 캔에 구멍 두 개를 뚫으면서 문득 이제 총검이 그런 용도로만 더 자주 사용된다는 것을 깨닫는다. 그는 계단을 뛰어올라 침실로 되돌아간다.

"당신은 다른 곳에서 자라신 게 분명해요." 공병이 말한다. "영국인은 그런 식으로 빨아들이지 않아요."

"몇 년 동안 난 사막에서 살았어. 그곳에서 내가 아는 모든 걸 배웠지. 내게 일어난 중요한 일은 모두 사막에서 일어났어."

그가 해나에게 미소를 짓는다.

"한 사람은 내게 모르핀을 먹이고, 다른 한 사람은 내게 연유를 먹이는군. 우린 균형 잡힌 식단을 발견했어!" 그가 다시 킵에게 시선을 돌린다.

"공병이 된 지 얼마나 되었나?"

"5년이오. 대부분은 런던에서요. 그 다음에 이탈리아로 파병되었어요. 불발탄 해체 부대와 함께요."

"자네를 가르친 사람이 누구였나?"

"울위치에 사는 영국인입니다. 괴팍스러운 기인으로 여겨진 분입니다.”

“최고의 스승이지. 그렇다면 서퍽 경이었겠군. 그의 비서인 모든 양(孃)을 만나 보았나?”

“예.”

두 사람 중 누구도 해나를 편안하게 대화에 끼워 주려 하지 않는다. 그러나 그녀는 그의 스승에 대해, 그리고 그가 스승을 어떻게 묘사할지 알고 싶다.

“그분은 어떤 사람이었어요, 킵?”

“과학 연구 분야에 있었어요. 실험 부서의 책임자였죠. 모든 양이 그의 비서인데 항상 그분을 수행했어요. 운전기사인 프레드 하츠 씨도요. 모든 양은 그가 폭탄 실험을 할 때 불러 주는 내용을 받아 적고, 하츠 씨는 장비를 다루는 일을 도왔습니다. 그는 비범한 사람이었어요. 그들은 삼위일체라고 불렸죠. 세 사람 모두 폭사했어요. 1941년에, 에리스에서요.”

그녀는 벽에 기대고 있는 공병을 바라본다. 그는 한쪽 발을 들어 군화 밑창을 그림 속 덤불에 대고 있다. 슬픈 표정도 없고, 이렇다 저렇다 해석할 수 있는 것은 아무것도 없다.

어떤 남자들은 그녀의 품에서 삶의 마지막 매듭을 풀었다. 앙기아리 마을에서 그녀는 살아 있는 남자들을 들어 올렸다가 이미 벌레에 파먹히고 있는 것을 발견한 적이 있다. 오르토나에서는 팔이 없는 소년의 입에 담배를 물려 주기도 했다. 그녀는 무슨 일이 있어도 그만두지 않았다. 그녀는 내면의 자신을 조용히 뒤로 물러서게 하고 자신의 임무를 계속 수행했다. 수많은 간호사가 상아 단추가 달린 노란색과 진홍색 제복을 입고 정서적으로 불안한 전쟁의 시녀가 되었다.

그녀는 킵이 머리를 젖혀 벽에 기대는 것을 지켜본다. 그의 얼굴에 스친 무표정함을 알아차린다. 그녀는 그 표정을 읽을 수 있다.

7

현장에서

1940년 영국 웨스트버리

　키르팔 싱은 말안장이 놓였을 법한 곳에 서 있었다. 처음에는 말의 등 위치에 그저 서 있기만 하다가 잠시 후 그에게는 보이지 않지만 자신을 지켜보고 있을 사람들을 향해 손을 흔들었다. 서퍽 경이 쌍안경으로 그를 지켜보았다. 젊은이가 두 팔을 번쩍 치켜들고 흔드는 것이 보였다.

　그리고 그는 웨스트버리의 거대한 흰색 백악(白堊) 말, 백색 석회암 언덕에 새겨진 말의 순백 속으로 내려갔다. 이제 그는 검은 형상이었다. 그 배경은 그의 검은 피부와 카키색 제복의 짙은 색을 두드러지게 했다. 쌍안경의 초점이 정확했다면 서퍽 경은 싱의 어깨에서 공병대 표식인 가느다란 진홍색 밧줄 선을 보았을 것이다. 그들에게는 마치 그가 동물 형상으로 오려 낸 종이 지도 위를 걸어 내려오는 것처럼 보였을 것이다. 그러나 싱은 비탈길을 내려갈 때 자신의 군화가 거친 하얀 백악에 긁히는 것만 의식했다.

그의 뒤에서 모든 양도 어깨에 가방을 메고 접은 우산에 몸을 의지해 천천히 언덕을 내려오고 있었다. 그녀는 말이 있는 곳에서 3미터 위에 멈춰 선 다음, 우산을 펴고 그 그늘에 앉았다. 그러고는 공책을 펼쳤다.

"내 말이 들립니까?" 그가 물었다.

"네, 잘 들려요." 그녀는 손에 묻은 석회 가루를 치마에 문질러 닦고 안경을 고쳐 썼다. 그녀는 먼 곳을 올려다보며, 싱이 그랬던 것처럼 보이지 않는 사람들에게 손을 흔들었다.

싱은 그녀를 좋아했다. 그녀는 그가 영국에 도착한 이후 이야기다운 이야기를 나눈 첫 번째 영국 여자였다. 그는 대부분의 시간을 울위치에 있는 막사에서 보냈다. 그곳에서 보낸 3개월 동안 그는 다른 인도인들과 영국인 장교들만 만났다. 육해공군학교(NAAFI) 식당에서 어떤 여자가 질문에 대답해 주는 일도 있었지만, 여자들과 나눈 대화는 고작 두세 문장 정도에 그쳤다.

그는 둘째 아들이었다. 맏아들은 군인, 둘째 아들은 의사, 그 아래 동생은 사업가가 되는 것이 집안의 오랜 전통이었다. 그러나 전쟁으로 모든 것이 바뀌었다. 그는 시크교 연대에 들어가 영국으로 파병되었다. 런던에서 처음 몇 달을 지낸 후, 그는 기술자들로 조직된 불발탄과 시한폭탄 처리 부대에 자원했다.

1939년 상부에서 내려온 공문은 순진무구했다. "불발탄은 내무부에서 관할하며, 다음과 같이 정한다. 방공 대책(ARP) 경비원과 경찰이 그 수거를 맡아 임시 집적소로 운반하면, 군대가 적절한 방식으로 폭발시킨다."

1940년이 되어서야 육군성에서 폭탄 제거를 전담하게 되었고, 그 후 왕립 공병단이 그 임무를 넘겨받았다. 25개의 폭탄 처리 부대가 구성되었다. 기술적 장비가 부족한 탓에 그들은 고작 망치, 끌 그리고 도로 보수 장비 정도밖에 보유하고 있지 않았다. 전문가는 없었다.

폭탄은 다음과 같은 부품의 조합이다.
1. 용기 또는 폭탄 케이스.
2. 신관.
3. 점화 장약 또는 폭발 추진 장약.
4. 폭발성이 높은 주 장약.
5. 상부 구조 부속품 — 수직 안전판, 상승 돌기, 탄 고리 등.

영국 지상에 비행기가 투하한 폭탄의 80퍼센트는 표피가 얇은 범용 폭탄이었다. 폭탄의 무게는 보통 45킬로그램에서 453킬로그램까지 다양했다. 약 900킬로그램짜리 폭탄은 '헤르만' 또는 '에서'라고 불렸다. 1.8톤짜리 폭탄은 '사탄'이라 불렸다.

싱은 훈련으로 긴 하루를 보내고 나서도 손에 도표와 차트를 쥔 채 잠들곤 했다. 반쯤 꿈을 꾸면서 그는 피크르산과 폭발 추진 장약, 콘덴서를 따라 실린더의 미로 속으로 들어가 본체 깊숙이 있는 신관에 도달했다. 그러고는 갑자기 깨어났다.

폭탄이 목표물에 명중하면, 그 저항으로 진동판이 작동하고 신관 속의 인화 총탄이 점화된다. 미세한 폭발이 폭발 추진 장약에 닿는 순간 펜드라이트 왁스가 터진다. 그것이 피크르산을 폭발시키고, 이어 피크르산 폭발이 TNT의 주요 내용물인 아마톨과 알루미늄 처리를 한 분말 폭발을 일으킨다. 진동판에서 폭발까지의 여정은 100분의 1초가 걸린다.

가장 위험한 폭탄은 낮은 고도에서 투하된 것으로, 지상에 닿을 때까지도 작동되지 않는다. 그런 불발탄들이 도시와 들판에 묻혀 잠들어 있다가 농부의 막대기나 자동차 바퀴의 충격, 테니스공이 덮개에 튕기는 등 무언가 이 진동판을 건드리는 순간 터져 버리는 것이다.

싱은 다른 지원자들과 함께 짐차에 실려 울위치에 있는 연구소로 이동했다. 당시만 해도 불발탄이 거의 없었던 점을 고려할 때 폭탄 처리 부대의 사상자 비율이 끔찍할 정도로 높은 시절이었다. 1940년, 프랑스가 함락되고 영국이 포위 상태에 빠진 후 상황은 더욱 악화되었다.

8월에 공습이 시작되자 한 달 만에 처리해야 할 불발탄이 갑자기 2,500개에 이르렀다. 도로가 폐쇄되고 공장들은 버려졌다. 9월이 되자 살아 있는 폭탄 수는 3,700개에 달했다. 100개

의 폭탄 처리반이 새로 설치되었지만, 폭탄이 어떻게 작동하는
지에 대한 이해는 여전히 부족했다. 이들 부대에서 예상 수명
은 불과 10주였다.

"폭탄 처리의 영웅적인 시대였다. 절박함과 지식 및 장비 부족으
로 인해 엄청난 위험을 감수해야 했던 때로 개인의 역량이 발휘되
던 시기였다. ……영웅적인 시대였으나, 그 주인공들은 세상에 알
려지지 않았다. 안보를 위해 그들의 행동이 대중에게 전해지지 않
았기 때문이다. 적군이 우리의 무기 처리 능력을 추정하는 데 도움
이 될 수 있는 보고서를 발간하는 것은 분명히 바람직하지 않았다."

웨스트버리로 가는 차 안에서 싱은 하츠 씨와 함께 앞자리
에 앉았고 모든 양은 서펵 경과 함께 뒷자리에 탔다. 카키색으
로 칠해진 험버는 유명했다. 모든 폭탄 처리 차량이 그렇듯이,
흙받이는 밝은 신호용 빨간색으로 칠해져 있었고, 밤에는 왼쪽
측면 등에 파란 필터가 씌워졌다. 이틀 전 다운스의 유명한 백
악 말 근처를 걷던 한 남자가 폭발로 숨졌다. 현장에 도착한 공
병들은 또 다른 폭탄이 역사적인 장소의 한가운데에, 1778년
에 굽이치는 백악질 언덕을 깎아 새긴 웨스트버리의 거대한 백
마의 복부에 떨어져 있는 것을 발견했다. 이 사건 직후에 모두
일곱 마리였던 다운스 언덕의 모든 백악 말 위로 위장막이 덮
였다. 말들을 보호하기 위해서가 아니라 적의 영국 공습에 뚜
렷한 표적이 되지 않도록 하기 위해서였다.

서펵 경은 뒷좌석에서 유럽의 전쟁 지역에서 이주해 온 울

새, 폭탄 처리의 역사, 데번 크림에 대해 담소를 나누고 있었다. 그는 영국의 풍습이 마치 최근에 발견된 문화인 것처럼 젊은 시크교도에게 소개하는 중이었다. 그는 서퍽 경이라는 직위가 있었지만, 데번에 살았으며 전쟁이 발발하기 전까지『로나 둔』*이 역사적으로 그리고 지리적으로 얼마나 진실한 소설인가를 연구하는 데 열정을 쏟았다. 겨울이면 대체로 브랜던과 폴록의 여러 마을 주변에서 어슬렁거리고 다니며, 엑스무어가 폭탄 제거 훈련에 이상적인 장소라고 관리들을 설득했다. 그의 지휘 아래에는 공병과 기술자 등 다양한 부대에서 모인 열두 명의 재능 있는 병사가 있었고, 싱도 그중 한 명이었다. 이들은 주중에는 거의 런던의 리치먼드 공원에서 담갈색 사슴이 주변에서 뛰노는 동안 불발탄 처리 작업이나 새로운 공식에 대해 지시를 받았다. 그러나 주말에는 엑스무어에 내려가 낮에는 훈련을 계속하고, 이후에는 서퍽 경의 차에 실려 로나 둔이 결혼식 도중 총을 맞은 교회로 이동했다. "이 창문이나 저쪽 뒷문에서……통로 아래로 총알이 날아와 그녀의 어깨에 박혔지. 훌륭한 사격 솜씨였네. 물론 괘씸하기 그지없지만. 그 악한은 쫓기자 황무지로 도망갔고 온몸의 근육이 찢겨졌지." 싱에게 그 이야기는 익숙한 인도 우화처럼 들렸다.

이 지역에서 서퍽 경의 가장 친한 친구는, 사교는 싫어했지만 서퍽 경을 사랑했던 여자 비행사였다. 그들은 함께 사냥하러 다녔다. 그녀는 브리스틀 해협이 내려다보이는 절벽 위 카운티스버리에 있는 작은 시골집에 살았다. 험버를 타고 지나는 마을마다 서퍽 경이 설명할 만한 특산품이 있었다. "이곳이 산사나무 지팡이를 사기에 가장 좋은 곳이지." 마치 싱이 제복과 터번 차림으로 튜더 양식의 모퉁이 상점에 들어가 지팡이에 대해 주인들과 자연스럽게 이야기를 나눌 생각이라도 하고 있다는 듯이. 서퍽 경은 영국인 중에서 최고였어요, 그는 나중에 해 나에게 말했다. 전쟁만 아니었다면 서퍽 경은 카운티스버리와 홈 팜(Home Farm)이라 불리는 그의 은신처에서 벗어나지 않았을 것이다. 결혼했지만 천성적으로 독신남인 50세의 노신사는 낡은 세탁실에 있는 파리들을 벗 삼아 와인을 마시거나, 매일 절벽을 걸어서 비행사 친구를 만나러 가는 길에 사색에 잠겼을 것이다. 그는 물건 고치는 일을 좋아했다. 낡은 세탁 통과 배관 발전기, 물레방아로 작동하는 요리용 꼬챙이를 손보는 것을 즐겼다. 그는 비행사 스위프트 양이 오소리의 습성에 대한 자료를 수집하는 일을 돕고 있었다.

그래서 웨스트버리에 있는 백악 말로 향하는 길은 일화와 정보로 부산스러웠다. 전시에도 그는 차를 마시러 들르기에 가장 좋은 곳을 알고 있었다. 그는 면화약 폭발 사고로 다친 팔을 붕대로 감은 채 파멜라 찻집을 휘젓고 들어가 자기 일족을, 비서, 운전기사, 공병이 마치 자기 자식들인 것처럼 안으로 몰고 갔다. 서퍽 경이 어떻게 불발탄(UXB) 위원회를 설득하여 실험용 폭탄 처리 장비 설치를 허락받았는지는 아무도 확실히 몰랐지만, 그의 발명 이력으로 보아 누구보다 충분한 자격을 갖춘 인물이었다. 그는 독학으로 공부했고, 어떤 발명이든 그 이면의 동기와 정신을 꿰뚫어 볼 수 있다고 자신했다. 그는 곧바로 주머니 셔츠를 고안해 작업하는 공병이 신관이나 장비를 쉽게 보관할 수 있도록 했다.

그들은 차를 마시고 스콘을 기다리며 현장에서 폭탄을 해체하는 작업을 토론했다.

"미스터 싱, 자네를 믿네. 알고 있겠지?"

"네, 선생님." 싱은 그를 존경했다. 서픽 경은 그가 영국에서 처음으로 만난 진정한 신사였다.

"자네가 나만큼 잘할 거라 믿네. 모든 양이 옆에서 중요한 내용을 기록할 걸세. 하츠 씨는 더 뒤에 있을 거야. 장비나 인력이 더 필요하면 호루라기를 불게. 그러면 그가 합류할 걸세. 그가 조언하지는 않겠지만 완벽하게 알고 있다네. 만약 그가 어떤 일을 하지 않으려 한다면 그건 자네에게 동의하지 않는다는 뜻일세. 그럴 땐 나라면 그의 조언을 받아들일 걸세. 하지만 현장에서 전적인 권한은 자네에게 있네. 여기 내 권총이야. 아마 지금은 신관이 좀 더 복잡해졌을 걸세. 하지만 그거야 모를 일이지. 자네가 운이 좋을 수도 있어."

서픽 경은 자신을 유명하게 만든 사건을 넌지시 말하고 있었다. 그는 뇌관 점화제를 관통하도록 자신의 권총을 쏘아 시계 본체의 움직임을 정지시킴으로써 시한 작동 뇌관을 억제하는 방법을 발견했다. 이 방법은 독일군이 시계 대신 진동 캡을 맨 위에 얹는 새로운 신관선을 도입하면서 폐기되었다.

키르팔 싱에게 친구가 생겼다. 그리고 그는 그 점을 절대 잊지 않을 것이다. 지금까지, 전쟁 기간의 절반이나 되는 시간이, 영국 밖으로 한 번도 나가 본 적이 없고 전쟁이 끝나도 카운티스버리를 벗어나지 않으려는 이 귀족의 후류(後流) 속에서 흘러갔다. 싱은 펀자브에 있는 가족과 멀리 떨어져 아는 사람이 아무도 없는 영국에 도착했다. 스물한 살 때였다. 그는 군인 외에는 만난 적이 없었다. 그래서 그는 실험용 폭탄 처리반 지원자를 모집한다는 공고를 읽었을 때 다른 공병들이 서퍽 경을 미치광이라고 말하는 것을 들었지만, 전쟁에서는 주도권을 잡아야 한다고 결심했다. 그리고 개성이 뚜렷한 인물이나 특정한 한 사람 곁에 있을 때 선택과 생존의 기회가 더 컸다.

지원자 가운데 그가 유일한 인도인이었고 서퍽 경은 늦게 왔다. 그들 열다섯 명은 서재로 안내되어 기다리라는 비서의 지시를 받았다. 그녀가 책상에 앉아 이름을 베껴 적는 동안 군인들은 면접과 시험에 대해 농담을 주고받았다. 그는 아는 사람이 아무도 없었다. 그는 벽으로 걸어가 기압계를 들여다보았다. 손으로 만지려다가 물러나서 얼굴을 가까이 들이댔다. **매우 건조**에서 **보통**으로, 이어서 **폭풍우**로. 그는 새로 배운 영어 발음법대로 그 단어들을 혼자 중얼거렸다. "웨우(Wery) 건조. **매우(Very) 건조.**" 그는 다른 사람들을 돌아보며, 방 안을 둘러보다가 중년의 비서와 시선이 마주쳤다. 그녀는 단호한 시선으로 그를 지켜보았다. 인도 소년. 그는 미소를 지으며 책장 쪽으로 걸어갔다. 이번에도 아무것도 만지지 않았다. 어느 순간 그는 올리버 호지 경의 『레이먼드, 또는 삶과 죽음』이라는 책에 코를 가까이 들이댔다. 그는 비슷한 제목의 다른 책을 발견했다. 『피에르 또는 모호함』. 돌아섰을 때 그에게 꽂혀 있는 여자의 시선과 다시 마주쳤다. 그는 마치 책을 주머니에 넣기라도 한 것처럼 죄책감을 느꼈다. 아마도 그녀는 터번을 처음 본 것 같았다. 영국 놈들! 그들은 네가 그들을 위해 싸워 주기를 기대하면서도 네게 말을 걸지는 않아. 싱. 그리고 모호함.

그들은 점심때가 되어서야 아주 활달한 서퍽 경을 만났다. 그는 원하는 사람 모두에게 와인을 따라 주고 지원자들이 농담할 때마다 매번 큰 소리로 웃었다. 오후가 되자 그들은 무엇에 쓰이는지에 대한 사전 정보 없이 기계 일부를 다시 조립하는 이상한 시험을 치렀다. 두 시간이 주어졌지만 문제를 푸는 대로 자리를 떠날 수 있었다. 싱은 시험을 빨리 마치고 나머지 시간을 다양한 부품으로 만들 수 있는 다른 물건들을 고안하며 보냈다. 그는 자신의 인종만 문제 되지 않는다면 쉽게 뽑히리라는 것을 직감했다. 그는 수학과 역학을 천성으로 타고나는 나라에서 왔다. 자동차는 절대 폐차되지 않았다. 자동차의 부속품들은 마을 뒤쪽으로 옮겨져 재봉틀이나 양수기로 개조되었다. 포드 뒷좌석은 덮개를 새로 씌워 소파가 되었다. 그의 동네 사람들은 대부분 연필보다 스패너나 드라이버를 더 많이 가지고 다녔다. 그렇다 보니 자동차의 엉뚱한 부품이 괘종시계나 관개용 도르래 또는 사무실 의자의 회전 장치에 들어갔다. 기

236

계적인 재난의 해독제는 쉽게 찾아졌다. 과열된 자동차 엔진은 새 고무호스로 식히는 것이 아니라 쇠똥을 콘덴서 주위에 발라 해결했다. 그가 영국에서 본 것은 인도 전역에서 2백 년 이상 쓸 수 있을 만한 부품들의 범람이었다.

그는 서픽 경이 선발한 세 명 중 하나였다. 그에게 말 한마디 건네지 않았던 이 남자는 (그리고 웃어 주지도 않았지만, 그건 단지 싱이 농담을 하지 않았기 때문이었다) 방을 가로질러 오더니 그의 어깨에 팔을 둘렀다. 엄격했던 비서가 바로 모든 양이었다. 그녀는 셰리를 담은 큰 잔 두 개를 쟁반에 받쳐 들고 부산스레 들어와 서픽 경에게 한 잔 건네고는, "당신은 술 안 마시죠"라며 자신이 남은 한 잔을 들어 그를 향해 잔을 들어 올렸다. "축하해요. 시험 성적이 아주 우수하더군요. 시험을 치르기 전부터 당신이 뽑힐 줄 알았지만."

"모든 양은 사람을 볼 줄 알지. 명석함과 인품에 대한 감각이 뛰어나다네."

"인품이라고요, 선생님?"

"그렇다네. 물론 그런 것이 꼭 필요한 것은 아니지만, 우린 함께 일할 사람들일세. 여기서는 다들 한 가족인 셈이지. 점심 전에 이미 모든 양은 자네를 골랐다네."

"윙크해 주고 싶었지만 꾹 참았답니다, 싱 씨."

서픽 경이 다시 싱의 어깨에 팔을 얹고 그를 창문 쪽으로 데려갔다.

"훈련은 다음 주 중반까지는 시작하지 않아도 되니, 부대원 몇을 홈 팜으로 부를 생각이라네. 데번에서 다 함께 지식을 모으고 서로를 알아갈 수 있을 걸세. 자네는 우리하고 같이 험버를 타고 가지."

그렇게 그는 전쟁이라는 혼란스러운 기계 장치에서 벗어날 길을 얻었다. 그는 1년 동안의 외국 생활 후에 가족의 품에 들어섰다. 마치 돌아온 탕자이기라도 한 듯 그는 식탁에 마련된 자리에 앉아, 대화의 품에 안겼다.

브리스틀 해협이 내려다보이는 해안 도로를 따라 서머싯에서 데번으로 들어서는 경계를 넘었을 때는 거의 어두워질 무렵이었다. 하츠 씨는 길 양쪽에 헤더와 진달래가 석양빛에 짙은 핏빛으로 피어 있는 좁은 길로 차를 꺾었다. 진입로가 5킬로미터였다.

그곳에는 서픽, 모든, 하츠의 삼위일체 외에 부대를 구성하는 여섯 명의 공병이 있었다. 그들은 주말 동안 석조 시골집 주변의 황야를 걸었다. 토요일 밤 만찬에는 여성 비행사가 모든 양과 서픽 경 부부와 합류했다. 스위프트 양은 육로를 따라 인도까지 비행하는 것을 늘 꿈꾸고 있다고 싱에게 말했다. 병영에서 나온 이후 싱은 자신이 있는 곳이 어디인지 전혀 알지 못했다. 천장 높이 달린 롤러에 지도가 있었다. 어느 날 아침 혼자 있을 때 그는 롤러를 바닥에 닿을 때까지 끌어 내렸다. 카운티 스버리와 그 일대. R. 폰스 지도 작성. 제임스 할리데이 씨의 요청에 따라 작성됨.

"요청에 따라 작성됨……." 그는 영국인들을 사랑하기 시작했다.

해나에게 에리스에서 일어난 폭발에 관해 이야기할 때 그는 그녀와 함께 밤에 천막 안에 있었다. 서퍽 경이 해체하던 중 폭발해 버린 250킬로그램짜리 폭탄. 그 폭발로 프레드 하츠 씨와 모든 양, 그리고 서퍽 경에게 실습을 받고 있던 공병 네 명도 죽었다. 1941년 5월이었다. 싱이 서퍽 경의 부대에 들어온 지 1년이 지났을 때였다. 그날 그는 런던에서 블랙클러 중위와 함께 엘리펀트 앤드 캐슬 지역의 사탄 폭탄을 제거하는 임무를 수행하고 있었다. 두 사람은 1.8톤짜리 폭탄을 해체하는 작업을 함께했고 기진맥진해 있었다. 그는 작업 중반쯤에 고개를 들어 자기 쪽을 가리키는 폭탄 처리 장교 두 명을 보고 무슨 일인지 의아해했던 기억이 남아 있었다. 아마도 또 다른 폭탄을 찾았다는 뜻이리라. 이미 밤 열 시가 넘었고 그는 위험할 정도로 지쳐 있었다. 해체해야 할 폭탄이 하나 더 있었다. 그는 다시 작업으로 돌아갔다.

그들이 사탄 작업을 끝냈을 때 그는 시간을 절약하기로 마음먹고 장교 중 한 명에게 다가갔다. 장교는 처음에는 자리를 뜨고 싶은지 몸을 반쯤 돌렸다.

"네, 어딥니까?"

그 남자가 그의 오른손을 잡았을 때 그는 뭔가 잘못되었음을 알았다. 블랙클러 중위가 그의 뒤에 있었다. 장교가 그들에게 사건을 전했고, 블랙클러 중위는 싱의 어깨에 손을 얹고 그를 꽉 잡았다.

그는 에리스로 가는 차에 올랐다. 그는 장교가 자신에게 물어보려고 머뭇거린 질문을 짐작했다. 장교가 단순히 죽음을 알리기 위해 그를 찾아오진 않았으리라는 걸 그는 알고 있었다. 그들은 전쟁 중이었다. 근처 어딘가에 두 번째 폭탄이 있다는 뜻이었다. 아마도 같은 종류의 폭탄일 것이고, 이번이야말로 무엇이 잘못되었는지 알아낼 수 있는 유일한 기회였다.

그는 이 일을 혼자 하고 싶었다. 블랙클러 중위는 런던에 남기로 했다. 그들은 부대에 남은 마지막 두 사람이었고, 두 사람이 함께 목숨을 거는 것은 어리석은 일이었다. 서픽 경이 실패했다면 무언가 새로운 것이 있다는 뜻이었다. 어떤 경우이든 그는 혼자서 이 일을 하고 싶었다. 두 사람이 함께 일할 때는 논리의 기반이 있어야 했다. 결정을 공유하고 서로 타협해야 했다.

그는 차를 타고 밤의 어둠 속을 지나는 동안 감정의 수면 위로 올라온 모든 것들을 도로 눌러 버렸다. 정신을 명료하게 유지하기 위해서는 그들은 여전히 살아 있어야 했다. 셰리주를 마시기 전에 큰 잔으로 독한 위스키 한 잔을 마시는 모든 양. 이렇게 하면 그녀는 술을 더 천천히 마실 수 있고 저녁 내내 더욱 더 숙녀처럼 보일 수 있었다. "술을 안 마시죠, 싱 씨. 하지만 마시게 되면 나처럼 하는 게 좋아요. 먼저 위스키 한 잔을 비운 뒤, 그다음부터는 노련한 궁정인처럼 홀짝홀짝 마실 수 있죠.”
그녀의 느긋하고 걸걸한 웃음소리가 이어졌다. 그녀는 그가 평생 만나 본 여자 가운데 유일하게 은색 플라스크 두 개를 지니고 다니는 사람이었다. 그러니 그녀는 여전히 술을 마시고 있고, 서퍽 경은 여전히 키플링 케이크를 깨작깨작 먹고 있었다.

다른 폭탄은 8백 미터 떨어진 지점에 있었다. 이것도 SC-250킬로그램이었다. 익숙한 종류처럼 보였다. 그들은 그런 종류의 폭탄을 수백 개 해체했다. 대부분은 설명서대로 기계적으로 해냈다. 이것이 전쟁이 진행되는 방식이었다. 6개월 정도마다 적군은 뭔가를 변형했다. 그러면 그 속임수, 변덕, 그 짧은 변주를 익혀 다른 부대원들에게 전수했다. 이제 그들은 새로운 국면에 들어서 있었다.

그는 아무도 데려가지 않았다. 그는 단순히 매 단계를 기억하기만 하면 되었다. 그를 태워다 준 하사관은 하디라는 사람이었고, 그는 지프 옆에 남아 있기로 했다. 다음 날 아침까지 기다렸다가 해도 된다는 말을 들었지만, 그는 그들이 지금 당장 작업하기를 바란다는 것을 알고 있었다. 250킬로그램의 SC는 너무 흔했다. 변형이 있으면 빨리 알아내야 했다. 그는 미리 전화해서 조명을 밝혀 달라고 부탁했다. 그는 피곤한 몸으로 작업하는 것은 개의치 않았지만 지프 두 대의 불빛이 아닌 제대로 된 조명을 원했다.

그가 에리스에 도착했을 때 폭탄 지대는 이미 환하게 밝혀져 있었다. 평화 시 대낮이었다면 그냥 들판이었을 것이다. 산울타리, 어쩌면 연못도. 이제는 전투장이었다. 추웠다. 그는 하디의 스웨터를 빌려서 위에 껴입었다. 어쨌든 불빛이 그를 따뜻하게 해 줄 것이었다. 그가 폭탄을 향해 다가갈 때 그들은 여전히 그의 마음속에 살아 있었다. 시험.

환한 불빛 속에 구멍이 많이 난 금속 부분이 정확한 초점 속으로 튀어 올랐다. 이제 그는 불신 이외에 모든 것을 잊었다. 열일곱 살, 심지어 열세 살 나이에 고수를 이길 수 있는 뛰어난 체스 선수가 될 수도 있지만, 그런 나이에 뛰어난 브리지 선수가 될 수는 없다고 서픽 경은 말했었다. 브리지는 성격에 달려 있다네. 자신의 성격과 상대의 성격. 적의 성격을 고려해야 하지. 폭탄 제거도 마찬가지일세. 두 손으로 하는 브리지 게임이야. 적은 한 명이지. 짝은 없어. 가끔 내 시험에서 브리지 게임을 시키기도 하지. 사람들은 폭탄이 기계적인 물체, 기계적인 적이라고 생각해. 하지만 폭탄도 누군가가 만들었다는 점을 고려해야 해.

폭탄이 땅에 떨어지면서 폭탄의 표피가 찢겨 나갔고 싱은 폭탄 내부의 폭발 물질을 볼 수 있었다. 그는 누군가 지켜보는 느낌이 들었다. 쳐다보는 이가 서픽인지 아니면 이 기묘한 장치의 발명가인지 생각하지 않으려 했다. 인공조명의 상쾌함이 그의 기운을 북돋아 주었다. 그는 폭탄 주위를 돌며 모든 각도에서 들여다보았다. 신관을 제거하려면 본체를 열고 폭약을 지나가야 했다. 그는 가방의 단추를 풀고 범용 열쇠를 꺼내 폭탄 외피의 뒤판을 조심스럽게 비틀어 열었다. 안을 들여다보고 그는 신관 삽입부가 외피에서 떨어져 나온 것을 확인했다. 이것이 행운인지, 아니면 불운인지 그는 아직 알 수 없었다. 문제는 그 장치가 벌써 작동 중인지, 벌써 기폭 장치가 켜졌는지 알 수 없다는 것이었다. 그는 무릎을 꿇고 그 위로 몸을 기울였다. 혼자라는 사실에, 단순 명료한 선택의 세계로 돌아왔다는 사실에 기뻤다. 왼쪽으로 돌려야 할지 오른쪽으로 돌려야 할지. 이걸 잘라야 할지 아니면 저걸 잘라야 할지. 그러나 그는 피곤했고, 그의 가슴속에는 여전히 분노가 도사리고 있었다.

그에게 시간이 얼마나 더 있는지 알 수 없었다. 너무 오래 기다리면 더 위험했다. 그는 실린더 끝을 군화로 단단히 잡고 손을 안으로 뻗어 신관 삽입부를 뜯어 올려 폭탄에서 떼어 냈다. 그렇게 하자마자 그의 몸이 떨리기 시작했다. 그가 신관을 꺼낸 것이다. 그 폭탄은 이제 사실상 위험하지 않았다. 그는 전선이 엉켜 있는 신관을 풀밭에 내려놓았다. 불빛 속에서 보니 깔끔하고 훌륭한 장치였다.

그는 45미터 떨어진 트럭 쪽으로 본체를 끌고 갔다. 그곳에 있던 사람들이 폭발물을 비워 낼 것이다. 그가 끌고 가는 사이, 4백 미터 떨어진 곳에서 세 번째 폭탄이 터지며 하늘이 환히 밝아져, 아크등조차 은은하고 인간적으로 보였다.

어느 장교가 머그잔을 그에게 건넸다. 술이 섞인 호릭스였다. 그는 혼자서 신관 삽입부로 돌아갔다. 그는 음료수에서 피어오르는 김을 들이마셨다.

더 이상 심각한 위험은 없었다. 자칫 잘못하면 작은 폭발이 그의 손을 날려 버릴 수도 있었다. 그러나 충격의 순간 그게 그의 심장에 꽂히지 않는 한 죽지는 않을 것이다. 이제 문제는 단순히 문제일 뿐이었다. 신관. 폭탄 속에 새로 심어 둔 '장난질'.

미로 같은 전선들을 원상태로 돌려놓아야 했다. 그는 장교에게 다시 걸어가 보온병에 남아 있는 뜨거운 음료를 더 달라고 청했다. 그런 다음 돌아와 다시 신관 앞에 앉았다. 새벽 1시 30분경이었다. 그저 짐작일 뿐이었다. 그는 시계를 차고 있지 않았다. 30분 동안 그는 단춧구멍에 매단 외알 안경 모양의 원형 유리 확대경으로 신관을 들여다보기만 했다. 그는 몸을 굽혀 쩜쇠 때문에 생겼을지 모를 다른 긁힌 자국이 없는지 황동을 유심히 살펴보았다. 아무것도 없었다.

훗날 그는 딴생각할 거리가 필요해질 것이었다. 훗날 수많은 사건과 순간이 그의 마음속에 한 편의 개인사가 되었을 때, 그는 눈앞의 문제를 생각하는 동안 다른 모든 것을 태워 버리거나 묻어 버릴 수 있는 백색 소음에 준하는 무언가가 필요해질 것이었다. 라디오나 크리스털 수신기와 거기서 나는 요란한 밴드 음악이 훗날 찾아올 것이었다. 현실이라는 비에 젖지 않도록 막아 줄 방수포로.

그러나 지금 그는 저 멀리 있는 무언가를 의식했다. 마치 구름 위에 비친 번개의 반사광 같았다. 하츠와 모든과 서픽은 죽었다. 갑자기 이름만 남았다. 그의 눈은 다시 신관 상자에 집중했다.

그는 논리적인 가능성들을 고려하면서 머릿속으로 신관을 거꾸로 뒤집어 보기 시작했다. 그런 다음 다시 가로로 돌렸다. 그리고 몸을 숙여 기폭 장치 연결부 나사를 풀어내며 황동이 긁히는 소리가 들리는지 귀를 바짝 가져갔다. 아주 작은 딸깍 소리도 나지 않았다. 정적 속에서 기폭관이 분리되었다. 그는 조심스레 신관에서 시계태엽 장치를 분리해 내려놓았다. 그는 신관 삽입부 관을 집어 들고 다시 그 안을 들여다보았다. 아무것도 보이지 않았다. 그는 그것을 풀 위에 내려놓으려다가 멈칫하며 다시 불빛 앞으로 가져왔다. 무게 말고는 잘못된 것이 없었다. 무게를 생각하게 된 것도 장난질의 흔적을 찾고 있었기 때문이었다. 보통은 소리를 들어 보고 육안으로 보기만 했다. 그가 관을 조심스럽게 기울이자 무게 추가 입구를 향해 미끄러져 내려왔다. 두 번째 기폭관이었다. 폭탄 해체 시도를 무산시키려는 또 다른 별도의 장치였다.

그는 그 장치를 조심조심 자기 쪽으로 당겨 와 기폭관 연결부를 풀었다. 희푸른 색 섬광과 함께 장치에서 채찍 휘두르는 소리가 났다. 두 번째 기폭 장치가 터진 것이다. 그는 그것을 꺼내 풀밭 위의 다른 부품들 옆에 놓았다. 그는 지프로 돌아갔다.

"두 번째 기폭관이 있었습니다." 그가 중얼거렸다. "전선들을 잡아 꺼낼 수 있어서 정말 운이 좋았어요. 본부에 전화해서 다른 폭탄이 더 있는지 알아봐 주십시오."

그는 군인들을 지프에서 떨어지게 하고 그곳에 간이 작업대를 설치한 다음 아크등을 그 위에 비추어 달라고 요청했다. 그는 몸을 숙여 세 개의 부품을 집어 올린 후 임시 작업대에 각각 30센티미터 간격으로 내려놓았다. 그는 이제 추웠다. 자기 몸 속의 따듯한 숨을 가볍게 내쉬었다. 그는 고개를 들어 위를 쳐다보았다. 저 멀리서 군인 몇 명이 여전히 본체의 폭발물을 비우는 작업 중이었다. 그는 재빨리 몇 가지 내용을 쪽지에 적어서 새로운 폭탄에 대한 해법을 장교에게 건네주었다. 물론 그가 완전히 이해한 것은 아니지만 그들도 이 정보를 손에 넣게 될 것이다.

햇빛이 불이 있는 방에 들어오면 불이 사그라든다. 그는 서픽 경과 그의 기묘한 정보들을 사랑했다. 그러나 이곳에서 서픽 경의 부재는, 이제 모든 것이 싱에게 달려 있다는 의미에서, 그의 경계심이 런던시 전역에 있는 이런 변종 폭탄들로 확장되었음을 의미했다. 그에게 갑자기 책임감이라는 지도가 생긴 것이었다. 그것이 서픽 경이 늘 인품 속에 지니고 있던 어떤 것임을 그는 깨달았다. 바로 이러한 자각으로 인해 그는 훗날 폭탄 작업을 할 때면 자신의 내면에서 많은 것을 차단해야 할 필요를 느끼게 되었다. 그는 권력의 안배에는 전혀 관심이 없는 사람 중 하나였다. 그는 계획과 해법을 주고받는 걸 불편하게 여겼다. 그는 오직 상황을 파악하고 해결책을 찾아내는 일만 할 수 있다고 느꼈다. 서픽 경의 죽음이 현실로 그에게 다가왔을 때, 그는 맡은 일을 마무리하고 군대라는 익명의 기계에 재입대했다. 그는 백 명의 다른 공병을 싣고 이탈리아 전투로 향하는 군함 **맥도널드**호에 올랐다. 여기서 그들은 폭탄뿐 아니라 다리를 놓거나 잔해를 치우고, 장갑 철도 차량의 선로를 설치하는 데 투입되었다. 그는 전쟁이 끝날 때까지 그곳에서 숨어 지냈다. 서픽 부대에 있었던 시크교도를 기억하는 사람은 거의 없었다. 블랙클러 중위만이 유일하게 재능에 따라 승진했을 뿐, 부대 전체가 1년 만에 해체되고 잊혔다.

그러나 그날 밤 루이샴과 블랙히스를 지나 에리스로 향하는 차를 타고 가면서 싱은 자신이 다른 어느 공병보다도 서픽 경의 지식을 많이 담고 있음을 깨달았다. 그는 서픽 경의 후임이 될 것으로 기대되었다.

아크등 소등을 알리는 호루라기 소리를 들었을 때 그는 아직 트럭 앞에 서 있었다. 30초 이내에 금속성 불빛은 트럭 뒤에서 비치는 유황 조명탄으로 바뀌었다. 또 다른 폭격. 이런 작은 불빛들은 비행기 소리가 들리면 곧바로 끌 수 있었다. 그는 SC-250킬로그램에서 꺼낸 부속품 세 개를 마주하고 빈 휘발유 통에 앉았다. 조용한 아크등이 꺼진 후 그의 주변에 켜진 조명탄에서 나는 쉭 소리가 크게 들렸다.

그는 앉아서 지켜보고 귀를 기울이며 부품에서 짤각 소리가 나기를 기다렸다. 다른 사람들은 45미터 떨어진 곳에서 침묵했다. 그는 이 순간만큼은 자신이 왕이고 꼭두각시 인형을 조정하는 주인이며, 무엇이든 명령할 수 있다는 것을 알고 있었다. 그가 필요하다면, 모래 한 양동이든, 과일 파이든. 비번일 때 붐비지 않는 술집에서 그를 보아도 말 한마디 건네지 않을 사람들이 그가 바라는 대로 무엇이든 해 줄 것이었다. 그에겐 생소

한 일이었다. 마치 맞지 않는 옷을 입은 것처럼, 옷 안에서 굴러다닐 만큼 크고 소매가 땅에 끌리는 양복을 건네받은 것 같았다. 하지만 그는 자신이 그것을 좋아하지 않는다는 것을 알았다. 그는 투명 인간 같은 자신의 미미한 존재감에 익숙해져 있었다. 영국에서 그는 어느 막사를 가든 여러번 무시당했고, 그편을 선호하게 되었다. 훗날 해나가 그에게서 본 자립심과 은둔적인 성향은 단지 그가 이탈리아 전투에서 공병으로 활동했기 때문만은 아니었다. 그것은 다른 인종에 속한 익명의 존재, 보이지 않는 세계의 부분으로 살아온 결과이기도 했다. 그는 그 모든 것에 맞서 방어적인 성격을 구축했고, 자신과 친구가 된 사람들만 신뢰했다. 그러나 에리스에서의 그날 밤, 그는 그처럼 특별한 재능을 갖지 못한 주변의 모든 사람에게 영향을 끼치는 전선을 자기에게 부착할 수 있음을 알았다.

몇 달 후 그는 이탈리아로 탈출하면서 스승의 그림자를 배낭에 넣고 짐을 꾸렸다. 처음 크리스마스로 휴가를 받았을 때 히포드롬 극장에서 보았던 초록색 옷을 입은 소년이 그랬던 것처럼. 서퍽 경과 모든 양이 그에게 영국 연극을 보여 주겠다고 했었다. 그는 『피터 팬』을 골랐고, 그들은 말없이 받아들이고 소리를 질러대는 아이들로 꽉 들어찬 연극을 함께 보러 갔다. 그가 이탈리아의 작은 언덕 마을에서 해나와 함께 천막 안에 누워 있을 때 그런 추억의 그림자가 그와 함께했다.

자신의 과거나 성격을 드러내는 일은 그에게 너무 요란스러운 행동이었을 것이다. 두 사람 관계의 가장 깊은 동기가 무엇인지에 대해 그녀에게 물을 수 없었던 것과 마찬가지로. 그는 함께 앉아 식사했던 그 낯선 영국인 세 명에게 느꼈던 것과 같은 강렬한 애정으로 그녀를 안았다. 초록색 소년이 팔을 들고 무대 위 어둠 속으로 높이 날아갔다가 돌아와 지상에 붙이고 사는 가족의 어린 소녀에게도 그런 경이로움을 가르쳐 줄 때 그가 웃음을 터뜨리고 기뻐하며 경탄하던 모습을 지켜보았던 사람들.

조명탄으로 밝혀진 에리스의 어둠 속에서 그는 비행기 소리가 들릴 때마다 멈추곤 했다. 유황 조명탄은 하나씩 모래 더미로 가라앉았다. 그는 비행기 엔진 소리가 단조롭게 울려 퍼지는 어둠 속에 앉아 의자를 옮기며 몸을 앞으로 기울여 째깍거리는 기계 장치에 귀를 가까이 대고, 머리 위를 날고 있는 독일 폭격기의 진동 속에서 기계 소리를 놓치지 않으려 애쓰며 딸깍거리는 소리의 간격을 쟀다.

그러다가 그가 기다리던 일이 일어났다. 정확히 한 시간 후 타이머가 걸리며 뇌관이 폭발했다. 주 기폭 장치를 제거하자, 보이지 않던 격침이 풀리면서 숨겨진 두 번째 기폭 장치를 작동시킨 것이다. 폭탄은 60분 후에 폭발하도록 설정되어 있었다. 보통 공병들이 폭탄이 안전하게 해체되었다고 생각했을 시간이 한참 지난 후였다.

이 새로운 장치는 연합군의 폭탄 처리 방향을 완전히 바꾸어 놓을 만했다. 이제부터 모든 시한폭탄은 두 번째 기폭 장치의 위협을 지니게 되었다. 이제는 공병들이 단순히 신관을 제거해서 폭탄의 작동을 멈출 수 없게 된 것이다. 신관을 그대로 둔 채 폭탄을 중화시켜야만 했다. 어떻게 해서인지, 그는 아까 아크등에 둘러싸여 분노에 휩싸인 채, 절단된 두 번째 신관을 함정 장치 속에서 뽑아냈다. 폭격이 퍼부어지는 유황빛 어둠 속에서 그는 희푸른 불꽃이 자신의 손바닥만 하게 번쩍이는 것을 보았다. 한 시간 후. 그가 살아남은 것은 오직 운이 따른 것이었다. 그는 장교에게 되돌아가 말했다. "확실히 하려면 신관이 하나 더 필요합니다."

그들은 그의 주위에 조명탄을 켰다. 다시 한번 빛이 그가 잠겨 있던 어둠의 원 안으로 쏟아졌다. 그날 밤 그는 두 시간이 넘도록 새로운 신관들을 계속 시험했다. 60분 지연은 일관된 것으로 판명되었다.

그는 그날 밤 내내 에리스에 있었다. 아침에 눈을 떠 보니 런던에 돌아와 있었다. 차를 탄 기억이 없었다. 잠에서 깬 그는 일어나 책상에 앉아 폭탄의 단면도를 스케치하기 시작했다. 신관들, 기폭 장치들, ZUS-40 문제 전체를 신관부터 잠금 고리까지. 그런 다음 폭탄을 해체할 수 있는 온갖 공략 경로를 기본 그림 위에 빼곡히 그려 넣었다. 모든 화살표가 정확하게 그려졌고, 설명도 배운 대로 명확하게 쓰였다.

전날 밤 그가 발견한 것은 온전한 사실임이 입증되었다. 살아남은 것은 순전히 운이 좋아서였다. 그런 폭탄을 터뜨리지 않고 현장에서 해체할 수 있는 방법은 없었다. 그는 커다란 청사진 종이에 자신이 알고 있는 모든 것을 적고 그림으로 그렸다. 그리고 맨 아래에 이렇게 적었다. 1941년 5월 10일, 서퍽 경의 소망에 따라 그의 제자인 키르팔 싱 중위가 그림.

서퍽의 죽음 이후 그는 온 힘을 다해 미친 듯이 일했다. 폭탄은 새로운 기술과 장치로 빠르게 변하고 있었다. 그는 블랙클러 중위 및 다른 세 명의 전문가와 함께 리젠트 파크에 있는 막사에서 지내며 새로운 폭탄이 들어올 때마다 청사진을 그리고 해결책을 연구했다.

12일 동안 과학 연구국에서 일하면서 그들은 해답을 찾아냈다. 신관을 완전히 무시하라. 제1원칙을, 그때까지는 '폭탄을 해체하라'였던 원칙을 무시하라. 그것은 획기적이었다. 그들은 장교 회의 도중 모두 웃고 손뼉 치며 부둥켜안았다. 그들은 대안이 무엇인지 전혀 몰랐지만, 자신들이 이론적으로 옳다는 것을 알고 있었다. 문제를 부둥켜안고 있다고 해서 풀 수는 없었다. 블랙클러 중위가 한 말이었다. "방에 문제와 함께 있을 때는 그 문제에 말을 걸지 말라." 무심코 던진 말이었다. 싱은 그에게 다가가 그 말을 다른 각도에서 풀이했다. "그렇다면 아예 신관을 건드리지 맙시다."

일단 그들이 이 생각에 이르자 누군가 일주일 만에 해법을 찾아냈다. 증기 무효법. 폭탄 본체에 구멍을 뚫은 다음 증기를 주입하여 주 폭발물을 유화시킨 후 배출하는 방식이었다. 그렇게 해서 한동안은 문제가 해결되었다. 그러나 그즈음에 그는 이탈리아로 가는 배에 올라 있었다.

"폭탄 옆면에는 항상 노란 분필로 글씨가 쓰여 있어요. 본 적이 있나요? 라호르 박물관 안뜰에 줄을 섰을 때 우리 몸에 노란 분필로 글씨가 쓰여 있었던 것처럼요.

입대할 때 우리는 줄을 서서 길거리에서 병원 건물 안으로, 그리고 다시 안뜰로 천천히 나아갔어요. 우리는 자원입대 중이었죠. 의사 한 명이 의료 기구들을 들고 우리에게 신체검사 합격과 불합격 판정을 내렸어요. 양손으로 우리 목을 살펴보면서요. 데톨 소독액에 담궜다 꺼낸 집게로 우리 피부 여기저기를 집어 올렸지요.

합격한 사람들이 안뜰을 가득 채웠어요. 암호로 표시한 검사 결과가 우리 피부에 노란 분필로 적혀 있었어요. 나중에 줄을 서서 간단한 면접을 마친 후 한 인도 관리가 우리 목에 걸린 석판에 노란색 분필로 더 적어 넣었어요. 우리의 체중, 나이, 거주 지역, 교육 수준, 치아 상태, 그리고 우리가 어느 부대에 가장 적합한지.

나는 모욕당했다고 느끼지 않았습니다. 우리 형이라면 아마 그랬을겁니다. 분개해서 우물가로 걸어가선 물을 길어 올려 분필로 쓴 글씨를 씻어 냈을 겁니다. 난 형하고는 다릅니다. 하지만 형을 사랑했어요. 형을 우러러봤지요. 나는 모든 사물에서 이유를 찾아내는 기질이 있습니다. 나는 성실하고 진지한 태도를 가진 학생이었어요. 형은 내 그런 면을 흉내 내고 놀려댔습니다. 물론 당신은 이해하겠지요. 내가 형보다 훨씬 진지하지 않은 사람이라는 것을. 난 단지 정면으로 맞서는 것을 싫어했을 뿐입니다. 그렇다고 내가 원하는 일을 하지 않거나, 하고 싶은 대로 하지 않았던 것은 아닙니다. 나는 우리처럼 침묵하는 삶을 사는 사람들에게 열리는 공간, 남들이 간과하는 공간이 있다는 것을 일찌감치 발견했지요. 난 내게 자전거를 타고 어떤 다리를 건너거나, 요새의 특정 문을 지나갈 수 없다고 말하는 경찰과 다투지 않았어요. 그냥 그곳에 가만히 서 있었죠. 내가 보이지 않게 될 때까지. 그런 다음에 지나갔어요. 귀뚜라미처럼요. 숨겨진 한 잔의 물처럼. 이해하겠어요? 그게 바로 형의 공공연한 싸움에서 내가 배운 겁니다.

하지만 내게 형은 언제나 우리 집안의 영웅이었죠. 나는 형이 선동가로서 지닌 위상의 후류 속에 있었어요. 시위가 끝날 때마다 형이 지쳐 가는 것을 지켜보았어요. 이런 모욕이나 저런 법에 맞서려고 자신의 몸을 곧추세우면서요. 형은 우리 집안의 전통을 깨고 장남이면서도 군 입대를 하지 않겠다고 했어요. 영국인이 권력을 가진 상황이면 무엇이든지 동의하지 않으려 했습니다. 그래서 영국인들이 형을 감옥으로 끌고 갔습니다. 라호르 중앙 형무소로요. 나중에는 자트나가르 감옥으로. 밤이면 형은 석고를 감은 팔을 치켜든 채 간이침대에 누워 있었어요. 형 친구들이 형을 보호하겠다고, 그의 탈옥 시도를 막으려고 팔을 부러뜨렸거든요. 감옥에서 그는 침착해지고 비뚤어졌습니다. 좀 더 나처럼 되었던 거죠. 내가 의사가 되지 않고 형 대신 입대하기로 했다는 소식을 듣고도 형은 모욕받지 않았어요. 그저 웃더니 아버지를 통해 내게 몸조심하라는 말을 전했습니다. 형은 나나 내가 하는 일에 결코 왈가왈부하지 않을 겁니다. 형은 내가 생존 요령을 터득했고 조용한 곳에 숨을 줄 안다고 확신했죠.”

부엌 조리대에 앉아 해나와 이야기하고 있다. 카라바조가 무거운 밧줄 똬리를 어깨에 메고 밖으로 나가는 길에 지나간다. 누가 묻기라도 하면 그는 자기 사정이라고 잘라 말한다. 그가 밧줄을 질질 끌고 문밖으로 나가면서 말한다. “영국인 환자가 자네를 찾아, 보요(boyo)*.”

“알았어요, 보요.” 공병이 조리대에서 뛰어내린다. 그의 인도 억양이 미끄러지듯 카라바조가 꾸며 낸 웨일스 어투로 스며든다.

“우리 아버지는 늘 새 한 마리를 곁에 두셨어요. 작은 칼새였던 것 같아요. 안경이나 식사 중에 마시는 물 한 잔처럼 아버지의 편안함에 꼭 필요한 것이었죠. 집에서는 침실에 잠깐 들어갈 때에도 새를 데리고 들어가셨어요. 일 나갈 때는 작은 새장을 자전거 손잡이에 매달고 갔죠.”

“아버지가 아직 살아 계시나요?”

“그럼요. 그럴 거예요. 한동안 편지를 못 받았어요. 그리고 형은 아마 아직도 감옥에 있을 겁니다.”

254

그에겐 계속 떠오르는 기억이 하나 있다. 그가 백마 안에 있다. 백악 언덕에서 그는 덥다고 느낀다. 하얀 먼지가 일어 그의 주위에 소용돌이친다. 그는 기계 장치와 씨름하고 있다. 아주 간단한 장치지만 그는 처음으로 혼자서 작업하고 있다. 모든 양이 18미터 위, 비탈 위쪽에 앉아 그가 하는 일을 적고 있다. 그는 언덕 아래 골짜기 건너편에서 서픽 경이 망원경으로 지켜보고 있다는 것을 알고 있다.

그는 천천히 작업한다. 백악 먼지가 일어났다가 사방에, 그의 손과 기계 장치에 내려앉는다. 장치의 세밀한 부분을 보려면 신관 마개와 전선 위에 내려앉은 백악 가루를 계속 불어 날려야 한다. 군복 상의 속이 무덥다. 그는 자꾸만 땀에 젖는 손목을 뒤로 돌려 웃옷 등에 닦는다. 헐거워지거나 풀어낸 부품들로 가슴에 달린 여러 주머니가 가득 차 있다. 그는 반복해서 점검하는 데 지쳤다. 그때 모든 양의 목소리가 들린다. "킵?" "네." "잠시 하던 일 멈춰요, 내려갈게요." "오시지 않는 게 좋습니다, 모든 양." "내려가요." 그는 조끼 주머니마다 달린 단추를 잠그고 폭탄 위에 천을 덮는다. 그녀가 어색하게 백마 안으로 내려와 옆에 앉으며 손가방을 연다. 작은 병의 화장수를 꺼내 레이스 손수건에 적셔 그에게 건넨다. "이걸로 얼굴을 닦아요. 서픽 경은 기분 전환할 때 이걸 쓰세요." 그는 머뭇머뭇 손수건을 받아 들고 그녀가 시키는 대로 이마와 목, 손목을 가볍게 누른다. 그녀가 보온병을 열고 두 사람을 위해 차를 따른다. 그러고는 기름종이를 풀어 키플링 케이크 조각을 꺼내 놓는다.

그녀는 언덕 위 안전한 곳으로 서둘러 돌아가려는 기미가 없다. 그리고 그녀에게 돌아가라고 하는 것은 무례한 행동일 것이다. 그녀는 그저 기승을 부리는 더위와 적어도 그들이 마을에서 모두가 바라 마지않는 욕실이 딸린 방을 구했다는 사실에 대해 이야기한다. 서퍽 경을 만나게 된 경위에 대해서도 두서없이 늘어놓는다. 그들 옆에 있는 폭탄에 대해서는 한마디도 하지 않는다. 이 직전까지 그는 반쯤 잠든 사람이 같은 단락을 읽고 또 읽으며 문장과 문장 사이의 연관성을 찾으려 할 때처럼 느려지고 있었다. 그녀가 문제의 소용돌이에서 그를 끌어냈다. 그녀는 꼼꼼하게 가방을 챙기고 그의 오른쪽 어깨에 손을 얹은 후 웨스트버리 말 위쪽에 펼쳐 놓은 담요 위 자신의 자리로 돌아간다. 그에게 선글라스를 남겨두고 가지만, 그걸 쓰고는 분명히 볼 수 없기 때문에 그는 옆에 놓아둔다. 그러고는 다시 작업으로 돌아간다. 화장수 향기. 어렸을 때 한 번 맡았던 기억이 난다. 그가 열이 났을 때 누군가 향수로 그의 몸을 닦아 주었다.

8

신성한 숲

킵이 땅을 파고 있던 들판에서 걸어 나온다. 왼손을 삔 것처럼 앞으로 치켜들고 있다.

그는 해나의 텃밭에 있는 허수아비, 정어리 깡통이 매달린 십자가를 지나 빌라를 향해 언덕을 오른다. 촛불이 꺼지지 않도록 보호하듯 앞에 든 손을 오므려 다른 손을 감싼다. 해나가 테라스에서 그를 맞는다. 그가 그녀의 손을 잡아 자기 손에 갖다 댄다. 그의 새끼손가락 손톱을 돌고 있던 무당벌레가 재빨리 그녀의 손목 위로 건너간다.

그녀는 집으로 돌아선다. 이제 그녀의 손이 앞으로 들려 있다. 그녀는 부엌을 지나 계단을 걸어 올라간다.

그녀가 들어서자 환자가 그녀를 향해 고개를 돌린다. 그녀는 무당벌레를 담은 손으로 그의 발을 건드린다. 무당벌레가 그녀를 떠나 검은 피부 위로 옮겨 간다. 하얀 침대보 바다를 피해 벌레는 그의 몸 나머지 부분을 향해 긴 여정을 시작한다. 화산 살갖 같은 몸 위에 선명한 붉은 점.

*

도서실 안, 신관 상자가 허공에 떠 있다. 카라바조가 복도에서 들려오는 해나의 즐거운 고함 소리에 몸을 돌리다가 카운터에서 밀어내 버린 것이다. 바닥에 떨어지기 전에 킵이 미끄러지듯 그 아래로 몸을 날려 손으로 받아 낸다.

카라바조는 아래를 내려다보며 두 뺨 가득 참았던 숨을 재빨리 토해 내는 청년의 얼굴을 본다.

그가 자신의 생명의 은인임을 불현듯 깨닫는다.

킵이 전선 상자를 손에 든 채, 나이가 더 많은 남자 앞에서 수줍어하던 태도를 버리고 웃음을 터뜨린다.

카라바조는 그 미끄러지던 동작을 기억할 것이다. 그는 자리를 떠 버리고 그를 다시 보지 않을 수도 있다. 그러나 결코 그를 잊지 않을 것이다. 지금부터 몇 년 후 토론토의 어느 거리에서 카라바조는 택시에서 내리면서 그 택시를 타려는 동인도인을 위해 문을 잡아 주면서 그때 킵을 떠올릴 것이다.

이제 공병은 카라바조의 얼굴을 향해 웃다가 그 얼굴을 지나 천장을 향해 웃는다.

"사롱에 대해서는 모르는게 없지." 카라바조가 킵과 해나를 향해 손을 흔들며 말했다. "토론토 동쪽 끝에서 인도인들을 만났어. 어느 집을 털고 있었는데 알고 보니 인도 사람 집이었어. 그들이 침대에서 일어났는데 사롱이라는 옷을 입고 잠을 자고 있었더군. 신기해 보였어. 우리는 이런저런 이야기를 나눴고 결국 그 사람들이 내게 입어 보라고 하더군. 내가 옷을 벗고 사롱을 입으려는 순간 그들이 일제히 내게 달려들었어. 난 한밤중에 반벌거숭이로 내쫓겼지.”

“그게 실화예요?” 그녀가 씩 웃었다.

“수많은 이야기 중 하나지!”

그녀는 그 이야기를 거의 믿을 만큼 그를 잘 알았다. 카라바조는 강도질 중에도 인간적인 요소에 끊임없이 정신이 팔렸다. 크리스마스 기간에 어느 집에 침입했다가 강림절 달력이 제 날짜에 펼쳐져 있지 않은 걸 보면 그는 화를 내곤 했다. 그가 집에 홀로 남겨진 반려동물들과 대화하는 일은 자주 있었다. 그럴듯한 말로 그들과 식사에 관해 논의하고, 먹이를 듬뿍 주는 식이었다. 그가 범죄 장소로 다시 돌아가면 반려동물들에게 대단한 환영을 받는 일도 종종 있었다.

그녀는 도서실 책장 앞으로 걸어가 두 눈을 감고 아무 책이나 잡히는 대로 한 권을 뽑아 든다. 시집에서 두 섹션 사이의 여백을 찾아 쓰기 시작한다.

그는 라호르가 고대 도시이고, 런던은 라호르에 비하면 최근에 생긴 도시라고 말한다. 나는 그럼 훨씬 더 나중에 세워진 나라에서 온걸요, 라고 말한다. 그는 자신들이 화약에 대해 줄곧 알고 있었다고 말한다. 17세기까지 거슬러 올라가면 궁정 그림에도 불꽃놀이가 기록되어 있다고 한다.

그는 작다. 나보다 별로 크지 않다. 가까이에서 보이는 친근한 미소는 그가 드러내 보이기만 하면 무엇이든 매료시킬 수 있다. 겉으로 드러내지 않는 그의 타고난 강인함. 영국인은 그가 전사 성인(聖人) 중 한 명이라고 한다. 하지만 그에게는 그의 태도에서 느껴지는 것보다 더 엉뚱한 유머 감각이 있다. 기억해 보라, "아침에 다시 그를 작동시켜 줄게요"라니. 울랄라!

그는 라호르에는 13개의 성문이 있다고 말한다 — 성자들과 황제들의 이름을 따거나, 그들이 이끌어 간 곳의 지명을 따서 이름 붙여진 성문들.

방갈로라는 말은 벵골어에서 왔다.

*

오후 네 시, 킵은 작업 벨트에 묶여 구덩이로 내려보내졌다. 허리춤까지 진흙탕에 잠긴 채 그는 폭탄의 몸체를 몸으로 감쌌다. 꼬리 날개부터 윗부분까지 외피의 높이는 3미터에 이르렀고, 탄두는 그의 발치 진흙 속에 파묻혀 있었다. 흙탕물 아래에서 그는 허벅지로 금속 외피를 받치고 있었다. 육해공군학교 댄스장에서 보았던 군인들이 구석에서 여자들을 안고 있는 것처럼. 팔이 아파 오자 그는 어깨높이의 나무 받침대에 팔을 걸쳤다. 받침대는 진흙이 그의 주위에 밀려 내려오지 않도록 하기 위한 것이었다. 그가 현장에 도착하기 전에 공병들이 에서 주변에 구덩이를 파고 나무 축대를 설치했다. 1941년, 새로운 Y신관이 장착된 에서 폭탄이 들어오기 시작했다. 그가 두 번째로 다루는 폭탄이었다.

여러 번의 작전 회의에서 새 신관을 우회하는 유일한 방법은 중화시키는 것이라고 결정되었다. 타조 형상의 거대한 폭탄이었다. 그는 맨발로 내려왔다. 차가운 물속에서 디딜 수 있는 단단한 것이 없어, 진흙에 잠긴 채 그는 서서히 가라앉고 있었다. 그는 군화를 신고 있지 않았다. 군화를 신고 있었다가는 진흙 안에서 옴짝달싹 못하게 될 것이었고, 나중에 도르래로 끌어 올려질 때 잡아 빼는 충격으로 그의 발목이 부러질 수도 있었다.

그는 금속 외피에 왼쪽 뺨을 대고, 6미터 구덩이 안으로 내려와 목덜미에 내리쬐는 작은 햇살에 집중하며 온기를 생각하려고 애썼다. 내부 작동 부품이 흔들리거나 기폭 보조 장치가 격발되면 그가 끌어안고 있는 것이 언제라도 폭발할 수 있었다. 언제 어떤 작은 캡슐이 터질지, 어떤 전선이 언제 흔들림을 멈출지를 알려 줄 엑스레이나 마법은 없었다. 그런 작은 기계식 신호 장치들은 마치 눈앞에서 무심코 길을 건너는 사람의 몸 안에서 일어나는 심장 박동이나 발작과도 같았다.

여기가 어느 마을이지? 그는 기억할 수조차 없었다. 어떤 목소리를 듣고 그는 위를 쳐다보았다. 하디가 밧줄 끝에 달린 가방에 장비를 넣어 내려 주었다. 밧줄이 내려지는 동안 컵은 온갖 집게와 공구를 제복에 달린 여러 주머니에 넣기 시작했다. 그는 현장으로 오는 길에 하디가 지프 안에서 불렀던 노래를 흥얼거렸다.

버킹엄 궁에서 근위대가 교대식을 하네 —
크리스토퍼 로빈이 앨리스와 함께 내려갔네.

그는 신관 머리 부분의 물기를 닦아 내고 그 주위를 점토로 둘러 컵 모양을 뜨기 시작했다. 그런 다음 병마개를 열고 액체 산소를 진흙 컵에 부었다. 그는 컵을 테이프로 금속에 단단히 붙였다. 이제 그는 다시 기다려야 했다.

그와 폭탄 사이 공간이 너무 좁아서 온도 변화를 벌써 느낄 수 있었다. 그가 마른땅 위에 있었다면 잠시 물러났다가 10분 후에 돌아올 수도 있었다. 지금은 그 자리에서 폭탄 옆에 서 있어야만 했다. 그들은 밀폐된 공간에서 서로를 수상쩍어 하는 두 생명체였다. 칼라일 대위는 갱도에서 냉동 산소로 작업하던 중에 갑자기 구덩이 전체가 화염에 휩싸였었다. 그들이 재빨리 그를 끌어 올렸으나, 작업 벨트 속 그는 이미 의식이 없었다.

여기가 어디지? 리슨 그로브? 올드 켄트 로드?

컵은 탈지면을 흙탕물에 담갔다가 신관에서 약 30센티미터 떨어진 외피에 대 보았다. 미끄러졌다. 더 오래 기다려야 한다는 뜻이다. 탈지면이 달라붙으면 신관 주변이 충분히 얼어붙었기 때문에 그가 작업을 이어 갈 수 있었다. 그는 진흙 컵에 산소를 더 부었다.

점점 커지는 원형의 성에가 이제 30센티미터 반지름 정도 되었다. 몇 분만 더. 그는 누군가 폭탄에 붙여 놓은 종잇조각을 바라보았다. 그들은 그날 아침, 모든 폭탄 처리 부대에 배부된 최신 장비 통에 들어 있던 그 종이를 읽고 한바탕 웃었다.

폭발이 합리적으로 허용되는 때는 언제인가?

사람의 생명을 X, 위험도를 Y, 폭발로 인해 예상되는 피해를 V로 표시할 수 있다면, 논리학자는 다음과 같이 주장할 것이다. V가 Y분의 X보다 작을 때는 폭탄을 터뜨려야 하지만, Y분의 V가 X보다 클 때는 현장에서 폭발이 일어나는 것을 피하기 위해 어떤 시도라도 해 봐야 한다.

누가 이런 글을 썼을까?

그는 이제 한 시간이 넘도록 폭탄과 함께 갱도 안에 있었다. 그는 액체 산소를 계속 부었다. 그의 어깨높이 바로 오른쪽에는 그가 산소 때문에 어지러워지지 않도록 일반 공기를 아래로 주입하는 호스가 있었다. (그는 숙취에 시달리는 군인들이 두통을 치료하기 위해 산소를 사용하는 것을 본 적이 있었다.) 탈지면을 다시 붙여 보니 이번에는 얼어붙었다. 그에게는 20분 정도의 시간이 있었다. 그 후엔 폭탄 내부의 전지 온도가 다시 올라갈 것이다. 하지만 지금은 신관이 얼어 있어 제거 작업을 시작할 수 있었다.

그는 손바닥으로 폭탄 외피 위아래를 훑으며 금속에 찢긴 부분이 있는지 확인했다. 물에 잠긴 부분은 안전하지만 산소가 노출된 폭약과 접촉하면 발화할 수 있다. 칼라일의 실수. Y분의 X. 찢긴 부분이 있다면 액체 질소를 써야 한다.

"900킬로그램짜리 폭탄, 에서입니다. 장교님." 진흙 구덩이 꼭대기에서 하디의 목소리가 들렸다.

"표기된 유형 번호 50, 원 안에는 'B' 신관 장착부가 두 개로 추정됨. 하지만 두 번째 것은 장전되지 않은 것으로 판단됨. 맞습니까?"

그들은 전에 이 모든 것을 서로 이미 논의했다. 하지만 그 내용을 마지막으로 기억하면서 확인하는 것이다.

"이제 마이크를 내게 연결하고 뒤로 물러나게."

"네, 알겠습니다."

킵은 미소 지었다. 그는 하디보다 열 살이나 어렸고 영국인도 아니었지만, 하디는 연대 규율이라는 고치 안에서 가장 행복해했다. 다른 군인들은 항상 그에게 존칭을 쓰면서 머뭇거렸지만, 하디는 큰 소리로 그리고 열정적으로 그렇게 외쳤다.

그는 지금 모든 전지가 비활성화된 상태에서 신관을 뽑아내기 위해 재빨리 작업하고 있었다.

"내 말 들리나? 휘파람을 불게…… 좋아, 들었다. 마지막으로 산소를 한 번 더 보충한다. 30초 동안 거품이 나도록 두겠네. 그리고 시작한다. 성에 재형성. 좋아, **차폐물** 제거에 들어간다……. 좋아, **차폐물** 제거 완료.”

하디가 만일의 사태에 대비해 모든 것을 듣고 녹음하고 있었다. 불꽃 하나만 튀어도 킵은 불기둥에 휩싸일 것이다. 혹은 폭탄 안에 뜻밖의 함정 장치가 있을지도 모른다. 다음 사람은 다른 가능성들을 고려해야 할 것이다.

“퀼터 열쇠를 사용한다.” 그는 가슴팍의 주머니에서 열쇠를 꺼냈다. 차가운 열쇠를 문질러 따뜻하게 해야 했다. 그는 잠금 고리를 제거했다. 쉽게 벗겨졌다. 그는 하디에게 작업 과정을 말했다.

“버킹엄 궁에서 근위대가 교대식을 하네.” 킵이 휘파람을 불었다. 그는 잠금 고리와 위치 추적 고리를 떼어 내어 물속에 가라앉혔다. 그의 발치에서 천천히 굴러가는 것을 느낄 수 있었다. 전부 4분 더 걸릴 것이다.

“앨리스가 경비병과 결혼하네. ‘군인 생활은 정말 힘들어요.’ 앨리스가 말하네!”

그는 몸에 온기를 불어넣으려 애쓰며 큰 소리로 노래를 불렀다. 고통스러울 만큼 가슴이 차가웠다. 그는 앞에 있는 얼어붙은 금속과의 거리를 충분히 유지하기 위해 몸을 계속 뒤로 젖히려고 애썼다. 그리고 그는 두 손을 들어 올려 아직 햇볕이 닿고 있는 목덜미로 가져가 손에 묻은 오물과 기름, 성에를 문질러 닦아 냈다. 신관의 머리 부분을 콜릿*으로 잡아 고정하기가 어려웠다. 그러다 그가 두려워하던 대로 신관 머리 부분이 부러져 완전히 떨어져 나갔다.

"틀렸어, 하디. 신관 머리쪽이 통째로 떨어져 나갔어. 응답하라, 알았나? 신관 본체가 저 밑에 끼었는데 손이 닿지 않아. 내가 붙잡을 만한 노출부가 전혀 없어."

"성에는 어느 정도 남아 있습니까?" 하디가 그의 바로 위에 있었다. 불과 몇 초 만에 갱도로 달려온 것이다.

"성에가 녹기까지 6분 정도."

"올라오십시오. 터뜨리죠."

"아니, 산소를 더 내려보내 주게."

그가 오른손을 들어 올리자 얼음처럼 차가운 통이 손에 쥐어지는 것이 느껴졌다.

"노출된 신관 부위에 머리가 분리된 곳에 오물을 흘려 덧바른 뒤 금속을 절단해야겠어. 무언가 손에 잡을 수 있을 때까지 잘라 내야지. 이제 물러서라. 내가 진행 상황을 계속 말로 전달하겠다."

그는 일이 그렇게 된 것에 대한 화를 좀처럼 가라앉힐 수 없었다. 그들이 오물이라 부르는 산소가 그의 옷에 잔뜩 묻어 물에 닿을 때마다 쉭쉭 소리를 냈다. 그는 성에가 생길 때까지 기다렸다가 끌로 금속을 잘라 내기 시작했다. 더 쏟아붓고 기다렸다가 더 깊이 잘랐다. 아무것도 떨어져 나오지 않자 그는 자신의 셔츠를 조금 찢어 금속과 끌 사이에 끼운 뒤, 망치로 끌을 위험할 만큼 세게 내리쳐 금속 파편을 조금씩 떼어 냈다. 셔츠

천이 불꽃이 튀지 않게 하는 유일한 안전장치였다. 더 큰 문제는 손가락이 차갑게 굳어 버린 것이었다. 손가락은 더 이상 민첩하지 않았고 전지처럼 불활성 상태였다. 그는 분리된 신관 머리 주변의 금속을 옆으로 계속 잘라 냈다. 얼어붙은 상태가 이런 수술을 허용하기만을 바라며 여러 겹으로 깎아 냈다. 곧장 잘라 내려가면 자칫 중간 기폭 장치를 발화시킬 뇌관을 건드릴 위험이 있었다.

5분이 더 지났다. 하디는 구덩이 꼭대기에서 물러서지 않았다. 대신 동결 지속 추정 시간을 그에게 알려 주고 있었다. 그러나 사실 그 둘 다 확신할 수 없었다. 신관 머리 부분이 부러져 나갔기 때문에 다른 부위를 얼리고 있었고, 수온은 그에게는 차가웠지만 금속보다 더 따뜻했다.

그때 무언가가 보였다. 그는 감히 구멍을 더 크게 뚫지 못했다. 은빛 덩굴손처럼 떨리는 회로의 접촉부. 손에 닿을 수만 있다면. 그는 손을 따뜻하게 하려고 문질렀다.

그는 숨을 내쉬고 몇 초 동안 꼼짝하지 않았다. 가늘고 뾰족한 펜치로 전기 접점을 둘로 잘라 낸 후에야 다시 숨을 들이쉬었다. 그는 회로에서 손을 빼내다가 동결 화상을 입어 숨을 헐떡였다. 폭탄은 죽었다.

"신관 제거. 뇌관 꺼졌다. 축하해 주게." 하디가 이미 윈치를 감아 올리고 있었다. 킵은 안전장치를 채우려 했지만 화상과 추위로 온몸의 근육이 얼어붙어 거의 움직일 수 없었다. 도르래가 덜컹거리는 소리를 듣고 킵은 아직 절반쯤 몸에 감겨 있는 가죽끈을 꽉 붙잡았다. 자신의 갈색 다리가 진흙의 손아귀에서 빠져 나오는 것이 느껴지기 시작했다. 마치 늪에 오래 감겨 있던 시체가 꺼내어지듯이. 그의 작은 발이 물 밖으로 올라왔다. 구덩이에서 햇빛 속으로 끌어 올려지며 그가 떠올랐다. 머리. 그리고 이어서 몸통.

그는 매달린 채로 도르래를 지탱하는 원뿔형 지지대 아래에서 천천히 빙그르르 돌았다. 하디가 그를 끌어안으며 버클을 풀고 그를 풀어 주었다. 대략 18미터쯤 떨어진 거리에서 지켜보고 있는 무리가 그의 눈에 들어왔다. 너무 가까운, 안전하다고 하기에는 지나치게 가까운 거리였다. 자칫하면 그들 모두 전멸했을 것이다. 하지만 그들을 뒤로 물러서게 할 하디가 거기에 없었던 것이다.

그들은 침묵 속에 그를 지켜보았다. 공구와 통과 담요, 여전히 돌고 있는 녹음 장비까지 모든 장비를 들고 지프까지 걸어갈 수조차 없어 하디의 어깨에 매달린 채 갱도 아래에서 들려오는 정적에 귀를 기울이는 인도인.

"걸을 수가 없군."

"지프까지만 걸으십시오. 몇 미터만 더 가시면 됩니다. 나머지는 제가 챙기겠습니다."

그들은 계속 중간에 쉬어 가며 천천히 걸어갔다. 그들은 옅은 갈색 피부의 사내를 지켜보는 사람들을 지나쳐야 했다. 맨발에 군복은 젖은 채 아무것도, 어느 누구도 알아보지도, 알아차리지도 않는 핼쑥한 얼굴을 모두 말없이 지켜보고 있었다.

다만 뒤로 물러서서 그와 하디가 지나갈 길을 비켜 줄 뿐이었다. 지프에 다다르자 그는 몸을 떨기 시작했다. 그의 눈은 앞 유리창에 반사되는 눈부심을 견디지 못했다. 하디가 그를 들어 올려, 조심스럽게 조수석에 태웠다.

하디가 떠나자 킵은 젖은 바지를 천천히 벗고 담요로 몸을 감쌌다. 그러고는 자리에 앉았다. 너무 춥고 지쳐서 옆자리에 놓인 따뜻한 홍차 보온병 뚜껑을 열 힘도 없었다. 그는 생각했다. 저 아래에서도 난 겁에 질리지 않았어. 다만 화가 났을 뿐이야. 내 실수에, 또는 폭탄에 장난질이 되어 있을지도 모른다는 생각에. 내 자신을 보호하고자 하는 동물적인 반응에.

오로지 하디가 있기에 내가 인간으로 남아 있어. 그는 깨달았다.

*

빌라 산 지롤라모에 무더운 날씨가 찾아오면 모두 머리를 감는다. 먼저 머릿니가 생기는 것을 막기 위해 등유로 씻고 그다음에 물로 헹군다. 머리카락을 풀어 헤치고 햇볕을 향해 눈을 감고 눕자, 킵은 갑자기 쉽게 상처받을 것처럼 보인다. 사람이라든가 살아 있는 생명체라기보다는 신화 속 시체처럼 보이는 이렇게 연약한 자세를 취하는 순간, 그의 내면에 있던 수줍음이 느껴진다. 짙은 갈색 머리를 이미 다 말린 해나가 그의 옆에 앉는다. 이런 시간이 그가 가족과 감옥에 있는 형에 대해 이야기할 때다.

그는 일어나 앉아서 머리카락을 앞으로 쏟아 넘겨 수건으로 긴 머리를 문지르기 시작할 것이다. 그녀는 이 남자의 몸짓을 통해 아시아 전체를 상상한다. 그가 느릿느릿 움직이는 방식, 그의 고요한 문명. 그는 전사 성인들에 대해 이야기하고, 그녀는 그가 전사 성인 중 하나라고 생각한다. 근엄하고 예지력이 있지만, 오직 이렇게 햇빛이 드물게 쏟아지는 때에만 잠시 신을 부정하고 격식에 얽매이지 않고, 부채 모양의 밀짚 바구니 안에 든 곡물처럼 펼쳐진 머리카락이 햇볕에 마를 수 있도록 다시 탁자 위에 고개를 떨구는 전사 성인. 비록 그가 이 전쟁의 말기에 영국인 조상을 택하고 착실한 아들처럼 그들의 규범을 따랐던 아시아 출신의 남자라 할지라도.

"아, 하지만 우리 형은 영국인들을 믿는 저를 바보라고 생각해요." 그가 그녀를 향해 고개를 돌리자 그의 눈에 햇빛이 비친다. "언젠가 내가 눈을 뜨게 될 거라고 형은 말하지요. 아시아는 여전히 자유로운 대륙이 아닙니다. 그리고 형은 우리가 스스로 영군인들의 전쟁에 뛰어드는데에 아연실색했어요. 우리가 항상 나눴던 언쟁이에요. '언젠가 네가 눈을 뜨겠지'. 형은 거듭 말했죠."

공병은 두 눈을 지그시 감고 그 은유를 조롱하며 이렇게 말한다. "일본은 아시아의 일부야, 내가 말하지요. 그런데 시크교도들은 말레이반도에서 일본인들에게 잔인하게 당했어. 하지만 형은 그걸 무시해요. 그는 영국인들이 독립을 위해 싸우는 시크교도들을 교수형에 처하고 있다고 말하죠."

그녀는 팔짱을 낀 채 그에게서 돌아선다. 세계의 분쟁. 세계의 분쟁. 그녀는 빌라에 깔린 대낮의 어둠 속을 걸어서 영국인 곁에 앉으러 들어간다.

밤이 되어 그녀가 그의 머리카락을 풀어놓으면, 그는 다시 또 하나의 별자리가 되고, 그의 베개 위에 펼쳐지는 수천 개의 적도의 팔, 그들의 포옹 속에서도, 뒤척이는 잠결 속에서도 두 사람 사이에 넘실대는 파도가 된다. 그녀는 인도의 여신을 품에 안고 밀과 리본을 품에 안는다. 그가 그녀 위로 몸을 수그리면 머리칼이 쏟아진다. 그녀는 그것을 자신의 손목에 묶을 수 있다. 그가 움직이면 그녀는 눈을 뜨고 천막 안의 어둠 속에서 그의 머리카락 속에 반짝이는 작은 불꽃들을 지켜본다.

그는 항상 테라스 울타리들을 높여 만든 벽 옆에서 사물과 관련해 움직인다. 그는 주변을 둘러본다. 해나를 바라볼 때 그는 그녀의 갸름한 뺨 일부분을 그 뒤에 펼쳐진 풍경과 더불어 본다. 그가 홍방울새가 그리는 원을 바라볼 때 새가 땅 표면에서 모아 올리는 공간 전체라는 관점에서 바라보듯이. 그는 이탈리아를 걸어 올라가며, 덧없고 인간적인 것을 제외한 모든 것을 눈에 담으려고 애썼다.

그가 절대 신경 쓰지 않는 것은 바로 그 자신이다. 자신의 어슴푸레한 그림자, 의자 등받이로 뻗는 자신의 팔, 창문에 비친 자신의 모습이나 사람들에게 자신이 어떻게 보이는지도 신경 쓰지 않는다. 전쟁 동안 그는 안전한 것은 오직 자신뿐이라는 것을 배웠다.

그는 영국인과 함께 몇 시간씩 보낸다. 영국인은 그에게 영국에서 보았던 전나무를 떠올리게 한다. 세월의 무게에 짓눌려 축 처진 병든 가지는 다른 나무로 만든 부목을 댔다. 서퍽 경의 정원에 있던 그 나무는 절벽 가장자리에 서서 파수꾼처럼 브리스틀 해협을 내려다보고 있었다. 그런 병든 허약함에도 불구하고 그는 그 안에 깃든 존재가 고귀하다고, 병마를 넘어 무지개처럼 펼쳐지는 기억의 힘을 지녔다고 느꼈다.

그에게는 거울이 없다. 그는 정원에서 나무에 낀 이끼를 바라보며 터번을 두른다. 하지만 그는 가위에 잘려 나간 해나의 머리카락에 남은 자국을 알아차린다. 그는 그녀의 몸에, 뼈가 그녀의 피부를 밝아 보이게 하는 쇄골에 얼굴을 대면 느껴지는 그녀의 숨결에 익숙하다. 그러나 그녀가 그에게 자신의 눈 색깔이 무엇인지 물어보면, 비록 그가 그녀를 좋아하게 되었지만, 대답하지 못할 것이라고 그녀는 생각한다. 그는 웃으며 추측하겠지만, 검은 눈을 가진 그녀가 두 눈을 감고 녹색이라고 말하면 그는 믿을 것이다. 그는 눈을 뚫어지게 들여다보면서도 눈동자의 색깔을 알아차리지 않는다. 이미 삼켰거나 위 속에 있는 음식이 맛이나 구체적인 대상이라기보다는 그저 질감에 지나지 않는 것처럼.

누군가 말할 때 그는 눈이나 눈동자 색을 보지 않고 입을 바라본다. 그에게 눈과 눈동자 색깔은 방의 조명에 따라, 하루 중 시시각각 변하는 것처럼 보인다. 입은 불안감이나 잘난 척하는 것이나 또는 성격의 스펙트럼에서 다른 지점을 드러낸다. 그에게 얼굴에서 가장 정교하고 복잡한 부분은 입이다. 그는 눈이 무엇을 드러내는지 결코 확실히 알 수 없다. 하지만 그는 입이 어떻게 어두워지며 냉담해지는지, 부드러움을 암시하는지 읽어 낼 수 있다. 단순한 햇빛에 대한 반응으로 눈을 잘못 판단하는 경우가 종종 있기도 하다.

그는 모든 것을 변화하는 조화로움의 일부로 모은다. 그는 시간과 장소에 따라 그녀의 목소리, 성격, 심지어 그녀의 아름 다움까지도 바뀌는 것을 본다. 바다라는 배경의 힘이 구명선의 운명을 부드럽게 흔들거나 지배하는 것처럼.

*

그들은 동이 트면 일어나고 마지막 남은 빛 속에서 저녁을 먹는 습관을 들였다. 늦은 저녁 시간 동안에는 어둠 속으로 타오르는 촛불 하나만 영국인 환자 옆에 켜지거나, 간혹 카라바조가 기름을 구해 오면 반쯤 기름을 채운 등 하나만 밝혀 둔다. 그러나 복도와 다른 침실들은 마치 파묻힌 도시에서처럼 어둠 속에 잠겨 있었다. 그들은 어둠 속에서 손을 뻗어 양쪽 벽을 손 끝으로 만지며 걷는 데 익숙해졌다.

"더 이상 빛은 없어. 더 이상 색도 없어." 해나는 이 구절을 몇 번이고 노래하듯 읊었다. 계단을 반쯤 내려와 한 손으로 난간을 잡고 뛰어내리는 킵의 거리낌없는 버릇은 이제 멈춰야 했다. 그녀는 그의 발이 공중을 날아 빌라로 돌아오는 카라바조의 배에 내리꽂히는 상상을 했다.

그녀는 영국인 방의 촛불을 한 시간 일찍 껐다. 그녀는 테니스화를 벗고 여름 더위 때문에 드레스의 목 단추를 푼 뒤, 소매도 단추를 풀어 팔뚝 위로 느슨하게 걷어 올렸다. 기분 좋은 무질서.

건물 끝 본층에는 부엌, 도서실, 버려진 예배당 말고도 유리로 둘러싸인 실내 안뜰이 있었다. 유리로 된 네 개의 벽이 있고 유리문을 열고 들어가면 뚜껑이 덮인 우물과 한때는 따듯한 온실에서 무성했을 식물들이 선반마다 죽은 채로 있다. 그녀는 이 실내 안뜰을 보면 점점 더 펼치면 눌린 꽃들을 보여 주는 책이 생각났다. 지나칠 때 쳐다보기만 할 뿐 결코 들어가지 않는 곳.

새벽 두 시였다.

그들은 각각 다른 출입구를 통해 빌라로 들어왔다. 해나는 서른여섯 계단 옆 예배당 입구로, 그는 북쪽 안뜰로. 집 안으로 들어서자 그는 시계를 풀어 작은 성상이 놓인 가슴 높이의 벽감 안쪽에 넣었다. 이 빌라 병원의 수호성인. 그녀는 인광 한 줄기조차 알아차릴 수 없을 것이었다. 그는 이미 신발을 벗어 두고 바지만 입은 차림이었다. 그의 팔뚝에 묶인 등은 꺼져 있었다. 그는 아무것도 듣지 않은 채 어둠 속에서 한참을 서 있었다. 호리호리한 소년, 어두운 색의 터번, 손목에 느슨하게 닿은 카라. 그는 현관 귀퉁이에 한 자루의 창처럼 기대어 있었다.

그러고는 미끄러지듯 실내 안뜰을 지나갔다. 부엌으로 들어서자마자 그는 어둠 속에 있는 개를 감지하고 얼른 붙잡아 줄로 탁자에 묶었다. 그러고는 부엌 선반에서 연유 캔을 집어 들고 실내 안뜰의 유리 방으로 돌아갔다. 그는 손으로 문 밑을 더듬어 문에 기대어 놓은 작은 막대기를 찾아냈다. 그는 안으로 들어가 문을 닫으면서 마지막 순간에 손을 내밀어 막대기로 다시 문을 받쳐 놓았다. 그녀가 보았을 경우에 대비해서. 그런 다음 그는 우물 안으로 내려갔다. 90센티미터 아래에는 견고한 십자형 널빤지가 있다는 것을 알고 있었다. 그는 머리 위로 뚜껑을 닫고 그곳에 웅크리고 앉아서 그녀가 자신을 찾아다니거나, 그에게서 숨으려 하는 모습을 상상했다. 그는 캔에 든 연유를 빨기 시작했다.

그녀는 그가 이런 비슷한 행동을 할 것이라 어렴풋이 짐작했다. 도서실에 도착한 그녀는 팔에 매단 불을 켜고 발목께부터 머리 위 보이지 않는 높은 곳까지 줄지어 뻗어 있는 책장 옆을 걸어갔다. 문이 닫혀 있기 때문에 복도로는 불빛이 전혀 새어 나갈 수 없었다. 그가 밖에 나와 있어야만 프랑스식 유리문 안쪽에 있는 불빛을 볼 수 있을 것이다. 그녀는 몇 발자국마다 한 번씩 멈춰 서서 이탈리아 서적으로 가득한 책장에서 영국인 환자에게 소개할 영어로 된 책을 다시 한번 찾고 있었다. 그녀는 이탈리아식으로 장정된 책등, 권두 삽화, 얇은 종이에 덮여 첨부된 컬러 삽화들로 장식된 이 책들을 사랑하게 되었다. 책 냄새, 심지어 너무 성급하게 책을 펼칠 때 나는, 마치 보이지 않는 미세한 뼈들이 연이어 부러지는 것처럼 갈라지는 소리까지도. 그녀는 다시 멈췄다. 『파르마의 수도원』.

"내게 닥친 어려움에서 빠져나가게……." 그는 클레리아에게 말했다. "파르마에 있는 아름다운 그림들을 보러 가겠소. 그러면 그 이름을 기억해 주시겠습니까, 파브리치오 델 동고를."

카라바조는 도서실 안쪽 끝의 양탄자 위에 누워 있었다. 그가 있는 어둠 속에서 보면 해나의 왼팔이 날 것의 인광처럼 보였다. 책들을 비추고, 그녀의 검은 머리카락에 붉은 빛을 반사하며 그녀의 면 드레스와 어깨의 불룩한 소매 부근에서 타오르고 있는 것 같았다.

그는 우물에서 나왔다.

90센티미터 직경의 둥근 빛이 그녀의 팔에서 퍼졌다가 어둠 속으로 빨려들었다. 카라바조에게는 그들 사이에 어둠의 골짜기가 있는 것처럼 느껴졌다. 그녀는 갈색 표지의 책을 오른팔 아래에 끼웠다. 그녀의 움직임에 따라 새로운 책들이 나타나고 다른 책들이 사라졌다.

그녀는 나이가 들었다. 그리고 그는 그녀를 더 잘 이해했을 때보다, 그녀가 부모 슬하에 있을 때보다 지금의 그녀를 더 사랑했다. 지금의 그녀는 그녀 자신이 되고자 마음먹었던 사람이었다. 유럽의 어느 거리에서 해나를 지나쳤더라면 그녀의 분위기가 익숙하게 느껴졌어도 그는 그녀를 알아볼 수 없었을 것이다. 그가 처음 빌라에 왔던 날 밤, 그는 충격을 받았지만 내심을 드러내지 않았다. 처음에는 냉정해 보였던 그녀의 금욕적인 얼굴에는 날카로움이 있었다. 그는 지난 두 달 동안 자신이 지금의 그녀에게 익숙해졌음을 깨달았다. 그는 그녀의 변화에 대해 자신이 느끼는 기쁨을 믿을 수 없었다. 몇 년 전에 그는 그녀가 어린이 된 모습을 상상하려 했지만, 그녀가 속한 공동체에서 틀에 맞추어 만들어 놓은 자질을 가진 사람밖에 지어낼 수 없었다. 그의 도움 하나 없이 이루어졌기 때문에 그가 더 깊이 사랑할 수 있는 이 경이로운 이방인이 아니라.

그녀는 소파에 누워 책을 읽을 수 있도록 등을 안쪽으로 돌려놓고 책 속으로 깊이 빠져들고 있었다. 그러다 어느 순간 그녀는 고개를 들고 귀를 기울이더니 재빨리 불을 껐다.

방에 있는 그를 그녀가 알아챈 것일까? 카라바조는 자신의 시끄러운 숨소리와 자신이 규칙적으로 얌전하게 숨 쉬기가 어렵다는 것을 의식했다. 불이 잠시 켜졌다가 곧 다시 꺼졌다.

그러자 카라바조를 제외한 방 안의 모든 것들이 움직이고 있는 듯했다. 그는 주위의 모든 것들이 움직이는 소리를 들을 수 있었다. 아무것도 자신의 몸에 닿지 않는 게 신기했다. 그 젊은 친구가 방 안에 있었다. 카라바조는 소파로 걸어가 해나를 향해 손을 아래로 뻗었다. 그녀는 거기 없었다. 그가 몸을 곧추세우자 누군가 팔로 그의 목을 감고 그를 꽉 잡은 채 뒤로 잡아당겼다. 불빛이 그의 얼굴에 환하게 쏟아지고, 두 사람은 바닥으로 넘어지면서 거칠게 숨을 헐떡였다. 불빛을 뿜는 팔이 여전히 그의 목을 감고 있었다. 그러자 맨발이 빛 속으로 불쑥 들어오더니 카라바조의 얼굴을 지나 옆에 있는 청년의 목을 내리눌렀다. 또 다른 불이 켜졌다.

"잡았다. **잡았어요.**"

바닥에 쓰러진 두 몸은 불빛 너머로 시커멓게 윤곽을 드러낸 해나를 올려다보았다. 그녀는 노래를 부르고 있었다. "**내가 당신을 잡았죠, 내가 당신을 잡았죠.** 카라바조를 이용했어요. 숨소리가 얼마나 기쁘던지! 여기에 있을 줄 알았거든요. 그가 미끼였어요."

그녀의 발이 청년의 목덜미를 더욱 세게 눌렀다. "항복해요. **자백하라구요.**"

카라바조는 청년의 손아귀에 잡힌 채로 떨기 시작했다. 온몸에 땀이 흥건했지만 도저히 빠져나올 수가 없었다. 두 개의 등불이 그를 환히 비추고 있었다. 그는 어떻게든 이 공포에서 기어 나와야 했다. **자백하라구요.** 소녀가 웃고 있었다. 그는 말하기 전에 목소리를 진정시켜야 했지만, 자신들의 모험에 흥분한 그들은 거의 듣지 않았다. 그는 청년의 손힘이 느슨해진 틈을 타서 빠져나와 아무 말 없이 방을 떠났다.

그들은 다시 어둠 속에 있었다. "어디 있어요?" 그녀가 묻는다. 그런 다음 재빨리 움직인다. 그가 자세를 바꾸자 그녀가 그의 가슴에 곧장 부딪히며 그의 품으로 미끄러진다. 그녀는 그의 목에 손을 얹고 그의 입술에 자신의 입술을 포갠다. "연유! 우리 경기 중에? 연유?" 그녀는 입술을 그의 목덜미에 대고, 그곳에 밴 땀을 맛본다. 자신의 맨발이 닿아 있던 그 자리에서 느껴지는 그의 맛. "당신을 보고 싶어요." 그의 불이 켜지고 그는 그녀를 본다. 먼지로 줄무늬진 그녀의 얼굴, 땀으로 헝클어져 삐죽 솟아오른 머리카락. 그를 향해 웃고 있는 그녀.

그는 여윈 두 손을 그녀의 느슨한 드레스 소매 안에 넣고 두 손으로 그녀의 어깨를 감싸안는다. 이제 그녀가 몸을 돌리면 그의 손은 그녀를 따라간다. 그녀는 몸을 기울이기 시작한다. 온몸의 무게를 싣고 뒤로 넘어진다. 그가 그녀를 따라 올 것을 믿고, 그의 손이 그녀를 받쳐줄 것이라 믿으면서. 그러면 그는 몸을 동그랗게 웅크린다. 발을 허공에 띄우고 손과 팔, 입술만 그녀에게 포갠 채 몸의 다른 부분은 사마귀의 꼬리처럼 된다. 등은 여전히 그의 왼팔 근육과 땀에 묶여 있다. 그녀의 얼굴이 빛 속으로 미끄러지듯 들어와 입 맞추고, 핥고, 맛본다. 그의 이마가 그녀의 젖은 머리카락에 덮인 채 저절로 마른다.

다음 순간 그는 갑자기 방 건너편에 있다. 그의 공병 전등이 사방을 튀어 다닌다. 그가 이 방에서 일주일을 보내며 있을 법한 신관을 다 치웠기 때문에 이제 이 방은 깨끗하다. 이 방은 마침내 전쟁에서 벗어난 듯, 더 이상 어느 구역 또는 영역이 아닌 듯하다. 그는 등을 매단 채로 팔을 흔들며 움직인다. 천장이 드러나고, 그가 지나칠 때 소파 등받이에 올라서서 빛에 젖은 그의 호리호리한 몸을 내려다보며 웃고 있는 그녀의 얼굴이 드러난다. 다시 그녀를 스쳐갈 때, 그녀가 몸을 숙이고 치마자락에 팔을 닦는 모습이 보인다. "하지만 내가 잡았어요, 내가 잡았어요." 그녀가 노래하듯 읊조린다. "난 댄포스 거리의 모히칸이에요."

다음 순간 그녀가 그의 등에 올라탄다. 그가 그녀를 업고 빙빙 돌자 그녀의 양팔이 위아래로 오르락내리락하면서 그녀의 불빛이 높은 서가에 꽂힌 책등 위로 이리저리 흔들린다. 그녀는 앞으로 무게 중심을 실었다가 떨어지며 그의 허벅지를 붙잡는다. 그대로 계속 회전하면서 그에게서 떨어져 나와 오래된 양탄자 위에 등을 대고 눕는다. 양탄자에 아직도 서려 있는 먼 옛날의 비 냄새, 그녀의 젖은 팔에 붙은 먼지와 모래알. 그가 그녀를 향해 몸을 굽히고, 그녀는 손을 뻗어 그의 불을 끈다. "내가 이겼죠?" 그는 방에 들어온 이후 아직까지 아무 말도 하지 않았다. 그의 머리가 그녀가 사랑하는 동작을 취한다. 고개를 끄덕이는 것 같기도 하고, 부정하는 뜻으로 고개를 젓는 것 같기도 한 몸짓. 눈부심 때문에 그는 그녀를 볼 수 없다. 그가 그녀의 불을 끈다. 이제 둘은 똑같이 어둠 속에 있다.

해나와 킵이 서로의 곁에서 나란히 잠든 때는 그들의 삶에서 그 한 달 동안이다. 그들 사이의 공식적인 금욕. 사랑을 나누는 행위 안에는 문명 전체, 나라 전체가 그들 앞에 있을 수 있다는 것을 발견했기에. 그 또는 그녀라는 관념에 대한 사랑. 난 섹스하고 싶지 않아. 당신과 섹스하고 싶지 않아요. 그처럼 젊은 나이에, 그가 그것을 어디서 배웠는지, 그녀는 어디서 배웠는지 아무도 모른다. 어쩌면 그 당시 여러 날 저녁 자신의 나이에 대해 이야기하던 카라바조, 죽을 수밖에 없는 인간의 운명을 스스로 알았을 때 비로소 갖게 되는 다정함, 연인의 세포 하나하나를 향한 다정함에 대해 이야기하던 카라바조에게서일지도. 지금은, 끝내, 덧없음을 품은 시대였다. 청년의 욕망은 해나의 품에 안긴 채 가장 깊은 잠에 빠질 때에만 비로소 완전해졌고, 그의 절정은 달의 인력(引力)에 더 닿아 있었고, 밤이 그의 몸을 끌어당기는 힘에 더 깊이 이어져 있었다.

저녁 내내 그는 여윈 얼굴을 그녀의 갈비뼈에 파묻고 있었다. 그녀가 손톱으로 원을 그리고 그의 등을 긁어내면서 그때의 쾌감을 기억나게 했다. 그것은 수년 전에 유모가 그에게 가르쳐 준 것이었다. 어린 시절의 모든 위안과 평화는 사랑하는 어머니나 함께 놀던 형이나 아버지에게서 온 것이 아니라 그녀에게서 왔음을 킵은 기억했다. 그가 무서워하거나 잠을 이루지 못할 때 그걸 알아차리고 그의 가냘픈 작은 등에 손을 얹고 토닥여 잠재워 주던 사람은 유모였다. 그들과 함께 살면서 집안

살림을 돕고, 요리를 하고 식사를 차려 주고, 그 집안에서 자신의 아이들도 키웠으며, 어린 시절의 그의 형도 돌봐 주었고, 아마도 친부모보다 모든 아이들의 성격을 더 잘 알고 있었을 남부 인도 출신의 친밀한 이방인.

그것은 서로에 대한 애정이었다. 킵에게 누구를 가장 사랑하느냐고 물으면 그는 어머니보다 그의 유모를 먼저 꼽았을 것이다. 그에게는 그녀의 푸근한 사랑이 어떤 혈육의 애정이나 성적인 사랑보다 더 컸다. 그는 평생 동안 그런 사랑을 찾으러 가족 밖으로 떠돌았다는 사실을 나중에야 깨달으리라. 낯선 이와의 플라토닉한 교감, 때로는 육체적인 교감. 그는 꽤 나이가 든 뒤에야 자신의 그런 면을 깨닫게 되고, 자신이 가장 사랑하는 이가 누구인지 스스로에게 물을 수 있게 될 것이다.

딱 한 번, 그는 유모에게 안식을 돌려주었다고 느낀 적이 있었다. 그렇지만 유모는 그의 사랑을 이미 이해하고 있었다. 유모의 어머니가 죽었을 때 그는 유모의 방에 살그머니 들어가 갑자기 늙어 버린 그녀의 몸을 껴안았다. 작은 하인 방에서 애도하고 있는 그녀 곁에 그는 말없이 누웠다. 유모는 격렬하게, 격식에 맞춰 통곡했다. 그는 유모가 작은 유리잔을 얼굴에 대고 눈물을 받는 모습을 지켜보았다. 장례식에 가져갈 눈물임을 그는 알고 있었다. 웅크리고 있는 유모의 몸 뒤에서 그는 아홉 살짜리 손을 그녀의 어깨에 얹었다. 그리고 유모가 마침내 진정되어 가끔씩만 몸을 떨자 그는 그녀의 몸을 긁어 주기 시작했다. 사리 위로, 그러다가 옆으로 옷을 밀치고 살갗을 긁어 주었다. 지금 해나가 이 다정한 기술을 받아들이고 있듯이. 그의 손톱이 그녀 피부의 수백만 개의 세포를 스쳐 간다. 1945년, 그의 천막 안, 그들의 두 대륙이 어느 언덕 마을에서 만난 그곳에서.

9

헤엄치는 사람들의 동굴

사람이 어떻게 사랑에 빠지는지 이야기해 주기로 내가 약속
했었지.

제프리 클리프턴이라는 청년이 옥스퍼드에서 한 친구를 만
나, 우리가 하는 일에 대해 들었지. 그가 나에게 연락했고, 다음
날 결혼하고는, 2주 후 아내와 함께 카이로로 날아왔소. 그들은
신혼여행의 마지막 날들을 보내는 중이었어. 그것이 우리 이야
기의 시작이오.

내가 캐서린을 만났을 때 그녀는 결혼을 한 상태였소. 유부
녀였지요. 클리프턴이 비행기에서 내린 후, 그녀가 나타났지.
뜻밖이었소. 우리는 클리프턴만 염두에 두고 탐험을 계획했었
으니까. 카키색 반바지에 깡마른 무릎. 당시 그녀는 사막에 아
주 열정적이었소. 나는 클리프턴과 갓 결혼한 젊은 부인의 열

성보다는 클리프턴의 젊음을 더 좋아했어요. 그는 우리의 조종사, 전령, 정찰병이었죠. 그는 신세대였지. 우리 위를 날면서 색깔 있는 긴 리본을 신호로 떨어뜨려 우리가 있어야 할 위치를 알려 주었지요. 그는 끊임없이 그녀에 대한 숭배에 가까운 애정을 표현했소. 이렇게 네 명의 남자와 한 명의 여자, 그리고 신혼의 기쁨을 구구절절 말로 표현하는 그녀의 남편이 있었소. 그들이 카이로에 다시 갔다가 한 달 후에 돌아왔을 때에도 거의 변한 게 없었지. 그녀는 좀 더 조용해지긴 했지만 그는 아직도 젊은이였지요. 그녀는 휘발유 통 위에 쪼그려 앉아 팔꿈치를 무릎 위에 얹고 두 손으로 턱을 괸 채 끊임없이 펄럭이는 방수포를 바라보곤 했소. 그리고 클리프턴은 아내를 찬양하는 노래를 줄곧 불렀지. 우리는 농담으로 그를 말려 보기도 했지만, 그에게 더 점잖게 굴라고 타이르는 것은 그의 심기를 거스르는 일이었고 우리 누구도 그걸 원하지 않았지.

카이로에서 한 달을 보낸 후 그녀는 말이 없어지고 책에서 눈을 떼지 않고 혼자 보내는 시간이 많아졌소. 마치 무슨 일이 있었거나, 아니면 사람이 변할 수 있다는 경이로운 사실을 갑자기 깨달은 사람 같았소. 그녀는 모험가와 결혼한 사교계 명사로 머물 필요가 없었지. 그녀는 자신을 발견하고 있었던 거요. 클리프턴이 그 점을, 그녀가 스스로 배워 가고 있음을 알아차리지 못했기에, 지켜보기가 고통스러웠소. 그녀는 사막에 관해서라면 무엇이나 읽었소. 우웨이나트와 잃어버린 오아시스에 대해 이야기할 수 있게 되었고, 심지어는 사소한 기사들까지 찾아냈소.

나는 그녀보다 열다섯 살 연상의 남자였소. 난 책 속에 등장하는 냉소적인 악당들과 나 자신을 동일시하는 나이, 인생의 그런 시기에 도달했지요. 나는 영원함이라든가, 오랜 세월 지속되는 관계를 믿지 않습니다. 나는 열다섯 살이 더 많았소. 하지만 그녀는 더 영리했지. 내가 예상했던 것보다 그녀는 변화에 더 굶주려 있었소.

카이로 외곽, 나일강가에서 미루었던 신혼여행을 보내는 동안 무엇이 그녀를 바꾸어 놓았을까? 우리가 그들을 만난 것은 단 며칠뿐이었소. 그들은 체셔에서 결혼식을 올린 지 2주 만에 왔지. 신부를 두고 올 수 없는 데다, 우리와의 약속을 어길 수도 없었기 때문에 그는 신부를 데리고 왔던 거요. 매덕스와 내게 한 약속 말이오. 우리가 그를 가만두지 않았을 테니까. 그래서 그날 그녀의 깡마른 무릎이 비행기에서 모습을 드러냈던 거요. 그것이 우리 이야기의 버든(반복구) 입니다. 우리가 처했던 상황 말이오.

클리프턴은 그녀의 아름다운 팔, 가느다란 발목 선을 찬미했소. 그녀가 헤엄치는 모습을 목격했던 것을 묘사하기도 했지. 호텔 스위트룸에 있는 새 비데에 대해서도 말했소. 아침 식사 때 그녀의 식욕이 얼마나 왕성했는지도.

그 모든 것에 대해 나는 아무 말도 하지 않았소. 그가 떠들고 있을 때 가끔 고개를 들면, 짜증을 억누르고 있는 나를 지켜보는 그녀의 시선과 마주치곤 했지. 그리고 이어지는 그녀의 새침한 미소도. 그 상황에는 묘한 역설이 있었소. 내가 더 손위의 남자였지. 나는 세상 경험이 많은 남자였소. 10년 전에 다클라 오아시스에서 길프 케비르까지 걸어갔고, 파라프라사막의 지도를 그렸고, 키레나이카를 알고 있고, 모래 바다에서 두 번 이상이나 길을 잃은 적도 있었소. 그녀가 날 만났을 때 나는 이미 숱한 이름표를 지니고 있었지. 혹은 그녀가 각도를 조금만 틀면, 매덕스에게 달린 그 이름표들을 볼 수 있었소. 하지만 지리학회만 벗어나면 아무도 우리를 알지 못했지. 우리는 사막에 심취한 집단의 끄트머리에 불과했소. 그녀가 이 결혼으로 우연히 발을 들여놓은 것이지.

그녀를 칭송하는 남편의 말은 아무 의미도 없었소. 그러나 나는 평생 여러 면에서, 심지어는 탐험가로서도 말의 지배를 받아 온 사람이라오. 소문과 전설들 말이오. 도표화된 사물들. 기록된 파편들. 말솜씨. 사막에서 무언가를 반복한다는 것은 땅에 물을 부어 버리는 것과 같은 법이오. 천 리를 더 가게 한다오.

우리가 탐사할 곳은 우웨이나트에서 65킬로미터 떨어져 있었고, 매덕스와 나 둘이서만 사전 조사를 떠날 참이었소. 클리프턴 부부와 다른 일행은 뒤에 남기로 했고. 그녀는 가져온 책들을 다 읽고 내게 책을 빌려 달라고 했소. 내게는 지도밖에 없었소. "저녁에 보시는 그 책은요?" "헤로도토스요. 아, 그걸 원합니까?" "실례를 범하고 싶진 않아요. 사적인 것이라면요."

"그 안에 내 나름의 주석을 적어 놓았습니다. 다른 데서, 오려 붙인 글들도 있고. 항상 지니고 다녀야 해서요." "제가 예의가 없었군요. 실례했어요." "돌아오면 보여 드리겠습니다. 그 책 없이 여행하는 건 좀처럼 없는 일이지요."

이 모든 일은 상당한 품위와 예의를 갖추고 일어났소. 나는 그것이 개인 기록용 책에 가깝다고 설명했고, 그녀는 이를 받아들였지. 나는 이기적이었다는 기분이 전혀 들지 않은 채 떠날 수 있었소. 나는 그녀의 정중함을 인정했소. 클리프턴은 그곳에 없었어. 우리 둘뿐이었지. 내가 내 천막에서 짐을 꾸리던 중에 그녀가 내게 다가왔으니까. 나는 대부분의 사교계에 등을 돌린 사람이지만, 가끔은 섬세한 예의를 존중하오.

우리는 일주일 후에 돌아왔소. 발견된 것들과 그것들을 엮어 내는 과정에서 많은 진전이 있었지. 우린 들떠 있었소. 야영지에서 조촐한 축하연이 벌어졌지요. 클리프턴은 언제나 남을 축하해 주는 사람이었고, 그 기운은 잘 퍼졌지.

그녀가 물 한 컵을 들고 다가왔소. "축하해요, 제프리에게 들었어요." "그렇소!" "여기, 이걸 마시세요." 손을 내밀자 그녀가 내 손바닥에 컵을 올려놓았어. 수통에 들어 있던 물만 마셨던 터라 그 물이 아주 시원했어요. "제프리가 당신을 위해 파티를 준비했어요. 그이는 노래를 짓는 중이고 저보고는 시를 하나 읽으라고 해요. 하지만 저는 다른 걸 하고 싶어요." "자, 책을 받아요. 읽어 보세요." 나는 배낭에서 책을 꺼내 그녀에게 건넸어요.

식사를 하고 허브 차를 마신 후 클리프턴이 여태껏 모두에게 숨겨 온 코냑 한 병을 내놓았소. 그날 밤 매덕스가 우리의 여정 이야기를 들려주고, 클리프턴이 재미있는 노래를 부르는 동안 그 한 병을 다 마시자는 것이었지. 그리고 그녀가 『역사』 중에서 칸다울레스 왕과 그의 왕비에 대한 이야기를 낭독하기 시작했소. 나는 항상 그 이야기를 대충 훑고 넘겨 버립니다. 책 초반에 나오는 이야기인데, 내가 관심을 가진 장소나 시대와는 별반 관련이 없으니까. 하지만 물론 유명한 이야기이죠. 또한 그녀가 읽고자 선택한 이야기이기도 하고.

칸다울레스는 자신의 아내를 열렬히 사랑하게 되었고, 그렇게 된 후에는 자신의 아내가 다른 모든 여자들보다 훨씬 더 아름답다고 여겼다. 다스킬루스의 아들인 기게스에게(그가 모든 창병들 중에서 가장 그를 기쁘게 했으므로) 그는 아내의 아름다움을 묘사하며 최고의 찬사를 하곤 했다.

"듣고 있어요, 제프리?"
"그럼, 내 사랑."

그가 기게스에게 말했다. "기게스, 내 아내의 아름다움에 대해 자네에게 말해도 자네는 믿는 것 같지 않군. 백문이 불여일견이니. 그렇다면 자네가 그녀의 알몸을 볼 수 있는 방법을 강구하게."

이에 대해 할 말들이 많이 있겠지요. 기게스가 왕비의 연인이자 칸다울레스 왕을 살해한 자가 된 것처럼 나도 결국 그녀의 연인이 될 것임을 알고 있으니. 나는 지리학적 실마리를 찾으려 종종 헤로도토스를 펼쳐 보곤 했소. 하지만 캐서린은 자신의 삶을 들여다보는 창으로 그렇게 했던 거요. 책을 읽는 그녀의 목소리는 어딘가 조심스러웠지. 그녀의 눈은 오직 그 이야기가 있는 페이지에 머물렀고, 그녀의 목소리는 마치 말을 하는 동안 모래 늪 속으로 가라앉는 것 같았소.

"왕비께서 모든 여인 가운데 가장 아름답다는 것을 믿습니다. 제게 법도에 어긋나는 일을 명하지 마소서." 그러나 왕은 그에게 이렇게 대답했다. "담대해지게, 기게스, 그리고 나를 두려워 말라. 내가 그대를 시험하려 하는 말이라고 두려워 말라. 또 왕비로 인해 그대에게 화가 미치지 않을지 두려워 말라. 애초에 그대가 보는 것을 그녀가 알지 못하도록 할 터이니."

그렇게 나는 헤로도토스에 나오는 특정 이야기를 내게 읽어준 한 여자와 사랑에 빠지게 되었소. 나는 그녀가 모닥불 너머로, 남편을 놀릴 때조차 고개를 들지 않고 읽어 나가는 말들을 들었소. 어쩌면 그녀는 그저 남편에게 읽어 주었을 뿐인지도 모르지. 어쩌면 그 선택에는 그들 자신들 외에 다른 숨은 의도가 없었을지도 모르지. 단지 비슷한 상황으로 인해 그녀를 동요케 했던 이야기였죠. 하지만 현실에서 갑자기 길이 드러났지요. 비록 그것이 잘못된 길로 들어서는 첫걸음임을 그녀가 깨닫지 못했다 해도. 나는 그렇게 확신하오.

"내, 그대를 우리가 자는 방, 열린 문 뒤에 있게 하리라. 내가 들어간 후에 왕비도 들어와 누울 것이다. 방 입구 가까이 의자가 하나 있어 왕비는 옷을 하나씩 벗어 그 위에 올려놓을 것이니 그대는 아주 여유롭게 그녀를 바라볼 수 있을 것이다."

그러나 침실을 나가면서 기게스는 왕비의 눈에 띄고 말지요. 그때 왕비는 남편이 무슨 일을 꾸몄는지 알게 됩니다. 수치심을 느끼지만, 왕비는 소동을 일으키지 않소. 침착함을 유지하오.

이상한 이야기요. 그렇지 않소, 카라바조? 한 남자의 허영이 남들의 부러움을 받고 싶어 할 정도에 이르다니. 아니면 자신을 믿어 주지 않는다고 생각해서 믿어 주기를 바라는 것이거나. 클리프턴이 그렇다는 건 아니지만, 아무튼 그는 이 이야기의 일부가 되었소. 그 남편의 행동에는 상당히 충격적이지만 인간적인 면이 있다오. 우리 모두 믿게 하는 무언가가.

다음 날 왕비는 기게스를 불러 두 가지 선택지를 제시하오.

"이제 그대에게는 두 가지 길이 열려 있소. 어느 쪽을 택할지 그대에게 고르게 해 주겠소. 칸다울레스를 살해하고 나와 리디아 왕국을 모두 차지하거나, 아니면 이 자리에서 죽임을 당하거나. 그리하여 그대가 칸다울레스의 명을 모두 따름으로써 훗날 보아서는 안 될 것을 볼 수 없도록. 이 계획을 짠 그가 죽거나 혹은 벌거벗은 나를 본 그대가 죽어야 하오."

결국 왕은 살해당하오. 새로운 시대가 시작되지. 기게스에 대해 약강격 3음보로 쓰인 시들이 있소. 그는 델피 신전에 제물을 바친 최초의 이방인이오. 그는 28년 동안 리디아의 왕으로 통치했지만, 우리는 여전히 그를 특이한 사랑 이야기에 나오는 조연으로만 기억하지.

그녀가 낭독을 멈추고 고개를 들었소. 모래 늪에서 빠져나온 거죠. 그녀는 달라지고 있었소. 그렇게 힘의 주인이 바뀌었습니다. 그사이, 어느 일화 덕분에, 나는 사랑에 빠졌어요.

말에는, 카라바조, 말에는 힘이 있소.

클리프턴 부부는 우리와 함께 있지 않을 때면 카이로를 본거지로 삼고 있었소. 클리프턴은 영국을 위해 다른 일을 하고 있었지. 어떤 일인지는 아무도 모르오. 숙부가 정부에서 일한다고 했지. 이 모든 것은 전쟁 전의 일이었소. 하지만 그 당시 카이로에는 온갖 나라 사람들이 모여들어 그로피에서 열리는 저녁 연주회에서 만나 밤이 깊도록 춤을 추었지. 그 부부는 금술 좋은 젊은 한 쌍으로 인기 많았고, 나는 카이로 사교계의 변두리에 있었소. 그들은 잘 지냈지. 격식 차린 삶에 난 가끔 끼어들었죠. 만찬, 가든파티. 평소의 나라면 관심을 갖지 않았겠지만, 이제 그녀가 그곳에 있다는 이유만으로 갔던 행사들. 나는 무엇을 원하는지 알게 될 때까지는 아무것도 입에 대지 않는 사람이오.

그녀를 당신들에게 어떻게 설명할까? 내 손을 사용해서? 손으로 허공에 대고 바위나 메사*의 형상을 그리는 방식으로? 그녀는 거의 1년 동안 탐사대의 일원이었소. 나는 그녀를 보았고 대화도 나눴어요. 우리는 줄곧 서로의 곁에 있었어요. 우리가 서로에게 끌리는 욕망을 나중에야 깨닫게 되었을 때, 예전의 순간들이 그제야 의미심장하게 가슴속으로 밀려왔소. 절벽 위에서 팔을 잡았을 때의 떨림, 놓치고 지나쳤거나 잘못 읽었던 눈빛들.

당시 나는 카이로에 잘 머물지 않았소. 세 달 중 한 달 정도. 나는 이집트학과에서 일하며 내 책『리비크사막에 대한 최근의 탐험』을 집필하고 있었소. 날이 갈수록, 종이 위 어딘가에 사막이 있기라도 한 듯 문서에 점점 더 파고들어 만년필에서 나오는 잉크 냄새를 맡을 정도였소. 그리고 동시에 나는 가까이 있는 그녀의 존재로 인해 몸부림쳤소. 사실을 말하자면 나는 그녀의 열릴 듯한 입술, 무릎 뒤쪽의 팽팽한 곡선, 하얗게 드러난 매끈한 복부에 미친 듯 사로잡혀 있었지. 여행 지도를 완벽하게 갖춘, 간결하고 명확한 70쪽짜리 짧은 책을 쓰는 동안 말이오. 종이에서 그녀의 몸을 지울 수 없었소. 그 논문을 그녀에게, 그녀의 목소리에, 내 상상 속에서 마치 긴 활처럼 순백으로 침대에서 일어나는 그녀의 몸에 바치고 싶었지만, 그 책은 내가 왕에게 바친 것이었지. 그런 집착은 그녀의 정중하면서도 난처해하는 고개 젓기에 무색해지고 조롱당하리라 믿으면서.

나는 그녀 앞에서 갑절로 격식을 갖추기 시작했소. 내 타고난 성격이지. 마치 이전에 벌거벗은 모습을 보여 어색해하는 것처럼. 그건 유럽식 관습이라오. 사막에 관한 내 글 속에 그녀를 낯설게 옮겨 놓았으면서도, 그녀 앞에서 금속 옷을 걸쳐 입는 것이 내게는 자연스러웠소.

격정적인 시는 대신할 뿐,
사랑하거나 사랑해야 하는 여인을,
한 편의 격정적인 광시곡은 또 다른 여인을 향한 허위.*

하사네인 베이, 1923년 탐험에 참여했던 멋진 노인이지. 그의 잔디밭에서 그녀가 정부 보좌관 라운델과 함께 다가와 나와 악수를 했소. 그리고 그에게 술을 가져다달라고 부탁하고는 내게로 돌아서서 말했소. "날 황홀하게 해 줘요." 라운델이 돌아왔지. 그녀가 나에게 칼을 건네준 것이나 다름없었지요. 한 달이 채 지나지 않아 나는 그녀의 연인이 되었지요. 앵무새 거리북쪽, 수크를 내려다보는 그 방에서.

나는 모자이크 타일이 깔린 홀에서 무릎을 꿇고, 커튼처럼 드리워진 그녀의 드레스 주름 속에 얼굴을 파묻었소. 그녀의 입에 넣은 이 소금기 밴 손가락의 맛. 서로의 갈망을 풀어놓지 못한 채 우리는, 우리 둘은 기묘한 조각상처럼 있었소. 그녀의 손가락이 모래를 훑듯 숱이 적어지던 내 머리카락을 쓰다듬었어. 카이로와 우리를 둘러싸고 있던 그녀의 모든 사막들.

그것은 그녀의 젊음, 그녀의 가냘프고도 민첩한 소년다움에 대한 갈망이었을까요? 당신에게 내가 이야기해 주던 정원들이 바로 그녀의 정원이었소.

그녀의 목에 우리가 보스포루스해협이라 불렀던 작고 우묵한 부분이 있었지. 나는 그녀의 어깨에서 보스포루스로 뛰어들곤 했소. 그곳에 내 시선을 머물게 하지. 내가 마치 다른 행성에서 온 이방인인 양 그녀가 기묘하다는 듯 나를 내려다보는 동안 나는 무릎을 꿇곤 했소. 기묘한 표정을 짓는 그녀. 카이로의 어느 버스 안에서 갑자기 내 목에 닿는 그녀의 차가운 손. 택시를 타고 케디브 이스마일 다리에서 티퍼레리 클럽까지 가는 동안 나누었던 우리의 성급하고 즉흥적인 사랑. 또는 박물관 3층 로비에서 그녀가 손으로 내 얼굴을 가렸을 때 그녀의 손톱 사이로 비친 햇살.

우리는 오로지 한 사람의 눈길만 피했소.

하지만 제프리 클리프턴은 영국 정보 기관에 깊이 관여된 사람이었소. 그는 크누트 왕까지 거슬러 올라가는 혈통을 가졌지. 기관에서는 결혼한 지 18개월밖에 안 된 클리프턴에게 굳이 아내의 불륜을 밝히지는 않았겠지만, 조직 내의 그 결함을, 질병을 에워싸기 시작했소. 그들은 우리가 세미라미스 호텔 입구에서 어색한 접촉을 한 첫날부터 그녀와 나의 모든 움직임을 알고 있었소.

그녀가 남편의 친척들에 대해 들려준 이야기들을 나는 무시했소. 그리고 제프리 클리프턴은 우리 위에 거미줄처럼 뻗어 있는 대영 제국의 정보기관에 대해 우리만큼이나 순진했소. 하지만 경호원들이 그녀의 남편을 지켜보며 보호해 주었지. 과거 장교 시절 연대와의 인연이 있는 귀족인 매덕스만 그렇게 교묘히 얽혀 있는 은밀한 일들을 알고 있었지. 오직 매덕스만이, 신중하고 사려 깊게, 그런 세계에 대해 내게 주의를 주었소.

나는 헤로도토스를, 매덕스는, 그 자신은 결혼 생활의 성자라 할 매덕스는 『안나 카레니나』를 지니고 다녔지. 로맨스와 배신에 관한 이야기를 읽고 또 읽었다오. 어느 날, 우리가 작동시킨 기계 장치를 피하기에 너무 늦었을 때, 그는 클리프턴의 세계를 안나 카레니나의 오빠에 빗대어 설명하려고 했소. 내 책을 줘 봐. 이것을 들어 보게.

모스크바와 페테르부르크의 절반은 오블론스키의 친척 또는 친구였다. 그는 이 땅의 위대한 인물이었거나 그런 인물이 된 사람들의 사회에서 태어났다. 정계의 3분의 1이나 되는 연장자들은 그의 아버지의 친구들이었으며 그가 페티코트를 입은 아기였을 때부터 그를 알던 사람들이었다……

따라서 이 세상의 축복을 나눠 주는 사람들은 모두 그의 친구들이었다. 그들은 자기네 사람을 모른 체할 수 없었다……. 이의를 제기하거나 시기하지 않고 다투거나 화를 내지 않기만 하면 되었고, 그는 타고난 온화한 성품 덕분에 결코 그런 적이 없었다.

당신이 주사기를 손톱으로 톡 치는 동작을 좋아하게 되었다오, 카라바조. 해나가 처음으로 당신이 있는 자리에서 내게 모르핀을 주었을 때, 당신은 창가에 있었죠. 그녀가 손톱으로 주사기를 살짝 쳤을 때 고개가 우리 쪽으로 홱 돌더군. 난 동지를 알아봅니다. 연인이라면 다른 연인들의 위장을 언제나 꿰뚫어 보는 것처럼.

여자들은 연인의 모든 것을 원합니다. 그런데 나는 너무 자주 표면 아래로 가라앉곤 했소. 군대가 모래 속으로 자취를 감추듯. 그리고 남편에 대한 그녀의 두려움, 자신의 명예에 대한 그녀의 믿음, 혼자로도 충분하고 싶은 내 오랜 욕망, 나의 잠적, 나에 대한 그녀의 의심, 그녀의 사랑에 대한 나의 불신이 있었지. 숨어서 하는 사랑의 편집증과 폐소 공포증.

"당신은 인간미를 잃어버렸어요." 그녀가 내게 말했소.

"배신자는 나 혼자만이 아니야."

"당신은 개의치 않는 것 같아요, 이 일이 우리 사이에 일어났다는 것을. 당신은 모든 것을 회피하죠. 소유권, 소유하는 것과 소유당하는 것, 이름 붙여지는 것에 대한 두려움과 혐오로. 당신은 이게 미덕이라고 생각하죠. 나는 당신이 비인간적이라고 생각해요. 내가 당신을 떠나면 당신은 누구에게 갈 건가요? 다른 애인을 찾을 건가요?"

난 아무 말도 하지 않았소.

"아니라고 하세요, 나쁜 사람."

그녀는 늘 말을 원했소. 그녀는 언어를 사랑했고, 언어를 통해 성장했지. 말은 그녀에게 명확성을 부여하고 이성과 형태를 불러왔소. 반면에 나는 말은 감정을 물속에 있는 막대기처럼 굴절시킨다고 생각했어요.

그녀는 남편에게 돌아갔소.

이 순간부터, 그녀가 속삭였지, 우리는 영혼을 찾거나 잃어버릴 거에요.

바다도 물러나는데, 연인들이라고 왜 아니겠소? 에페수스의 항구들, 헤라클레이토스의 강들이 사라지고 토사가 쌓인 강어귀로 바뀝니다. 칸다울레스의 아내는 기게스의 아내가 되죠. 도서관들은 불에 타 버립니다.

우리의 관계는 무엇이었을까요? 주위 사람들에 대한 배신? 아니면 또 다른 삶에 대한 욕망?

그녀는 남편이 있는 집으로 돌아갔고, 나는 술집으로 물러났소.

달을 바라보아도,

당신 얼굴이 보이겠지요.*

　헤로도토스의 고전. 그 노래를 흥얼거리고 몇 번씩이나 반복해서 부르며, 그 구절을 점점 더 얇게 두드리듯 읊조리고 굴절시켜 자신의 삶 속에 담아 넣죠. 사람들이 은밀한 상실에서 회복하는 방법은 다양합니다. 나는 향신료 상인과 함께 앉아 있다가 그녀의 추종자 중 한 사람의 눈에 띄었소. 그녀는 언젠가 그 상인에게서 사프란을 담은 백랍 골무를 받았소. 수만 가지 물건 중 하나였지요.

　만약 사프란 상인 옆에 앉은 나를 보았던 배그놀드가 저녁 식사 중에 그녀가 앉은 테이블에서 그 이야기를 꺼낸다면 내 기분이 어떨까? 그녀에게 작은 선물을 주었던 그 남자를, 그녀가 얇은 검은 줄에 끼워 남편이 없던 이틀 내내 목에 걸고 있었던 백랍 골무를 준 이를 그녀가 기억하리라는 것이 내게 조금이라도 위안이 되었을까? 사프란이 아직 담겨 있어서 그녀의 가슴엔 금빛 얼룩이 남았지.

　여기저기서 수치스러운 행동을 일삼아 따돌림받게 된 나에 대한 이야기를 그녀는 어떻게 받아들였을까요? 배그놀드는 웃고, 사람 좋은 그녀의 남편은 날 걱정하고, 매덕스는 자리에서 일어나 창가로 걸어가 도시의 남쪽 구역을 내다보았지요. 대화는 아마 다른 목격담들로 옮겨 갔을 거요. 결국 그들은 지도를 만드는 이들이었소. 하지만 그녀가 우리가 함께 파낸 그 우물 안으로 내려가 그대로 가만히 있었을까요? 내가 손을 뻗어 그녀에게 다가가기를 갈망했던 것처럼?

우리는 이제 서로에게 맺은 가장 깊은 맹약으로 무장한 채 각자의 삶을 살고 있었지요.

"뭐 하는 거예요?" 그녀가 거리에서 내게 달려오며 말했죠. "당신이 우리 모두를 **미치게 만드는 걸** 모르겠어요?"

매덕스에게 나는 미망인에게 구애하는 중이라고 말했어요. 하지만 그녀는 아직 미망인이 아니었지요. 매덕스가 영국으로 돌아갔을 때 그녀와 나는 더 이상 연인 사이가 아니었죠. "자네의 카이로 미망인에게 안부를 전해 주게." 매덕스는 중얼거렸지. "그녀를 만나 봤더라면 좋았을 텐데." 그가 알고 있었을까요? 나는 그와 함께 있을 때면 늘 나 자신이 기만적이라고 느꼈소. 10년 동안 함께 일했던 친구, 어느 누구보다 더 사랑했던 이 사람을 속이고 있다고. 그때가 1939년이었고 우리 모두는 어떤 식으로든 그 나라를 떠나 결국 전쟁터로 가고 있었소.

그리고 매덕스는 서머싯에 있는 마스턴 마그나라는 마을로 돌아갔어요. 그가 태어났던 곳이죠. 그리고 그는 한 달 후 교회 회중 속에 끼어 앉아 전쟁의 영광을 기리는 설교를 듣다가 사막에서 쓰던 권총을 꺼내 스스로에게 방아쇠를 당겼소.

나, 할리카르나소스의 헤로도토스는 나의 역사를 기록한다. 인간이 이룩한 바들과 그리스인들과 이방인들이 보여 준 위대하고 경이로운 행적이 시간이 흐르면서 퇴색되지 않도록 하기 위함이며…… 그들이 전쟁을 벌였던 이유도 함께 밝히기 위함이다.*

사람들은 항상 사막에서 시를 읊었지요. 그리고 매덕스는 지리학회 사람들에게 우리의 횡단로와 경로에 대해 멋진 설명을 들려주었소. 베르만은 이론에 불씨를 불어넣었소. 그리고 나는? 난 그들 사이에서는 기술자였소. 기계공. 다른 사람들은 고독에 대한 사랑을 글로 쓰고 그곳에서 발견한 것에 대해 사색에 잠겼죠. 그들은 내가 그 모든 것에 대해 어떻게 생각하는지 잘 몰랐소. "저 달을 좋아하나?" 매덕스는 나를 10년이나 알고 지냈으면서도 내게 물었소. 그는 마치 친밀함의 선을 넘기라도 한 듯 조심스레 물었지. 그들이 보기에 나는 사막의 연인이 되기에는 너무 영악했던 거지. 오디세우스에 더 가깝다고 할까. 그래도 나는 사막을 사랑했소. 내게 사막을 보여 주오. 다른 사람에게 강을 보여 주고, 또 다른 사람에게는 어린 시절의 대도시를 보여 주듯이.

우리가 마지막으로 헤어질 때 매덕스는 오래된 작별 인사를 했소. "하느님이 안전으로 당신을 동행케 하시길." 그리고 나는 그에게서 멀어지며 말했소. "신은 없다네." 우리는 지극히 서로 다른 사람들이었다오.

매덕스는 오디세우스가 단 한 마디도, 내면의 글을 쓴 적이 없다고 말했소. 아마도 그는 예술이라는 거짓된 랩소디 속에서 이질감을 느꼈을 거요. 그리고 내 논문은 정확성에 있어서

엄격했음을 인정하오. 글을 쓰면서 그녀의 존재를 기술할까 봐 두려워 모든 감정과 모든 사랑의 수사를 배제한 거요. 그래도 나는 그녀에 대해 말하듯, 사막을 순수하게 묘사했소. 전쟁이 시작되기 전 우리가 함께 지낸 마지막 나날 동안 매덕스가 내게 달에 대해 물었지. 우리는 헤어졌소. 다가오는 전쟁으로 모든 것이, 천천히 진행되던 우리의 사막 역사 발굴 작업이 중단되자, 그는 영국으로 떠났소. 잘 있게, 오디세우스, 그가 싱긋 웃으며 말했소. 내가 오디세우스를 결코 좋아하지 않는 것을 알고 있으면서. 나는 아이네이아스를 더 좋아하지 않았지. 우리끼리 배그놀드를 아이네이아스라고 불렀소. 하지만 난 오디세우스도 그다지 좋아하지 않았지. 잘 가게, 내가 말했소.

그가 웃으며 돌아섰던 걸 기억하오. 그는 굵은 손가락으로 자신의 목젖 옆을 가리키며 말했지. "여길 배스큘러 시주드*라고 불러." 그녀의 목에 있는 그 움푹 파인 곳에 공식적인 이름을 붙인 거요. 그는 마스턴 마그나 마을에 있는 아내에게 돌아갔소. 나침반과 지도는 모두 내게 남기고, 제일 좋아하는 톨스토이 책 한 권만 가져갔소. 우리 사이의 애정은 말로 하지 못한 채 남겨졌소.

그리고 우리가 수많은 대화를 나누면서 그가 내게 거듭 얘기해 주었던 서머싯의 마스턴 마그나에 있는 푸른 들판은 비행장으로 바뀌었소. 아서왕의 성채들 위로 비행기 연기가 타올랐지. 무엇이 그를 그런 행동으로 몰아갔는지 나는 모르오. 아마도 우리가 있던 리비아와 이집트의 고요한 적막 위에 드리워졌던 집시 모스호(號)의 낮은 웅웅거림만 듣던 그에게는 끊이지 않는 비행기 소음이 너무 시끄러웠는지도 모르죠. 누군가의 전쟁이 태피스트리처럼 섬세하게 짜인 그의 동료 관계를 찢어발기고 있던 거죠. 나는 오디세우스였고, 전쟁이 일으키는 가변성과 한시적인 거부감을 이해했소. 하지만 그는 친구를 어렵게 사귀는 사람이었지. 그는 평생 두세 명만 알고 지냈는데, 이제 그들이 적이 되어 버린 거요.

그는 서머싯에서 우리와 한 번도 만난 적이 없는 아내와 단둘이 지냈소. 작은 몸짓만으로도 그에게는 충분했소. 총알 한 발로 전쟁을 끝냈지.

1939년 7월이었소. 그들은 마을에서 버스를 타고 요빌로 향했소. 버스가 느려서 두 사람은 예배에 늦었지요. 붐비는 교회 뒤편에서 두 사람은 자리를 찾으려고 따로따로 앉기로 했소. 30분 후 설교가 시작되었고, 한 점 의심도 없이 전쟁을 지지하는 강경론을 펼치는 내용이었소. 목사는 전투에 대해 신나게 읊조리며 정부와 참전하려는 이들을 축복했지. 매덕스는 점점 더 열기를 더해 가는 설교를 듣고 있었소. 그는 사막에서 쓰던 권총을 꺼내 몸을 수그리고 자신의 심장을 쐈소. 그는 즉사했소. 거대한 침묵. 사막의 침묵. 비행기도 없는 침묵. 그들은 그의 몸이 의자에 부딪혀 쓰러지는 소리를 들었소. 다른 어떤 것도 움직이지 않았소. 사제는 그 자리에서 얼어붙었지. 마치 교회에서 촛불을 감싸던 등잔 유리가 쪼개질 때 모두 일제히 고개를 돌리는 그런 순간의 침묵과도 같았소. 그의 아내가 중앙

복도로 걸어와 그가 앉았던 줄에 멈춰 서서 무언가 중얼거리
자, 사람들은 그녀가 그에게 다가가도록 길을 비켜 주었소. 그
녀는 무릎을 꿇고 두 팔로 그를 감싸안았소.

오디세우스는 어떻게 죽었지요? 자살이었지, 그렇지 않나
요? 생각이 나는 것 같군요. 이제. 어쩌면 사막이 매덕스를 망
가뜨렸을지도 모르죠. 우리가 이 세상과 아무 상관 없던 그 시
절. 그가 항상 들고 다니던 러시아 책이 계속 생각납니다. 러시
아는 늘 그의 고국보다 내 나라에 더 가까웠소. 그렇소, 매덕스
는 국가들 때문에 죽은 사람입니다.

나는 매사에 침착한 그를 좋아했소. 나는 지도상의 위치에
대해 격렬하게 논쟁을 벌이곤 했는데, 그의 보고서에는 어떻게
해서인지 우리의 '토론'이 논리적인 문장으로 정돈되어 있었
소. 여행 중 즐거운 일이 있을 때면 그는 마치 우리가 무도회장
에 있는 안나와 브론스키인 것처럼 우리의 여정에 대해 차분하
고 즐겁게 기록했소. 하지만 그는 나와 함께 카이로 무도회장
에 들어가 본 적이 없는 사람이었고, 나는 춤추던 중에 사랑에
빠진 남자였소.

그는 느린 걸음걸이로 움직였소. 나는 그가 춤추는 것을 본
적이 없소. 그는 글을 쓰고 세상을 해석하는 사람이었소. 아주
작은 감정의 파편 하나를 건네받는 것에서도 지혜가 자랐지.
한눈으로 보기만 해도 몇 단락의 이론으로 이어질 수 있었어.

그는 사막 부족의 새로운 매듭을 목격하거나 희귀한 야자수를
발견하면 몇 주 동안 그것에 빠져들곤 했지. 우리가 여행 중에
현대의 것이든 고대의 것이든, 진흙 벽에 적힌 아랍어든, 지프
흙받이에 분필로 쓰인 영어 문구든, 어떤 구절이라도 발견하면
그는 일일이 읽고 나서 그 위에 손을 얹고 지그시 누르곤 했소.
마치 더 깊은 의미를 만지고 그 말들과 최대한 친밀해지겠다는
듯이.

그가 팔을 내민다. 모르핀을 실어 나를 뗏목을 위해, 멍든 정
맥이 수평으로 위를 향하도록. 약물이 흘러 들어갈 때 그는 카
라바조가 콩팥 모양의 에나멜 깡통에 주사기 바늘을 떨어뜨리
는 소리를 듣는다. 희끗희끗한 형상이 그에게 등을 돌렸다가
다시 나타나는 것을 본다. 모르핀의 세계에 속한 또 다른 이가
자신과 함께 사로잡혀 있음을.

내내 무미건조한 글만 쓰다가 집에 돌아오면 유일하게 나를
위로해 주는 것이 그룹 '퀸테트 핫 클럽 드 프랑스'의 장고 라
인하르트와 스테판 그라펠리가 함께 연주한 「허니서클 로즈
(Honeysuckle Rose)」이던 날들이 있었소. 1935년. 1936년.
1937년. 위대한 재즈의 시대. 샹젤리제 거리의 클라리지 호텔
에서 흘러나와 런던, 프랑스 남부, 모로코의 술집으로 퍼지고,
이집트로 흘러들어 무명의 카이로 댄스 밴드에 의해 암암리에

재즈 리듬의 소문이 퍼지던 시대. 사막으로 돌아갔을 때, 나는
술집에서 〈수베니르(Souvenir)〉의 78회전 레코드에 맞춰 춤
추던 밤들을 가슴에 새기고 갔소. 그레이하운드처럼 서성이던
여인들, 「마이 스위트(My Sweet)」가 흘러나오는 동안 춤추며
어깨에 대고 중얼거리면 여자들이 몸을 기대왔던 기억들. 소시
에테 울트라퐁 프랑세즈 레코드사의 호의. 1938년. 1939년. 칸
막이 좌석 안에서 사랑을 속삭이던 때였죠. 전쟁이 저 모퉁이
까지 임박해 있었소.

 우리의 연애가 끝나고 몇 달 후, 카이로에서의 마지막 나날
동안 우리는 마침내 매덕스를 설득해서 재즈 바에서 환송회를
열었소. 그녀와 그녀의 남편도 거기 있었죠. 마지막 밤. 마지막
춤. 알마시는 술에 취해 자신이 고안해 보스포루스 포옹이라고
이름 붙인 오래된 춤사위를 시도하고 있었지. 마르고 억센 두
팔에 캐서린 클리프턴을 안고 바닥을 휘젓고 다니다가 나일에
서 자란 엽란 위로 그녀와 함께 쓰러졌소.

그는 지금 누가 되어 말하고 있는 걸까? 카라바조는 생각한다.

 알마시는 술에 취해 있었고 그의 춤은 다른 사람들에게는 난
폭한 움직임이 이어지는 것으로 보였지. 그 당시 그와 그녀는
사이가 좋지 않아 보였어요. 그는 그녀를 마치 이름 없는 인형
인 양 이리저리 흔들었고, 매덕스를 떠나보내는 슬픔을 술로
억눌렀소. 그는 우리와 함께 있는 테이블에서 소란을 피웠소.

알마시가 이럴 때면 우리는 보통 흩어졌지만 이날은 매덕스가 카이로에서 보내는 마지막 밤이어서 다들 자리를 지켰죠. 형편없는 이집트인 바이올린 연주자가 스테판 그라펠리를 흉내 냈고, 알마시는 궤도를 벗어나 제멋대로 떠도는 행성 같았소. "이 행성의 낯선 이방인들인 우리를 위하여……" 그는 잔을 들어 올렸소. 그는 남녀를 막론하고 모두와 춤추고 싶어 했소. 손뼉을 치며 큰 소리로 말했지. "이제 보스포루스 포옹을 할 차례야. 자네, 베른하르트? 헤더턴?" 대부분 뒤로 물러났죠. 그는 클리프턴의 젊은 아내를 향해 돌아섰소. 그녀는 품위 있는 분노의 눈길로 그를 지켜보고 있었소. 그가 손짓하자 그녀는 앞으로 나아갔고, 그는 곧장 그녀에게 몸을 부딪쳤지. 그의 목은 이미 그녀의 시퀸 드레스 위로 고원처럼 드러난 왼쪽 어깨 위에 닿아 있었소. 둘 중 하나가 발을 헛디딜 때까지 계속되는 광란의 탱고가 이어졌소. 그녀는 분노에서 물러서지 않으려 했소. 그 자리에서 물러나 테이블로 돌아감으로써 그가 이기게 내버려두지 않은 거요. 그가 고개를 뒤로 젖힐 때면, 그녀는 엄숙하지는 않았지만 덤벼들 것 같은 표정으로 그를 매섭게 노려보았소. 그는 고개를 숙이면서 입으로 그녀에게 뭐라고 중얼거렸지. 아마 「허니서클 로즈」의 가사를 읊조렸는지도 모르지.

　　탐사 중간중간 카이로에 있을 때 아무도 알마시의 모습을 많이 보지 못했소. 그는 거리를 두거나 불안정해 보였지. 그는 낮에는 박물관에서 일하고 밤에는 남부 카이로 시장에 있는 술집들을 드나들었소. 또 다른 이집트에서 길을 잃은 거지. 그들이 모두 여기까지 온 것은 오직 매덕스 덕이었어요. 하지만 이제 알마시는 캐서린 클리프턴과 춤을 추었지. 줄지어 선 화초들이 그녀의 가녀린 몸에 스쳤소. 그는 그녀와 함께 빙글빙글 돌다가 그녀를 번쩍 들어 올린 다음 그대로 넘어졌어요. 클리프턴은 자리에 앉아 반쯤 그들을 지켜보았소. 그녀 위로 쓰러져 있던 알마시는 금발 머리를 뒤로 쓸어 넘기며 천천히 몸을 일으키려 했지. 홀의 먼 구석에서 그녀의 몸 위로 무릎을 꿇고 말이오. 그는 한때는 섬세한 남자였소.

자정을 넘긴 때였죠. 이런 사막 유럽인의 의식에 익숙해 쉽게 흥이 돋는 단골들을 제외하고는 그곳의 다른 손님들은 별로 재미있어 하지 않았어요. 거기엔 가느다란 강줄기 같은 긴 은장식을 귀에 단 여자들, 시퀸 드레스를 입은 여자들이 있었죠. 술집의 열기로 따듯해진 작은 금속 장식들에, 춤을 추면서 그의 얼굴에 뾰족한 은귀걸이를 스치게 했던 여자들에게, 알마시는 예전부터 늘 끌렸지. 다른 날들 밤이면 그는 그들과 춤을 추었어. 술에 더 취하면 그는 늑골을 지렛대 삼아 그 여자들의 몸을 들어 올렸지. 그렇소. 그들은 알마시의 셔츠가 풀어지면서 드러난 배를 보고 웃으며 재미있어 했지. 하지만 그가 춤추다 멈추고 그들의 어깨에 기대면 쏟아지는 그의 체중이나 쇼티슈를 추다가 어느 결에 바닥에 쓰러지는 그의 모습에 매혹되지는 않았지.

그런 밤에는 인간 군상이 주위에서 소용돌이치고 미끄러지는 동안 그 밤의 서사 속으로 **나아가는** 것이 중요했지요. 아무런 생각이나 예감도 없었어요. 그날 저녁의 현장 기록은 나중에, 사막에서, 다클라와 쿠프라 사이에 펼쳐진 지형들 속에서 다가왔지요. 그제야 그는 개가 낑낑대는 듯한 소리에 무도회장 바닥에 개가 있는지 둘러보던 것을 떠올리고, 기름 위에 떠서 흔들리는 나침반 원반을 보며, 자신이 발로 밟았던 것이 어느 여자일 수도 있다고 깨달았죠. 오아시스가 시야에 들어오면 그는 자신의 춤 솜씨에 자부심을 느끼며, 팔과 손목시계를 하늘로 치켜들고 흔들었지요.

사막의 싸늘한 밤들. 그는 무수한 밤의 무리에서 실 한 올을 뽑아 음식처럼 입에 넣었소. 그건 트레킹의 첫 이틀 동안, 그가 도시와 고원 사이의 어정쩡한 지역에 있을 때였지. 엿새가 지나고 나면 그는 카이로나 음악, 거리, 여자들에 대해 전혀 생각하지 않게 될 거요. 그때쯤이면 그는 깊은 물속에서 숨 쉬는 호흡 방식에 적응한 후, 태고의 시간 속에서 움직였지. 유일하게 그를 도시들의 세계와 연결한 것은 헤로도토스였소. 고대와 현대를 통틀어 거짓으로 여겨지는 것을 기록한 그의 안내서. 거짓으로 여겨졌던 것의 진실을 발견했을 때, 그는 풀 통을 꺼내 책 속에 지도나 신문 잘라 낸 조각들을 붙여 넣거나, 책의 여백을 이용해 빛바랜 정체불명의 동물들과 함께 있는 치마 입은 사람들을 스케치해 넣었지. 초기의 오아시스 거주자들은 보통

소를 그리지 않았소. 헤로도토스는 그렇다고 주장하지만 말이오. 그들은 임신한 여신을 숭배했고, 그들의 암벽화는 대개 임신한 여자들의 모습들이었소.

불과 2주 만에 도시라는 생각조차 그의 머릿속에 들어오지 않았소. 그는 마치 지도 위 먹줄로 짜인 섬유질 바로 위에 깔린 1밀리미터의 아지랑이 아래를 걷는 듯했소. 땅과 지도 사이, 거리와 범례 사이, 자연과 이야기꾼 사이에 존재하는 그 순수한 지대 말이오. 샌드퍼드는 이를 지형학이라고 불렀지. 조상을 의식하지 않고 최고의 자아가 되고자 그들이 오겠다고 택한 곳. 이곳에서 그는 태양 나침반, 주행 거리계와 그 책을 제외하면 혼자였고, 자기 자신의 발명품이었지. 그는 이런 순간들 동안 신기루가, 즉 파타 모르가나가 어떻게 작동하는지 깨달았소. 그 자신이 그 속에 있었기 때문이지.

그가 잠에서 깨어 보니 해나가 그의 몸을 씻어 주고 있다. 허리 높이에 서랍장이 있다. 그녀는 몸을 수그려 두 손으로 도자기 대야에서 물을 떠서 그의 가슴으로 가져온다. 다 마치고 나서 그녀는 젖은 손가락으로 자신의 머리카락을 서너 번 쓸어내린다. 머리카락이 축축이 젖어 색이 짙어진다. 그녀는 고개를 들어 그가 눈을 뜬 것을 보고 미소 짓는다.

그가 다시 눈을 뜨자 매덕스가 있다. 지친 듯 초췌한 모습으로, 모르핀 주사기를 들고 있다. 엄지손가락이 없기 때문에 두 손을 모두 써야 한다. 스스로 주사를 놓을 때는 어떻게 하는 걸까? 그는 생각한다. 그는 그 눈, 버릇처럼 입술 위에서 파르르 떨리곤 하던 혀, 자신의 말을 남김없이 이해하는 명석한 두뇌를 알아본다. 괴팍한 두 늙은이.

카라바조는 남자가 말하는 동안 그의 입속 분홍색을 지켜본다. 우웨이나트에서 발견된 암벽화에서나 볼 법한 연한 요오드색 잇몸. 침대 위에 있는 이 몸에는 더 발견할 것이, 더 간파해낼 것이 남아 있다. 오직 입, 팔의 정맥, 늑대의 털빛 같은 잿빛 눈 말고는 존재하지 않는 육체인데도. 그는 이 남자가 지닌 규율의 명확성에 여전히 감탄한다. 때로는 자신을 1인칭으로, 때로는 3인칭으로 말하며, 지금도 자신이 알마시임을 인정하지 않는 남자.

"누가 말하고 있었소, 그때는?"

"'죽음이란 너 자신이 3인칭이 된다는 뜻'이라죠."

하루 종일 그들은 모르핀 앰풀을 나눠 썼다. 그에게서 이야기의 실타래를 풀어내기 위해 카라바조는 신호로 이루어진 암호 속을 여행한다. 화상을 입은 남자가 느려지거나, 카라바조 자신이 연애 사건, 매덕스의 죽음 등 모든 것을 다 알아듣지 못한다고 느낄 때면, 그는 콩팥 모양으로 생긴 에나멜 깡통에서 주사기를 집어 들고 손마디로 눌러 앰풀의 유리 끝을 깨고 주사기에 주입한다. 왼팔 소매를 다 뜯어 버린 채, 그는 이제 이 모든 일에 대해 해나 앞에서 서슴지 않는다. 알마시는 회색 내의만 입고 있어 그의 검은 팔이 시트 아래에 맨살 그대로 드러나 있다.

몸이 모르핀을 한 모금씩 삼킬 때마다 또 다른 문이 열린다. 그는 동굴 벽화나 묻어 둔 비행기로 훌쩍 되돌아가기도 하고, 천장에서 돌아가는 선풍기 아래 그 여자 곁에 또다시 머문다. 그의 배에 뺨을 대고 누워 있는 그 여자 곁에.

카라바조가 헤로도토스를 집어 든다. 책장을 넘기자 그는 모래 언덕 너머 길프 케비르, 우웨이나트, 게벨 키수를 발견한다. 알마시가 이야기하면, 그는 곁에 머물며 사건의 순서를 바로잡는다. 오직 욕망만이 나침반 바늘처럼 흔들리며 이야기가 길을 벗어나게 한다. 그리고 이것은 어차피 유목민의 세계, 진실과 허구가 뒤섞인 외경 같은 이야기이다. 모래 폭풍으로 가장한 채 동서로 떠도는 정신.

그녀의 남편이 비행기를 추락시킨 후, 그는 헤엄치는 사람들의 동굴 바닥에 그녀가 지니고 있던 낙하산을 찢어 펼쳐 놓았소. 그녀는 그 위로 몸을 눕히면서 부상의 고통으로 얼굴을 찌푸렸지. 그는 손가락으로 그녀의 머리카락 속을 살며시 만지며 다른 상처가 있는지 살펴본 후에 그녀의 어깨와 발을 만져 보았소.

이제 그 동굴 속에서 그가 잃고 싶지 않았던 것은 그녀의 아름다움이었소. 그녀의 우아함, 이 팔다리들. 그는 이미 그녀의 본성을 자기 주먹 안에 꽉 움켜쥐고 있음을 알았소.

그녀는 화장을 하면 얼굴이 바뀌는 여자였소. 파티에 가거나 침대에 오를 때, 그녀는 피처럼 붉은 립스틱을 바르고, 양쪽 눈꺼풀에 주홍빛이 번지게 덧칠했다오.

그는 동굴 벽화 하나를 올려다보고 거기서 색 안료들을 훔쳤지. 황토색을 그녀의 얼굴에 바르고 그녀의 눈 주위를 파랗게 칠했소. 그는 동굴을 가로질러 가서 붉은색을 손에 짙게 묻히고 손가락으로 그녀의 머리카락을 빗어 주었지. 그리고 그녀의 피부 전체를 칠했소. 그녀를 처음 본 날 비행기에서 불쑥 튀어나왔던 그녀의 무릎은 사프란색이었소. 치골(恥丘). 그녀가 인간에게 물들지 않도록 그녀의 다리를 둘러 그려 넣은 색의 고리들. 그가 헤로도토스에서 찾아낸 전통에 따르면 고대 전사들은 사랑하는 이들을 영원히 살아 있을 세계 속에 고이 모셔 두며 기렸다고 합니다. 울긋불긋한 액체, 노래, 암각화.

동굴 안은 매우 추웠소. 그는 그녀를 따듯하게 해 주려고 낙하산으로 그녀를 감쌌소. 그리고 불을 피워 아카시아 나뭇가지들을 태우고 동굴 구석구석까지 연기로 채웠소. 그는 그녀에게 직접 말을 걸 수 없다는 것을 깨닫고 격식을 차려 말했지. 동굴 벽에 울리는 그의 목소리. 이제 도움을 청하러 갈 거요, 캐서린. 알겠소? 근처에 다른 비행기가 있습니다. 하지만 연료가 없어요. 카라반이나 지프를 만날 수 있을지도 모릅니다. 그러면 더 빨리 돌아올 수 있을 거요. 확실치는 않소. 그는 헤로도토스의 책을 꺼내 그녀 옆에 내려놓았소. 그때가 1939년 9월이었소. 그는 일렁이는 모닥불을 벗어나 동굴 밖으로 걸어 나와 어둠을 뚫고 달빛이 가득한 사막으로 들어갔소.

그는 바위를 타고 고원 아래로 내려와 거기 섰습니다.

트럭도, 비행기도, 나침반도 없었소. 오직 달과 자기 그림자뿐. 그는 오래된 돌 표식을 발견했지. 북-북서쪽 엘 타지의 방향을 가리키는 것이었죠. 그는 자기 그림자의 각도를 머릿속에 새기고 걷기 시작했소. 112킬로미터 떨어진 곳에는 시계 거리가 있는 수크가 있었소. **아인 두아**에서 채운 가죽 주머니에 담긴 물이 어깨에 매달려 태반처럼 출렁거렸소.

그가 움직일 수 없는 때가 두 번 있었어요. 그림자가 발아래 있을 때인 정오와, 해가 지고 별이 나오는 사이의 땅거미 질 무렵. 그때는 사막의 원반 위에 있는 모든 것이 다 똑같았소. 그때 움직였다가는 정해진 경로에서 많게는 90도까지 벗어날 수도 있었지. 그는 실시간 별자리를 기다렸다가 매 시간 별자리를 읽으며 앞으로 나아갔소. 과거에 사막 안내원들이 있을 때는 그들은 긴 장대에 등을 매달고, 별자리를 읽는 길잡이 위로 출렁이는 불빛을 따라갔지.

사람은 낙타와 같은 속도로 걷지요. 시속 4킬로미터. 운이 좋으면 타조 알을 발견할 거고, 운이 나쁘면 모래 폭풍이 모든 것을 지워 버리겠지. 그는 사흘 동안 아무것도 먹지 않고 걸었소. 그는 그녀를 생각하지 않으려 했죠. 엘 타지에 도착하면 고란 부족이 콜로신스오이로 만든 **아브라**를 먹을 수 있었을지도 모르죠. 쓴맛을 없애려고 씨를 끓인 후 대추야자와 메뚜기를 섞어서 함께 짓이겨 만든다오. 그는 시계와 설화 석고 거리를 걸을 거요. 하느님이 안전으로 동행케 하시길. 매덕스가 말했었지. 잘 가게. 파도. 오직 사막에만 신이 있지, 그는 이제 인정하고 싶었소. 여기를 벗어나면 무역과 권력, 돈과 전쟁뿐이었지. 돈과 무력을 쥔 폭군들이 세계를 형성했지요.

그는 험준한 지형으로 들어섰소. 모래 지대에서 바위 지대로 이동했던 거죠. 그는 그녀에 대한 생각을 밀어냈소. 이윽고 언덕들이 중세의 성채처럼 드러났지. 그는 자기 그림자와 함께 산의 그림자 속으로 들어갈 때까지 걸었소. 미모사 덤불. 사막 참외. 그는 바위에 대고 그녀의 이름을 외쳤소. **메아리는 텅 빈 공간에서 스스로를 일깨우는 목소리의 영혼이기 때문이지.**

그리고 엘 타지가 나왔소. 그는 걷는 내내 거울의 거리를 상상했지. 그가 정착지 외곽에 도착하자 영국군 지프들이 그를 둘러싸고 끌고 갔소. 불과 112킬로미터 떨어진 우웨이나트에 부상당한 여자가 있다는 그의 이야기를 들으려고도 하지 않았소. 그가 하는 어떤 말에도 전혀 귀를 기울이지 않았지.

"영국인들이 당신을 믿지 않았다는 말이오? 아무도 당신 말을 들어주지 않았소?"

"아무도 듣지 않았소."

"왜?"

"내가 올바른 이름을 대지 않았지."

"당신 이름?"

"내 이름은 말해 줬소."

"그럼 무슨?"

"그녀. 그녀의 이름. 그녀 남편의 이름."

"뭐라고 했소?"

그는 말이 없다.

"정신 차려요! 뭐라고 했소?"

"그녀가 내 **아내**라고 했소. **캐서린이라고 말했어요.** 그녀의 남편은 죽었으니까. 그녀가 심하게 다쳤다고 말했소. 아인 두아 우물 북쪽, 우웨이나트에 있는 길프 케비르의 동굴에 있다고. 그녀는 물이 필요하다고. 음식도 필요하다고. 내가 그들을 안내해서 데리고 가겠다고. 내가 원하는 건 지프 한 대뿐이라고 말했소. 그들이 가진 빌어먹을 지프 중 한 대…… 어쩌면 그들이 보기에 내가 긴 여행 끝에 미쳐 버린 사막의 예언자처럼 보였을지도. 하지만 그건 아닌 것 같소. 이미 전쟁이 시작되고 있었지. 그들은 사막에서 첩자들을 색출하고 있었소. 외국 이름을 가지고 이런 작은 오아시스 마을들로 흘러 들어오는 사람은 누구나 의심받았소. 불과 112킬로미터 떨어진 곳에 그녀가 있는데, 그들은 조금도 들으려 하지 않았소. 영국인 복장을 하고 엘 타지에 온 떠돌이. 난 그때 미친 듯이 날뛰었던 것 같소. 그들은 고리버들로 짠 샤워실 크기만 한 감옥을 사용하고 있었지. 나는 그곳에 갇혀 트럭으로 실려 갔소. 난 그 안에서 발버둥치다가 그 안에 갇힌 채 길바닥에 떨어지고 말았소. 난 줄곧 캐서린의 이름을 외쳤소. 길프 케비르를 외치고. 내가 외쳤어야 할 유일한 이름은, 명함처럼 그들의 손안에 떨어뜨려야 했던 유일한 이름은, 클리프턴의 이름이었는데 말이오.

"그들은 나를 다시 트럭에 끌어 올렸소. 난 그저 또 한 명의 이류 스파이 용의자일 뿐이었소. 또 하나의 국제 사생아에 불과했지."

카라바조는 일어나서 이 빌라, 이 나라, 전쟁의 잔해에서 멀리 벗어나고 싶다. 그는 그저 도둑일 뿐이다. 카라바조가 원하는 것은 술집에서 공병과 해나, 또는 더 좋게는 자기 또래 사람들의 어깨에 팔을 두르는 것이다. 그곳에 있는 모든 사람을 다 알고 있는 술집에서 여자와 춤추고 이야기하고, 그녀의 어깨에 머리를 얹고, 그녀의 이마에 머리를 기대는 것. 하지만 그는 먼저 이 사막에서, 모르핀의 건축물에서 빠져나와야 한다는 것을 알고 있다. 그는 엘 타지로 향하는 보이지 않는 이 길에서 벗어나야 한다. 그가 알마시라고 믿는 이 남자는 카라바조 자신과 모르핀을 이용해 그 자신만의 세계로, 그 자신만의 슬픔 때문에 돌아가려는 것이다. 전쟁 중에 그가 어느 편이었는지는 더 이상 중요하지 않다.

그러나 카라바조는 몸을 앞으로 수그린다.

"나는 알아야겠소."

"무엇을?"

"당신이 캐서린 클리프턴을 살해했는지 알아야겠소. 그러니까 당신이 클리프턴을 살해하고, 그러다가 그녀를 죽였는지 말이오."

"아니, 그런 상상도 한 적 없소."

"내가 묻는 이유는 제프리 클리프턴이 영국 정보국 소속이었기 때문이오. 그는 그저 순진한 영국인이 아니었소, 안타깝게도. 당신의 그 친절한 청년 말이오. 영국인들의 입장에서 보자면, 그는 이집트-리비아 사막에 있던 기이한 당신들 무리를 주시하고 있었던 거요. 영국은 그 사막이 언젠가 전쟁의 무대가 될 거라는 걸 알고 있었소. 그는 항공 사진사였소. 그의 죽음은 그들을 혼란스럽게 했고 지금도 마찬가지요. 그들은 여전히 의문을 품고 있소. 그리고 정보국은 처음부터 당신과 그의 아내의 관계에 대해 알고 있었소. 클리프턴은 몰랐을지라도. 그들은 그의 죽음이 보호책으로 고안된 공작일지도 모른다고 생각했소. 마치 성의 도개교를 들어 올려 성을 지키듯이. 그들은 카이로에서 당신을 기다리고 있었소. 그런데 당신은 사막으로 되돌아갔지. 나중에, 이탈리아로 파견되었을 때, 나는 당신이 그 후 어떻게 되었는지 알지 못했소. 당신에게 무슨 일이 있었는지 몰랐소."

"그래서 결국 날 여기까지 몰고 왔군요."

"내가 여기 온 건 저 아이 때문이오. 그녀의 아버지와 아는 사이오. 폭격으로 폐허가 된 이 수녀원에서 라디슬라우스 드 알마시 백작을 만나리라곤 꿈에도 상상하지 못했지. 솔직히 말해서 전에 함께 일했던 대부분의 사람들보다 당신이 훨씬 더 좋아졌소."

카라바조의 의자에 드리워진 빛의 윤곽이 직사각형으로 그의 가슴과 머리를 에워싸고 있어 영국인 환자에게는 그 얼굴이 초상화처럼 보였다. 어두운 빛 속에서는 그의 머리카락이 짙어 보였지만, 늦은 오후의 분홍빛을 띤 햇살에선 부스스한 머리카락이 밝게 빛나고 눈 밑의 처진 부분도 씻겨 희미해졌다.

그는 의자를 돌려 등받이에 가슴을 기대고 알마시를 마주 보았다. 말은 카라바조에게서 쉽게 나오지 않았다. 그는 턱을 문지르고 얼굴을 찡그린 채 눈을 감고 어둠 속에서 생각에 잠기곤 했다. 한참을 그러고 나서야 비로소 그는 스스로를 자신만의 생각에서 떼어 놓으며 무언가를 불쑥 내뱉곤 했다. 알마시의 침대 옆 의자에 구부정하게 앉아 마름모꼴 빛의 틀 안에 들어 있는 그에게서 바로 이런 어둠이 드러났다. 이 이야기에 등장하는 나이 든 두 남자 중 한 사람.

"카라바조, 당신에겐 이야기할 수 있소. 우리 둘 다 죽을 운명이라고 느끼기 때문이오. 그 소녀, 그 소년, 그들은 아직 죽을 운명이 아니지. 그들이 겪은 모든 일에도 불구하고. 내가 처음 해나를 만났을 때 해나는 몹시 괴로워하고 있었소."

"그 애 아버지가 프랑스에서 죽었소."

"그랬군. 그런 얘기는 하려고 하지 않더군요. 모든 사람들에게 거리를 두고 있었지요. 그녀와 이야기를 나눌 유일한 방법으로 나는 그녀에게 책을 읽어 달라고 했어요……. 당신은 우리 둘 다 자식이 없다는 걸 알고 있소?"

그런 다음 어떤 가능성을 생각해 보듯 잠시 침묵이 흘렀다.

"부인이 있소?" 알마시가 물었다.

카라바조는 분홍빛 햇살 속에 앉아 모든 것을 지워 버리고 생각에 집중하려는 듯 두 손으로 얼굴을 가렸다. 마치 이것이 그에게는 더 이상 쉽게 찾아오지 않는 젊음의 또 한 가지 선물인 양.

"카라바조, 나한테 말해야 하오. 아니면 난 그저 한 권의 책인가? 읽히기 위한 책, 호수에서 유인되어 모르핀에 절어 있는 어떤 생명체, 끝없이 이어지는 복도와 거짓말, 성긴 초목, 돌무더기들 속 틈새로 가득 찬 존재."

"우리 같은 도둑들은 이 전쟁 중에 쓰임새가 아주 컸소. 우리는 합법화되었지. 우리는 훔쳤소. 그러다 우리 중 몇몇은 자문을 하기 시작했소. 우리는 정식 첩보원보다 훨씬 수월하게 거짓 위장을 간파할 수 있었소. 우리는 이중 속임수를 만들어 냈지. 모든 작전에 사기꾼들과 지식인들이 뒤섞여 있었소. 난 중동을 누비고 다녔소. 거기서 처음 당신에 대해 들었죠. 당신은 수수께끼 같은 존재, 그들의 도표에 남아 있는 공백이었어. 사막에 대한 당신의 지식을 독일군의 손에 넘겼다고 알려졌지."

"1939년 엘 타지에서 첩자로 몰려 끌려갔을 때 너무 많은 일들이 일어났소."

"그러면 그때 독일군에게 넘어갔군요."

침묵.

"그러고도 당신은 헤엄치는 이들의 동굴과 우웨이나트로 돌아갈 수 없었던 거요?”

“에플러를 데리고 사막을 건너겠다고 자원하기 전까지는.”

“당신에게 해 줄 말이 있소. 1942년, 당신이 그 첩자를 카이로로 안내했을 때 말이오……”

“살람 작전.”

“맞소. 당신이 로멜 밑에서 일할 때요.”

“꽤 명석한 사람이었지……. 방금 내게 무슨 말을 하려고 했소?”

“내가 하려던 말은, 당신이 연합군을 피해 에플러를 데리고 사막을 건넜던 일은 **정말** 영웅적이었다는 거요. 지알로 오아시스에서 카이로까지 말이오. **레베카** 사본을 지닌 로멜의 첩자를 카이로로 데려올 수 있었던 건 당신뿐이었소.”

“그건 어떻게 알았소?”

“내가 해 주려던 이야기는 그들이 어쩌다 카이로에서 에플러를 발견한 게 아니라는 것이오. 그들은 당신들의 전체 여정에 대해 알고 있었소. 독일군 암호는 훨씬 전에 해독되었지만 로멜이 눈치를 채게 할 수는 없었소. 그러지 않았다면 우리 측 정보원들이 발각되었을 거요. 그 때문에 우리는 카이로에서 에플러를 잡을 때까지 기다려야 했소.

우리는 당신들을 내내 지켜봤소. 사막을 횡단하는 내내 말이오. 정보국이 당신의 이름을 알고 있었고 당신이 연루된 것을 알았기 때문에 더욱더 관심을 가졌소. 그들은 당신도 수배했소. 아마 당신을 죽이기로 되어 있었을 거요……. 내 말이 믿기지 않는다면, 들어봐요. 당신이 지알로를 떠난 후 20일이 걸렸지. 당신은 모래에 묻힌 우물들로 이어진 길을 따라갔소. 연합군들 때문에 우웨이나트 가까이 갈 수 없었고, 아부 발라스를 피해 갔지. 에플러가 사막 열병에 걸려 당신이 그를 돌보고 간호해 준 적도 있었소. 물론 당신은 그를 좋아하지 않았다고 말하겠지만······.

비행기 정찰대가 당신네 일행을 '놓친' 것으로 되어 있지만, 실은 아주 조심스럽게 추적했소. 당신은 첩자가 아니었지만 우리는 첩자였으니까. 정보국은 당신이 그 여자 때문에 제프리 클리프턴을 죽였다고 생각했소. 1939년에 그의 무덤이 발견되었지만 그의 아내는 흔적이 없었소. 당신이 독일 편을 들었을 때가 아니라 캐서린 클리프턴과 관계를 시작했을 때부터 당신은 적이 된 거요."

"그랬군."

"당신이 1942년에 카이로를 떠난 후 우리는 당신을 놓쳤소. 그들은 당신을 사막에서 체포해 죽일 작정이었소. 그런데 당신을 놓쳐 버린 거요. 이틀째에. 당신이 정신이 나갔거나 이성을 잃었던 게지. 그렇지 않았다면 우리가 당신을 찾아냈을 거요. 우리는 숨겨 놓은 지프에 폭탄을 설치해 두었소. 나중에 폭발한 채로 차가 발견되었지만, 당신 흔적은 전혀 없었지. 당신은 사라져 버렸소. 바로 그 여행이 당신의 위대한 여행이었을 거요. 카이로로 간 여행이 아니라. 당신이 거의 미쳐 있었을 때 말이오."

“당신도 카이로에서 그들과 함께 나를 추적하고 있었소?”

“아니요, 난 서류를 보았소. 내가 이탈리아로 들어갈 무렵, 그들은 당신이 거기 있을 거라고 생각했소.”

“여기 말이군.”

“그렇소.”

마름모꼴 빛이 벽 위쪽으로 옮겨 가면서 카라바조를 그림자 속에 남겨 두었다. 다시 짙어진 그의 머리카락. 그는 어깨를 벽화 속 수풀에 기대며 몸을 뒤로 젖혔다.

“상관없는 일이오.” 알마시가 중얼거렸다.

“모르핀을 원하오?”

“괜찮소. 생각을 정리하는 중이오. 나는 항상 은밀한 사람이었소. 내가 그렇게 많이 **거론되었다**는 사실을 받아들이기 어렵군요.”

“당신은 정보국과 관련된 인물과 바람을 피우고 있었소. 정보국에는 당신을 개인적으로 알던 사람들이 몇 명 있었소.”

“배그놀드겠지.”

“그렇소.”

“아주 영국적인 영국인이죠.”

“그렇소.”

카라바조가 머뭇거렸다.

“끝으로 한 가지 더, 당신에게 말할 게 있소.”

“압니다.”

"캐서린 클리프턴은 어떻게 된거요? 전쟁 직전에 무슨 일이 있었길래 당신들 모두 다시 길프 케비르까지 가게 된 거요? 매덕스가 영국으로 떠난 후에 말이오."

나는 우웨이나트에 있는 기지 야영장에 남은 물건들을 마지막으로 챙기기 위해 길프 케비르로 한 번 더 갈 예정이었소. 그곳에서의 우리의 삶은 끝이 났지. 우리 사이에는 더 이상 아무 일도 일어나지 않을 거라고 생각했소. 거의 1년 동안이나 나는 그녀를 연인으로 만나지 못했소. 어디선가 전쟁은 다락방 창문으로 들어오는 손처럼 서서히 태동하고 있었지. 그리고 그녀와 나는 이미 각자 이전에 지녔던 습관의 벽 뒤로 물러나 숨어 버렸소. 겉으로 보기에 순수해 보이는 관계 속으로. 우리는 이제 서로를 볼 일이 별로 없었소.

1939년 여름에 나는 고프와 함께 육로로 길프 케비르로 가기로 했소. 기지 야영장을 정리한 뒤, 고프는 트럭을 몰고 떠나기로 했지. 클리프턴이 비행기를 몰고 와 나를 데려가기로 했소. 그런 후 우린 해산하기로 했죠. 우리 사이에 만들어진 삼각 구도에서 벗어나 흩어졌을 거요.

내가 비행기 소리를 듣고 비행기를 보았을 때 나는 이미 고원의 바위를 타고 내려가고 있었지요. 클리프턴은 항상 시간을 잘 맞췄소.

작은 화물기가 착륙할 때 내려오는 방식이 있소. 지평선 높이에서 미끄러지듯 내려오다가 사막의 빛 속에서 날개를 기울이오. 그러다 소리가 멎고 지상으로 흐르듯 내려앉죠. 나는 비행기가 어떻게 작동하는지 완전히 이해한 적이 없소. 사막에서 비행기가 내게 다가오는 것을 본 적이 있지만 나는 항상 두려움을 느끼며 텐트 밖으로 나왔지요. 비행기는 빛을 가로질러 날개를 다시 한번 낮춘 다음 고요 속으로 들어가오.

모스 경비행기가 고원 위를 훑으며 다가왔소. 나는 파란 방수포를 흔들고 있었지. 클리프턴이 고도를 낮추고 내 위로 굉음을 내며 날아왔어. 너무 낮게 날아 아카시아 나뭇잎들이 후두둑 떨어졌지요. 비행기는 왼쪽으로 방향을 틀어 선회하더니, 다시 나를 포착하고 방향을 도로 바로잡은 후 곧장 나를 향해 돌진해 왔소. 45미터 떨어진 지점에서 비행기가 갑자기 기울어지면서 땅에 처박히더군요. 나는 그쪽으로 뛰기 시작했소.

나는 그가 혼자 있다고 생각했소. 그는 혼자였어야 했소. 하지만 내가 그를 끌어내려고 갔을 때 그녀가 그 옆에 있더군요. 그는 이미 죽어 있었지요. 그녀는 정면을 바라보며 하반신을 움직이려고 애쓰고 있었어요. 조종석 창문으로 모래가 들어와 그녀의 무릎을 가득 덮고 있었죠. 겉으로는 다친 데가 없어 보였어요. 그녀는 비행기가 추락할 때 몸을 받치려는 듯 왼손을 앞으로 뻗고 있었지. 나는 클리프턴이 **루퍼트**라고 불렀던 비행기에서 그녀를 끌어내어 바위 동굴로 데려갔소. 암벽화가 있는, 헤엄치는 사람들의 동굴로. 지도상 위도 23도 30분, 경도 25도 15분. 나는 그날 밤 제프리 클리프턴을 묻어 주었소.

내가 그들에게 저주였을까요? 그녀에게? 매덕스에게? 전쟁에 유린당한, 그저 모래 더미에 불과하다는 듯 포화를 맞은 사막에게? 야만인 대 야만인. 양쪽 진영 모두 사막에 대한 아무런 감각 없이 사막을 통과해 지나갔지요. **리비아의 사막**. 정치를 걸어 내면, 그것은 내가 아는 가장 사랑스러운 문구입니다. **리비아**. 성적이고, 길게 끌리는 낱말, 부드럽게 길어 올리는 우물. ㅂ과 ㅣ. 매덕스는 이 말이 혀가 모퉁이를 돌아 나가는 소리가 들리는 몇 안 되는 단어 중 하나라고 말했죠. 리비아사막의 디도 여왕을 기억합니까? **사람은 메마른 땅에 흐르는 강물 같으리라······.***

내가 저주받은 땅에 발을 들였다거나 사악한 상황에 휘말렸다고 생각하지는 않습니다. 모든 장소와 사람이 나에겐 선물이었어요. 헤엄치는 자들의 동굴에서 암벽화를 발견한 것. 탐사 동안 매덕스와 함께 버든을 불렀던 것. 사막에 있는 우리들 사이에 캐서린이 나타난 것. 붉은 광택이 나는 콘크리트 바닥 위로 그녀를 향해 걸어가 무릎을 꿇고 마치 소년이 된 것처럼 그녀의 배에 머리를 대던 내 모습. 나를 치유해 준 총(銃) 부족. 우리 넷까지도, 해나와 당신과 저 공병.

내가 사랑하거나 소중히 여겼던 모든 것을 빼앗겼소.

나는 그녀의 곁에 머물렀어요. 그녀의 갈비뼈 세 대가 부러진 것을 발견했지. 나는 그녀의 흔들리는 눈동자를, 그녀의 부러진 손목이 굽혀지고, 그녀의 조용한 입이 말을 하기를 줄곧 기다렸어요.

어떻게 날 증오할 수 있었죠? 그녀가 속삭였소. 당신은 내 안의 거의 모든 것을 죽였어요.

캐서린…… 당신은 그렇지 않아 ─.

날 안아 줘요. 변명은 그만해요. 무슨 일이 있어도 당신은 바뀌지 않아요.

그녀의 강렬한 눈빛은 영원했소. 나는 그 시선에 붙잡혀 벗어날 수 없었어. 그녀의 눈에 마지막으로 비칠 사람은 나일 거요. 그녀를 인도하고 지켜 주며, 결코 그녀를 속이지 않을 동굴 속의 자칼.

동물과 관련된 신은 백 개가 넘어요, 내가 그녀에게 말하죠. 자칼과 관련된 신들이 있소. 아누비스, 두아무테프, 웨프와웨트. 당신을 죽음 뒤의 삶으로 인도하는 존재들이죠. 우리가 만나기 전, 수년 동안 나의 앞선 혼령이 당신 곁에 있었던 것처럼. 런던과 옥스퍼드의 그 모든 파티에서. 당신을 보고 있었어요. 당신이 커다란 연필을 들고 학교 공부를 할 때 나는 당신 맞은편에 앉아 있었지요. 당신이 새벽 두 시에 옥스퍼드 유니언 도서관에서 제프리 클리프턴을 만났을 때 나도 거기 있었어요. 모두의 외투가 바닥에 흩어져 있었고 당신은 맨발로 왜가리처럼 그 사이를 헤집고 다녔지요. 그가 당신을 보고 있지만 나도 당신을 지켜보고 있었소. 하지만 당신은 내 존재를 그리워하면서도 나를 외면하지. 당신은 잘생긴 남자들만 보는 나이니까. 당신은 아직 당신 은총이 미치는 영역 너머에 있는 이들을 인식하지 못합니다. 옥스퍼드에서는 자칼이 호위자로 잘 쓰이지 않지. 반면에 나는 무엇을 원하는지 알게 될 때까지 아무것도 입에 대지 않는 사람이오. 당신 뒤의 벽은 책으로 가득 차 있군요. 당신은 목에 걸린 긴 진주 목걸이를 왼손에 쥐고 있군요. 맨발로 사뿐사뿐 걷고 있군요. 무언가를 찾고 있군요. 당신은 그 시절에는 좀 더 통통했군요. 대학 생활에 꼭 어울리게 아름다웠죠.

옥스퍼드 유니언 도서관에는 우리 셋이 있지만, 당신은 제프리 클리프턴만 보는군요. 폭풍처럼 휘몰아치는 로맨스가 될 거요. 그는 많고 많은 곳 중에서 하필 북아프리카에 있는 고고학자들과 함께 어떤 일을 하고 있지요. "내가 같이 일하고 있는 이상한 늙은이." 당신 어머니는 당신의 모험에 무척 기뻐하시죠.

하지만 자칼의 정령은 '길을 여는 자'로, 그의 이름은 웨프와 웨트 또는 알마시입니다. 그 정령이 당신 두 사람과 함께 그 방에 서 있어요. 나는 팔짱을 낀 채, 당신들이 열광적인 잡담을 나누려는 것을 지켜보았소. 문제는 당신들 둘 다 술에 취했다는 거야. 하지만 새벽 두 시의 취기 속에서도 두 사람이 어떻게든 서로에게서 더 지속적인 가치와 즐거움을 알아보았다는 것이 경이로웠지. 당신들은 다른 사람들과 함께 도착했을 수도 있고, 어쩌면 이 밤을 다른 사람들과 함께 보낼지도 모르지만, 두 사람 모두 서로의 운명을 찾아낸 거요.

새벽 세 시에 당신은 자리를 떠야겠다고 하는데, 구두 한 짝을 찾지 못하는군. 다른 한 짝은 손에 들려 있어. 장밋빛 슬리퍼. 내 근처에 반쯤 묻혀 있는 구두를 보고 내가 집어 들지. 윤기 나는 슬리퍼. 발가락 자국이 그대로 패어 있는 그 구두는 분명 당신이 좋아하는 신발이군. 고마워요, 당신은 받아 들며 이렇게 말하고 떠나지. 내 얼굴은 쳐다보지도 않고.

나는 이렇게 믿어요. 우리가 사랑에 빠질 사람을 만날 때, 약간은 까다로운 학자가 되어 우리 영혼의 역사가 상대방이 무심히 스쳐 지나갔던 만남을 상상하거나 기억하지요. 클리프턴이 1년 전쯤 당신을 위해 차 문을 열어 주면서도 자기 삶의 운명을 알아차리지 못했을 수도 있는 것처럼. 그러나 신체의 모든 부분은 상대방을 위해 준비되고 있음이 분명하오. 모든 원자가 욕망이 일어나는 한 방향으로 도약하고 있지요.

나는 수년간 사막에서 지내며 그런 것들을 믿게 되었소. 사막은 주머니 같은 틈새가 잔뜩 있는 곳이오. 시간과 물의 실사화 트롱프 뢰유. 한쪽 눈은 뒤를 돌아보고 다른 한 눈은 당신이 가고자 하는 길을 주시하는 자칼. 그의 턱에는 당신에게 전해 줄 과거의 파편들이 물려 있고, 그 모든 시간이 다 드러나고 나면 당신이 그 시간을 이미 오래전부터 알고 있었음이 드러날 거요.

그녀의 눈이 나를 향하고 있었소, 모든 것에 지친 채로. 참혹한 피로감. 내가 비행기에서 그녀를 끌어 내렸을 때에는 그녀의 시선이 주변의 모든 것을 받아들이려고 애쓰고 있었지. 이제 그 눈빛은 마치 내부의 무언가를 지키려는 듯 굳게 닫혔어.

나는 더 가까이 다가가 무릎을 꿇듯 앉았소. 몸을 앞으로 기울여 오른쪽 파란 눈을 혀로 핥았소. 소금 맛. 꽃가루. 나는 그 맛을 그녀의 입으로 옮겼지. 그리고 다른 쪽 눈도. 혀끝으로 눈알의 숨 쉬는 듯한 섬세한 결을 훑으며 푸른색을 닦아 냈소. 내가 뒤로 물러나자, 그녀의 시선에 하얀색이 스쳐 갔어. 나는 그녀의 입술을 벌리고 이번에는 손가락을 깊숙이 집어넣어 억지로 이를 벌렸어. 혀가 뒤로 말려 있었지. 혀를 앞으로 끌어내야 했소. 그녀 안에는 죽음의 숨결, 그 가느다란 실이 있었어. 거의 돌이킬 수 없었어. 나는 앞으로 몸을 숙이고 내 혀로 푸른 꽃가루를 그녀의 혀에 옮겼어. 우리는 예전에 바로 이렇게 서로를 만졌지. 아무 일도 일어나지 않았어. 나는 뒤로 물러나 숨을 들이마시고 다시 앞으로 나아갔지. 혀를 만났을 때 혀에 경련이 일었어.

그러자 끔찍한 으르렁거림이, 격렬하면서도 친밀한 신음이 그녀에게서 터져 나와 나를 덮쳤어. 마치 전류가 흐르듯 그녀의 온몸을 휩쓰는 떨림. 그녀는 벽화가 있는 벽에 기대어 있던 자세에서 튕겨 나갔어. 그 괴물이 그녀 안으로 스며들어 뛰어올라 내게 부딪히며 쓰러졌어. 동굴 안의 빛이 점점 줄어드는 듯했지. 이리저리 젖혀지는 그녀의 목.

나는 악마의 장치들에 대해 알아. 어렸을 때 악마 애인에 대해 배웠지. 젊은 남자의 방에 나타난 아름다운 요부에 대해 들었어. 그리고 그가 현명하다면, 그녀에게 돌아서 보라고 요구할 거야. 악마와 마녀는 뒷모습이 없으니까. 단지 보여 주고 싶은 모습만 있을 뿐. 내가 무슨 짓을 한 거지? 내가 어떤 동물을 그녀에게 데려간 걸까? 나는 그녀와 한 시간 넘게 이야기를 한 듯해. 내가 그녀의 악마 애인이었던 걸까? 내가 매덕스의 악마 친구였을까? 이 땅을, 내가 지도에 그려 넣고 전쟁터로 만들어 버렸나?

신성한 곳에서 죽는 것이 중요해요. 그것이 사막의 비밀 중 하나였지. 그래서 매덕스는 서머싯에 있는 교회에 들어갔소. 신성함을 잃었다고 그가 여겼던 곳. 그리고 자신이 신성한 행위라고 믿은 일을 감행했지.

내가 그녀를 뒤로 돌렸을 때 그녀의 몸은 선명한 물감으로 온통 뒤덮여 있었어. 허브와 돌, 빛과 아카시아 재가 그녀를 영원하게 만들었지. 신성한 색채에 밀착된 몸. 파란 눈동자만 지워져, 무명으로 남겨졌어. 아무것도 그려지지 않은 벌거벗은 지도, 호수의 표식도 없고, 보르쿠-엔네디-티베스티 북쪽의 검은 산맥 무리도 없는, 나일강 물줄기들이 아프리카의 끝자락, 알렉산드리아의 펼쳐진 손바닥으로 흘러들면서 그려 내는 연둣빛 부채꼴도 없는 지도.

그리고 유목민 부족들의 모든 이름, 사막의 단조로움 속을 걸으며 밝음과 믿음과 색채를 보았던 믿음의 유목민들. 돌멩이 하나나 주운 금속 상자나 뼛조각이 사랑을 받고 기도 속에서 영원해지는 법. 지금 그녀가 들어서서 그 일부가 된 이 땅의 영광. 우리는 연인들과 부족들의 풍요로움, 우리가 삼켰던 맛들, 우리가 지혜의 강인 듯 뛰어들고 헤엄쳤던 몸들, 우리가 나무처럼 타고 올랐던 인물들, 우리가 동굴에 숨겨 놓듯 품었던 두려움들을 간직한 채 죽지. 나는 내가 죽었을 때 이 모든 것이 내 몸에 표시되기를 바라오. 나는 그런 지도 제작법을 믿습니다. 자연이 남기는 표식. 건물에 부자들의 이름을 붙이듯 지도에 우리 자신을 표시하는 것이 아니라. 우리는 공동의 역사이자 공동의 책입니다. 우리는 누구에게도 소유되지 않고, 우리의 취향이나 경험에서 또한 한곳에 묶이지 않소. 나는 아무 지도도 없는 땅 위를 걷고 싶었을 뿐이오.

나는 캐서린 클리프턴을 사막으로 데리고 갔소. 모두가 함께 읽는 달빛의 책이 있는 사막으로. 우리는 우물에 대한 소문 속에 있었소. 바람의 궁전 안에.

알마시의 얼굴이 왼쪽으로 쓰러지며 허공을 응시했다. 어쩌면 카라바조의 무릎을 바라보는지도.

"지금 모르핀 좀 줄까요?"

"아니요."

"뭔가 가져다줄까요?"

"아무것도 필요없소."

10

8월

카라바조는 어둠 속에서 계단을 내려와 부엌으로 들어섰다. 식탁 위에는 약간의 셀러리와 아직 뿌리에 진흙이 묻은 순무 몇 개가 놓여 있었다. 해나가 막 지핀 불빛이 유일한 빛이었다. 그녀는 그를 등지고 있어 그가 들어오는 발소리를 듣지 못했다. 빌라에서 지내며 그의 몸이 느슨해지고 긴장이 풀린 탓인지, 그는 더욱 커 보였고 몸짓도 더 커진 듯했다. 움직일 때 소리를 내지 않는 것만 여전했다. 그 점만 빼면 이제 그에게는 편안한 느긋함이, 몸짓에는 나른함이 배어 있었다.

그녀가 돌아보고 그가 방에 들어왔음을 알아차리도록 그는 의자를 끌어당겼다.

"안녕하세요, 데이비드."

그는 한 팔을 들어 보였다. 그는 너무 오랫동안 사막에서 지낸 듯한 기분이 들었다.

"그 사람은 어때요?"

"잠들었어. 한참을 떠들다가."

"아저씨가 생각했던 그 사람인가요?"

"괜찮은 친구야. 그를 그냥 두자."

"그럴 줄 알았어요. 킵과 저는 그가 영국인이라고 확신해요. 킵이 그러는데, 최고인 사람들은 괴짜래요. 그런 사람이랑 일을 한 적이 있대요."

"내 생각엔 킵이 괴짜인걸. 그나저나 이 친구는 어디 있나?"

"테라스에서 무슨 계획을 꾸미고 있어요. 나보고는 나오지 말라더군요. 내 생일 준비인가 봐요." 벽난로 쇠살대 옆에 쭈그리고 앉아 있던 해나가 손을 반대쪽 팔에 닦으며 일어섰다.

"네 생일 선물로 이야기를 하나 들려주마." 그가 말했다.

그녀가 그를 쳐다보았다.

"패트릭에 관한 것은 말고요, 아시죠?"

"패트릭에 대한 것도 조금 있지만, 대부분은 너에 대한 이야기야."

"전 그런 이야기를 아직도 듣지 못하겠어요. 데이비드."

"아버지들은 죽게 마련이야. 어떤 방식으로든 계속 사랑하면 돼. 마음속에 아버지를 감춰 둘 수는 없어."

"모르핀 기운이 사라지면 제게 말하세요."

그녀는 그에게 다가가 두 팔로 그를 감싸고 발돋움하여 그의 뺨에 키스했다. 그가 그녀를 꽉 끌어안자 그의 까칠한 수염이 그녀의 피부에 모래처럼 느껴졌다. 그녀는 지금 그의 그런 점이 좋았다. 예전에 그는 항상 꼼꼼했었다. 패트릭은 그의 머리

가르마가 자정 무렵의 영 스트리트(Yonge Street)* 같다고 말한 적이 있었다. 카라바조는 예전에 그녀 앞에서 신처럼 움직였다. 이제 그는 얼굴에 살이 오르고 불룩해진 몸통에 머리카락도 희끗희끗해져 훨씬 더 친근한 사람이었다.

오늘 밤 저녁 식사는 공병이 준비하고 있었다. 카라바조는 별로 기대하지 않았다. 세 끼 중 한 끼는 그가 생각하기에 식사라고 할 수도 없는 것이었다. 킵은 자신이 구해 온 채소들을 요리라 할 것도 없이 그저 살짝 끓여 설익은 채로 수프라고 내놓았다. 또 한 차례의 조촐한 식사. 카라바조가 오늘처럼 위층에 있는 남자 이야기를 하루 종일 들은 끝에 먹고 싶은 음식은 아니었다. 그는 싱크대 아래 찬장을 열었다. 젖은 천에 싸인 말린 고기가 조금 있었다. 카라바조는 고기를 잘라 주머니에 넣었다.

"모르핀을 끊게 제가 도와드릴 수 있어요. 아시잖아요. 전 좋은 간호사예요."

"넌 미친 사람들에게 둘러싸여 있어……."

"네, 우리 모두 미친 것 같아요."

킵이 부르는 소리에 그들은 부엌에서 걸어 나와 테라스로 나갔다. 낮은 돌난간이 있는 테라스 가장자리를 따라 빛이 띠처럼 둘러져 있었다.

카라바조의 눈에는 먼지 긴 성당에서 찾아낸 작은 전기 촛불들이 달린 줄처럼 보였다. 아무리 해나의 생일이라고 해도 예배당에서 물건들을 내오다니 공병이 너무 지나치다고 그는 생각했다. 해나는 손으로 얼굴을 가린 채 천천히 앞으로 걸어갔다. 바람도 없었다. 그녀의 다리와 허벅지가 마치 얕은 물결을 헤치듯 원피스 치맛자락 속을 스치며 움직였다. 그녀의 테니스화는 돌 위에서 아무 소리도 내지 않았다.

"땅을 파는 곳마다 죽은 껍데기가 계속 나왔어요." 공병이 말했다.

두 사람은 무슨 말인지 여전히 이해하지 못했다. 카라바조는 펄럭이는 불빛들 위로 몸을 숙였다. 기름을 채운 달팽이 패각들이었다. 그는 한 줄로 늘어선 달팽이 패각들을 눈으로 따라가 보았다. 족히 40여 개 정도는 되어 보였다.

"마흔다섯 개입니다." 킵이 말했다. "이번 세기의 나이죠. 우리 나라에서는 우리 자신뿐 아니라 시대도 같이 축하하거든요."

해나는 주머니에 손을 넣은 채 불빛들 사이로 움직였다. 킵이 바라보기 좋아하는 걸음걸이로. 마치 밤 동안 두 팔을 치워놓기라도 한 것처럼 아주 편안하게, 아예 팔이 없는 것 같은 단순한 움직임으로.

카라바조는 놀랍게도 적포도주 세 병이 식탁 위에 놓여 있는 것에 눈길이 쏠렸다. 그는 다가가 상표를 보고 감탄하며 고개를 저었다. 그는 공병이 한 모금도 마시지 않으리라는 것을 알고 있었다. 세 병 모두 이미 마개가 따여 있었다. 킵이 도서관에서 무슨 에티켓 책을 보고 따라 한 것이 틀림없었다. 옥수수와 고기와 감자도 눈에 들어왔다. 해나가 킵의 팔짱을 끼고 함께 식탁으로 왔다.

그들은 먹고 마셨다. 포도주는 의외로 고기처럼 진하게 혀를 감았다. 그들은 곧 장난스러운 기분이 되어 공병을 "위대한 약탈자"라고 부르며 건배하고, 또 영국인 환자를 위해 건배했다. 그들은 서로에게 건배했다. 킵은 물을 담은 비커를 들어 함께했다. 이때 그가 자신에 대해 이야기하기 시작했다. 카라바조는 듣고 있지도 않으면서, 이야기를 계속하라고 채근했다. 그는 때로 일어서서 탁자 주위를 돌아다니며 이 모든 것에 즐거워하며 거닐기도 했다. 그는 이 두 사람이 결혼하기를 원했고, 말로 그들을 결혼으로 몰아가고 싶었지만, 그들에게는 그들의 관계에 대한 그들만의 이상한 규칙이 있는 듯했다. 이 역할에서 그는 무엇을 하고 있는 것일까? 그는 다시 앉았다. 이따금씩 그는 불이 꺼져 가는 것을 알아차렸다. 달팽이 패각에는 기름을 많이 담아 둘 수 없었다. 킵이 일어나 분홍색 파라핀을 다시 채워 넣곤 했다.

"자정까지는 불을 켜 놓아야죠."

그때 그들은 아주 멀리 있는 전쟁에 대해 이야기했다. "일본과의 전쟁이 끝나면 모두 집으로 돌아갈 거예요." 킵이 말했다. "그럼 **자네**는 어디로 갈 건가?" 카라바조가 물었다. 킵은 고개를 굴리며 반쯤 끄덕이고 반쯤 저으면서 입가에 미소를 지었다. 그래서 카라바조는 말하기 시작했다. 주로 킵에게였다.

개가 조심스럽게 탁자로 다가와 카라바조의 무릎에 머리를 없었다. 공병은 마치 토론토가 특별히 환상적인 곳이기라도 한 듯 그곳에 대해 더 이야기해 달라고 청했다. 도시를 덮친 눈, 항구를 얼린 얼음, 여름이면 사람들이 콘서트를 듣는 페리보트들. 하지만 그가 정말로 관심을 보인 것은 해나의 타고난 모습에 관한 단서들이었다. 그러나 해나는 카라바조가 그녀의 삶의 한순간과 관련된 이야기를 하려 하면 번번이 화제를 돌리며 피했다. 그녀는 킵이 지금 그녀의 모습만을, 과거 소녀 시절이나 젊은 여성일 때보다 허점도 더 많고 더 따듯하며 더 강인하거나 집요하기도 한 현재의 모습만을 알기 바랐다. 그녀의 삶에는 어머니 앨리스, 아버지 패트릭, 새어머니 클라라 그리고 카라바조가 있었다. 그녀는 이 이름들이 자신의 신용 증명서나 지참금인 것처럼 이미 킵에게 언급했다. 그들은 흠이 없었고 논란의 여지도 없었다. 그녀는 달걀을 삶는 올바른 방법이나 양고기에 마늘을 넣는 올바른 방법에 대해 알려 주는 책 속의 권위자들인 것처럼 그들을 인용했다. 그들은 질문에 올릴 수 있는 존재가 아니었다.

그러나 카라바조는 꽤 취한 김에 해나가 「마르세유」를 불렀던 이야기를 들려주었다. 해나가 이미 들었던 이야기였다. "네, 그 노래를 들어 본 적 있습니다." 킵이 대답하며 그 노래를 흥얼거렸다. "아니, **크게** 불러야 해요." 해나가 말했다. "일어서서 불러야 해요!"

그녀는 일어서서 테니스화를 벗고 탁자 위에 올라섰다. 탁자 위 그녀의 맨발 옆에는 달팽이 불빛 네 개가 깜빡이며 마지막

빛을 발했다.

"이건 당신을 위해서예요. 이렇게 부르는 법을 배워야 해요, 킵. **당신을 위한 거예요.**"

그녀는 달팽이 불빛 너머 어둠 속으로, 영국인 환자의 방에서 비치는 네모난 불빛 너머 사이프러스 나무 그림자들로 출렁이는 어두운 하늘을 향해 노래했다. 그녀의 두 손이 주머니에서 빠져나왔다.

킵은 기지에서, 남자들 여럿이 이 노래를 부르는 것을 들어본 적 있었다. 주로 즉석 축구 경기가 벌어지기 전과 같은 이상한 순간에 들려왔다. 그리고 카라바조는 전쟁 막바지 몇 년 동안 이 노래를 듣게 될 때면 그 노래를 정말 좋아하지도 않았고, 그 노래를 듣고 싶지도 않았다. 그는 마음속에 수년 전 해나가 불렀던 노래를 품고 있었다. 그녀가 다시 노래를 부르고 있기에 그는 기쁜 마음으로 들었지만, 그 기분은 그녀가 노래를 부르는 방식 탓에 이내 바뀌었다. 열여섯 살의 그녀가 품었던 열정이 아니라, 어둠 속에서 그녀를 둥글게 감싸고 있는 희미한 빛무리를 반향하는 듯했다. 그녀는 마치 그 노래가 상처를 입기라도 한 것처럼, 어느 누구도 그 노래에 담긴 모든 희망을 다시 한데 모을 수 없다는 듯이 노래를 불렀다. 20세기의 마흔다섯 번째 해에 그녀가 스물한 번째 생일을 맞은 그날 밤까지 이어진 5년이라는 시간이 그 노래를 바꿔 놓았다. 모든 것에 홀로 맞서 온 지친 여행자의 목소리로 부르는 노래. 새로운 서약. 더 이상 그 노래에 대한 확신은 없었고 노래하는 이는 산더미

같은 힘에 맞서는 단 하나의 목소리일 수도 있었다. 분명한 것은 오직 그것뿐이었다. 그 하나의 목소리만이 유일하게 망가지지 않은 것이었다. 달팽이 빛의 노래. 카라바조는 그녀가 공병의 심장과 함께, 그의 심장을 따라 노래하고 있다는 것을 깨달았다.

*

천막 안에는 말이 없는 밤들과 말로 가득한 밤들이 있었다. 그들은 무슨 일이 일어날지, 누구의 과거의 편린이 떠오를지, 또는 어둠 속에서 그들이 나누는 몸짓이 침묵으로 그리고 무명으로 남을지 알 수 없었다. 그녀의 몸, 그의 귓가에 닿은 그녀의 언어인 그 몸은 친밀하다. 밤이 되면 그들은 그가 고집스럽게 공기를 불어넣어 만드는 공기 베개에 머리를 뉘고 눕는다. 그는 이 서양의 발명품에 매료되었다. 그는 이탈리아 대륙을 거슬러 올라오는 동안 늘 하던 대로 매일 아침 충실하게 베개에서 바람을 빼고 세 겹으로 접는다.

천막 안에서 킵은 그녀의 목에 머리를 누인다. 그는 자신의 살갗을 어루만지며 긁어 주는 그녀의 손톱에 녹아든다. 또는 자신의 입을 그녀의 입에, 자신의 배를 그녀의 손목에 댄다.

그녀는 노래하고 흥얼거린다. 그녀는 이 천막의 어둠 속에서 그가 절반쯤은 새라고 생각한다. 그의 안에 깃든 깃털 같은 특질, 그의 손목에 끼워진 차가운 금속. 그는 그런 어둠 속에 그녀와 함께 있을 때면 나른하게 움직인다. 세상만큼 빠르지 않다. 하지만 그는 낮이면 주위에 아무렇게나 흩어져 있는 모든 사물들 사이를 미끄러지듯 지나간다. 마치 색이 색에 닿으며 스며드는 것처럼 미끄러지듯이.

그러나 밤이 되면 그는 나른함을 받아들인다. 그녀는 그의 눈을 볼 때만 그의 질서정연함과 몸에 밴 근육을 볼 수 있다. 그에게 이르는 하나의 열쇠는 없다. 그녀의 손이 닿은 곳마다 점자로 찍힌 문이 있다. 몸 안의 장기들이, 심장이, 줄지어 늘어선 갈빗대가 피부 아래서 보일 것 같다. 그녀의 손에 길게 묻은 침은 이제 색을 띤다. 그는 세상 누구보다 그녀의 슬픔의 지형을 더 잘 헤아렸다. 그가 위험한 기질을 가진 형에게 품고 있는 사랑의 기이한 경로를 그녀가 이해하는 것처럼. "역마살이 우리의 핏속에 흐르고 있어요. 그래서 감옥에 갇히는 것이 형에게는 가장 가혹한 것이고, 형은 자유롭기 위해 스스로 목숨을 끊을 겁니다."

이야기를 나누는 밤이면 그들은 다섯 줄기의 강이 흐르는 그의 나라를 여행한다. 수틀레지, 젤룸, 라비, 체나브, 비아스. 그는 그녀를 거대한 시크교 사원으로 안내하여 그녀의 신발을 벗기고 그녀가 발을 씻고 머리에 두건을 쓰는 모습을 지켜본다. 그들이 들어선 곳은 1601년에 지어졌고 1757년에 훼손되었다가 곧 재건되었다. 1830년에는 금과 대리석으로 꾸며졌다. "아침이 되기 전에 가면 제일 먼저 물 위를 덮고 있는 안개를 볼 수 있어요. 그다음에는 안개가 걷히면서 빛 속에 사원이 드러나죠. 귀에는 벌써 성인들의 찬송가가 들릴 겁니다. 라마난다, 나낙, 카비르. 예배의 중심에는 찬송이 있어요. 노래를 듣고, 사원의 정원에서 풍겨오는 과일향을 맡아요. 석류와 오렌지. 사원은 끊임없이 흐르는 삶 속의 안식처예요. 누구나 갈 수 있는 곳이죠. 무지의 바다를 건너온 배예요.”

그들은 밤을 지나고 은빛 문을 지나, 수놓은 비단 덮개 아래 경전이 놓여 있는 신전으로 간다. 연주자들의 반주에 맞춰 **라기***들이 경전의 구절들을 노래한다. 그들은 새벽 네 시부터 밤 열한 시까지 노래한다. 무작위로 그란트 사히브*가 펼쳐지고 한 구절이 선택되면, 호수의 물안개가 걷혀 황금 사원이 모습을 드러내기 전의 세 시간 동안 그 시구들은 끊이지 않고 읽히며 뒤섞이면서 울려 퍼진다.

킵은 그녀를 데리고 연못 옆에 있는 성스러운 나무로 간다. 사원의 초대 승려였던 바바 구지하지가 묻힌 곳이다. 450년 된 미신의 나무. “우리 어머니는 이곳에 와서 나뭇가지에 줄을 묶으면서 아들을 점지해 달라고 빌었어요. 그리고 형이 태어나자 다시 와서 아들을 또 하나 보내주십사 빌었죠. 펀자브에는 신성한 나무와 마법의 물이 어디에나 있습니다.”

해나는 조용하다. 그는 그녀 안에 있는 어둠의 깊이를, 그녀에게는 아이도 믿음도 없음을 안다. 그는 항상 그녀가 지닌 슬픔의 허허벌판 끝자락에서 그녀를 달래어 나온다. 잃어버린 아이. 잃어버린 아버지.

“나도 아버지처럼 따르던 분을 잃었어요.” 그가 이런 말을 한 적이 있다. 하지만 그녀는 옆에 있는 이 남자가 마법의 힘으로 보호받는 사람이라는 것을 알고 있다. 외부인으로 자랐기에 언제든 동맹을 바꿀 수 있고 상실을 대체할 수 있는 사람이다. 부당한 일을 겪고 파괴되는 사람들과 그렇지 않은 사람들이 있다. 만약 그녀가 묻는다면, 그는 이제껏 좋은 삶을 살아왔다고 말할 것이다. 형은 감옥에 있고, 동료들은 폭사했으며, 그 자신도 이 전쟁에서 매일 위험을 무릅쓰고 있으면서도.

그런 사람들이 친절하다 해도 끔찍하리만큼 부당하기도 했다. 그는 언제 자신의 목숨을 앗아 갈지 모르는 폭탄을 해체하며 온종일 진흙 구덩이에 있을 수도 있고, 동료 공병을 묻고 기진맥진해져 슬픔에 잠긴 채 집으로 돌아올 수도 있었지만, 어떤 난관이 닥쳐와도 그에게는 항상 해결책과 빛이 있었다. 그러나 그녀는 아무것도 보지 못했다. 그에게는 온갖 운명의 지도가 있었고, 암리차르의 사원에서는 모든 종교와 계급이 환영받으며 함께 식사를 했다. 그녀도 바닥에 깔린 천 위에 돈이나 꽃을 놓고 그 웅장한 합창에 참여할 수 있었다.

그녀는 그럴 수 있기를 바랐다. 그녀의 내면에는 타고난 슬픔이 있었다. 그녀는 알고 있었다. 그가 자기 성품의 열세 개의 문 어느 곳으로나 그녀가 들어오도록 허락해 주겠지만, 그 자신이 위험에 처한다면 그녀를 바라보려 몸을 돌리지 않으리라는 것을. 그는 자기 주변에 공간을 만들고 집중할 것이다. 이것이 그의 기술이었다. 시크교도들은 기술이 뛰어나요. 그가 말했다. "우리에겐 신비로운 친밀함이 있어요…… 그걸 뭐라고 하지요?" "친화력." "그래요, 기계와의 친화력."

그는 그 속에서 몇 시간씩 열중했다. 크리스털 수신기 안에서 울려 나와 그의 이마를 두드리며 머리카락 속으로 잦아드는 음악의 박동. 그녀는 자신이 그에게 온전히 의지하고 그의 연인이 될 수 있다고 믿지 않았다. 그는 상실을 대체할 수 있는 속도로 움직였고, 그것이 그의 천성이었다. 그녀는 그의 그런 면을 재단하지 않으려 했다. 그녀에게 무슨 권리가 있는가? 매일 아침마다 가방을 왼쪽 어깨에 메고 빌라 산 지롤라모에서 벗어나는 길을 걸어가는 킵. 매일 아침 그녀는 세상을 향해 나서는 산뜻한 그의 모습을, 어쩌면 마지막이 될지도 모를 모습을 지켜보았다. 몇 분 후 그는 파편에 찢겨 중간 가지가 잘려 나간 사이프러스 나무들을 올려다보리라. 플리니우스도 아마 이런 길을 걸어 내려갔을 것이다. 혹은 스탕달도. 『파르마의 수도원』속 몇몇 대목들이 세계의 이 부분에서 일어났기 때문이다.

킵은 고개를 들어 상처 입은 키 큰 나무들이 그의 머리 위로 호를 이루고, 중세에 생긴 길이 그의 앞에 놓여 있는 것을 본다. 그는 시대가 만들어 낸 가장 기이한 직업을 가진 젊은이, 지뢰를 탐지하고 해체하는 군사 기술자, 공병이다. 매일 아침 그는 천막에서 나와 정원에서 씻고 옷을 입은 후 빌라와 그 주변을 벗어난다. 집 안으로는 들어가지도 않는다. 그녀를 보면 손을 한 번이나 흔들까. 마치 언어나 인간성이 그를 혼란스럽게 하고, 그가 이해해야 할 기계 안으로 피처럼 스며들기라도 할 것처럼. 그녀는 집에서 36미터쯤 떨어진 탁 트인 길목에 있는 그를 바라볼 것이다.

그때가 그가 모두를 뒤에 남기고 가는 순간이었다. 도개교가 기사의 등 뒤에서 닫히고 오롯이 혼자가 되는 순간. 그 자신만의 엄정한 재능이 주는 평화로움만 함께할 뿐. 시에나에는 그녀가 보았던 그 벽화가 있다. 어느 도시 풍경을 담은 프레스코화. 도시 성벽에서 몇 미터 벗어난 부분에 화가의 물감이 부스러져 떨어져 나가, 성을 떠나는 여행자를 위해 먼 들판에 과수원을 마련해 주던 예술의 위안조차 남아 있지 않았다. 그녀는 킵이 하루종일 가 있는 곳이 거기라고 생각했다. 매일 아침 그는 그림 속 풍경에서 걸어 나와 어두운 혼돈의 절벽으로 발걸음을 옮긴다. 기사. 전사 성인. 그녀는 사이프러스 나무들 사이로 움직이는 카키색 제복을 본다. 영국인은 그를 **파토 프로푸구스**, 운명의 도피자라고 불렀다. 그녀는 요즈음 그가 눈을 들어 나무를 올려다보는 기쁨으로 하루를 시작한다고 추측했다.

*

1943년 10월 초, 그들은 이미 이탈리아 남부에 있던 공병대 중에서 최정예를 선발하여 나폴리에 투입했다. 킵은 위장 폭탄이 곳곳에 설치된 도시에 투입된 서른 명의 군인 중 하나였다.

이탈리아 전선에서 독일군은 역사상 가장 기발하고 끔찍한 후퇴 작전을 펼쳤다. 그로 인해 한 달 안에 끝났어야 할 연합군의 전진이 1년이나 걸렸다. 가는 길목마다 폭탄이 터졌다. 공병들은 군대가 전진하는 동안 트럭의 흙받이에 올라타고 땅이 새로 다져진 지점을 눈을 부릅뜨고 수색했다. 그것은 지뢰나 유리 지뢰, 신발 지뢰가 묻혀 있다는 표시였다. 전진은 상상할 수 없을 만큼 더뎠다. 좀 더 북쪽의 산악 지대에서는 붉은 손수건으로 소속을 표시하는 가리발디 공산당원들이 조직한 빨치산 유격대가 독일군 트럭이 길 위를 지나가면 폭발하도록 폭발물 전선을 길 위에 깔아 놓았다.

이탈리아와 북아프리카에 매설된 지뢰의 규모는 상상을 초월했다. 키스마요-아프마두 도로 교차점에서만 260개의 지뢰가 발견되었다. 오모강 다리 주변에는 3백 개가 있었다. 1941년 6월 30일, 남아프리카 공병들이 하루 만에 메르사 마트루에 마크 11 지뢰를 2,700개나 매설했다. 4개월 후 영국군은 메르사 마트루에서 7,806개의 지뢰를 찾아 다른 곳에 설치했다.

지뢰는 온갖 것으로 만들어졌다. 40센티미터 길이의 아연 도금 파이프는 폭발물을 채운 뒤 군용 도로를 따라 설치되었다. 나무 상자에 든 폭탄을 가정집에 남겨 두기도 했다. 파이프 지뢰는 젤리그나이트*, 금속 조각 그리고 못으로 채워졌다. 남아프리카 공병들은 15리터들이 휘발유 통을 철과 젤리그나이트로 채워 장갑 차량을 터뜨릴 수 있는 지뢰를 만들었다.

도시의 상황은 더 심했다. 폭탄처리반은 거의 훈련을 받지 않은 채 카이로와 알렉산드리아에서 각지로 수송되었다. 제18분대가 유명해졌다. 1941년 10월 3주 동안 이들은 1,403개의 고성능 폭발물을 해체했다.

이탈리아는 아프리카보다 더 열악했다. 시한폭탄 신관은 악몽처럼 기괴했고, 용수철로 활성화되는 기계 장치는 부대원들이 훈련받은 독일식이 아니었다. 공병들이 도시로 진입해 길거리를 걷다 보면 나무나 건물 발코니에 시체들이 즐비하게 매달려 있었다. 독일군은 종종 독일군 한 명의 죽음에 대한 보복으로 이탈리아인 열 명을 죽였다. 매달린 시체들 중 일부에는 폭탄이 설치되어 있어서 공중 폭발시킬 수밖에 없었다.

독일군은 1943년 10월 1일 나폴리에서 철수했다. 그해 9월 연합군의 공습 때 수백 명의 시민이 도시를 떠나 도시 외곽의 동굴에서 살기 시작했다. 독일군은 퇴각하면서 그런 동굴 입구를 폭파해, 시민들이 지하에 갇혀 버렸다. 발진티푸스 전염병이 돌았다. 항구의 침몰선들에는 새로운 수중 기뢰가 설치되었다.

서른 명의 공병은 위장 폭탄이 잔뜩 깔린 도시로 걸어 들어갔다. 공공건물 벽 속에는 지연 작동 폭탄이 숨겨져 있었다. 거의 모든 차량에 폭탄이 설치되어 있었다. 공병들은 방 안에 아무렇게나 놓인 모든 물건에 대해 의심을 품게 되었다. 그들은 '네 시 방향'으로 돌려진 물건이 아니면 탁자 위에 놓인 어떤 물건도 믿지 않았다. 전쟁이 끝나고 몇 년이 지난 뒤에도 공병 출신이라면 탁자 위에 펜을 내려놓을 때 두꺼운 끝이 네 시 방향을 향하도록 돌려놓을 것이다.

나폴리는 6주 동안 계속 전투 지구로 남았고 킵은 그 기간 내

내 부대원들과 함께 그곳에 있었다. 2주 만에 그들은 동굴 속에 있는 시민들을 발견했다. 오물과 발진티푸스로 피부가 시커메진 사람들. 시내 병원으로 돌아오는 그들의 행렬은 흡사 유령 같았다.

나흘 후 중앙 우체국이 폭발했고 일흔두 명이 죽거나 다쳤다. 유럽에서 가장 풍부한 중세 기록물 소장품들이 도시 기록물 보관소에서 이미 불타 버린 후였다.

10월 20일, 전기가 복구되기 사흘 전에 독일군 한 명이 자수했다. 그는 당국에 도시의 항구 지역에 수천 개의 폭탄이 숨겨져 있고, 휴면 상태의 전기 배선망에 연결되어 있다고 말했다. 전기가 가동되면 도시 전체가 화염에 휩싸이게 된다는 것이다. 군에서는 그를 일곱 번도 넘게 여러 단계의 폭력과 수단을 동원해 심문했지만, 마지막까지도 군 책임자들은 그의 자백에 대해 확신하지 못했다. 당시 도시 전체에 대피령이 내려졌다. 아이들과 노인, 거의 죽음에 임박한 사람들, 임산부, 동굴에서 구출된 사람들, 동물, 값비싼 지프, 병원에 입원해 있던 부상병들, 정신병자, 수도원에서 나온 사제들과 수도사들과 수녀들. 1943년 10월 22일 저녁 해 질 무렵이 되자 열두 명의 공병만이 뒤에 남았다.

전기는 다음 날 오후 세 시에 켜질 예정이었다. 공병들 중 누구도 텅 빈 도시에 있어 본 적이 없었다. 그리고 이 시간들은 그들의 인생에서 가장 낯설고 가장 불안한 시간이 될 것이었다.

저녁나절이면 뇌우가 토스카나를 덮친다. 번개가 풍경 위로 솟아오른 첨탑이나 금속 조각에 닥치는 대로 떨어진다. 킵은 언제나 저녁 일곱 시쯤 사이프러스 나무 사이로 난 노란 오솔길을 따라 빌라로 돌아온다. 천둥이 친다면 바로 그 시각에 시작된다. 중세적인 경험.

그는 그런 시간에 따른 습관을 좋아하는 듯하다. 집으로 돌아오는 길에 걸음을 멈추고 비가 얼마나 멀리 있는지 뒤돌아보는 그의 모습을 그녀나 카라바조는 멀리서 지켜본다. 해나와 카라바조는 집으로 돌아온다. 킵은 8백 미터에 이르는 오르막길을 걸어서 오른다. 오른쪽으로 완만히 휘었다가 다시 왼쪽으로 완만하게 구부러지는 길이다. 그의 군화가 자갈을 딛는 소리가 들린다. 바람이 돌풍처럼 일어 그에게 닿고 사이프러스 나무들을 옆에서 후려쳐 비스듬히 기울게 하며 그의 셔츠 소매 속으로 파고든다.

그때부터 10분 동안 그는 비가 자신을 따라잡을지 확신하지 못한 채 걷는다. 그는 비를 맞고 느끼기 전에 마른 풀과 올리브 잎에 후드득 떨어지는 빗소리를 들을 것이다. 하지만 지금 그는 언덕의 더없이 상쾌한 바람 속에, 폭풍의 전경 속에 있다.

빌라에 도착하기 전에 비가 그를 따라잡아도 그는 여전히 한결같은 속도로 계속 걷는다. 배낭 위로 판초 우의를 덮어쓰고는 걸음을 이어 갈 뿐.

천막 안에서 그는 순수한 천둥소리를 듣는다. 머리 위로 날

카롭게 깨지는 소리, 그리고 산속으로 잦아들며 나는 마차 바퀴 구르는 소리. 갑작스레 천막 벽을 뚫고 내리치는 번개의 섬광은 늘 그에게 태양 빛보다 더 밝게 느껴진다. 인이 함유된 섬광, 뭔가 기계적인, 그가 이론 교실에서, 그리고 그의 크리스털 수신기를 통해 들어 본 새로운 낱말, '핵'과 관련된 것. 천막 안에서 그는 젖은 터번을 풀고 머리를 말린 뒤 머리에 다른 터번을 감는다.

폭풍우는 피에몬테에서 굴러 나와 남쪽과 동쪽으로 몰려간다. 십자가의 길 혹은 로사리오 묵주의 신비를 재현하고 있는 작은 고산 성당들의 첨탑 위로 번개가 떨어진다. 작은 마을인 바레세와 바랄로에서는 1600년대에 조각된, 실물보다 더 큰 테라코타 조각상들이 잠깐씩 모습을 드러내며 성서 속 장면들을 그려 낸다. 수난을 겪는 그리스도의 팔이 결박된 채 뒤로 젖혀진 모습, 그의 몸에 떨어지는 채찍, 짖고 있는 개, 옆 예배당에 있는 그림 속에는 채색된 구름을 향해 십자가를 높이 들어 올리는 세 명의 병사.

빌라 산 지롤라모 역시 제자리에서 그런 빛의 순간들을 맞이한다. 어두운 복도, 영국 남자가 누워 있는 방, 해나가 불을 지피고 있는 부엌, 폭격당한 예배당, 모든 곳이 갑자기 그림자도 없이 밝혀지는 빛의 순간. 킵은 폭풍우가 치는 동안 정원의 나무 밑을 아무 거리낌 없이 걸을 것이다. 그가 겪는 일상의 위험에 비하면 벼락 맞아 죽을 위험 따위는 우스울 정도로 미미하

므로. 번개와 천둥 사이의 간격을 세는 동안 언덕 위의 성당에
서 본 적 있는 천진한 가톨릭교의 형상들이 땅거미 속에 그와
함께한다. 어쩌면 이 빌라도 비슷한 풍경일지 모른다. 제각기
움직이다가 한순간 환한 빛 속에 드러난다. 얄궂게도 이 전쟁
에 내동댕이쳐진 그들 네 사람.

　　나폴리에 남았던 열두 명의 공병은 도시 속으로 뿔뿔히 흩어
졌다. 밤새도록 그들은 막힌 터널을 뚫고 들어가거나 하수구로
내려가 중앙 발전기와 연결되었을지 모르는 신관을 찾아다녔
다. 그들은 전기가 켜지기 한 시간 전인 오후 두 시에 철수할 예
정이었다.
　　열두 명의 도시. 각자 도시의 각각 다른 지역에 있다. 한 사람
은 발전기 옆에 있고, 저수지에 있는 한 사람은 아직도 잠수를
반복한다. 당국은 도시가 홍수로 인해 파괴될 것이라고 확신하
고 있다. 도시에 폭탄을 설치하는 방법. 무엇보다도 정적에 싸
여 있어 불안하다. 그들이 이 인간 세계에서 들을 수 있는 소리
라곤 거리 위쪽 아파트 창문에서 흘러나오는 개 짖는 소리와
새소리뿐이다. 때가 되면 그도 새가 있는 저 방들 중 하나에 들
어갈 것이다. 이 텅 빈 진공 상태에서 무언가 인간적인 것. 그는
폼페이와 헤르쿨라네움의 유적이 보관되어 있는 국립 고고학
박물관을 지난다. 그는 하얀 재 속에 갇힌 고대의 개를 본 적이
없다.

그가 걸어갈 때 왼팔에 묶여 있는 진홍색 공병 전등이 켜진다. 카르보나라 거리의 유일한 불빛. 그는 야간 탐색으로 지쳤고 이제 할 일이 거의 없어 보인다. 그들은 각자 무전기를 가지고 있지만 긴급 상황에서만 사용하도록 되어 있다. 그를 가장 피곤하게 만드는 것은 텅 빈 안뜰과 말라 버린 분수대에 감도는 끔찍한 적막이다.

오후 한 시에 그는 파괴된 산 조반니 아.카르보나라 성당을 향한다. 그곳에 로사리오의 예배당이 있다는 것을 그는 알고 있다. 며칠 전 성당 안을 걷고 있을 때 번개가 어둠을 가득 채우던 순간, 그는 거대한 인간의 형상이 드러나는 것을 보았다. 침실에 있는 천사와 한 여인이었다. 곧 어둠이 그 짧은 장면을 대신했고 그는 신도석에 앉아 기다렸지만 다시 드러나지는 않았다.

그는 이제 백인의 피부색으로 칠해진 테라코타 형상들이 있는 성당 구석으로 들어간다. 그 장면은 한 여인이 천사와 대화를 나누고 있는 침실을 그리고 있다. 여인의 곱슬거리는 갈색 머리가 느슨한 푸른색 망토 아래로 드러나고 왼손 손가락은 갈비뼈에 닿아 있다. 방으로 한 발짝 내딛는 순간, 그는 모든 것이 실물보다 크다는 것을 깨닫는다. 자신의 머리가 여인의 어깨에도 닿지 않는다. 위로 향한 천사의 팔은 4.5미터 높이에 이른다. 그래도 킵에게는 그들이 동반자이다. 이곳은 거처이고, 그는 인류와 천국에 관한 어떤 우화를 재현하는 이 생명체들의 대화 속에서 걸어 들어간다.

그는 어깨에서 가방을 내려놓고 침대를 바라본다. 그는 그 위에 눕고 싶다. 망설이는 것은 오로지 천사가 있기 때문이다. 그는 이미 천상의 존재 주위를 돌아보았고 어둡게 채색된 날개 아래 먼지 낀 전구들이 천사의 등에 부착되어 있는 것을 알아차렸다. 그리고 아무리 간절해도 그런 존재 앞에서 쉽게 자신이 잠들 수 없음을 안다. 세트 디자이너의 섬세함이 돋보이는 무대용 슬리퍼 세 켤레가 침대 밑으로 살짝 엿보인다. 1시 40분 무렵이다.

그는 자신의 망토를 바닥에 펼치고 가방을 베개처럼 납작하게 만든 후 돌 위에 눕는다. 라호르에서 보낸 어린 시절에 그는 대개 침실 바닥에 매트를 깔고 그 위에서 잤다. 그리고 사실 그는 서양의 침대에 익숙해지지 않았다. 매트와 공기 베개가 그가 천막에서 사용하는 전부였다. 영국에서 서픽 경과 함께 지낼 때 그는 물컹한 매트리스 속에 깊이 가라앉아 밀실 공포증에 빠진 듯 잠 못 들고 갑갑해하다가 침대에서 기어 나와 양탄자 위에서 잠을 잤었다.

그는 침대 옆에서 몸을 뻗는다. 신발도 실물보다 크다는 것을 깨닫는다. 아마존 여전사들의 발도 들어갈 만하다. 그의 머리 위에는 주저하듯 뻗은 여인의 오른팔이, 그의 발 너머에는 천사가 있다. 곧 공병 중 한 명이 도시의 전기를 켤 것이다. 만약 그가 폭발하게 된다면 이 둘과 함께 그렇게 될 것이다. 그들은 죽거나 안전할 것이다. 어쨌든 그가 할 수 있는 일은 더 이상 없다. 그는 숨겨진 다이너마이트와 시한폭탄 카트리지를 찾아내기 위해 마지막 수색을 하며 밤을 꼬박 새웠다. 벽들이 그의 주변으로 무너져 내리거나, 아니면 그는 불 켜진 도시 속으로 걸어 나가게 될 수도 있다. 적어도 그는 이 어버이 같은 형상들을 찾아냈다. 이 무언의 대화 속에서 그는 긴장을 풀 수 있다.

두 손을 머리 밑에 괴며 그는 천사의 얼굴에서 미처 알아차리지 못했던 강인함을 새삼 읽어 낸다. 천사가 들고 있는 하얀 꽃에 속은 것이다. 천사 또한 전사이다. 이처럼 이어지는 생각 속에 그는 눈을 감고 피로에 굴복한다.

마침내 잠이 든다는 사실에 안도하는 듯 그는 얼굴에 미소를 띠고 몸을 쭉 뻗고 누워 있다. 그런 사소한 사치. 콘크리트 바닥에 닿아 있는 왼손바닥. 그의 터번 색깔이 성모 마리아가 목에 달고 있는 레이스 옷깃의 색을 메아리처럼 반영한다.

성모의 발치에 있는 작은 인도인 공병. 제복을 입고 여섯 개의 실내화 옆에 누워 있다. 이곳에는 시간이 없는 것 같다. 그들 각각은 시간을 잊기 위해 가장 편안한 위치를 선택했다. 우리는 서로에게 이렇게 기억될 것이다. 우리 주변 환경을 신뢰할 때 짓게 되는 이런 평온한 미소 속에서. 두 형상의 발치에 킵이 있는 이 정경은 그의 운명에 대한 논쟁을 암시한다. 들어 올린 테라코타 팔은 처형의 유예를, 아이처럼 잠들어 있는 이 이방인을 위한 어떤 멋진 미래에 대한 약속을. 그들 셋은 거의 결단의 순간, 합의의 순간에 이르렀다.

먼지가 얇게 내려앉은 천사의 얼굴에 힘찬 기쁨이 어려 있다. 등에 매달린 여섯 개의 전구 가운데 두 개는 이미 망가져 있다. 그럼에도 불구하고 경이로운 전류가 갑자기 아래로부터 날개를 밝히자, 핏빛 같은 붉은색과 푸른색, 겨자밭의 황금빛이 늦은 오후에 살아나 빛난다.

*

해나는 지금, 그리고 앞으로도, 어디에 있든, 그녀의 삶에서 빠져나가는 킵의 몸이 따라가던 동선을 기억한다. 그녀는 마음으로 그것을 되풀이한다. 그가 그들 사이로 거칠게 들어오던 길. 그가 그들 사이에서 돌처럼 침묵했을 때. 그녀는 8월의 그날에 관한 모든 것을 기억한다. 하늘이 어땠는지도, 그녀 앞에 놓인 탁자 위의 물건들이 천둥소리와 함께 어두워지던 모습도.

그녀는 들판에 선 그의 모습을 본다. 두 손으로 머리를 부여잡고 있다. 고통의 몸짓이 아니라 이어폰을 머리에 바짝 조이려는 동작임을 곧 알아차린다. 그는 90미터쯤 떨어진 낮은 들판에 있다. 그때 그녀는 그들과 함께 있을 때 목소리 한 번 높인 적 없는 그의 몸에서 터져 나오는 비명을 듣는다. 그는 마치 끈이 풀린 사람처럼 털썩 무릎 꿇는다. 한참을 그렇게 있다가 천천히 일어서서 자신의 천막을 향해 대각선으로 움직인다. 천막으로 들어가서는 펄럭이는 문을 닫는다. 마른천둥이 우르렁거리고 그녀는 자신의 팔이 어두워지는 것을 본다.

킵이 소총을 들고 천막에서 나온다. 그는 빌라 산 지롤라모로 들어와 그녀를 지나친다. 아케이드 게임 속의 쇠구슬처럼 움직이며 현관을 지나 한 번에 세 단씩 계단을 오른다. 메트로놈처럼 규칙적인 숨소리, 계단의 수직 부분에 군화가 부딪히는 소리. 그녀는 복도를 울리는 그의 발소리를 들으며 계속 부엌 탁자 앞에 앉아 있다. 그녀 앞에 놓인 책, 연필, 이런 물건들이 폭풍 직전의 빛 속에서 얼어붙고 그늘져 있다.

그가 침실로 들어선다. 그는 영국인 환자가 누워 있는 침대 발치에 선다.

어서 오게, 공병.

소총 개머리판을 가슴에 대고, 멜빵은 삼각형으로 구부린 팔에 걸고 있다.

밖에서 무슨 일이 있었나?

킵은 세상과 단절된 채 단죄받은 것처럼 보인다. 그의 갈색 얼굴이 울고 있다. 그는 몸을 돌려 오래된 분수를 향해 총을 쏜다. 벽토가 터지며 침대 위에 먼지를 흩뿌린다. 그는 다시 몸을 돌려 영국인에게 총구를 겨눈다. 그는 몸을 떨기 시작한다. 떨림을 통제하려고 그는 안간힘을 다한다.

총을 내려놓게, 킵.

그가 벽에 등을 쿵 부딪히자 떨림이 멈춘다. 회벽 먼지가 그들 주변의 공기 중에 떠돈다.

나는 이 침대 발치에 앉아서 아저씨의 말을 들었습니다, 지난 몇 달 동안 말이에요. 어렸을 때도 난 그랬어요. 똑같았죠.

나는 나이 드신 분들의 가르침으로 나 자신을 채울 수 있다고 믿었어요. 그 지식을 따르고 조금씩 바꾸며, 나 자신을 넘어 다른 이에게 전할 수 있을 거라고 믿었어요.

나는 우리 나라의 전통을 배우며 자랐지만 나중에는 더 자주 당신 나라의 전통을 배웠죠. 관습과 예절과 책과 총독과 이성으로 어떻게든 나머지 세계를 개조한 당신네 유약한 하얀 섬나라. 당신들은 정확한 행동의 대명사였죠. 만약 내가 틀린 손가락으로 찻잔을 들어 올리면 추방당하리라는 것을 나는 알고 있어요. 넥타이 매듭을 잘못 매면 쫓겨나고요. 당신들에게 그런 막강한 힘을 준 것이 배였나요? 아니면 우리 형이 말했듯이 당신들에게 역사책과 인쇄기가 있었기 때문인가요?

당신들 그리고 미국인들이 우리를 개종시켰죠. 당신들의 선교 규칙으로요. 그리고 인도 군인들은 영웅 행세를 하며 목숨을 허비했어요. **푸카(Pukkah)***가 되기 위해서요. 당신들은 크리켓 경기처럼 전쟁을 벌였어요. 어떻게 우릴 꾀어 이런 곳에 끌어들였던 거죠? 자…… 당신네들이 벌여 놓은 짓을 들어 봐요.

그는 소총을 침대 위에 던지고 영국인을 향해 다가간다. 그의 옆구리 옆에 크리스털 수신기가 허리띠에 매달려 있다. 그가 수신기를 풀고 환자의 검은 머리 위에 이어폰을 씌우자, 영국인은 두피에 통증을 느끼고 얼굴을 찡그린다. 하지만 공병은 이어폰을 그대로 둔다. 그러고는 다시 걸어가 소총을 집어 든다. 그는 문가에 있는 해나를 본다.

폭탄 한 개. 그리고 또 하나. 히로시마. 나가사키.

그는 소총을 방의 벽감 쪽으로 돌린다. 골짜기에서 허공을 가르는 매가 일부러 V 자를 그리며 나는 것처럼 보인다. 눈을 감으면 불길에 휩싸여 있는 아시아의 거리가 보인다. 불길이 마치 폭발한 지도처럼 여러 도시를 휩쓸고 지나가고, 뜨거운 열 폭풍이 닥치는 대로 사람들의 몸을 쭈그러뜨린다. 불현듯 허공에 감도는 인류의 그림자. 서구의 지혜가 낳은 이 전율.

그는 이어폰을 쓴 채 시선을 내면으로 집중하며 듣고 있는 영국인 환자를 지켜본다. 소총 조준경이 길고 좁은 코를 따라 쇄골 위 목젖까지 내려간다. 킵은 숨을 죽인다. 엔필드 소총을 정확히 직각으로 떠받친다. 흔들림 없이.

그러자 영국인의 시선이 다시 그를 향한다.

공병.

카라바조가 방에 들어와 그를 향해 다가서자 킵은 소총 개머리판으로 그의 갈비뼈를 들이받는다. 동물이 앞발로 후려치는 동작. 그러고는 마치 같은 동작의 일부인 것처럼, 그는 총살 집행 부대처럼 총을 직각으로 떠받치며 물러선다. 인도와 영국의 여러 막사에서 훈련받은 그 자세로. 조준경 안에 잡힌 화상 입은 목.

킵, 내게 말해 보게.

이제 그의 얼굴은 한 자루의 칼이다. 충격과 공포에 북받친

울음을 억누른 채, 모든 것을, 그를 둘러싼 모든 것들을 다른 눈으로 바라본다. 그들 사이에 밤이 내리고 안개가 내려앉을지도 모른다. 그리고 청년의 짙은 갈색 눈은 새로 드러난 적에게 닿을 것이다.

우리 형이 말했죠. 절대로 유럽에 등을 보이지 마라. 흥정꾼들. 계약꾼들. 지도 제작자들. 유럽인들을 절대 믿지 마라, 형이 말했지요. 그들과 악수하지도 말라고. 하지만 우리는, 오, 우리는 너무 쉽게 감명을 받았지요. 연설과 훈장과 당신들의 기념식에. 지난 몇 년 동안 저는 무얼 하고 있었던 걸까요? 악마의 사지를 잘라 내고, 해체하면서. 무엇을 위해? **이런** 일이 일어나도록 하기 위해서?

무슨 일인가? 맙소사, 말을 해!

당신이 당신네 역사 강의를 삼키도록 라디오를 두고 가겠습니다. 카라바조, 다시 움직이지 마세요. 왕들과 왕비들, 대통령들이 하는 그 모든 문명의 연설들…… 추상적인 질서의 그 목소리들. 냄새를 맡아 봐요. 라디오를 듣고 거기서 나는 축하의 냄새를 맡아 봐요. 우리 나라에서는 아버지가 정의를 어기면 그 아버지를 죽입니다.

자네는 이 사람이 누군지 몰라.

불에 탄 목을 겨눈 소총 조준경은 흔들림이 없다. 공병은 남자의 눈을 향해 총구를 위로 옮긴다.

쏴라. 알마시가 말한다.

공병의 눈과 환자의 눈이 이제는 전 세계로 붐비는 어둑어둑

한 방에서 마주친다.

그가 공병에게 고개를 끄덕인다.

쏴라. 그가 나지막이 말한다.

킵은 탄창을 분리하고 떨어지기 전에 재빨리 잡는다. 그는 소총을 침대에 던진다. 독이 제거된 뱀. 그는 근처에 있던 해나를 본다.

화상을 입은 남자는 머리에서 이어폰을 빼고는 천천히 자기 앞에 내려놓는다. 그런 다음 왼손을 들어올려 보청기를 잡아 빼더니 바닥에 떨어뜨린다.

쏴라, 킵. 더 이상 듣고 싶지 않아.

그가 눈을 감는다. 방에서 멀리 벗어나 어둠 속으로 미끄러져 들어간다.

공병은 팔짱을 끼고 고개를 떨군 채 벽에 기대어 있다. 카라바조는 그의 콧구멍으로 피스톤처럼 빠르고 세차게 숨이 들고 나는 소리를 듣는다.

그는 영국인이 아닐세.

미국인이건, 프랑스인이건, 상관없어요. 전 세계의 갈색 인종을 폭격하기 시작하면 당신은 영국인입니다. 당신네에겐 벨기에의 레오폴드 국왕도 있었고, 지금은 미국의 빌어먹을 해리 트루먼도 있죠. 당신들 모두 영국인들에게 배운 겁니다.

아니야, 그 사람은 아닐세. 실수야. 그는 누구보다도 아마 자네 편일 걸세.

그건 중요하지 않다고 말할 걸요. 해나가 말한다.

카라바조는 의자에 앉는다. 그는 자신이 항상 이 의자에 앉아 있다고 생각한다. 방 안에는 가느다란 삐걱이는 소리가 크리스털 수신기에서 나고, 라디오에서는 여전히 물에 잠긴 목소리가 흘러나온다. 그는 차마 고개를 돌려 공병을 보거나, 흐릿하게 보이는 해나의 옷자락을 바라볼 수 없다. 그는 젊은 군인이 옳다는 것을 안다. 백인들의 나라에는 결코 그런 폭탄을 떨어뜨리지 않았을 것이다.

공병이 카라바조와 해나를 침대 곁에 남겨 둔 채 방을 나간다. 그는 세 사람을 그들의 세계에 남겨 두고 떠났다. 이제 더는 그들의 파수꾼이 아니다. 앞으로 그 환자가 죽게 되면 카라바조와 그녀가 그를 묻을 것이다. 죽은 자가 죽은 자를 묻게 하라. 그는 그 말뜻이 무언지 한 번도 확실히 안 적이 없었다. 성서에 나오는 그렇게 냉담한 몇 마디의 말.

그들은 그 책을 제외한 모든 것을 묻으리라. 시신, 침대보, 옷가지, 소총. 곧 그는 해나와 단둘이 있게 될 것이다. 그리고 라디오에서 들려오는 이 모든 것의 동기. 단파에서 흘러나오는 끔찍한 사건. 새로운 전쟁. 어느 문명의 죽음.

적막한 밤. 그는 쏙독새 소리를, 희미한 울음소리와 회전할 때 나는 나지막한 날갯짓 소리를 듣는다. 바람 한 점 없는 밤, 천막 위로 사이프러스 나무들이 우뚝 솟아 있다. 그는 등을 대고 누워 천막 안 어두운 구석을 응시한다. 눈을 감으면 불길이 보인다. 불길과 열기를 피해 강으로, 저수지로 뛰어드는 사람들. 단 몇 초 만에 모든 것을 태워 버리는 불꽃과 열기. 사람들이 들고 있는 모든 것과 살갗과 머리카락을 태우고 그들이 뛰어든 물까지 집어삼킨다. 이 대단한 폭탄은 비행기에 실려 바다를 건너고 동쪽의 달을 지나 푸른 군도를 향한다. 그리고 투하된다.

그는 먹지도 마시지도 않았다. 아무것도 삼킬 수 없었다. 날이 어두워지기 전에 그는 천막에서 모든 군용 물건과 폭탄 처리 장비를 치우고 제복에서 계급장을 떼어 버렸다. 눕기 전에 그는 터번을 풀고 머리를 빗어 내린 후 상투를 틀어 올려 묶은 다음 등을 대고 누워, 텐트 표면 위로 빛이 서서히 흩어지는 것을 보았다. 그의 눈길은 마지막 푸른빛에 머물고, 바람 없는 고요함 속으로 바람이 잦아드는 소리, 선회하며 퍼덕이는 매의 날갯짓 소리를 듣는다. 그리고 공기 속의 온갖 섬세한 소음들을.

그는 세상의 모든 바람이 아시아로 빨려 들어갔다고 느낀다. 그는 지금까지 자신이 다룬 수많은 작은 폭탄에서 벗어나 도시만 한 크기로 보이는 폭탄을 향해 걸어간다. 너무 거대한 나머지 살아남은 사람들이 주위에서 죽어 가는 무수한 사람들의 죽음을 목격하게 한다. 그는 그 무기에 대해 아는 바가 전혀 없다. 금속 물체가 순간적으로 떨어져 폭발했는지, 아니면 끓는 공기가 사람이면 무조건 덮쳐 집어삼켰는지. 그가 아는 유일한 것은 이제는 어떤 것도 자신에게 다가오도록 내버려둘 수 없으며, 먹을 수도 없고, 테라스에 있는 돌 벤치에 생긴 웅덩이에서 물을 떠 마실 수도 없다는 것이다. 가방에서 성냥을 꺼내 불을 밝힐 수조차 없을 것 같다. 등불을 켜는 순간 모든 것이 터져 버릴 것만 같기에. 빛이 사라지기 전 천막 안에서 그는 가족사진을 꺼내 바라보았다. 그의 이름은 키르팔 싱이고, 그는 자신이 여기서 무엇을 하고 있는지 모른다.

그는 지금 8월의 더위 속에서 터번도 두르지 않고 **쿠르타***만 걸친 채 나무 아래 서 있다. 그는 손에 아무것도 들지 않고 그저 울타리 윤곽을 따라 걷는다. 맨발이 잔디 위를, 테라스 돌 위를, 오래된 모닥불 재 속을 지난다. 그의 몸은 잠 못 이루는 불면 속에서 생생하게 살아나 유럽의 거대한 계곡 끝자락에 서 있다.

이른 아침 그녀는 그가 천막 옆에 서 있는 것을 본다. 저녁나절에 그녀는 나무 사이로 불빛이 비치는지 살폈다. 그날 밤 빌라에 있던 사람들은 모두 혼자 식사했다. 영국인은 아무것도 먹지 않았다. 이제 그녀는 공병이 팔로 쓸어내자 천막의 캔버스 벽이 돛처럼 스르르 무너지는 것을 본다. 그는 돌아서서 집 쪽으로 다가와 테라스로 향하는 계단을 오르더니 이내 사라진다.

예배당에서 그는 불에 탄 신도석들을 지나 방수포를 씌우고 나뭇가지로 덮어 둔 모터사이클이 있는 제대(祭臺)로 향한다.

그는 그 기계에서 덮개를 끌어 내린다. 모터사이클 옆에 웅크리고 앉아 체인 기어와 톱니바퀴에 기름칠을 하기 시작한다.

해나가 지붕 없는 예배당에 들어섰을 때 그는 등과 머리를 바퀴에 기대고 앉아 있다.

킵.

그는 아무 말도 하지 않고, 그녀가 거기 없는 사람인 양 그 건너를 본다.

킵, 나예요. 우리가 그 일과 무슨 상관이 있어요?

그녀 앞에서 그는 돌처럼 굳어 있다.

그녀는 그의 앞에 무릎을 꿇고 그에게로 몸을 기울인다. 머리 한쪽을 그의 가슴에 댄 채 가만히 있는다.

뛰는 심장.

그가 움직이려 하지 않자 그녀는 다시 몸을 일으킨다.

영국인이 언젠가 책에서 이런 말을 읽어 주었어요. "사랑은 참으로 작아서 바늘귀라도 뚫고 지나갈 수 있다."

그가 옆으로 몸을 기울여 그녀에게서 멀어진다. 그의 얼굴이 빗물 웅덩이에서 몇 센티미터 떨어진 곳에 멈춘다.

어느 소년과 소녀.

공병이 방수포 아래에서 모터사이클을 찾아내는 동안 카라바조는 난간에 기대어 몸을 내밀고 턱을 팔로 받치고 있었다. 그러다가 집 안 공기를 견디지 못하고 자리를 떴다. 시동을 걸자 덜컹거리며 반쯤 되살아난 모터사이클 위에 공병이 앉았을 때 그는 그 자리에 없었고, 해나가 그 곁에 서 있었다.

싱은 그녀의 팔을 살짝 건드리고는 기계가 경사면을 따라 굴러가도록 내버려두었다. 그러고 나서야 엔진 회전 속도를 올려 생명을 불어 넣었다.

입구까지 절반쯤 간 곳에서 카라바조가 총을 들고 그를 기다리고 있었다. 카라바조가 그의 앞길을 막고 걸어오자 소년은 속도를 늦췄다. 카라바조는 형식적으로 총을 들어 모터사이클을 겨누는 시늉도 하지 않았다. 카라바조가 그에게 다가와 두 팔을 벌려 부둥켜안았다. 진한 포옹. 공병은 처음으로 덥수룩한 수염을 피부에 느꼈다. 그는 그 품 안으로 끌려 들어가, 단단한 근육 속에 감싸여 모아지는 느낌을 받았다. "자네를 그리워하는 법을 배워야겠어." 카라바조가 말했다. 그러자 소년은 물러났고, 카라바조는 집으로 다시 걸어갔다.

*

기계가 그의 주위에서 생명을 얻은 듯 요란하게 깨어났다. 트라이엄프가 내뿜는 연기와 먼지와 고운 자갈이 나무들 사이로 흩어졌다. 모터사이클은 정문 앞의 가축 탈출 방지용 쇠격자를 뛰어넘었고 이리저리 꺾으면서 마을을 빠져나갔다. 위태로운 각도로 비탈을 내려갈 때 그의 양 옆으로 정원의 냄새가 풍겼다.

그의 몸은 매끄럽게 습관적인 자세를 잡았다. 가슴을 연료 탱크에 거의 닿을 듯 나란히 하고, 팔을 수평으로 유지해 저항을 최소한으로 줄였다. 그는 피렌체를 완전히 피해 남쪽으로 갔다. 그레베를 지나 몬테바르키와 암브라까지, 전쟁과 침략이 닿지 않은 작은 마을들을 지났다. 그리고 새로운 언덕이 줄지어 나타나자 그는 코르토나를 향해 언덕 능선을 오르기 시작했다.

그는 마치 전쟁의 실타래를 되감듯 침공의 방향을 거슬러 달리고 있었다. 이제는 군사적 긴장이 사라진 경로. 그는 낯익은 성곽 마을을 멀리서 바라보며 아는 길로만 달렸다. 시골길을 질주하며 자신의 몸 아래에서 불타는 트라이엄프에 그는 꼼짝 않고 몸을 맡겼다. 무기를 모두 두고 온 그는 지니고 있는 것이 거의 없었다. 모터사이클은 쏜살같이 각 마을을 질주했다. 마을에 들어서도, 전쟁의 기억 앞에서도 속도를 늦추지 않았다. **땅이 술 취한 자처럼 몹시 비틀거린다. 폭풍 속의 오두막처럼 흔들린다.***

그녀는 그의 배낭을 열었다. 기름 먹인 천에 싸인 권총이 있었다. 그녀가 그것을 펼치자 냄새가 흘러나왔다. 칫솔과 치약, 노트에 연필로 스케치한 그림들. 그녀를 그린 그림도 한 점 있었다. 그녀가 테라스에 앉아 있을 때 그가 영국인의 방에서 내려다보며 그린 그림이었다. 터번 두 개, 전분이 들어 있는 병 하

나. 비상시에 매도록 가죽끈이 달린 공병용 전등 하나. 그녀가
불을 켜자 배낭 안이 진홍색 불빛으로 가득 찼다.

옆 주머니에는 그녀가 건드리고 싶지 않은 폭탄 처리 장비들
이 있었다. 그녀가 그에게 주었던 금속 삽관이 또 다른 작은 천
조각에 싸여 있었다. 그녀의 고향에서 단풍나무 수액을 채취할
때 쓰는 것이었다.

그녀는 무너진 천막 안에서 그의 것으로 보이는 가족사진 한
장을 찾아냈다. 그녀는 그 사진을 손바닥에 올려놓았다. 시크
교도와 그의 가족.

사진 속에서 겨우 열한 살인 형. 그 옆에 있는 킵은 여덟 살.
**"전쟁이 일어났을 때 형은 무조건 영국에 반대하는 사람 편을 들
었죠."**

폭탄 지도가 있는 작은 수첩도 있었다. 그리고 어느 음악가
와 함께 있는 성인(聖人)을 그린 그림.

그녀는 한 손에 사진을 들고 다른 손으로 물건들을 모두 다
시 가방에 넣었다. 그러고는 가방을 들고 나무 사이를 지나 로
지아를 가로질러 집으로 들어갔다.

한 시간 정도마다 그는 속도를 늦추고 멈춰 서서 고글 속에
침을 뱉고 소맷자락으로 먼지를 닦아 냈다. 그는 다시 지도를
들여다보았다. 아드리아해로 갔다가 남쪽으로 갈 계획이었다.
대부분의 병력은 북쪽 국경 지대에 있었다.

그는 모터사이클의 날카로운 엔진 굉음을 휘감고 코르토나에 들어섰다. 그는 트라이엄프에 올라탄 채 성당 문까지 계단을 오른 다음, 안으로 걸어 들어갔다. 동상은 보수 공사용 비계 안에 천으로 싸여 있었다. 동상의 얼굴에 더 가까이 다가가고 싶었지만 그에겐 소총 조준경이 없었고 비계용 강철관을 타고 오르기에는 몸이 너무 굳어 있었다. 그는 화목한 집에 들어갈 수 없는 사람처럼 밑에서 서성이며 맴돌았다. 그는 교회 계단 아래까지 모터사이클을 끌고 내려온 후 탄력 주행하며 망가진 포도밭을 빠져나와 아레초로 달렸다.

산세폴크로에서 그는 안개가 자욱한 산중의 구불구불한 길을 타고 가느라 최저 속도로 줄여야 했다. 보카 트라바리아. 그는 추웠지만 마음속에서 날씨를 밀어냈다. 마침내 길이 하얀 안개 위로 솟아올랐고, 안개는 그의 뒤로 바닥에 펼쳐져 있었다. 그는 독일군이 적의 야전마를 모두 태워 버린 우르비노를 빠져나갔다. 그들은 이 지역에서 한 달 동안 싸웠지만, 이제 그는 불과 몇 분 만에 지나갔다. 오직 검은 성모상이 있는 성소들만을 알아볼 수 있었다. 전쟁은 모든 도시와 마을들을 비슷하게 만들어 버렸다.

그는 해안으로 내려왔다. 바다에서 성모상이 나타나는 것을 보았던 가비체 마레로 들어섰다. 그는 성모상이 옮겨졌던 곳 근처, 절벽과 바다가 내려다보이는 언덕에서 잤다. 그것이 그의 첫날의 끝이었다.

사랑하는 클라라 — 사랑하는 마망*에게,

마망은 프랑스 말이에요, 클라라, 입 모양이 둥글게 맴도는 말이죠. 포근히 안아 주는 느낌을 주고, 친밀하게 사용하는 말이면서도 드러내 놓고 큰 소리로 외칠 수 있는 말. 거룻배처럼 편안하고 변함없는 무엇. 물론 새엄마는, 당신의 영혼은 여전히 카누인 걸 알지만요. 눈 깜짝할 사이에 방향을 틀어 개울로 들어갈 수 있으시죠. 여전히 독립심이 강하고, 여전히 혼자이길 좋아하시겠죠. 주변의 모든 것을 책임지는 거룻배가 아니고요. 몇 년 만에 처음 쓰는 편지예요, 클라라. 전 편지의 격식을 차리는 게 익숙하지 않아요. 지난 몇 달 동안 다른 세 명과 함께 지냈어요. 우리의 대화는 느리고, 격의가 없었어요. 전 이제 그런 식이 아니면 대화하지 못해요.

올해는 194-. 몇 년이지요? 잠시 잊어버렸네요. 하지만 달과 날은 알아요. 일본에 폭탄이 떨어졌다는 소식을 들은 다음 날이지요. 그래서 세상의 종말 같아요. 이제부터는 사적인 것은 공적인 것과 영원히 전쟁을 벌일 것이라고 믿어요. 이걸 합리화할 수 있다면 우린 무엇이든 합리화할 수 있겠죠.

패트릭은 프랑스에서 비둘기장 안에서 죽었어요. 프랑스에서는 17세기와 18세기에 비둘기장을 거대하게, 대부분의 집들보다 더 크게 지었어요. 이렇게요.

위에서 3분의 1 정도 내려온 부분에 있는 가로선을 쥐 선반이라고 불러요 — 쥐들이 벽돌을 타고 올라가지 못하게 하는 거죠. 그래야 비둘기들이 안전할 테니까요. 비둘기장처럼 안전한, 성스러운 장소. 여러 면에서 교회처럼요. 안식처. 패트릭은 안식처에서 죽었어요.

새벽 다섯 시에 그는 트라이엄프에 시동을 걸었고, 뒷바퀴가 돌며 자갈이 덮개 안으로 튀었다. 그는 아직 어둠 속에 있어서 절벽 너머 풍경 속의 바다를 분간할 수 없었다. 이곳에서 남쪽으로 가는 여정 동안 그에게는 지도가 없었지만 그는 전쟁 도로를 알아보고 해안 경로를 따라갈 수 있었다. 햇빛이 나자 그는 속도를 두 배로 높였다. 강들은 아직 저 앞에 있었다.

오후 두 시경, 그는 오르토나에 도착했다. 폭풍우가 몰아치는 강 한복판에서 공병들이 베일리 교량을 설치하며 익사할 뻔했던 곳이었다. 비가 내리기 시작해 그는 모터사이클을 멈추고 판초 우의를 걸쳤다. 그는 빗속에서 기계 주변을 돌았다. 이제, 여행하면서 귓가에 들리는 소리가 달라졌다. 휘익 소리와 부웅 소리 대신 **쉿쉿 하는** 소리가 들렸고, 앞바퀴에서 튄 물이 군화 안으로 쏟아졌다. 고글을 통해 보이는 모든 것이 잿빛이었다. 그는 해나를 생각하지 않으려 했다. 모터사이클의 소음이 모든 소리를 묻어 생겨난 정적 속에서 그는 그녀를 생각하지 않았다. 그녀의 얼굴이 떠오르면 지워 버렸고, 갑자기 방향을 틀어 집중해야만 하도록 운전대를 잡아당겼다. 말이 있어야 한다 하더라도 그녀의 말은 아닐 것이다. 그가 달리며 지나가고 있는 이탈리아의 지도 위 이름들일 것이다.

그는 이 탈주에 그 영국인의 몸을 싣고 가는 기분이다. 그 몸은 연료 탱크 위에 그를 마주하고 앉아 있다. 그를 부둥켜안은 시커먼 몸, 그의 어깨 너머로 과거를 마주하고, 그들이 함께 달아나고 있는 시골을, 이탈리아 언덕 위 다시는 재건되지 않을 이방인의 궁전이 멀어져 가는 것을 바라보고 있다. "나의 이 말이 이제부터 영원히 너의 입과 너의 자손의 입과 대대로 이어질 자손들의 입에서 떠나지 아니하리라.*"

영국인 환자의 목소리가 그의 귀에 「이사야서」를 읊어 주었다. 그가 로마의 예배당 천장에 있는 얼굴에 대해 말했던 그날 오후에 그랬던 것처럼. "물론 이사야의 모습은 수없이 많아. 언젠가 자네도 이사야를 노인의 모습으로 보고 싶어 하게 될 거야. 프랑스 남부에 있는 수도원들은 그를 수염이 길게 난 노인으로 칭송하지만, 그의 모습에는 여전히 힘이 있어." 영국인은 그림이 그려진 방을 향해 읊었다. "보라, 주께서 너를 강한 포로로 끌어가시고 반드시 너를 가리우실 것이다. 그가 참으로 너를 격렬히 흔들어 공과 같이 넓은 땅으로 던지시리라.*"

그는 굵은 빗줄기 속으로 더 깊숙이 달렸다. 그 천장의 얼굴을 사랑했기에 그는 그 말들을 사랑했다. 그가 화상 입은 남자와 그가 돌보던 문명의 초원을 믿었던 것처럼. 이사야와 예레미야와 솔로몬이 불에 탄 남자의 침대 머리맡에 있던 책 속에 있었다. 그의 성스러운 책, 그가 사랑했던 모든 것을 자신의 책 속에 붙여 놓은 책. 그는 자신의 책을 공병에게 건네주었고, 공병은, 우리에게도 경전이 있습니다, 라고 말했다.

지난 몇 달 동안 고글의 고무로 된 테두리가 갈라진 탓에 비가 이제 그의 눈앞의 공기 주머니를 채우기 시작했다. 그는 고글 없이 달려야 할 수도 있었다. 쉿쉿 소리는 그의 귓전에 영원한 바다였고, 웅크린 그의 몸은 뻣뻣하고 차가웠다. 그가 바짝 붙어 타고 있는 이 기계에서 나오는 온기만 상상으로 느낄 뿐이었다. 그가 별똥별처럼 마을 사이를 스쳐 지나갈 때 피어오르는 하얀 수증기. 소원을 빌 수 있는 찰나 동안의 방문. "하늘은 연기처럼 스러지고, 땅은 옷처럼 해어져 주민이 하루살이처럼 꺼지리라. 그들은 좀에 쓸려 떨어지는 옷이요, 빈대좀에 먹혀 삭아지는 양털이다.*" 우웨이나트에서 히로시마로 이어지는 사막의 비밀.

커브 길을 빠져나와 오판토강을 건너는 다리 위를 오를 때 그는 고글을 벗기로 했다. 왼팔을 들어 고글을 잡고 벗는 순간,

그는 미끄러지기 시작했다. 그는 고글을 내던지고 모터사이클을 진정시키려 했지만 다리 진입부의 철제 이음새 턱에는 미처 대비하지 못했다. 모터사이클은 그의 몸 아래서 오른쪽으로 기울었다. 그는 갑자기 모터사이클과 함께 빗물이 덮인 표면을 따라 다리 가운데까지 미끄러졌다. 팔과 얼굴 주위로 금속이 긁히면서 파란 불꽃이 튀었다.

무거운 양철이 떨어져 나와 그를 밀치고 날아갔다. 그러자 그와 모터사이클은 왼쪽으로 미끄러졌다. 그들은 수면과 평행하게 내던져졌다. 그와 모터사이클은 옆으로 누웠고, 그의 팔은 머리 위로 젖혀졌다. 판초 우의가 저절로 벗겨졌다. 그에게서, 기계와 인간에게서 떨어져 나와 공기라는 원소의 일부가 되었다.

모터사이클과 군인은 한순간 허공에서 멈췄다가 휙 돌며 물속으로 떨어졌다. 물에 떨어지는 순간, 그의 다리 사이에 있던 금속 몸체가 물살을 하얗게 가르고 사라졌다. 빗줄기도 강으로 쏟아졌다. "그가 반드시 너를 공처럼 둥글게 말아서 저 넓은 땅으로 던져 버리리라.*"

클라라, 패트릭이 어떻게 비둘기장에 들어가게 되었냐고요? 아버지의 부대가 화상을 입고 부상당한 아버지를 두고 떠났어요. 셔츠 단추가 불에 타서 아버지의 피부와 그 다정한 가슴에 달라붙을 정도로 화상이 심했어요. 내가 입 맞추고 클라라가 입 맞추었던 그 가슴이요. 그럼 아버지는 어쩌다 화상을 입었을까요? 마치 장어처럼, 클라라의 카누처럼, 마치 마법의 축복을 받은 것처럼, 현실 세계에서 스르르 비켜갈 수 있던 사람이었는데요. 다정하고도 세련된 순수한 모습으로요. 아버지는 참 말이 없는 남자였어요. 나는 여자들이 아버지를 좋아한다는 사실이 늘 놀라웠어요. 우리는 말 잘하는 남자가 주변에 있는 걸 좋아하잖아요. 우리는 합리주의자들이고 현명한데, 아버지는 종종 혼란스러워하고 확신이 없고 말이 없으셨어요.

아버지는 화상을 입은 환자였고 저는 간호사였죠. 아버지를 간호할 수도 있었어요. 지리가 불러오는 슬픔을 이해하시나요? 나는 아버지를 구할 수도 있었고, 적어도 임종을 지킬 수도 있었어요. 난 화상에 대해 많이 알아요. 아버지는 얼마나 오랫동안 혼자 비둘기들과 쥐 떼 속에 있었을까요? 몸속에 피와 목숨이 남아 있는 마지막 단계들까지 얼마나 오래? 그의 위에 있던 비둘기들. 그의 주위를 맴돌 때 퍼덕이는 날개 소리. 어둠 속에서 잠을 이룰 수 없었겠죠. 아버지는 늘 어둠을 싫어하셨죠. 그런데 아버지는 연인도, 가족도 없이 혼자 계셨어요.

클라라, 전 유럽이 지겨워요. 집에 가고 싶어요. 조지안 베이에 있는 클라라의 작은 오두막과 분홍색 바위로요. 패리 사운드까지 버스를 타고 갈게요. 그리고 본토에서 단파 라디오로 팬케이크스만을 향해 소식을 보내겠어요. 그리고 클라

라를 기다릴 거예요. 우리 모두가 클라라를 배반하고 들어온
이곳으로부터 나를 구해 주려고 카누를 타고 오는 클라라의
윤곽이 보이기를 기다릴 거예요. 어떻게 그처럼 현명하셨어
요? 어떻게 그처럼 단호하셨어요? 어떻게 우리처럼 속지 않
았어요? 쾌락을 즐기는 악마이면서 어떻게 그렇게 현명해졌
나요. 우리 중에서 가장 순수한 분, 가장 색이 짙은 콩, 가장
푸른 잎사귀.

해나

공병의 맨머리가 물 밖으로 솟아오르고, 그는 숨을 헐떡이며
강 위의 모든 공기를 들이마신다.

카라바조는 대마 밧줄로 외줄 다리를 만들어 옆 빌라의 지붕
까지 연결했다. 밧줄의 이쪽 끝은 데메트리우스 동상의 허리에
감아 팽팽하게 한 후 우물에 고정했다. 밧줄은 그의 경로에 있
는 두 그루의 올리브 나무 꼭대기보다 조금 높은 정도이다. 균
형을 잃으면 그는 올리브 나무의 울퉁불퉁한 먼지투성이 가지
속으로 떨어지게 된다.

그는 밧줄 위로 발을 내딛는다. 양말을 신은 발이 삼줄을 움
켜쥔다. 저 조각상은 얼마나 가치가 있지? 그가 언젠가 해나에
게 지나가는 말로 물었을 때, 그녀는 데메트리우스 조각상은

죄다 아무 가치도 없다고 영국인 환자가 말했다고 대답했다.

그녀는 편지를 봉하고 자리에서 일어나 창문을 닫으러 방을 가로질러 간다. 그 순간 번개가 계곡에 내리친다. 빌라 옆으로 깊은 상처처럼 자리 잡은 협곡을 건너느라 허공 한복판에 떠 있는 카라바조가 보인다. 그녀는 마치 꿈을 꾸듯 그 자리에 서 있다가 창가 벽감에 올라앉아 밖을 내다본다.

번개가 칠 때마다 갑자기 환해진 밤중에 빗줄기가 얼어붙는다. 그녀는 하늘로 날아오르는 매들을 보며 카라바조를 찾는다.

그가 절반쯤 건넌 지점에서 비 내음이 난다. 그리고 이내 비가 그의 몸 위로 쏟아지기 시작한다. 빗줄기가 그에게 매달리면서 갑자기 옷의 무게가 엄청나게 불어난다.

그녀는 오므린 손바닥을 창밖으로 내밀어 빗물을 받고 그 물로 머리카락을 빗는다.

빌라는 어둠 속에서 표류한다. 영국인 환자의 침실 옆 복도에는 마지막 남은 초 한 자루가 밤에도 여전히 활활 타고 있다. 잠에서 깨어나 눈을 뜰 때마다 그는 흔들리는 노란 불빛을 본다.

이제 그에게 세상은 소리가 없고, 빛조차도 필요 없는 듯하다. 아침이 오면 그는 자신이 자는 동안 촛불을 밝혀 둘 필요가 없다고 소녀에게 말할 것이다.

새벽 세 시경, 그는 방에 누군가의 존재를 느낀다. 찰나의 순간 그는 침대 발치에서 벽에 기대 있거나 혹은 벽에 그려져 있는 듯한 형체를 본다. 촛불 너머 어둠에 잠긴 수풀 그림 속에서 확실하게 구분되지 않는다. 그는 무언가, 말하고 싶었던 무언가를 중얼거리지만, 정적만이 흐른다. 희미한 갈색 형상, 어쩌면 그저 밤의 그림자일지도 모르는 그 형상은 움직이지 않는다. 포플러. 깃털을 단 남자. 헤엄치는 사람. 그리고 그는 그 젊은 공병에게 다시 말을 거는 행운이 찾아오지 않을 거라고 생각한다.

이 밤, 그는 그 형체가 자신을 향해 다가오는지 보기 위해 어떻게든 깨어 있다. 통증을 없애 줄 알약을 외면한 채 그는 깨어 있을 것이다. 촛불이 다 타서 꺼지고 촛불 연기 냄새가 그의 방과 복도 저 아래 그녀의 방으로 흘러들 때까지. 저 형체가 돌아서면 그 등에 물감이 묻어 있을 것이다. 슬픔에 잠겨 벽화 속 나무에 털썩 기댔던 그 자리에. 촛불이 꺼지면 그는 볼 수 있을 것이다.

그의 손이 천천히 뻗어 나가 자신의 책을 더듬고는 시커먼 가슴 위로 되돌아온다. 방 안에는 다른 어떤 것도 움직이지 않는다.

그녀를 생각하는 지금 그는 어디에 앉아 있는가? 이렇게 세월이 흐른 후에. 역사의 돌은 물 위를 건너뛰며 위로 튀어 오른다. 그녀와 그가 나이가 든 후에야 돌은 다시 수면에 닿아 가라앉는다.

그는 자신의 정원 어디에 앉아 있을까? 안으로 들어가 편지를 쓰거나 날을 잡아 전화국에 찾아가 서류를 작성해서 다른 나라에 있는 그녀에게 연락을 해 봐야겠다고 다시 한번 생각하면서. 이 정원, 이 네모진 마른 잔디밭이 그에게 피렌체 북쪽의 빌라 산 지롤라모에서 해나와 카라바조 그리고 영국인 환자와 함께 보냈던 몇 달을 떠올리게 한다. 그는 의사이고, 두 아이와 잘 웃는 아내가 있다. 이 도시에서 그는 언제나 바쁘다. 오후 여섯 시가 되면 그는 흰 진료 가운을 벗는다. 그 안에 검은색 바지와 반팔 셔츠를 입고 있다. 그는 병원 문을 닫는다. 그 안에는 모든 서류들이 선풍기 바람에 날려가지 않도록 각종 무거운 물건들로 눌려 있다. 여러 개의 돌멩이, 잉크병, 아들이 더 이상 가지고 놀지 않는 장난감 트럭. 그는 자전거에 올라 페달을 밟으며 6킬로미터 넘게 떨어진 집으로 돌아가는 길에 시장을 지난다. 그는 되도록 거리의 그늘진 곳으로 자전거를 몬다. 그는 인도의 태양이 자신을 지치게 한다는 것을 문득 깨닫는 나이에 이르렀다.

그는 운하 옆 버드나무 아래를 미끄러지듯 지나 작은 주택가에서 멈춘다. 바지 자락을 묶은 클립을 푼 후 자전거를 어깨에 메고 아내가 정성스레 가꾼 작은 정원으로 통하는 계단을 내려간다.

그리고 이 저녁의 무엇인가가 그 돌을 물에서 꺼내 허공을 가르며 이탈리아의 언덕 마을을 향해 되돌아가게 한다. 아마도 그가 오늘 치료한 소녀가 팔에 입은, 화학 약품으로 인한 화상 때문인지도 모른다. 아니면 누런 잡초가 무성하게 자라고 있는 돌계단 때문인지도. 자전거를 메고 계단을 반쯤 올랐을 때 기억이 났다. 하지만 일하러 가는 길이었으므로 기억의 방아쇠는 그가 병원에 도착해 일곱 시간 동안 쉴 새 없이 환자를 진료하고 사무를 보는 동안 미뤄졌었다. 또는 그 어린 소녀의 팔에 난 화상 때문인지도 모른다.

그는 정원에 앉는다. 그리고 해나를, 머리가 더 길어진 모습으로 그녀의 나라에 있는 해나를 본다. 그녀는 무얼하고 있을까? 그는 늘 그녀를, 그녀의 얼굴과 몸을 본다. 그러나 그녀의 직업이 무엇인지, 그녀가 처한 상황이 어떤지 그는 알지 못한다. 주변 사람들에 대한 그녀의 반응, 아이들에게 몸을 숙이는 모습, 그녀의 등 뒤에 있는 하얀 냉장고 문, 배경에 소리 없이 지나가는 전차까지도 볼 수 있지만. 그것은 어떻게인지는 모르지만 그가 부여받은 재능이다. 카메라의 필름처럼 그녀를 비추지만, 오로지 그녀만을, 아무 소리도 없이 비추는 제한된 재능. 그는 그녀가 어떤 사람들 속에서 움직이는지, 어떤 판단을 내리는지 알 수 없다. 그가 목격할 수 있는 것은 오직 그녀의 성격

과 그녀의 검은 머리카락이 길게 자라 그녀의 눈을 자꾸 가린
다는 것뿐.

그는 이제야 깨닫는다. 그녀는 언제나 진지한 얼굴을 하고
있으리라는 것을. 그녀는 젊은 여성에서 여왕의 각진 얼굴로,
특정한 어떤 사람이 되기를 바라서 자신의 얼굴을 갖게 된 사
람으로 바뀌었다. 그는 여전히 그녀의 그런 점을 좋아한다. 그
녀의 명석함, 그 외모나 아름다움은 물려받은 것이 아니라 스
스로 찾아낸 것이며, 그것은 언제나 그녀의 인물 됨의 현재 모
습을 반영할 것이라는 사실. 한 달이나 두 달에 한 번, 그는 그
녀를 이런 식으로 목격한다. 그녀가 보이는 이런 순간들이 마
치 그녀가 그에게 썼던 편지들의 연속선상에 있는 것처럼. 그
녀는 그에게 1년 동안 편지를 써서 보냈지만 답장을 한번도 받
지 못했다. 마침내 그녀는 더 이상 편지를 보내지 않았고 그
의 침묵에 돌아섰다. 그의 성격에 돌아선 것이라고 그는 생각
했다.

이제 그는 식사를 하면서 그녀와 이야기를 나누고 싶은 충
동, 그리고 천막 안에서 또는 영국인 환자의 방에서 가장 친밀
했던 그 당시로 돌아가고 싶은 충동에 사로잡힌다. 천막 속에
도, 영국인 환자의 방에도 격렬하게 소용돌이치는 강 같은 공
간이 그들 사이에 있었다. 그때를 떠올리면서 그는 그녀에게만
큼이나 그때의 자기 모습에 매혹된다. 소년스럽고 진심 어린,
사랑하게 된 소녀를 향해 유연한 팔을 뻗어 허공을 더듬던 모
습. 그의 젖은 군화가 끈으로 함께 묶인 채 이탈리아식 문가에

놓여 있고, 그의 팔이 그녀의 어깨를 향해 뻗어 닿는다. 그리고 침대 위에는 엎드린 인물 형상이 있다.

저녁 식사를 하는 동안 그는 딸아이가 수저와 씨름하는 것을 지켜본다. 작은 손으로 커다란 무기를 쥐려고 애쓰는 모습을. 이 식탁에 둘러앉은 그들의 손은 모두 갈색이다. 그들은 자신들의 관습과 습관대로 편안하게 움직인다. 그리고 그의 아내는 가족 모두에게 엉뚱한 익살을 가르쳤고, 아들이 고스란히 물려받았다. 그는 이 집에서 아들의 재치를 보는 것이 좋다. 자신이나 아내가 지닌 지식과 기지를 넘어선 아들에게 그는 늘 놀란다. 아들이 길거리에서 개를 다루는 방식, 개들의 표정이나 걸음을 흉내 내는 것. 그는 개가 지을 수 있는 다양한 표정에서 개들의 소망을 거의 짚어 내는 아들이 사랑스럽다.

그리고 해나는 자신의 선택이 아닐 수도 있는 사람들 속에서 움직인다. 그녀는 심지어 이 나이, 서른네 살이 되었어도 아직 자기만의 동반자, 그녀가 원하는 사람들을 찾지 못했다. 그녀는 명예롭고 똑똑한 여성이다. 격렬한 사랑 때문에 행운을 놓치고 늘 위험을 감수하는 여자. 이제 그녀의 이마에는 거울을 보면 그녀만 알아볼 수 있는 무엇인가가 있다. 이상적이고 이상주의적인 어떤 것이 그 윤기 있는 검은 머리카락에 있다! 사람들은 그녀와 사랑에 빠진다. 그녀는 아직도 영국인이 자신의 비망록에서 찾아 그녀에게 소리 내어 읽어 주던 시구들을 기억한다. 그녀는 내가 날개로 품어 안을 만큼, 내가 여생 동안 은신처를 내어 줄 만큼 잘 아는 여자가 아니다. 만약 작가들에게 날개가 있다면 말이지만.

그리고 그렇게 해나는 움직인다. 얼굴을 돌리고 회한 속에서 머리카락을 늘어뜨린다. 그녀의 어깨가 찬장 가장자리에 닿아 유리잔 하나가 굴러떨어진다. 키르팔의 왼손이 재빨리 아래로 내려가 떨어지는 포크가 바닥에 닿기 직전에 잡고는 딸아이의 손에 부드럽게 건네준다. 안경 너머 그의 눈가에 주름이 진다.

작가의 말

이 책에 등장하는 인물 중 일부는 역사적 인물에 기반하고 있으며, 길프 케비르와 그 주변 사막 등 여기에 묘사된 몇몇 지역은 실제로 존재하고 1930년대에 탐사되었다. 그러나 이 이야기는 허구이며, 여기에 나오는 일부 사건들과 탐사 내용과 마찬가지로 등장인물의 모습도 허구라는 점을 강조하여 밝힌다.

먼저 런던에 있는 왕립 지리학회에 감사의 말을 전한다. 왕립 지리학회는 내가 보관 기록물을 읽고 『지리학회 논문집』을 통해 저자들이 종종 아름답게 기록한 탐험가들의 세계와 그들의 여정에 대한 자료를 모을 수 있도록 허락해 주었다. 나는 하사네인 베이가 쓴 『쿠프라를 거쳐 다르푸르까지』(1924)에서 모래 폭풍을 묘사한 구절을 인용했으며, 다른 탐험가들에게서 1930년대의 사막을 떠올릴 수 있는 영감을 얻었다. 또한 하르트 A. 베르만 박사의 『리비아사막의 역사적 문제들』(1934)과 알마시가 자신의 사막 탐험에 대해 쓴 논문을 검토한 R. A. 배그놀드의 논평에서 유용한 정보를 얻었음을 밝혀둔다.

많은 책이 내 조사에 중요한 역할을 했다. 특히 A. B. 하틀리 소령이 쓴 『불발탄』은 폭탄의 구조를 재현하고 제2차 세계 대전 발발 당시 영국 폭탄 처리 부대를 묘사하는 데 큰 도움이 되었다. 이 책에서 직접 인용한 부분이 있으며('현장에서' 장에서 다른 서체로 표시된 부분), 키르팔 싱의 폭탄 해체법 일부는 하틀리가 기록한 실제 기술에 근거했다. 특정 바람의 특성에 대해 영국인 환자가 책에 묘사한 정보는 라이얼 왓슨이 쓴 경이로운 책 『하늘의 숨결』에서 가져왔으며, 직접 인용한 부분은 인용 부호 안에 표기하였다. 헤로도토스의 『역사』에 나오는 칸다울레스-기게스 이야기는 1890년 G. C. 매컬리의 번역본(맥밀런)에서 인용한 것이다. 헤로도토스를 인용한 다른 부분은 데이비드 그린의 번역(시카고대학 출판부)을 사용했다. 33쪽의 다른 서체로 된 구문들은 크리스토퍼 스마트에서, 182~183쪽 발췌된 구문들은 존 밀턴의 『실낙원』에서 따온 것이다. 366쪽에서 해나가 기억하는 구문은 앤 윌킨슨의 글이다. 또한 토스카나의 폴리치아노의 삶을 다룬 앨런 무어헤드의 『빌라 디아나』도 참조했음을 밝힌다. 다른 중요한 참고 문헌으로는 메리 매카시의 『피렌체의 돌』, 레너드 모슬리의 『고양이와 쥐』, G. W. L. 니콜슨의 『이탈리아의 캐나다인: 1943~1945』, 『캐나다의 간호사들』, 『마셜 캐번디시의 제2차 세계 대전 백과사전』, 예이츠-브라운의 『인도의 전사들』 그리고 인도의 군대에 관한 다른 세 권의 책으로 1942년 인도 뉴델리 공보처에서 발간한 『호랑이, 일격을 가하다』와 『호랑이, 적을 쓰러뜨리다』, 『명예의 전당』이 있다.

요크 대학교 글렌던 칼리지의 영문학과, 빌라 세르벨로니, 록펠러 재단, 메트로폴리탄 토론토 참고 문헌 도서관에도 감사의 말씀을 전한다.

아낌없는 도움을 주신 다음 분들께 감사드린다. 전쟁 중 이집트에서 쓴 편지를 읽어 보게 해 준 엘리자베스 데니스, 빌라산 지롤라모의 마르가레트 수녀님, 오타와에 있는 국립 캐나다 도서관의 마이클 윌리엄슨, 앤 자딘, 로드니 데니스, 린다 스폴딩, 엘렌 레빈. 그리고 랠리 마르와, 더글러스 르팽, 데이비드 영과 도냐 페로프에게도 감사드린다.

마지막으로 엘렌 셀리그먼과 리즈 칼더, 소니 메타에게 특별한 감사를 전한다.

이전에 출간된 자료의 재인쇄를 허가해 주신 다음 기관에 감사드린다.

페이머스 뮤직 코퍼레이션(Famous Music Corporation): 새미 페인, 어빙 카할, 피에르 노먼의 「설탕을 차에 타서 마실 때」에서 발췌한 곡. 1931년 페이머스 뮤직 코퍼레이션의 저작권. 1958년 페이머스 뮤직 코퍼레이션에 저작권 갱신. 허가를 받아 재인쇄됨.

앨프리드 크노프(Alfred A. Knopf, Inc): 월리스 스티븐스의 『월리스 스티븐스 전집』 중 「월도프에 도착하다」에서 발췌. 1954년 월리스 스티븐스의 저작권. 허가를 받아 재인쇄됨.

맥밀런 출판사: A. B. 하틀리 소령의 『불발탄: 폭탄 처리의 역사』에서 발췌. 저작권 © 1958년 하틀리 소령. 저작권 갱신. 1958년 런던의 카셀 출판사와 1959년 뉴욕의 W. W. 노턴 출판사에서 출간. 맥밀런 출판사의 허가를 받아 재인쇄됨.

에드워드 B. 마크스 뮤직 컴퍼니: 로렌즈 하트와 리처드 로저스의 「맨해튼」에서 발췌. 저작권 1925년 에드워드 B. 마크스 뮤직 컴퍼니. 저작권 갱신됨. 허가를 받아 사용됨. 모든 권리 보유.

펭귄 USA: A. A. 밀른의 『우리가 아주 어렸을 때』의 「버킹엄 궁전」에서 발췌. 저작권 1924년 E. P. 더튼. 1952년 A. A. 밀른에 의해 저작권 갱신됨. 펭귄 USA Inc.의 더턴 칠드런스 북스(Dutton Children's Books)의 허가를 받아 재인쇄됨.

왕립 지리학회: 『지리학 저널』 제70권에 실린 이집트 사막 조사단장 존 볼의 논문에서 발췌(1927). 21~38쪽과 105~129쪽. 194-년 11월 런던 왕립 지리학회 회의록에서 발췌. 영국 왕립 지리학회 저작권. 허가를 받아 재인쇄됨.

워너/채펠 뮤직, Inc.: 버넌 듀크와 아이라 거슈윈의 「시작할 수 없어」에서 발췌. 저작권 1935년 채펠 앤드 컴퍼니(복사본 재사용). 모든 권리 보유. 허가를 받아 사용됨.

윌리엄슨 뮤직 새미 페인과 어빙 카할의 「111 너를 만나」에서 발췌. 저작권 1938년 윌리엄슨 뮤직 주식회사. 저작권 갱신.
국제 저작권 확보. 모든 권리 보유.

주

20 **로지아** 한쪽 벽이 없는 트인 방 또는 홀.

72 **스칼렛 핌퍼넬** Scarlet Pimpernel. 1905년에 출간된 에무스카 오르치(Emmuska Orczy)의 첫 번째 역사 소설.

75 **허영의 화형식** 1497년 2월 7일 피렌체에서 일어난 역사적 사건.

88 **실로암 Siloam.** 예루살렘에 있는 바위 웅덩이.

94 **트롱프 뢰유** trompe l'oeil, 실물 같아 보이게 만든 그림

98 **바티칸의 라파엘로 방들** 바티칸에 위치한 방들로, 르네상스 시대의 예술가 라파엘로와 그의 작업실에 그린 프레스코화로 유명하다. 가장 유명한 방은 '서명실(Stanza della Segnatura)'로, 라파엘로의 대표작들인 「아테네 학당」, 「파르나소스」, 「성체의 논의」, 「삼덕상」 등의 프레스코화가 있다.

102 **브로케이드** 금이나 은색 명주실로 두껍게 짠 직물.

116 **소설은 길을 비추는 거울** 19세기 프랑스 작가 스탕달의 소설 『적과 흑』에 나오는 구문 "A novel is a mirror carried along a high road"에 대한 인유.

118 **『킴』** 러디어드 키플링의 소설.
『파르마의 수도원』 스탕달의 소설.

138   **로렌즈 하트** Lorenz Hart(1895~1943). 미국의 전설적인 작사가이자 브로드웨이 뮤지컬계의 거장 중 한 명.

148   **나는 때로는~때로는 불**. 셰익스피어의 『한여름밤의 꿈』 3막 1장에 나오는 퍽의 대사.

156   **빌어먹을 놈들** 잉키 딩키 팔레 부(inky-dinky parlez-vous)는 군가(軍歌) 「아르망티에르의 아가씨(Mademoiselle from Armentières)」의 후렴구에서 따온 표현.

161   **카라** kara. 신과의 합일을 상징하는 시크교도의 금속 팔찌.

175   **캄비세스** Cambyses. 525년 이집트를 정복한 페르시아 황제.

176   **와디** wadi. 마른 계곡. 중동·북아프리카 지역에서 우기 때 외에는 물이 없는 계곡·수로.

181   **모스** Moth. 1920~1930년대에 영국의 드 하빌랜드(de Havilland)사가 만든 소형 비행기. 작고 가벼우며 민첩한 특성이 있어 '나방(Moth)'에서 이름이 유래하였으며, 보통 탐험, 지도 제작, 우편 운송 등에 쓰였음.

183   **밤의 깊은 어둠 속에~위대한 창조주를 노래하는** 영국 시인 존 밀턴(John Milton)이 1667년 발표한 서사시 『실낙원(Paradise Lost)』 제4권의 일부.

196   **피사계 심도** 사진에서 초점이 맞는 영역의 깊이. 피사계 심도가 좁을수록 초점이 맞는 영역이 좁아지고, 피사계 심도가 넓을수록 초점이 맞는 영역이 넓어진다. 피사계 심도를 좁게 설정하면 배경이나 전경이 흐릿하게 표현된다.

232   **로나 둔** 리처드 도드리지 블랙모어의 1869년 소설로 데번의 엑스무어 지방을 배경으로 한 역사 로맨스이다.

254   **보요** 웨일즈어로 친근하게 친구를 부르는 말.

265   **콜릿** 드릴이나 엔드 밀을 끼워 넣고 고정하는 공구.

294   **메사** mesa. 꼭대기는 평평하고 등성이는 가파른 절벽으로 된 지형.

295 **격정적인 시는~허위** 월러스 스티븐스(Wallace Stevens)가 1940년에 발표한 시 「월도프에 도착(Arrival at the Waldorf)」의 한 구절.

300 **당신 얼굴이 보이겠지요** 새미 페인(Sammy Fain)과 어빙 카알(Irving Kahal)이 1938년에 발표한 노래 「당신을 만날 거예요」 "I'll Be Seeing you"의 한 소절.

302 **나, 할리카르나소스의 ~ 하기 위함이다** 헤로도토스의 『역사』의 첫머리.

303 **베스큘러 시주드** Vascular Sizood 해부학적으로 흉골상절흔(Suprasternalnotch)을 지칭할 때 온다치가 사용한 표현.

327 **사람은 메마른~같으리라** 「이사야서」 32:2

337 **영 스트리트** Yonge Street. 캐나다 토론토의 중심을 남북으로 가로지는 거리.

344 **라기** 시크교 의식에서 성가를 부르는 사람.
     그란트 사히브 Granth Sahib. 시크교의 중심 경전.

348 **젤리그나이트** 초기형 가소성 폭약. 콜로디온면을 니트로글리세린에 용해시켜 펄프와 초석과 혼합한 것.

359 **푸카** Pukkah 힌디어로 '훌륭한', '진짜의'라는 뜻.

365 **쿠르타** 긴 셔츠 형태의 인도의 전통 의상.

368 **땅이 술 취한~흔들린다** 「이사야서」 24장 20절에 나오는 글.

371 **마망** maman. 프랑스어로 '엄마'라는 뜻.

373 **나의 이 말이~아니하리라** 「이사야서」 59장 21절.

374 **보라, 주께서 너를~던지시리라** 「이사야서」 22장 17~18절.
     하늘은 연기처럼 ~삭아지는 양털이다. 「이사야서」 51장 6절, 8절.

375 **그가 반드시 ~던져 버리리라** 「이사야서」 22장 18절.

전쟁의 막다른 곳에서 시작된 '아주 조심스러운 치유'에 관한 이야기

김영주(서강대학교 영어영문학과 교수)

1

1992년 출간된 『잉글리시 페이션트』는 제2차 세계 대전이 막바지로 치닫던 1945년 봄과 여름, 폐허에 가까운 이탈리아의 옛 수녀원에 머물렀던 네 명의 인물을 중심으로 국가와 전쟁, 사랑과 배신, 제국주의와 민족주의가 얽히는 현대사를 기술한 마이클 온다치(Michael Ondaatje)의 소설이다. 『잉글리시 페이션트』는 한정된 공간에서 계절이 한 번 바뀌는 짧은 시간의 흐름을 담고 있는 만큼 '지금 여기'라는 위태롭고 아름다운 실존의 순간에 집중한다. 네 명의 인물, 전신 화상을 입은 채 혼미한 기억의 자락을 붙들고 있는 영국인 환자, 후송을 거부하고 자신의 마지막 환자를 돌보는 간호사 해나, 게슈타포에게 엄지손가락을 모두 잘리는 고문을 겪은 카라바조, 폭탄 해체를 전담한 영국군 공병인 인도인 킵은 아프리카, 유럽, 북미와 아시아를 휩쓴 전쟁이라는 거대한 역사에 휘말려 그 끝자락에 내동댕이쳐진 채 이탈리아 토스카나의 산악 지대에서 위태로운 일상을 함께한다.

소설의 시공간은 1945년 봄과 여름, 토스카나 지방의 버려진 한 수도원에 머무르지 않고 끊임없이 흩어지고 번지며 그 경계를 허문다. 영국인 환자의 몽환 속에 두서없이 떠오르는 북아프리카의 사막 풍경이 이탈리아 북부 산악 지대에 스며드는가 하면, 건조한 모래바람이 부는 사막은 6천 년 전 호수의 기억을 품고 있고, 동굴 속 고대 벽화에는 헤엄치는 사람들이 그려져 있다. 사라진 오아시스는 전설로 남고, 1,300킬로미터 가까이 펼쳐진 아프리카의 모래 바다는 유럽 전체의 전장이 되어 독일산, 영국산, 프랑스산 무기들, 최신 중거리 폭격기와 복엽 전투기의 잔해가 나뒹군다. 네 명의 인물이 환상인 듯, 기억인 듯, 회구인 듯 풀어놓는 기억과 삶의 편린들을 통해 1945년 4월 피렌체 북부 언덕에 고립된 빌라 산 지롤라모에는 1930년대 리비아의 사막 지대, 전설 속의 오아시스, 태곳적 바다였던 사막의 기억을 품은 동굴, 이집트 카이로의 혼잡한 수크 거리, 영국 런던과 솔즈베리 평원, 연합군의 고딕 전선 진로에 있는 이탈리아의 여러 중세 도시들, 프레스코 벽화들과 마리아와 천사들의 성상들을 품은 크고 작은 성당, 캐나다의 호수, 인도 펀자브의 황금 사원, 그리고 원자 폭탄이 투하된 히로시마까지 이질적이고 파편적인 시간과 공간이 스며들고 휘몰아친다. 마치 폭격으로 허물어진 빌라의 벽과 지붕 사이로 빛과 어둠이 스미고, 천둥 번개와 비바람이 들이치는 것처럼. 때론 무심하게, 때론 다정하게, 때론 위태롭게 서로 다른 시간과 공간이 맞부딪쳐 파열을 일으키는 가운데 이들의 삶은 서로에게 번지고 스며들고 얽히고 엇갈린다.

따라서 소설 전체를 관통하는 서사적 리듬은 지극히 불연속적이다. 한편으로는 예외 상태로 구성된 초현실적인 시간과 공간, 순간에 몰입한 살아 있는 몸의 생생한 감각, 다른 한편으로는 불연속적으로 삽입되고 이어지는 기억 속 시간과 공간으로 구성된 여러 역사적 층위들이 혼재한다. 이런 독특한 서사 구조를 통해 온다치는 팍스 브리타니카의 황혼기부터 원자 폭탄 투하와 냉전 시대의 시작으로 이어지는 현대사를 예리하게 해부하는 동시에 현대사의 파열 지대, 전쟁의 회오리가 쓸고 간 잔해 속에서 숨 쉬고 보듬으며 절망과 희망 사이에 실존하는 인물들의 슬프고 아름답고 격정적이고 애처로운 삶의 순간들을 포착한다.

2

『잉글리시 페이션트』의 첫 장은 빗방울이 후드득 떨어지기 시작하는 어느 봄날 오후, 바깥의 정원 풍경이 그대로 벽화로 이어지는 듯한 침실에서 온몸이 암자주색으로 그을리고 뼈마저 드러나 보이는 남자의 몸을 씻겨 주는 해나의 모습으로 시작된다. 남자의 야윈 몸에 물기를 입히고 소염제를 뿌리고 이로 자두 껍질을 벗기고 씨를 빼낸 후 과육을 입에 넣어 주면서 해나는 묻는다. "당신은 누구죠?" 자신이 누군지, 어디에서 왔는지도 잊은 남자는 활활 타오르는 비행기의 추락, 사막의 어둠, 자신을 들것에 실어 옮기던 베두인들의 발소리와 그를 치료했던 약방사의 수많은 유리병에서 풍기는 약초 내음과 향유만을 떠올릴 뿐, 자신이 누구인지 모른다고 대답한다. 알지 못하는 남자에게 닿는 이토록 다정한 여자의 손길, 조심스럽고 섬세한 손끝에 느껴지는 남자의 살결과 환부, 그 몸의 무력함과 새콤한 자두 과육을 머금었을 때 입안에 퍼지는 생생한 감각의 대조를 감각적으로 그리는 소설 도입부는 독자에게 사실주의적 현실, 사회적 구조망을 벗어난 실존의 감각을 일깨우며, 소설 서사에 신비로움과 시적 감수성을 부여한다. 동시에 "당신은 누구죠?"라는 여자의 질문은 소설의 제목에 이어 '영국인 환자'는 과연 누구일까라는 질문에 대한 집요한 추적이 이후 이어지는 플롯의 주요 궤적이 될 것임을 시사한다.

첫 장의 제목 '빌라'에 나오는 빌라 산 지롤라모는 전쟁 전엔 수녀원이었고 독일군이 점령했던 마지막 성채로 한 달 넘게 연합군의 집중 포격을 받아 벽과 지붕, 예배당과 계단 곳곳이 무너지고 일부 봉쇄되었다. 연합군에 탈취된 후 한동안 야전 병원으로 쓰였지만, 퇴각하는 독일군이 곳곳에 매설해 놓은 지뢰와 폭탄이 여전히 널려 있는 지뢰밭이기도 하다. 소설 도입부에서 그려진 정적인 분위기와 감각적인 몸짓들에 1945년 4월

이탈리아 북부 전선의 긴박한 전시 상황이라는 역사적 맥락이 입혀지면서 소설의 시적 서정성은 더욱 예리해지고 밀도가 높아진다. 후송이 어려울 만큼 심각한 전신 화상을 입은 환자만큼이나 그를 돌보는 간호사 해나 역시 전쟁이 남긴 트라우마를 품고 있다. 스무 살의 젊은 간호사 해나는 이탈리아 전선을 따라 이동하는 임시 야전 병원에서 매 순간 죽어 가며 고통스러워하는 병사들을 지켜보고 달래면서 서서히 삶으로부터 물러났다.

어떤 남자들은 그녀의 품에서 삶의 마지막 매듭을 풀었다. 앙기아리 마을에서 그녀는 살아 있는 남자들을 들어 올렸다가 이미 벌레에 파먹히고 있는 것을 발견한 적이 있다. 오르토나에서는 팔이 없는 소년의 입에 담배를 물려 주기도 했다. 그녀는 무슨 일이 있어도 그만두지 않았다. 그녀는 내면의 자신을 조용히 뒤로 물러서게 하고 자신의 임무를 계속 수행했다. 수많은 간호사가 상아 단추가 달린 노란색과 진홍색 제복을 입고 정서적으로 불안한 전쟁의 시녀가 되었다. (224~225쪽)

연인의 전사 통지를 받고 스스로 낙태를 행했던 해나는 곧이어 아버지의 전사 통지를 받은 후 스스로와는 물론 바깥 세계와도 단절을 택한다. 캐나다 보병 사단이 전선을 따라 이동하며 야전 병원도 더 안전하다고 여겨지는 남부로 떠날 때, 모두의 만류에도 불구하고 해나는 자신이 맡았던 영국인 환자와 함께 고립된 빌라에 남기로 한다. 연합군이 모두 떠난 지역, 독일군이 매립해 놓은 폭탄과 지뢰가 정원 채소밭을 걷는 발걸음, 도서관 서가에서 책을 빼어 드는 손짓 하나에도 터질 수 있는 곳에서 모르핀에 의존하며 곧 죽음을 맞이할, 누군지 모를 화상 환자를 돌보기 위해 남은 해나는 마치 세상의 끝, 삶의 끝에 스스로 선 듯하다. 이제 그녀를 지탱하는 것은 시커멓게 불타버린 유령, "이름도 없고 얼굴도 거의 없는 이 남자"에 대한 다정함뿐이다.

모두가 떠나고 이 두 인물만 남은 빌라 산 지롤라모는 전쟁이 남긴 폐허인 동시에 전쟁의 규율에서 벗어난 예외적 공간이다. 전시 중 절대적으로 유의미해지는 개인 정체성의 지표들 — 얼굴, 이름, 국적, 군번 — 을 잃은 남자를 돌보고자 해나는 전시 의료 체계가 요구하는 이동과 효율의 명령 체계에서 이탈한다. "그리고 이제, 이 대륙에서, 전쟁이 다른 곳으로 옮겨 간 지금, 한동안 병원으로 바뀌었던 수녀원과 성당들은 투스카니와 움브리아의 언덕에 고립된 채 고즈넉하다. 여기엔 전쟁 사회의 잔재들이 남겨져 있다. 거대한 빙하가 남긴 작은 퇴석들. 이제 그 주변을 둘러싼 건 모두 신성한 숲이다"(117쪽). "전쟁에서 벗어나는 방법으로" 스스로에게 전쟁이 끝났음을 선언한 해나의 결정으로 두 사람은 전쟁이 남긴 폐허에 잠정적으로, 위태롭게 예외 상태에 존재하는 것이다.

빌라 산 지롤라모에 곧 두 인물이 당도한다. 전직 첩보원으로 게슈타포에게 양 엄지손가락을 절단당하는 고문을 겪은 카라바조는 병원에서 해나의 풍문을 전해 듣고 친구의 딸이었던 해나를 찾아온다. 뛰어난 도둑이었던 그는 손 기술과 위장술로 전쟁 중 첩보원으로 활약했지만, 엄지손가락을 잃은 그는 더 이상 도둑일 수도, 첩보원일 수도 없다. 이제 그는 빌라에서 해나가 영국인 환자를 위해 남겨 둔 모르핀 앰풀을 훔치고, 종종 과도 투약으로 몸을 떨며 제대로 걷지도 못하거나 주변을 알아보지도 못한다. 카라바조에 이어 빌라에 머무는 마지막 인물은 영국의 식민지 인도 펀자브에서 태어나 서구의 문명을 동경하며 영국군 최정예 공병이 된 시크교도 키르팔 싱, 일명 킵이다. 스물한 살에 영국에 도착한 순간부터 보이지 않는 존재 취급을 받던 그는 지원자 중 유일한 인도인이었던 자신에게서 기계 공학과 수학에 대한 재능을 알아보고 폭탄의 구조와 해체 논리를 가르쳐 준 괴짜 영국인 서픽 경을 진정한 영국 신사로 여겨 진심으로 존경하며 따른다. 그러나 1941년 5월 서픽 경이 폭탄을 해체하다 폭발로 죽음을 맞은 후, 서픽 경의 불발탄 처리 부대는 해산에 이른다. 킵이 서픽 경의 죽음을 부른 새로운 종류의 폭탄, 이중 뇌관으로 지연 작동하는 폭탄을 해체하는 데 성공하면서 서픽 경의 진정한 후계자임이 공인되지만, 그는 "스승의 그림자를 배낭에 담고" 영국을 떠나 이탈리아 전선에 오른다. "전쟁의 남은 기간 동안 거기 숨"어 킵은 "다리를 짓고 파편을 치우며 무장 탱크들이 올 수 있는 도로를 닦는 임무"를 맡았고 독일군이 떠난 도시에 들어가 "악몽처럼 기괴"한 시한폭탄

장치나 용수철 장치들을 해체하는 임무를 수행했다. 서퍽 경의 부대에 있던 시크교도를 기억하는 이가 거의 없는 이탈리아 전선에서 그는 상실로부터 탈출하고자 하지만, 동시에 거대한 전쟁 기계의 일부가 된다.

서로 다른 곳에서 다른 방식으로 겪은 전쟁의 상흔을 안은 세 인물은 영국인 환자라고 불리는 누군지 모를 인물, 파편적인 기억과 거의 감각조차 없는 몸으로 남은 인물을 구심점으로 빌라 산 지롤라모에서 일상을 나눈다. 전쟁에서 물러나려는 해나의 결정으로 빌라는 일시적인 예외 상태, 전쟁이라는 현실에서 한 발짝 물러난 초현실적인 예외 상태를 이루지만, 동시에 이 고립된 공간에는 서로 다른, 그러나 동시에 얽혀 있는 역사의 층위들, 지금 이곳을 필연적으로 만들어 낸 시간과 공간들이 혼재한다.

킵이 빌라에 도착하는 장면은 이러한 모순적인 '지금 이곳'을 생생하게 그려 낸다. 밤새 폭풍우가 치던 어느 캄캄한 밤, 참을 수 없는 폐소 공포증을 느낀 해나는 봉해 놓은 널빤지를 치운 뒤 도서관의 프랑스식 유리문을 열고 피아노 앞에 서서 어릴 적 기억을 떠올리며 연주하기 시작한다. 번쩍하는 불빛이 골짜기를 타고 방 안을 비추었을 때, 물기에 젖어 반짝이는 총을 건반에 내려놓은 채 서 있는 두 남자를 본다. 아랑곳하지 않고 이어 가는 해나의 피아노 연주가 강렬한 빛과 어둠의 명멸 속, 가늠할 수 없는 찰나의 시공간을 가득 채운다.

피아노를 사이에 둔 두 남자와 한 여자, 거의 끝나 가는 전쟁, 번개가 모든 것을 색과 그림자로 채우며 방 안으로 미끄러져 들어올 때마다 물기에 젖은 채 번쩍이는 총, 30초마다 계곡 전체에 울리는 천둥과 번개의 교창, 화음의 눌림, (…) 그들은 미동도 없었다. 그녀는 화음에서 벗어나 섬세한 연주로 손가락을 풀어 놓으며 억누르고 있던 재즈의 음률 속으로 빠져들었다. 익숙한 멜로디에서 벗어나 자유롭고 즉흥적인 음률 속으로.

(…)

그들의 옷이 젖고 있었다. 번개가 방에 있는 그들 사이로 들이칠 때마다 그들은 그녀를 바라보았다. 천둥과 번개에 맞서고 맞추며 받아치면서 연주하는 그녀의 두 손을. 그녀의 연주가 섬광 사이로 흐르는 어둠을 가득 채웠다.(83~84쪽)

이들의 마주침은 안과 밖의 구분이 없고, 빛과 어둠이 교차하는 초현실적인 시공간에서 일어난 듯하다. 그러나 폭풍우가 치던 밤, 킵이 사이프러스가 길게 늘어선 오솔길을 지나 빌라를 찾아온 것은 피아노 연주자에게 있을 위험 때문이었다. 퇴각하는 군대가 가끔 연필처럼 생긴 폭탄을 악기 속에 남겨 놓기도 한다는 것을 알고 있기 때문이다. 폭탄은 괘종시계나 피아노, 책등에 부착되어 있기도 했고 과일나무에 박혀 있기도 했다. 누군가 피아노 뚜껑을 열거나 시계추를 흔드는 순간, 사과나무 가지를 잡기만 해도 폭탄이 터질 수 있기에 그는 방이

건 들판이건 그곳에 무기가 숨겨져 있을 가능성에 대해 늘 생각한다.

터번을 쓴 영국 공병 시크교도와 젊은 캐나다인 간호사 해나의 만남은 이렇듯 삶으로부터 물러나려는 해나의 충동과, 죽음의 문턱에 있을지도 모를 누군가를 구하려는 킵의 의지가 만나는 지점이다. 스물을 갓 넘긴 두 젊은이는 죽음에의 충동과 평온한 휴식에 대한 갈망이 뒤섞인 감정들로 서로에게 손을 건네고 몸을 맞댄다. 빌라 안 도서관에 숨겨져 있는 폭탄이나 빌라를 둘러싼 언덕과 들판에 묻혀 있는 지뢰들을 탐지하고 해체하던 킵은 어느 순간 빌라 북쪽 벌판에서 지뢰 속에 숨겨진 이중 속임수를 파악하지 못하고 전류가 통하는 전선들을 양손에 들고 내려놓지도 못한 채 이러지도 저러지도 못하는 상태에 빠진다. 이때 해나가 킵이 기폭 장치를 살피고 전선을 끊을 수 있도록, 전선들을 받아 들고 그의 곁에 선다. 킵은 머릿속으로 폭탄 기폭 장치의 경로를 따라 외롭고 처절한 여행을 한다. "그것의 엑스레이를 그려 보면서" 그는 그녀가 왼손 주먹으로 쥐고 있는 전선을 자른다. 폭탄이 죽은 것을 깨닫는 순간 그는 "인간적인 무언가에 절실히 닿고 싶어서" 경련을 일으키는 손을 해나의 어깨에 얹는다. 해나는 그에게 말한다.

죽고 싶었어요. 그리고 죽게 되면 당신과 함께 죽는 거라고 생각했어요. 당신 같은 사람, 나처럼 젊은, 난 작년에 내 곁에서 죽어 가는 사람들을 많이 봤어요. 무섭지는 않았어요. 조금 전에 나는 분명 용감하진 않았어요. 이런 생각이 들었어요. 우리에겐 이 빌라와 잔디가 있잖아요. 그 위에 우리가 함께 누워 봤어야 해요. 우리가 죽기 전에 당신이 내 품에 안긴 채로. 난 당신 목에 있는 그 뼈, 쇄골을 만지고 싶었어요. 피부 밑에 있는 작고 단단한 날개 같아요. 내 손가락을 그 위에 얹고 싶었어요. 난 언제나 강과 바위 색깔이나 데이지의 갈색 꽃술 같은 살결을 좋아했어요. 그 꽃을 아세요? 본 적 있나요? 나는 너무 피곤해요, 킵. 나는 자고 싶어요. 이 나무 아래서, 다른 사람들 생각을 하지 않고 눈을 감고서 당신의 쇄골에 눈을 댄 채 자고 싶어요. 나무의 굽이진 곳을 찾아 그 안으로 들어가서 잠들고 싶어요. 얼마나 조심스러운 마음인가요! 어떤 전선을 찾아 끊어야 할지 안다는 건요. 어떻게 아는 거죠? 자꾸 모른다고, 모르겠다고 말했지만 당신은 알고 있었어요. 그렇죠? 떨지 말아요. 당신은 나를 위해 고요한 침대가 되어 주어야 해요. 내가 동그랗게 몸을 말 수 있게 해 줘요. 내가 안길 수 있는 자상한 할아버지인 것처럼.(132~133쪽)

이 장면은 이들이 느끼는 압도적인 두려움과 절망 그리고 서로에게서 찾고 싶은 위로의 간절함을 드러낸다. 해나와 킵이 서로에게서 두려움의 순간을 함께 버티는 존재를 찾고 살아 있는 몸의 따스함을 나누는 것처럼, 빌라에 머무는 상처 입은 인물들은 서로를 치유한다. 피사의 병원에서 해나를 처음 만난 영국인 환자는 다른 사람들에게서 동떨어져 있는 "젊은 간호사"를 인식하고 "무감각한 눈빛"을 지닌 그녀가 "간호사라기보다 오히려 환자에 가깝다"는 것을 알았다. 영국인 환자가 해나에게 여러 책을 읽게 하고, 북아프리카의 사막과 오아시스에 대해 이야기하고, 그가 지니고 있는 유일한 물건, 역사서이자 자신의 비망록인 헤로도토스의 『역사』를 건네준 것도 그녀에게서 삶으로부터 물러나려는 의지, 죽음에 대한 충동을 감지했기 때문이다. 카라바조의 손에 약을 바르고 붕대를 감아 주며 해나는 고문받은 기억으로 괴로워하는 그의 이야기를 들어주는 한편, 자신이 아기를 지웠고 아버지를 잃었고 죽어 가는 군인들의 고통과 분노를 고스란히 받아 내야 했던 참혹한 경험을 그에게 들려준다.

난 이제 죽음을 알아요, 데이비드. 어떤 냄새가 나는지도 알고, 어떻게 하면 고통에서 벗어나게 하는지도 알아요. 언제 주요 정맥에 모르핀을 재빨리 넣어 줘야 하는지. 식염수. 죽기 전에 창자를 비우는 것. 빌어먹을 장군들이 내가 하는 일을 직접 해 봐야 해요. 빌어먹을 장군들 모두가. 강을 건너는 임무를 맡기 전에 반드시 해 봐야 되는 일이에요. 대체 우리가 뭐기에 이런 책임을 떠맡아야 하는 거죠? 우리에게 늙은 사제처럼 현명하기를 바라고, 아무도 원하지 않는 쪽으로 사람들을 유도한 뒤 어떻게든 편안하게 느끼게 해 줄지를 알기 바라다니요. 난 저들이 죽은 자들을 위해 치르는 모든 의식들을 믿을 수 없어요. 그들의 저속한 수사. 어떻게 감히! 죽어 가는 사람에 대해 감히 그렇게 말할 수 있다니요.(106~107쪽)

그리고 해나는『모히칸족의 최후』맨 뒷장 여백에 이렇게 적어 넣는다. "카라바조라는 사람이 있다. 아버지의 친구. 나는 언제나 그를 사랑했다. 나보다 나이가 많은 그는 마흔다섯 살쯤 된 것 같다. 그는 아무 확신도 없이 암흑의 시간 속에 있다. 어떤 이유에서인지 나는 아버지의 친구인 이 사람에게 보살핌을 받는다."(80쪽)

온다치는 한 인터뷰에서『잉글리시 페이션트』는 "아주 조심스러운 치유"에 관한 소설이라고 진술한 바 있다. 성별과 국적, 나이, 인종, 종교가 다른 네 인물, 각자 상흔을 품은 각양각색의 네 인물에게 폭격으로 거의 허물어진 수녀원은 더 이상 물러날 곳도, 향할 곳도 없이 실존하는 공간, 전쟁의 막다른 곳이자 동시에 치유가 시작되는 곳이다.

3

온다치의 "아주 조심스러운 치유"라는 진술이 시사하듯이, 임시이자 마지막 낙원은 늘 위태롭다. 카라바조는 화상 환자가 정말 영국인인지 의심하며 영국인 환자의 정체가 반역자인지 협력자인지를 집요하게 추궁한다.

"내가 이야기 하나 해 주지." 카라바조가 해나에게 말한다. "알마시라는 헝가리인이 있었어. 전쟁 중에 독일군 편에서 일했지. 그는 독일의 아프리카 군단과 함께 비행기를 몰기도 했지만 그보다 훨씬 더 중요한 인물이었어. 1930년대에 대사막 탐험대의 일원이었지. 그는 모든 물웅덩이를 알고 있었고 모래 바다의 지도 제작을 도왔어. 그는 사막에 대해 모르는 것이 없었다지. 사막의 방언에 대해서도 모두 알고. 들어 본 소리 같지 않나? 두 전쟁 사이에 그는 줄곧 카이로에서 출발하는 탐험대에 끼었지. 그중 하나가 잃어버린 오아시스인 제르주라를 찾는 것이었어. 전쟁이 터지자 그는 독일군에 합류했지. 1941년에는 첩자들의 길잡이가 되어 사막을 가로질러 카이로까지 그들을 데려다주기도 했어. 내가 네게 하고 싶은 말은, 저 영국인 환자가 영국인이 아닌 것 같다는 거야." (203쪽)

영국인 환자가 실제로는 독일군 첩자, 로멜의 특명을 받고 트리폴리에서 사막을 건너 카이로까지 에플러를 안내한 라디슬라우스 드 알마시 백작일지도 모른다는 카라바조에게 해나는 단호하게 "그가 누구인지는 중요하지 않아요. 전쟁은 끝났어요"라고 대답한다. 하지만 카라바조에게 '영국인' 환자의 정체를 밝히는 일은 그가 카이로에 근거지를 두었던 첩보원 시절에 추적하다 단서를 놓친 첩보 작업의 연속이다. 영국인 환자의 정체에 의심을 품고 그의 위장 신분을 폭로하기 위해 모르핀을 주입하며 고백을 이끌어 내려는 카라바조의 행동은 옛 친구의 딸인 해나에 대한 애정과 염려에 기인한 것일 수도 있지만, 또한 어느 편인지가 가장 중요한 질문이 되는 전쟁의 논리에 그가 여전히 사로잡혀 있기 때문이기도 하다.

카라바조가 만든 모르핀과 알코올을 섞은 브롬턴 칵테일을 마신 영국인 환자는 약과 술에 취해 기억을 조각조각 소환하여 들려준다. 그가 들려주는 이야기는 영국 정보국이 수집한 정보의 이면, 누락된 이야기들이다. 영국인, 미국인, 헝가리인이 섞인 국제 탐사대가 10여 년에 걸친 리비아 사막 지대 탐사를 마치고 광활한 모래 바다의 지도 제작을 마칠 무렵, 온갖 전투와 조약으로 조각난 유럽 국가들의 전쟁 때문에 탐사대는 제각기 흩어진다. "광활하고 고요한 고립 지역은 전쟁의 무대 중 하나"가 되고 그들이 제작한 사막의 지도는 전쟁터의 청사진이 된다. 사막에 매료된 알마시는 가문의 이름과 국적에서 벗어나기를 바라지만, 영국 정보국의 일원이었던 클리프턴의 아내 캐서린과 사랑에 빠지면서 국가 간 경쟁과 전쟁 작전 수행에서 은밀하게 주시 대상이 된다. 가장 신뢰하는 친구가 영국인이고, 영국에서 교육받고 영국 여자를 사랑한 헝가리인 알마시가 영국 정보국의 요주의 인물이 된 것은 "가문의 이름을 지워! 국가를 지워!"라는 그의 외침에도 불구하고 그가 특정 국적을 지니지 않았기 때문, 즉 영국인이 아니기 때문이다. 사막의 무정형성과 자유로움에 매료되었지만 바로 그 사막에서조차 그는 이 국적인 이름과 국적에서 자유로워지지 못한다. 질투와 분노에 찬 클리프턴이 캐서린을 태운 채 비행기를 몰고 사막 한가운데서 기다리고 있던 알마시를 향해 자폭하듯 추락한 후, 알마시는 중상을 입은 캐서린을 헤엄치는 사람들이 그려진 벽화가 있는 동굴에 옮기고 영국군에게 도움을 요청하지만, 그가 자신의 이름, 영국인스럽지 않기에 '잘못된' 이름을 댈 때 도움은커녕 감금되기에 이른다.

알마시가 독일군 첩보원들의 안내자로 사막을 횡단한 것은 국가와 민족, 국제 협약이라는 사회적 규범 때문이 아니라, 연료와 약을 구해 사랑하는 여자에게로 돌아가겠다는 약속을 지키기 위함이다. 뒤늦게 동굴에 도착한 그는 이미 죽은 캐서린의 사체를 떠안고 사막에 묻어 놓은 낡은 비행기에 오르지만, 비행기는 화염에 휩싸인 채 추락하고 그는 베두인들의 도움으로 간신히 목숨을 건진다. 이름도, 얼굴도, 거의 목숨까지도 잃어버릴 뻔한 후에야 비로소 그는 이름과 국적에서 자유로워진다. 그를 들것에 실어 나르는 베두인, 대추야자를 씹어 그의 입에 건네주는 이, 그의 몸에 약초와 공작새 뼛가루를 바르고 천을 덮어 주는 이, 이들과 함께 그는 다시 한번 모래 바다를 건너고 오아시스 마을에 들른다. 의식과 몽환 사이에 머물며 몸의 신경과 감각을 잃은 화상 환자의 무력한 몸은 땅거미가 내려앉은 사막 어디에선가 리라의 음률과 일렁이는 모닥불 불꽃 너머 춤을 추는 소년의 몸과 겹친다.

심시미야 음률이 돌풍에 울렸다 잦아든다. 혹은 선율이 불길 너머 그에게로 향한다. 소년이 춤을 추고 있다. 불빛에 비친 소년의 모습은 그가 이제까지 본 것들 중 가장 매혹적이다. 가냘픈 어깨는 파피루스처럼 희고, 모닥불 빛이 배에 맺힌 땀방울에 반사되고, 목부터 발목까지 미끼처럼 걸치고 있는 푸른 마 옷자락 사이로 언뜻언뜻 소년의 알몸이 한 줄기 갈색 번개처럼 보인다. (…) 천진난만하게 춤추는 소년에게는 그가 가장 순수한 소리라고 기억했던 소년 성가대원의 목소리처럼 순수한 아름다움이 깃들어 있다. 가장 맑은 강물, 가장 투명하게 깊은 바다. 오래전에 그 어떤 것도 매여 있지 않고 영원하지도 않은 바다였던 여기 이 사막에서 모든 것이 출렁거렸다. 마치 소년이 바다 또는 자신의 푸른 태반에서 풀려나거나 감싸 안기듯 그를 휘감은 마 천이 일렁이는 것처럼.(34~36쪽)

이름도 모르고 어느 부족에 속한지도 모르는 소년의 몸짓, 오롯이 자기만의 희열에 빠진 채 행해지는 순수하고 자유로운 소년의 춤은 화상 환자가 매료되었던 사막의 아름다움, 그가 희구했던 자유의 황홀함을 형상화한다.

『잉글리시 페이션트』에는 자유로움을 희구하는 몸, 욕망하는 몸, 부드럽고 연약한 몸, 지극히 위태로운 몸들이 끊임없이 대비되고 겹친다. 영국인 환자의 이야기는 캐서린을 헤엄치는 사람들의 벽화가 있는 동굴 안에 남겨 두고 떠나기 전, 그녀의 온몸에 암석화에 남겨진 안료들을 칠하고 그녀를 성스러운 장소의 일부로 만들었던 장면을 떠올리며 끝난다. "그녀의 몸은 선명한 물감으로 온통 뒤덮여 있었어. 허브와 돌, 빛과 아카시아 재가 그녀를 영원하게 만들었지. 신성한 색채에 밀착된 몸. 파란 눈동자만 지워져, 무명으로 남겨졌어. 아무것도 그려지지 않은 벌거벗은 지도"(332쪽). 캐서린의 몸은 이제 더 이상 남편 제프리에게, 또는 그녀를 소유하고 싶어 했던 알마시에게 속하지 않는다. 그녀의 몸은 연인들과 그들에 대한 욕망과 분노, 그로 인한 공포, 그 모든 것이 남긴 자국을 품었을 뿐 아니라 그녀가 매료되었던 사막의 기억과 흔적을 입게 된다.

"지금 그녀가 들어서서 그 일부가 된 이 땅의 영광. 우리는 연인들과 부족들의 풍요로움, 우리가 삼켰던 맛들, 우리가 지혜의 강인 듯 뛰어들고 헤엄쳤던 몸들, 우리가 나무처럼 타고 올랐던 인물들, 우리가 동굴에 숨겨 놓듯 품었던 두려움들을 간직한 채 죽지. 나는 내가 죽었을 때 이 모든 것이 내 몸에 표시되기를 바라오. 나는 그런 지도 제작법을 믿습니다. 자연이 남기는 표식. 건물에 부자들의 이름을 붙이듯 지도에 우리 자신을 표시하는 것이 아니라. 우리는 공동의 역사이자 공동의 책입니다. 우리는 누구에게도 소유되지 않고, 우리의 취향이나 경험에서 또한 한곳에 묶이지 않소. 나는 아무 지도도 없는 땅 위를 걷고 싶었을 뿐이오."(332~333쪽)

"바람에 날리는 한 장의 천"처럼 끊임없이 바뀌고 흔적을 남기지 않는 사막, "뺏거나 소유할 수" 없는 '믿음의 땅', "지도도 없는 땅"을 갈망했던 그는 그렇게 캐서린을 사막의 일부로, 신성한 기억의 일부로 되돌린다. 사막의 물성과 몸의 물성이 겹쳐지고, 화상 환자의 몸도, 춤을 추던 소년의 몸도, 캐서린의 몸도 모두 광활하고 고요한, 때로는 위협적이고 신비로운, 비밀을 품은 사막의 일부가 된다.

그러나 "지도도 없는 땅"에 대한 영국인 환자의 갈망은 이중적이고 문제적이다. 모래 바다를 횡단하고 태곳적 벽화가 남겨진 동굴을 발견하고 전설 속에 사라진 오아시스의 흔적을 찾아 그는 사막 지도를 작성한다. 그가 속한 국제 탐사단의 활동은 유럽 각 국가들이 아프리카의 고요한 사막을 유럽의 전장터로 만드는 초석이 된다. 그의 움직임은 영국 정보국과 독일군의 첩보 작전 일부가 된다. 그는 국가를 초월하려 하지만, 결국 국가의 이름으로 규정된다. 온다치는 이러한 모순을 소설의 마지막 장에서 더욱 분명히 제시한다. 빌라 산 지롤라모는 더 이상 물러날 곳도, 향할 곳도 없는 자발적 망명자들이 모여 서로를 치유하는, 마치 지도에 없는 땅인 듯싶지만, 동시에 그곳은 전쟁의 막다른 곳이자 또 다른 전쟁이 시작되는 곳이다. 이들이 해나의 생일과 20세기의 나이를 함께 축하했던 바로 그 무렵, 1945년 8월 라디오를 통해 전해진 히로시마 원폭 투하 소식은 전쟁의 끝이 아니라 새로운 폭력이 다른 기술과 다른 논리로 이미 시작되었음을 알린다. 영국인이 아니지만 지극히 영국적인 것에 익숙한 영국인 환자와 킵 사이에 "둘 다 국제 사생아"라는 깊은 유대가 맺어졌지만, 히로시마와 나가사키에 떨어진 원폭 소식에 킵은 분노에 몸을 떨며 영국인 환자에게 총구를 겨눈다. "미국인이건, 프랑스인이건, 상관없어요. 전 세계의 갈색 인종을 폭격하기 시작하면 당신은 영국인입니다. 당신네에겐 벨기에의 레오폴드 국왕도 있었고 지금은 미국의 빌어먹을 해리 트루먼도 있죠. 당신들 모두 영국인들에게 배운 겁니다."(362쪽). 아이러니하게도 영국인 환자가 사막에서 자유를 얻으려 했지만 사막에서 국가라는 이름으로 거부당하거나 규정되었듯이, 킵은 영국인이 아닌 영국인 환자에게서 잠시 서펙경의 모습과 '고귀함'을 엿보지만, 동시에 그를 "백인들의 나라에는 결코 그런 폭탄을 떨어뜨리지 않았을" 서구 문명의 기만과 폭력을 체화한 인물로 본다.

『잉글리시 페이션트』에서 빌라 산 지롤라모는 잠시 전쟁에서 비켜 난 예외 상태의 공간이기도 하지만, 동시에 전 세계를 전쟁으로 몰아간 국가주의와 민족주의에서 자유롭지 못한 곳으로 남는다. 삶으로부터 물러났던 해나는 킵의 부드러운 갈색 피부와 터번에 싸인 긴 검은 머리카락에 이끌리고 그의 곁에서 다시 위안과 휴식을 얻지만, 그 순간조차도 킵에게는 자신이 여전히 '외국인'이고 '시크교도'임을 되새김하는 순간이다.

하지만 그녀도 말했듯이 그는 바위의 갈빛, 폭풍우에 불어난 진흙물 강의 갈색 피부였다. 그리고 그의 내면에 있는 무언가가 그런 말에 담긴 천진난만한 순진함마저 밀어내게 했다. 폭탄이 무사히 해체되는 순간, 소설은 끝이 났다. (…) 그리고 그는 여전히 외국인으로, 시크교도로 남았다. 그에게 인간적이고 사적인 유일한 접촉은 폭탄을 설치한 뒤 나뭇가지로 자신의 흔적을 쓸어 없애며 사라진 그 적뿐이었다.(135쪽)

그렇기에 빌라 산 지롤라모에 잠시 성립된 낙원은 이미 위태로웠다. 20세기의 나이를 상징하는 마흔다섯 개의 달팽이 패각에 밝혀진 불은 아주 잠시 빌라 산 지롤라모를, 인도인들이 영국인들의 전쟁에 나서고, 독일 군인들은 독일군 한 명의 죽음에 이탈리아인 열 명을 죽임으로써 되갚고, 일본인들은 말레이시아에서 시크교도들을 학살하고, 미국인들이 일본의 도시에 원자 폭탄을 투하하는 끔찍한 문명이 만들어 낸 폐허를, 아주 잠시 밝혔을 뿐이다.

4

마이클 온다치는 실론(지금의 스리랑카)에서 태어나 영국을 거쳐 캐나다로 이주했고, 시, 소설, 회고록, 역사와 신화 등 장르 간 경계를 넘나드는 글쓰기의 궤적을 형성해 왔다. 『잉글리시 페이션트』는 그 확장의 정점에 놓이는 작품으로, 제2차 세계 대전이라는 세계사적 파국을 다루되 전쟁을 하나의 완결

된 역사로 봉합하지 않고, 서로 다른 기원의 인물들이 한 공간에서 교차하며 만들어 내는 파편적·다성적 서사로 제시한다. 『잉글리시 페이션트』는 발표 즉시 문학적 사건으로 호명되었다. 1992년 캐나다 총독 문학상(소설 부문)과 트릴리엄상을 수상하는 동시에 1992년 부커상을 수상[배리 언스워스(Barry Unsworth)와 공동 수상]하며 온다치는 캐나다 문학장을 넘어 국제적 명성을 얻었다. 그리고 2018년 '황금 맨부커상(Golden Man Booker)'에 재선정되면서 현대의 고전으로 확고히 자리 잡았다. 부커상 50주년을 기념하여 지난 50년의 수상작 가운데 '최고작'을 고르는 심사에서 선정된 이력은 이 소설이 특정 시기의 유행을 넘어 "다시 돌아가게 만드는 드문 소설", 지속적으로 재독(再讀)되는 텍스트로 굳어졌음을 말해 준다.

부커상과 황금 맨부커상 수상으로 『잉글리시 페이션트』는 제도적 정전으로 자리 잡는 한편, 1996년 앤서니 밍겔라의 영화 각색으로 1997년 제69회 아카데미 시상식에서 작품상을 포함해 9개 부문을 수상하며 대중문화적 확장의 계기를 맞는다. 『잉글리시 페이션트』라는 문학 텍스트가 영화라는 대중 매체로 '번역'되면서 훨씬 넓은 독자와 관객층을 획득하게 된 것이다. 다만 문학 텍스트와 영화 텍스트의 관계를 단순히 성공적 각색으로 요약하기는 어렵다. 영화는 이미 소실된 과거, 끊임없이 경계가 흐려지고 무너지는 사구(沙丘), 카이로의 수크 거리와 같은 북아프리카의 이국적인 풍경과 광활한 사막에서의 격정적이고 비극적인 사랑을 매혹적으로 부각하며 국가와 민족이라는 경계 긋기가 빚어낸 역사적 폭력에 통렬한 의문을 제기하지만, 인도인이자 시크교도인 영국군 공병 킵과 간호사로 자원한 캐나다인 해나를 상대적으로 밋밋하게 그려 낸다. 영화는 특히 히로시마 원자 폭탄 투하 소식과 이를 접한 킵의 분노와 절망을 생략함으로써 빌라 산 지롤라모에 잠시 성립된 낙원이 해체되는 역사적 필연성과 비극을 단순화한다. 소설을 각색한 영화 텍스트는 인도에서 식민지인으로서의 양가성을 체화하며 성장한 키르팔 싱의 기억과 히로시마 뉴스를 누락함으로써 자발적 망명자들로 이루어진 임시 공동체의 해체, 그 파열에 담긴 정치성을 희석한다.

온다치는 소설의 마지막 장에서 "새로운 전쟁. 어느 문명의 죽음"을 예견하는 킵에게 주목한다.

눈을 감으면 불길이 보인다. 불길과 열기를 피해 강으로, 저수지로 뛰어드는 사람들. 단 몇 초 만에 모든 것을 태워 버리는 불꽃과 열기. 사람들이 들고 있는 모든 것과 살갗과 머리카락을 태우고 그들이 뛰어든 물까지 집어삼킨다. 이 대단한 폭탄은 비행기에 실려 바다를 건너고 동쪽의 달을 지나 푸른 군도를 향한다. 그리고 투하된다.

그는 먹지도 마시지도 않았다. 아무것도 삼킬 수 없었다. 날이 어두워지기 전에 그는 천막에서 모든 군용 물건과 폭탄 처리 장비를 치우고 제복에서 계급장을 떼어 버렸다. (…) 그는 세상의 모든 바람이 아시아로 빨려 들어갔다고 느낀다.

그는 지금까지 자신이 다룬 수많은 작은 폭탄에서 벗어나 도
시만 한 크기로 보이는 폭탄을 향해 걸어간다. 너무 거대한
나머지 살아남은 사람들이 주위에서 죽어 가는 무수한 사람
들의 죽음을 목격하게 한다. 그는 그 무기에 대해 아는 바가
전혀 없다. (…) 천막 안에서 그는 가족사진을 꺼내서 바라보
았다. 그의 이름은 키르팔 싱이고 그는 자신이 여기서 무엇
을 하고 있는지 모른다.

그는 지금 8월의 더위 속에서 터번도 두르지 않고 쿠르타
만 걸친 채 나무 아래 서 있다. 그는 손에 아무것도 들지 않고
그저 울타리 윤곽을 따라 걷는다. 맨발이 잔디 위를, 테라스
돌 위를, 오래된 모닥불 재 속을 지난다. 그의 몸은 잠 못 이
루는 불면 속에 생생하게 살아나 유럽의 거대한 계곡 끝자락
에 서 있다.(364~365쪽)

유럽의 산악 지대 끝자락의 깊은 어둠 속에 서서 킵이 떠올
리는 화염에 휩싸인 도시의 모습, 원자 폭탄을 싣고 바다를 건
너는 비행기의 모습은 모래 바다 위를 위협적으로 나는 클리프
턴의 비행기, 불길에 휩싸인 채 사막에 추락했던 영국인 환자
의 모습과도 겹친다.

온다치는 이미 『빌리 더 키드 전집』과 『살육을 지나며』 등 전
작을 통해 역사적 사실과 허구의 경계를 허무는 '역사 기술적
메타픽션(historiographic metafiction)'의 선구자로 자리매김
한 바 있다. 리 스핑크스(Lee Spinks)의 분석대로 온다치의 작

업은 "일상적 시각에서 벗어나 실재가 초현실적이고 모호하게 나타나는 지점을 포착하여 독자로 하여금 현실을 재인식하게 만드는 과정"이다. 『잉글리시 페이션트』에서 영국인 환자가 유일하게 가지고 있던 헤로도토스의 『역사』는 온다치가 소설을 직조하는 방식을 고스란히 품고 있다. 헤로도토스의 『역사』 속 갈피마다 영국인 환자가 다른 책에서 오려 낸 문단들과 지도들을 붙여 넣고 일기를 적어 놓은 것처럼, 온다치의 소설은 네 인물의 삶의 조각들을, 그 조각들의 서로 다른, 그러면서도 서로 이어지는 맥락을 콜라주처럼, 모자이크처럼 펼친다. 영국인 환자가 해나에게 『역사』에 대해 설명하듯이, 온다치의 『잉글리시 페이션트』는 "역사의 흐름 속에 있는 막다른 골목"에서 "사람들이 국가를 위해 서로 어떻게 배신하는지, 사람들이 어떻게 사랑에 빠지는지"를, 즉 20세기 전반기를 주조한 세계 역사의 격랑 속에 막다른 곳에 놓인 사람들, 그들이 어떻게 사랑에 빠지고 배신하고 희구하고 절망하는지를 역사 기술적 소설의 형식으로, 시적 서정성의 밀도로 감각적으로 보여 준다.

『잉글리시 페이션트』의 캐나다 초판은 1992년 매클렌랜드 앤드 스튜어트(McClelland & Stewart)에서 출간되었다. 같은 해 영국 초판으로 블룸즈버리(Bloomsbury) 판본이 출간되었고, 1993년 영국권 대중적 판본으로 피카도르(Picador) 출판사 판본이 출간되었다. 이후 2018년 황금 맨부커상 수상을 기념하는 특별 한정판이 블룸즈버리 출판사를 통해 제작되었다. 미국 초판은 1992년 앨프리드 A. 크노프(Alfred A. Knopf)에서 출간되었으며, 1993년 빈티지(Vintage International) 출판사를 통해 페이퍼백 판본이 국제적으로 확산되었다. 본 본역은 빈티지 판본을 대본으로 삼았다.

마이클 온다치 연보

1943　9월 12일 실론의 케갈레에서 필립 머빈 온다치와 도리스 그라티
　　　엔 온다치의 차남으로 출생.

1945　부모 이혼.

1948　실론이 영국으로부터 독립하여 스리랑카로 국명 변경.

1949~1952　콜롬보의 세인트토머스칼리지 재학.

1952　어머니를 따라 런던으로 이주.

1952~1962　런던의 덜위치칼리지 재학.

1962　캐나다 몬트리올로 이민.

1962~1964　퀘벡 레녹스빌의 비숍스대학교에서 영문학·역사 전공,
　　　학사 학위 취득. 킴 존스와 결혼.

1965　토론토대학교에서 학사 학위 취득. 랄프 구스타프슨 시문학상
　　　수상.

1965~1967　온타리오퀸스대학교에서 영문학 석사 학위 취득.

1966　『뉴 웨이브 캐나다』 선집에 첫 시들을 수록. 노르마 엡스타인 시
　　　문학상 수상.

1967　첫 시집 『고상한 괴물들(*The Dainty Monsters*)』을 토론토 코치
　　　하우스 프레스에서 출간. 웨스턴온타리오대학교에서 강의 시작.

1968~1971　희곡「발가락이 일곱 개인 남자(The man with seven toes)」공연.

1970　비평서『레너드 코언』과『빌리 더 키드 전집(*Billy the Kid: Left Handed Poems*)』출간. 단편 영화「캡틴 포이트리의 아들들(Sons of Captain Poetry)」제작.

1971　『빌리 더 키드 전집』으로 캐나다 총독상 수상 및 토론토에서 낭독극 공연. 웨스턴온타리오대학교 종신 재직 거부 후 토론토요크대학교의 글렌던칼리지로 이직.『부서진 방주(*The Broken Ark*)』출간.

1973　네 번째 시집『젤리라는 쥐(*Rat Jelly*)』출간. 온타리오 스트랫포드에서「빌리 더 키드 전집」연극 공연.

1976　첫 장편소설『살육을 지나며(*Coming Through Slaughter*)』캐나다와 뉴욕에서 출간.

1979　『엘리미네이션 댄스(Elimination Dance)』출간. 어린 시절 이후 처음으로 스리랑카 방문.

1980　시집『내가 배우는 칼 다루는 기술(*There's a Trick with a Knife I'm Learning to Do*)』출간, 캐나다 총독상 수상. 킴 존스와 이혼.

1981　런던에서『젤리라는 쥐와 다른 시들(*Rat Jelly and Other Poems*)』출간. 스리랑카 재방문. 하와이대학교에서 창작 강의. 린다 스팔딩과 만남. 캐나다-오스트레일리아 문학상 수상.

1982　캐나다와 뉴욕에서『집안 내력(*Running in the Family*)』출간. CBC 라디오 문학 경연 우승. 글렌던칼리지 교수로 재직.

1982　스리랑카 내전 발발.

1983　시집『세속적 사랑(*Secular Love*)』출간.

1987　소설『사자 가죽을 쓰고(*In the Skin of a Lion*)』출간.

1988　캐나다 훈장 수훈.

1989　시집『시나몬 필러(*The Cinnamon Peeler*)』영국에서 출간.

1990 캐나다 단편 선집『잉크 호수에서(*From Ink Lake*)』편집. 브라운대학교 객원 교수.

1992 『잉글리시 페이션트(*The English Patient*)』출간. 부커상, 캐나다 총독상, 트릴리엄상 수상.

1996 앤서니 밍겔라 감독이 소설을 각색한 동명 영화「잉글리쉬 페이션트(The English Patient)」제작 발표.

1997 영화「잉글리쉬 페이션트」가 제69회 오스카에서 작품상과 감독상을 포함하여 아카데미 9개 부문 수상.

1998 시집『필적(*Handwriting*)』출간.

2000 소설『아닐의 유령(*Anil's Ghost*)』출간. 길러상, 프리 메디시스상, 캐나다 총독상 수상.

2003 영화 편집자 월터 머치와의 대담집『대화: 월터 머치와 영화 편집의 예술(*The Conversations: Walter Murch and the Art of Editing Film*)』출간.

2007 소설『디비사데로(*Divisadero*)』출간.

2018 소설『기억의 빛(*Warlight*)』출간.『잉글리시 페이션트』로 부커상 50주년 기념 황금 맨부커상 수상.

새롭게 을유세계문학전집을 펴내며

을유문화사는 이미 지난 1959년부터 국내 최초로 세계문학전집을 출간한 바 있습니다. 이번에 을유세계문학전집을 완전히 새롭게 마련하게 된 것은 우리가 직면한 문화적 상황에 적극적으로 대응하기 위해서입니다. 새로운 을유세계문학전집은 세계문학의 역할이 그 어느 때보다 중요해졌다는 인식에서 출발했습니다. 오늘날 세계에서 타자에 대한 이해는 우리의 안전과 행복에 직결되고 있습니다. 세계문학은 지구상의 다양한 문화들이 평등하게 소통하고, 이질적인 구성원들이 평화롭게 공존할 수 있는 문화적인 힘을 길러 줍니다.

을유세계문학전집은 세계문학을 통해 우리가 이런 힘을 길러 나가야 한다는 믿음으로 만들어졌습니다. 지난 5년간 이를 준비하기 위해 많은 노력을 기울였습니다. 세계 각국의 다양한 삶의 방식과 문화적 성취가 살아 있는 작품들, 새로운 번역이 필요한 고전들과 새롭게 소개해야 할 우리 시대의 작품들을 선정했습니다. 우리나라 최고의 역자들이 이들 작품 속 한 문장 한 문장의 숨결을 생생히 전하기 위해 심혈을 기울였습니다. 또한 역자들은 단순히 번역만 한 것이 아니라 다른 작품의 번역을 꼼꼼히 검토해 주었습니다. 을유세계문학전집은 번역된 작품 하나하나가 정본(定本)으로 인정받고 대우받을 수 있도록 최선을 다했습니다. 세계문학이 여러 경계를 넘어 우리 사회 안에서 주어진 소임을 하게 되기를 바라며 을유세계문학전집을 내놓습니다.

을유세계문학전집 편집위원단(가나다 순)
김월회(서울대 중문과 교수)
김헌(서울대 인문학연구원 교수)
박종소(서울대 노문과 교수)
손영주(서울대 영문과 교수)
신정환(한국외대 스페인어통번역학과 교수)
정지용(성균관대 프랑스어문학과 교수)
최윤영(서울대 독문과 교수)

을유세계문학전집

을유세계문학전집은 계속 출간됩니다.